U0534436

· 2012年教育部人文社会科学研究青年基金项目《贵州少数民族文学精神生态与生态精神研究》最终成果，项目批准号：12YJC751038

· 遵义师范学院重点学科出版基金资助

The Ecological Theory of
Guizhou Ethnic Literature

贵州民族文学生态论

李猛 著

中国社会科学出版社

图书在版编目(CIP)数据

贵州民族文学生态论/李猛著. —北京：中国社会科学出版社，2019.11
ISBN 978-7-5203-5318-2

Ⅰ.①贵⋯ Ⅱ.①李⋯ Ⅲ.①少数民族文学—文学研究—贵州
Ⅳ.①I207.9

中国版本图书馆 CIP 数据核字(2019)第 221807 号

出 版 人	赵剑英
责任编辑	刘 艳
责任校对	陈 晨
责任印制	戴 宽

出　　版	中国社会科学出版社
社　　址	北京鼓楼西大街甲 158 号
邮　　编	100720
网　　址	http://www.csspw.cn
发 行 部	010-84083685
门 市 部	010-84029450
经　　销	新华书店及其他书店

印　　刷	北京明恒达印务有限公司
装　　订	廊坊市广阳区广增装订厂
版　　次	2019 年 11 月第 1 版
印　　次	2019 年 11 月第 1 次印刷

开　　本	710×1000　1/16
印　　张	19
插　　页	2
字　　数	283 千字
定　　价	99.00 元

凡购买中国社会科学出版社图书，如有质量问题请与本社营销中心联系调换
电话：010-84083683
版权所有　侵权必究

目　录

序一 …………………………………………………………… (1)
序二 …………………………………………………………… (1)

上　编
贵州民族文学的精神生态系统

第一章　贵州民族文学精神生态与生态精神论 ……………… (3)
　第一节　当代社会的生态危机 ………………………………… (3)
　第二节　一切始于"祛魅" …………………………………… (12)
　第三节　寻找回归之路 ………………………………………… (19)
　第四节　诸神遗落的脚印
　　　　　——贵州少数民族文学精神生态与生态精神解读 … (26)

第二章　神话
　　　　——生命象征与地域生态 ………………………………… (44)
　第一节　混沌创世神话的有机论世界观 ……………………… (49)
　第二节　生态整体主义视域下的人类起源神话 ……………… (62)
　第三节　洪水神话的审判视角与欲望批判 …………………… (75)
　第四节　贵州少数民族神话的生态审美价值 ………………… (86)

第三章　贵州少数民族民间诗歌的生态智慧 ………………… (96)
　第一节　苗族古歌与民间长诗的生态之维 …………………… (105)

第二节　彝族史诗叙事诗的生态空间 …………………… (116)
第三节　布依族摩经文学的生态解读 …………………… (124)
第四节　深层生态学视野下的水族侗族等民族民间
　　　　诗歌 ……………………………………………… (137)

下　编
贵州民族文学的生态精神体系

第四章　"竹王"传说
　　　　——竹文化的生态基因链 ………………………… (153)
　第一节　竹崇拜与"竹王"传说 ………………………… (153)
　第二节　从"自然的复魅"看"竹王"传说的家园信仰 … (165)
　第三节　贵州少数民族竹文化的后现代启示录 ………… (174)

第五章　民间信仰的生态遗传学 ………………………… (194)
　第一节　铜鼓
　　　　——刻进贵州民族文化里的生态基因 …………… (198)
　第二节　民间信仰与贵州少数民族的生态自觉 ………… (213)
　第三节　巫傩、禁忌文化与贵州少数民族的生态观 …… (225)

第六章　民间娱乐中的生态驱动力 ……………………… (233)
　第一节　芦笙歌舞文化的生态意象 ……………………… (242)
　第二节　婚恋文化的生命哲学 …………………………… (256)
　第三节　贵州少数民族戏剧的生态阐发研究 …………… (266)

参考书目 ………………………………………………………… (276)

后记　在发展中保护并在保护中发展
　　　　——"人类命运共同体"理论视野下生态批评
　　　　与民族文学共同的未来 …………………………… (286)

序 一

李建中

  李猛教授的书稿《贵州民族文学生态论》早就发到我的邮箱，躺在电脑的文件夹中静默而又执着地催促："写序！写序！"终于盼来了寒假，终于有了偿还"文债"的时间：先是在从雅典到圣托里尼岛的蓝星号邮轮（Blue Star Ferries）上阅读书稿，然后回到雅典的色诺芬饭店（Hotel Xenophon）写下这篇文字。

  色诺芬饭店据说是当年色诺芬写《回忆苏格拉底》（The Memorabilia or Recollections of Socrates）的地方。我下榻的房间不大，阳台却非常宽敞。站在色诺芬饭店宽敞的阳台上，可以看到雅典卫城的帕特农神庙。帕特农神庙是古代希腊人为雅典的守护神雅典娜修建的，当年，女神雅典娜与海神波塞东为争夺雅典的守护权，真正是"各显神通"：波塞东用他的三叉戟猛敲岩石，一匹战马奔腾而出；雅典娜用她的长矛轻叩石板，石缝间长出一棵橄榄树。战争或者和平，这是一个问题。雅典人选择了橄榄树，选择了生态文明（ecological civilization）。

  生态学（Ecology）一语，其词根"oikos"和后缀"logos"均源于希腊文：前者义谓"家庭"或"住所"，后者则义谓"言说"或"道"，合起来或可直译为"栖居之道"或者"（关于）故乡的言说"。客居色诺芬的故乡，想起我自己的故乡，想起同为楚人的庄周如何谢绝楚威王的厚币与相位，如何将他的大樗树之于无何有之乡、广莫之野。与当年的雅典人一样，我的同郡庄周也选择了ecological civilization。无论是古希腊还是古华夏，均为人类轴心期文明的发源地，在某种意义上也可以说是人类生态文明的发源地。由此说来，在一个以古希腊作家命名的饭店为一部讨论"生态文明"的著作写序，是"选"对了地方。

李猛是贵州人，从生态学的层面论，贵州在中国是一个较为"生态"的区域。借用 Ecology 之希腊语词根 oikos 的本义来描述贵州："自然界的各种生物在一定区域内利用自然条件相互制约，相互依赖，共同繁衍，共同生存。"生于斯长于斯，太多的童年记忆，太多的风俗习染，使得本书作者对身边的乃至遥远的任何破坏"生态"或者说不"生态"的事件特别敏感，特别忧患。全书一开始，作者就为我们展示出一幅不仅仅是贵州而且是全球的"生态危机图"。从20世纪初"一战"西线战场导致几千万人丧生的大流感，到20世纪30年代夺走几百万条生命的黄河大决堤；从"二战"的奥斯维辛和731部队，到20世纪80年代的切尔诺贝利核电站；从21世纪初全球性的sars危机，到近几年作者在写作本书过程中所亲历亲闻的大大小小的生态灾难……本书作者以贵州人对家乡的眷恋与挚爱，以人文学者所禀有的忧患与仁心，在全景式的百年生态危机图的语境下，用一种"知其不可而为之"的悲悯情怀，在贵州民族民间文学及文化中寻找普适性的生态思考（ecological thinking）和生态理解（ecological understanding）。

1962年，被称为"环保运动之母"的美国海洋生物学家蕾切尔·卡森（Rachel Carson）出版了一部《寂静的春天》（*Silent Spring*），为这个深陷生态危机的世界打开了一扇窗子，促使世人们开始质疑人类工业技术对自然的破坏，质疑人类对自然的"祛魅"心态并重新思考对自然的"复魅"。人类是自然的一部分，自然也是人类的一部分，西方哲人说，"人不可能编织出生命之网，它只是网中的一条线"；东方哲人说，"人法地，地法天，天法道，道法自然"。面对这个地球愈演愈烈的生态危机，地球上的人类除了"道法自然"还有别的选择吗？李猛也是作家，早在十多年前就出版过长篇小说《看见青春散场》。作为这部学术著作的作者，李猛以作家的睿智和青年人的热情，敏锐地感觉到并深度地挖掘出贵州文学作品中的生态精神（ecological spirit）和生态智慧（ecological wisdom）。

本书对贵州民族民间文学之生态智慧和生态精神的分析，既遍及各种文体或文类，又切入问题的各个面向或层面。就前者而言，全书涉及贵州的民族神话、民间传说、民族诗歌、民族舞蹈、地方戏曲、民俗文化等；就后者而论，全书的论述大体有三个层次的掘进：其一，贵州少数民族文学精神生态的最大特征是"诸神与人类同源共生"。贵州各民族先民，将所有的生命及其生活来源都视为自然的恩赐，并认为人和自然是融为一体的。其二，诸神与人类不仅是"同源共生"，从根本上说是天地之间的"整体共存"。对天地、图腾和祖先的崇拜，通过各种各样的文学作品保留、传承下来，不仅再现了贵州各民族对自然的敬畏和感恩之情，而且通过各种禁忌来约束和限制人们对自然的肆意妄为。其三，贵州民族文学关于人与自然的"同源共生"和"整体共存"，孕育、催生和维系了贵州少数民族精神生态群落。贵州民族民间文学及文化的神性之维，是"自然之复魅"的后现代范式，这些原本被视为"落后文化"的载体让深陷现代性漩涡的人们重新认识和学习人与自然相处的方式。因而，贵州民族民间文学及文化不仅仅是研究对象，更是后现代生态精神建构的参与者与催化剂。对于李猛的研究而言，贵州的民族民间文学生态既是研究对象也是思维方式。从生态的层面切入问题，在对问题的探讨之中解析出生态根源，这是李猛的入思方式，也是人文学科研究的一大趋势。

和李猛相识已经十多年了。2006年，那是一个夏天，武汉大学文艺学专业开始定向招收贵州学员，称之为"贵州班"。首届贵州班研究生有四位同学分到我的门下，他们四位不仅全是男生，而且各自的姓名之中都含有一个非常阳刚、非常壮美的汉字：邓国超、哈思挺、戴建伟和李猛，合起来就是"超、挺、伟、猛"。四位同学从武汉大学毕业之后都回到贵州工作，在各自的岗位上各创佳绩，各有建树。曾求学珞珈的四位贵州青年，虽然职业有别、才性异区，但他们对贵州这片神奇土地的热爱并"超、挺、伟、猛"般建设贵州生态文明的热情却是别无二致的。

2019年1月31日子夜
于希腊雅典色诺芬饭店

序 二

龙 潜

在人类文明的开端，民族、文学和生态就有了意识形态的性质，有了伦理的意味。长久以来，它一直是人们肯定、否定、反对和对抗某些精神内容的工具。文学是灵魂，生态是世界。奥古斯丁，这位中世纪大哲学家，读他《忏悔录》的时候，我们就看到了他的"灵魂"在这个"世界"中的困扰。我们每一个灵魂都在这个世界上生活，但是，我们的灵魂和我们的世界所构成的种种关系却在我们的意识中仍然像一个难解的谜。

文学和生态究竟是什么？如果把它们当作一个"什么"来确认，就要将它"对象"化。人类的认识活动必须这样展开。认识活动需要两个最基本的条件：认识的主动体和被认识的受体，前者习惯上被我们称为主体，后者则被称为对象。认识，就是主体将客观世界对象化的过程，主体把客观世界的物象放在自己面前，使它成为与主体相向而立之物象，成为主体可以直观的具体。我们能够看到与我们相遇的每一张面孔，却恰恰看不到我们自己真切的模样。那么，或许可以这样说，我们要感知、认识自己和自己的灵魂，以及灵魂中那些梦想、快乐、恐惧、悲伤等这些脑垂体作用于肾上腺的文学结果，我们不妨看看这个世界。文学和生态被上述方式确认之后，它在对象化的过程中变成了异在于我们自身的物质状态，我们也因此成为异在于自身的对象。在碎沫式的零散化后，它裂变成了许许多多的他者，它的每一星碎沫都已经成为独立的学科，成为独立的王国。你越是对它加以深思，就越加对它感到困惑；你越是与它熟悉，就越加会感到它的陌生和神秘。

古希腊哲人毕达哥拉斯在公元前 6 世纪提出了大宇宙和小宇宙、大世界和小世界之说。此说认为，人体就像天体。这是最早将人与宇宙进行对应理解的哲理之一，它与中国稍后的阴阳五行说将身体的脏腑与金木水火土所作的一一对应，并在哲学层面上提出的天人合一的世界观，两者在逻辑运思和求证方式上虽是甚为不同，但仅从个体生命属于、寓于、类同于宇宙自然，不能否认它们有相似之处。17 世纪，星象学家兼内科医生约翰·坦纳还说过这样的话："在人中，可以发现我们的大地母亲以及她的众多的子孙；在人中，可以勾画出大海难以驾驭、咆哮不息的波浪。人不仅是世界基本要素的缩影，还是天国的化身。"

当然，由人对世界的感知，以及人对这一感知的重视，文学当然可以成为人们认识和表达世界的工具。维柯在《新科学》中，呈现过一幅"语言"如何运用身体来展开的修辞图谱——这是出现在人类一切语种中的修辞现象。在维柯的图谱中，我们能够清晰地看到，人们在进行大部分涉及无生命事物的表达时，都会娴熟地借用人体以及关乎人的感觉的大量词汇来进行譬喻性表达。维柯说，"人在无知中"把自己当成了"权衡世间一切事物的标准"，而且，"人把自己变成了整个世界"。维柯常说的"神学诗人"是指先知祭师，以及像创造神话的荷马、赫西奥德似的行吟诗人们。维柯发现，他们，这些"神学诗人"，在其感知事物的语言表达中仰借了人对自然、生态和这个世界多方面的认知。由此，我们想到了神话中普罗米修斯被神鹰啄食的脏腑。既然神话已让普罗米修斯说过脏腑是情欲的土壤之类的话，那么，他不向宙斯妥协类似于自我牺牲的行为选择，也有了弃绝情欲的意味。肉体中的脏腑处在极刑的侵害下，所受的酷刑砥砺着情欲，它与禁欲的隐喻实际上是相通的。起码这与柏拉图的禁欲有一层虽然不够明了却又像是必然相关的联系。

这个在灵魂中成长起来的文学，这个文学所依附的世界。弗洛伊德认为，文学是身体里隐藏的里比多，它欲望着，它饥渴着，它企盼着，它由一股力量带动着反对你，撕裂你，毁灭你。柏拉图那个著名的寓言就像对这个观点的注释。柏拉图说，早先的时候，人高傲到居然与神比高低，愤怒的宙斯把人通通裁截为两半，使他们丧失以往的力量。被一分为二的人从此在渺茫的世界上痛苦地寻觅，期待找回自己。在柏拉图的寓言里，文学和这个世界被拆解分开是一份伤痛，文学要找回这个世界是永远的期冀。毫无疑问，对文学和生态的认识，是文学回到这个世界本身。人类文化中有那么多关于文学和生态的话语、寓言、神话、叙事，在种种表述的过程中留下了人类寻思的痕迹。

李猛教授的《贵州民族文学生态论》布满了梦想和伤痛，是一次思想智慧与文学情怀合并而成的盛宴。这是一部关于祷告与救赎的著作，流淌着悲悯与温情，蕴含着诉不尽的关爱。著作呼应和表达了文学、民族、历史、世界、现实社会的矛盾焦虑。著作在一种沉稳的书写里，暗藏着一种通透的生命哲学，也渗透着一种内在的知性感情和洞察世界的温润力量。著作摒弃了乌托邦，这其实包含了作者学术理想的复杂内容。著作缓和叙述中烛照人心，求证生命个体的幻想，以精微的解读和绵密的分析对民族文学和生态的历史、矛盾、迷茫和发展路径作了充满情怀的记述和解读，喧嚣中藏着哀伤，热烈中藏着寂寥。这是一部对人类生活境况和精神境况予以历史眼光理论透析的著作。不避尘埃，经受迷惑和考验，或许我们的文学和学术才能在这个世界开拓出丰富深长的空间。

2018 年 9 月 28 日
贵阳　花溪

上　编

贵州民族文学的精神生态系统

第一章

贵州民族文学精神生态与生态精神论

第一节 当代社会的生态危机

公元前3000年至公元前1500年,印度河谷孕育了先进和发达的哈拉帕文明。哈拉帕文明的城市发展相当成熟,拥有复杂的排水系统,城区分为居住区和商业区,甚至还使用了统一标准的度量衡。然而,也就是公元前1500年,整个哈拉帕文明毁灭了。对于哈拉帕文明毁灭的原因,后世的科学家争论不休,但大部分科学家认为,其根源在于土地的盐碱化。

当时的城市极度依赖当地农作物的产量和农田的开垦量,然而随着印度河谷人口的大量增加,当时的人们过度开垦和灌溉直接导致了当地土地盐碱化,最终河谷的居民不得不逃离自己的家园,灿烂的文明也在历史的长河中湮没。哈拉帕文明的湮没,是历史上因为人类活动导致大规模生态灾难较早的记录,直至今日,土地盐碱化依然是印度河谷主要的生态问题……

在历史的长河中，人类经历了无数次惨重的灾难。自然灾难造成的毁灭性结果往往都是人类最惨痛的记忆，也正是因为有了这些惨痛的记忆，自然被赋予了桀骜、狂野、残暴、神秘等令人畏惧的形象。

人类在和自然相处的过程中充满了矛盾和斗争，这种矛盾和斗争浸漫在人类的远古时代，长久找不到答案的人类也根据自己的情感赋予了自然人的性格和神的外衣，并通过文学艺术对于人与神之间的战争与和平做出了记录。虽然这些记录不能作为可靠的信史来看待，但是，从神话传说史诗到故事和歌谣乃至文人作品，这些世代传承的文学艺术比信史更为生动和传神地反映了人与自然的关系发展史。

同时，人类自有历史以来，就把战胜自然作为了自身发展和进步的动力和标志。从神话时代到农耕时代，人类在自然面前的力量显得十分渺小和薄弱，因为人力难以战胜自然，人们把更多的希望寄托在神的身上，寄托在能够战胜自然的拥有神力的英雄身上。这样的历程贯穿了整个人类历史中的绝大部分，从远古时代一直到封建社会，直到进入工业时代，其后，人类和自然的关系史也翻开了全新的一页，自然不再是不可战胜的神祇，而仅仅是可以改造和利用的资源。工业革命以后的历史证明，工业化程度越高的人群，对自然越拥有更多的话语权，这里有一个鲜明的事例：公元2003年伊朗巴姆地震造成2.6万人死亡，但是相近级别的地震，在近100年前的1908年，美国旧金山地震的死亡人数却少得多，约有3000人，现代工业文明的发达程度决定不同国家和民族在面对灾难时得到的不同结果，这是一个不争的事实。

然而，工业革命以后的人类走得太快，人类迫不及待地要改变千百年来在自然面前谨小慎微的态度，迫不及待地宣称自己能够掌控和役使自然，尤其是进入20世纪以后。20世纪对于人类历史而言是一个天翻地覆的时代，即使只算纪元后，这个时代也仅仅是2000年历史的二十分之一，但是在这二十分之一的时间里，人类全方位地超越了过去所有的时代。很快人们也发现，进入20世纪以来，不可预测和不可控制的自然灾难，有很大一部分正是因为人类活动的原因导致的，还有的是人类直接制造的，并且呈现出一种工业文明越发达，造成的灾难越惨重的案例。

1918年，第一次世界大战进入尾声，然而，在西线战场上，却爆发了一场导致5000万至1亿人丧生的流行性感冒，远远超过了战争本身所带来的死亡人数。如果将这场可怕的流感视为工业程度极高的20世纪灾难的开端的话，可以发现，这场流感的爆发和"一战"，也就是人类工业经济的重大成果是密切相关的。正是因为长期连续作战，使战场上的士兵免疫力大幅度下降，感冒病毒才得以迅速地传播，并在短短的几个月内，病毒乘坐飞机、火车和轮船等现代化的交通工具快速地扩散到了整个世界，造成更大范围内的灾难。第一次世界大战是人类，准确地说，是西方工业技术高速发展的集中体现，隆隆的炮声也把西方人自工业革命后征服和奴役的核心价值观发挥到了极致，整个世界的历史、文化、经济和社会生活完全被这场战争裹挟着涌向一个更加纷乱、更加难以控制的河道，最终造成河道的淤塞并在20年后以破坏力和影响力呈几何数字递增的历史大爆炸。

1931年，中国黄河决堤，造成河水泛滥，淹没数百座村庄和城镇，覆盖约10.8万平方千米的土地，这次黄河泛滥带来了超过300万人的死亡。自古黄河多水患，据史书记载，从公元前602年至1938年的2540年间，黄河下游决口泛滥的年份有543年，达1590余次，较大的改道有26次，平均三年两决口、百年一改道。洪水波及范围西起孟津，北至天津，南抵江淮，泛区涉及黄淮海平原的冀、鲁、豫、皖、苏五省25万平方千米。黄河是中华民族的母亲河，孕育了灿烂的华夏文明，也带来了无数次惨重的洪灾。如果对黄河洪灾的历史进行追问，可以发现，这与人类活动同样密切相关：黄河水患的根源在于泥沙淤塞河道、抬高河床，而黄河的泥沙，90%以上都来自中游植被遭到破坏、水土流失严重的黄土高原。人类活动改变了一条河流，也改变了自然的历史。

1934年，美国西部草原地区发生了一场人类历史上空前的黑色风暴。由于开发者对土地资源不断开垦，对森林不断砍伐，致使土壤风蚀严重，连续不断的干旱，更加大了土地沙化现象。在高空气流的作用下，尘粒沙土被卷起升入高空，形成了巨大的灰黑色风暴带。风暴整整刮了3天3夜，形成一个东西长2400千米、南北宽

1440 千米、高 3400 米的迅速移动的巨大黑色风暴带。风暴所经之处，溪水断流，水井干涸，田地龟裂，庄稼枯萎，牲畜渴死，千万人流离失所。几十年后，苏联未能吸取美国的教训，使历史两次重演，1960 年 3 月和 4 月，苏联新开垦地区先后两次遭到黑风暴的侵蚀，经营多年的农庄几天之间全部被毁，颗粒无收。大自然对人类的报复是无情的。3 年之后，在这些新开垦地区又一次发生了风暴，这次风暴的影响范围更为广泛。哈萨克新开垦地区受灾面积达 2000 万公顷。

人类对自然的大规模破坏，从来就没有停止在过度开垦上，比起农业来，战争才是人类智慧高度发展的结晶，而这种发展的反作用力之大，也远远超出和背离了人们的初衷。1939 年，随着纳粹德国对波兰实施闪击战，第二次世界大战全面爆发，这是人类历史上规模最大、涉及国家和人口最多、造成损失最大的一场战争。从欧洲到亚洲，从大西洋到太平洋，先后有 61 个国家和地区、20 亿以上的人口被卷入其中，作战区域面积 2200 万平方千米。这场战争造成了超过 6000 万人死亡，上亿人流离失所，也给整个世界带来了比任何一场自然灾害都更为惨痛的灾难。作为对第一次世界大战的延续，"二战"对于世界的最大"贡献"就在于促使人类科技爆炸性飞跃。因为战争的需要，数以万计的飞机划过天空、庞大的航空母舰驶过大洋、海洋深处游弋着幽灵般的潜艇、地面上则淌过坦克装甲车辆的钢铁洪流……并且，在极短的时间内这些武器和相关的技术都得到了划时代的更新。这些尖端科技不但给人类自身带来巨大的伤亡，也给世界留下了一片片的焦土，其中，就有中国战场上，为了迟滞日军而人为造成黄河泛滥的案例，有美、英、苏、德等国不断攀升的武器生产量和喷气式飞机等新技术的出现，毒气弹、化学武器、细菌武器、燃烧弹等各种具有强烈和广泛破坏力的武器纷纷粉墨登场，更有广岛和长崎的划时代核爆。后者对整个世界的影响尤为巨大，直至今日，核技术给人类和整个地球带来的潜在威胁仍是高悬的达摩克利斯之剑，当前世界有核国家所保有的核武器足以让整个星球变成不毛之地。不仅如此，第二次世界大战引发的科技大爆炸对人类从思想根源上进行了彻底的颠覆，"所谓的和平共处，竟要有可能会向我们的小小地球释放宇宙能量的核武库来保证"①，很显然，这是一个最大的悖论。在这一前提上，人类发展生物基因和人工智能等技术得到了价值观和社会伦理上的支持。而第二次世界大战以后，人类所面临的灾难并没有因为科技的爆炸式进步而减少，相反，出现了更多、更复杂、更难以预测和控制的灾难。

1952年12月4日，伦敦城发生了一次世界上最为严重的"毒烟雾"事件：连续的浓雾将近一周不散，工厂和住户排出的烟尘和气体大量在低空聚积，整个城市为浓雾所笼罩，陷入一片灰暗之中。期间，有4700多人因呼吸道疾病而死亡；雾散以后又有8000多人死于非命，这就是震惊世界的"雾都劫难"，而造成烟雾的主要起因是机动车所排放的废气的污染，与此类似，像洛杉矶、墨西哥城等大城市，在很长时间里烟雾也一直悬浮在空中。1963年10月9日，意大利维昂特河上两座陡峭的山坡之间，高858英尺、顶长625英尺的混凝土拱坝溢水，一股水流自维昂特大坝高处直泻而下，在仅仅几秒钟内就淹没了山谷内的5个村庄，4000人丧生。后来进行的调查表明，由于连续4周的降雨，陡增的雨水没过大坝边上的山坡，1.5亿吨的泥石自山坡滑入长7千米、深300米的水库中，使等量的水从库中排出，这些水又席卷了它在山谷中所遇到的一切。1984年，美国联碳（Union Carbide）公司在印度博帕尔市建立的杀虫剂工厂留下的毒气发生泄漏，由于爆炸引发的异氰酸甲酯气体和其他一些有毒气体被释放到空中，并形成云团笼罩了人口密集的博帕尔市，毒气泄漏的第一周就有8000—15000人死亡，还有更多的人死于毒气引发的癌症、神经性疾病和呼吸道疾病，数千名新生儿患有先天性疾病，地下水的汞含量超过正常水平600倍。

更可怕的灾难发生在1986年4月26日，切尔诺贝利核电站第四反应炉爆炸并向大气释放大量的辐射粒子，它所释放的放射物是广岛和长崎投放的原子弹放射物的30—40倍，并且泄露了整整10天，白俄罗斯因此失去了485座村镇，其中70座村镇永远被埋在地下，附

---

① ［法］塞尔日·莫斯科维奇：《还自然之魅：对生态运动的思考》，庄晨燕、丘寅晨译，生活·读书·新知三联书店2005年版，第2页。

近的居民深受其害，他们背井离乡，城市也变成了死城。不仅如此，不到一周的时间，切尔诺贝利核泄漏释放的放射性物质向世界范围内扩散，先后登陆日本、印度、美国、加拿大……一个国家的事故变成了一场世界性的灾难。2011年上映的电影《变形金刚3》的开场短暂地掠过切尔诺贝利的身影，那里是一片荒芜的废墟，除了破败的房屋，锈迹斑斑的机械，没有任何生命的迹象，而影片中留下了这样的对白："据说这里两万年不适合居住——至少两万年。"切尔诺贝利的灾难对后世的伤害无法估算，在辐射严重的地区，癌症种类显著增加，如白俄罗斯的儿童在14岁患上甲状腺癌的概率就比正常地区的儿童高。爆炸后苏联动用数十万军民在高辐射环境下工作，在废墟上覆盖一个巨大的石棺阻止核辐射泄漏，但是石棺的寿命只有30年，而现在，这个期限已经超出，石棺下面，是对生命构成严重威胁的铈，而苏联解体后，乌克兰政府却没有足够的财力修建新的石棺。切尔诺贝利的灾难跟当时苏联政府的腐败和失责密切相关，几年后这个当时的超级大国就从内部土崩瓦解，成为历史中飘过的云烟，但是被掩盖的核污染却好像神话里被封印的恶魔，随时可能冲破封印肆虐人间。

人们在谈论切尔诺贝利核泄漏的责任时，首先想到的都是苏联臃肿腐败的政治体制，似乎那就是灾难的唯一源头，然而事实并非那么简单，20世纪末，作为超级大国的苏联崩塌了，同样是在20世纪末，整个人类社会的精神家园也在迅速地崩塌和荒废。20世纪80年代以后，世界各地吸毒成风，这一现象深刻地拷问了人类社会进步的合理性。人们不禁要问，究竟是毒品可怕，还是人们心灵的空虚可怕？而导致人们心灵空虚的，究竟又是什么？为什么现代社会如此的发达，人们的精神家园却更容易颓废、更容易坍塌？据不完全统计，目前全球大约有2亿人吸毒，每年毒品交易额高达5000亿美元，贩毒和吸毒已使数百万人丧生。吸毒带来的是艾滋病流行，自1981年发现首例艾滋病以来，全球已有2000万人染上了艾滋病病毒，数百万感染者发病死亡，用于艾滋病的医疗费用也近乎5000亿美元/年。吸毒和艾滋病的蔓延迫使人类不得不重新思考人的生存和生活方式，事实上，人类生活的现代化程度已经发展到一个前所未有的高度，但灾难仍在继续，而且和人类活动的关系也越来越密切。1994年，印度苏拉特市暴发瘟疫，灾难造成30万市民逃离家园，而灾难爆发的原因，和人口密度大、贫民窟、集市以及垃圾清理不及时以致滋生大量老鼠有着密切的关系。而类似的环境在印度、巴西这样近年来迅速发展的国家十分普遍。2003年，起源于中国的SARS危机蔓延多个国家和地区，一度引发巨大恐慌，病毒源自动物，人类却难辞其咎。2004年，印度洋海啸造成相关国家人员财产巨大损失，事后总结，人们也同样发现，印度洋海啸与人类活动同样有着巨大的关联：首先，被人类工业经济破坏了的自然环境，加剧了海啸对人类的威胁，全球变暖、污染及人为开发对沿海珊瑚礁、湿地和森林的破坏使得海岸缺乏抵制龙卷风暴和海啸的良性生态环境，使沿海的居民在灾害面前更显得软弱无力；其次，沿海工业、旅游业、渔业的过度开发，占用了作为海洋与陆地之间的过渡带的湿地，这些湿地中的树林本来是可以有效地减缓风浪对陆地的破坏力的；再次，依赖于石化燃料的现代工业不断向大气层排放温室气体加剧了全球变暖，使得两极的冰层逐渐融化，海平面提升，使海啸的破坏力更大，全球变暖还是海洋中大风暴产生的重要原因。正是人类对自然的过度损害和影响，使得人类遭到了大自然的报复。到了2011年，日本"3·11"地震不但再次引发大海啸，而且受损的福岛核电站也一度面临着变成第二个切尔诺贝利的巨大危险。人类在21世纪将自己的文明发展到了顶峰，却也在自己的文明面前迷失了脚步，使整个人类社会都面临着前所未有的末日阴影。

英国宇宙学家马丁·里在他的著作《最后的世纪》中预言，地球在未来200年内将面临十大迫在眉睫的灾难，人类能够幸免的机会只有50%。而这十大灾难中,直接因为人类科技的进步而导致的就占50%,此外温室效应也是人类活动的直接后果,这些预言的灾难中直接与人类活动有关的分别是:

第一,可以吞噬地球的粒子实验:科学家通过粒子加速器使粒子达到光速后,互相进行碰撞,来研究微观世界的能量定律。由于被研究的物质是如此之小,人类也许从不担心粒子会对人类形成什么威胁。但是最近,一些严肃的科学报告指出,在美国长岛的粒子加速器实验或相对论重离子碰撞实验,可能会产生一个微型黑洞,它将慢慢吞噬地球上的一切物质,包括地球本身。

第二,机器人接管世界:经常有报道称,计算机的速度又达到了每秒多少亿次,一些科学报告甚至认为,到2030年,计算机或机器人将拥有和人类大脑一样的储存容量和处理速度,甚至能完全代替人类思考。科学家预言,即使是无意识状态下的机器人,同样也能对人类构成威胁。

第三,纳米机器人:科学家希望通过纳米技术的研究,在短期内制造出尺寸更小、速度更快的电脑晶片,而长期的目标则是制造微型机器人,或称之为纳米机器人。它们可以被注射进人的体内,毁灭癌细胞和修补被损坏的人体组织,同样,纳米机器人还能够通过处理各种化学物品制造出有用的科学原料。然而,据一份科学报告称,纳米机器人能自我复制,将它们穿过的每一样物质的结构都复制成它们自己,而人类无法阻止这种过程发生。

第四,生化技术的危害:在20世纪60年代,随着抗生素和抗滤过性病原体的发明,人类充满信心地认为我们已经永远征服了各种传染疾病,所有的病毒都可以被抗生素杀死。不幸的是,更多的病毒开始转变它们的基因以抵抗抗生素的作用。到现在为止,让医学家们束手无策的病毒不减反多。基因工程走得更远,人类已经可以通过修DNA改变生物体,用高科技改变一些动物或植物的遗传基因,人造染色体不久也将被用于医学和农业科学上。然而,这些善意的基因技术或许也将带来一场意想不到的灾难。人类也许认为自己操作的是一种友好的生物基因,然而它们可能会以某种科学家意想不到的方法毁灭庄稼、毁灭动物甚至人类。

……

第八，地球温室效应剧增：在过去的一个世纪内，地球温度上升了0.6摄氏度，这直接导致了地球上由风暴、洪水、干旱等引起的各种天灾成倍增加。据统计，2000年发生的地球天灾数是1996年的2倍，科学家预测，在21世纪，这些灾难数将以6倍的比率增加。最新科学研究结果证明，北冰洋冰块正在大量融化，这些都将加速地球气候变暖，使未来的人类在温室效应的热浪中渐渐死亡。

第九，战争和核武器：自人类发明核武器以来，在核威慑的保护伞下，人类战争非但没有减少，反而似乎增加了。自1950年以来，地球上发生过20次灭绝人性的大屠杀，超过100万人死亡。事实上，随着美苏冷战的结束，人类面临的核威胁变得更加严重。据数据统计，目前全世界有31000多枚核武器，只要千分之一被人滥用，就足以导致人类末日提早来临。①

……

越来越多的迹象表明，21世纪，地球变成了一颗迷失的星球，地球上的人类也正在变成无家可归的弃儿。不只是人类，人类活动还导致了很多物种的灭绝，当自然的食物链因为人类遭到破坏之后，引发的一系列连锁反应最终也将祸及人类自身。例如，杀虫剂的使用，在短期内起到了良好的效果，但也让各种受到影响的生物对杀虫剂产生抗体，变得更难以应对。在巴西，一种天蚕蛾的幼虫因环境影响而变异，它的毒刺足以杀死一个成年人。同时，杀虫剂的残留物渗透到泥土和水源中，人类食用来自这些地方的食物而产生了各种健康问题。人类由此陷入了空调效应的恶性循环中——因为空调的使用，使夏天更热、冬天更冷，气候的变化又促使更多人使用空调，更多的空调进一步加剧这种恶性循环——人类的科技正在不断地进步，随着科

---

① 豆丁网，http://www.docin.com/p-343852051.html。

技的进步，人类所面临的危险和困难更多，这迫使人类以更快的速度更新现有的科技，然后再造成更多的问题——人类和世界在这样的循环中晕头转向，谁也不知道这样的进步，究竟会把人类带向何方，就像莫斯科维奇所说的那样："进步是一部只升不降的电梯，全自动、盲目向上，人们既不知道如何除去，也不知道它会停在哪里。"①

谁也不能否认科技进步为人类社会带来的福利，同样地，谁也不能否认片面追求科技发展并将科技视为唯一的真理也会给人类带来巨大的危机，而且人们即使意识到这样的危机也依然在危机重重的快车道上消费着各种导致危机的便利，那么，人类究竟是在哪里出了问题？为什么人类的科技越进步，人类面临的灾难却越多、越可怕？原因来自人类内部，从现有的时间轴往后，人们会发现，一切都始于那场宣讲"世界的祛魅"的划时代的科学技术革命。

第二节 一切始于"祛魅"

进入 21 世纪以来，越来越多的人意识到诸如地震、洪水、沙尘暴、核电站泄漏、油田泄漏、食品污染，以及防不胜防的变种病毒等可能造成严重后果的一系列生态灾难，究其本因，正是由于人类向自然无限度索取而造成的，而人类对自然的无限度索取，不仅仅造成了自然环境的巨大破坏，更导致了人类精神生态的崩塌。而在人类科技高度发达、人类的生活水平达到前所未有的高度的同时，人们也越来越意识到，正是人类对科技的过度崇拜和盲目自信，使人类面临着越来越多、越来越不可预料和越来越难以控制的危险。在这个迷失的时代，人们普遍失去了亲近大地的机会，失去了纯洁、深邃的情感和思想，更失去了痛苦和美的诗意，现代工业、进步和发达造就的辉煌景象下面是黑暗和破碎，繁华、喧嚣的高楼大厦背后，是无限膨胀的欲望与虚无。当全球化、信息化的生活方式在生活领域中无孔不入地渗透，当消费性、娱乐性的价值判断解构了生命的价值和意义时，人类

---

① [法] 塞尔日·莫斯科维奇：《还自然之魅：对生态运动的思考》，庄晨燕、丘寅晨译，生活·读书·新知三联书店 2005 年版，译者序第 10 页。

正陷入一场看不到尽头的精神灾难之中。

世界上大多数宗教（包括类似于早已湮灭的玛雅文明那样的原始宗教）往往都有一种类似于末日审判的预言，在科学将神祇赶出人们的精神家园之后，人们坚信末日审判其实是近似于迷信的无稽之谈，或者即便有一天人类真的会面临末日的危机，也绝对能够通过科学将危机化解。然而，正在飞速发展的现代科技究竟是人类面临末日世界时的拯救者，还是末日的制造者？电影《黑客帝国》的故事虚拟了让·鲍德里亚式的主客体逆转的世界，剧中的人们生活在计算机网络虚拟的世界中，基努·里维斯饰演的网络黑客尼奥与人工智能的对决，将计算机网络这一现代社会的人们日益依赖的世界推向了一场恐怖的灾难，这种恐怖不在于计算机对人体的伤害，而在于人类迷恋和崇拜的科技对人类信仰的摧毁。相对于《黑客帝国》三部曲对于主客体逆转的真实性的不确定，《终结者》系列所展现的高科技灾难则直接得多——核毁灭后一片废墟的世界，深刻地拷问了对于高科技，尤其是机器人技术的依赖程度越来越高的人类生活。因此，我们有必要从"末日审判"的视角来审视当代社会的精神灾难："任何行动，任何事件，都不会落空；历史中没有纯粹的代价，没有纯粹的损失；我们做过的每一件事都被记录，注册于某处，成为一个踪迹，这个踪迹虽然暂时是没有意义的，但在最后清账的时候将获得其适当的位置。"① 所有的一切都自有其因果，对当代人类社会的精神生态和自然生态双重危机的追问，必须回到几个世纪以前，人们会发现，这一切危机的源头，始于现代机械精神对世界的祛魅。

从"人定胜天"的口号到"人类为自然立法"再到"人类控制自然"的机械精神对于人类社会的进步做出了巨大贡献，人类不断努力改变自己在自然界中渺小和脆弱的命运，并拒绝接受自身仅仅作为自然界中的一类生物与其他生物平等共处，追求和强调人是凌驾于众生万物之上的。然而究竟什么才是人类的命运？人类是否真的能认识和理解自己的命运？在人类社会现代化进程的日新月异变化中，我们

---

① ［斯洛文尼亚］斯拉沃热·齐泽克：《意识形态的崇高客体》，季广茂译，中央编译出版社2002年版，第196页。

又是否真的掌握和改变了自己的命运？按照现有的发展态势和规律，我们努力改变的命运，又会将我们带到何方？如果有一天，我们人类发现自己成了大地的弃儿，在这个星球上再也找不到一块儿可以看到纯净天空、清澈流水，倾听自然界的声音的栖息地，我们会不会发现，我们一直努力想要到达的终点，原来只是我们重新出发的起点？会不会直到那一天，人类才会发现，原来，我们一开始就误读了人在天地间命运的铺排？来自斯洛文尼亚的当代学者斯拉沃热·齐泽克指出，"误认是人类境遇的基本特征"，正如《俄狄浦斯王》昭示的那样，俄狄浦斯对命运的破解和逃避，恰恰是导致他的命运应验的原因。误认导致了俄狄浦斯的结局，当人类强调改变自身在大自然中的命运时，也正在将自己拖入命运的车轮之中。

　　人类与自然的关系是密切而复杂的，人类首先是自然生物圈中的一环，就像著名的《西雅图宣言》中所阐述的那样，人类是大地的一部分，大地也是人类的一部分，"人不可能编织出生命之网，它只是网中的一条线"①；而同时人类又是这个星球上技术与社会文化唯一的创造者，人类具有改造、复制及超越自然环境的能力，而这种能力同时也具有巨大的破坏力。人与自然的关系并非一开始就处于对立（准确地说，是人类与自然的对立，这是造成自然与人类对立的根本原因）状态。在工业社会以前漫长的岁月中，人类因为对自然界缺乏足够的了解，将各种自然现象和自然物视为神秘的具有灵性的妖鬼精怪："自然原来是一种模糊而神秘的东西，充满了各种藏身于树中水下的神明和精灵。星辰和动物都有灵魂，它们与人相处或好或坏。人们永远不能得到他们企望的东西，需要奇迹的降临，或者通过重建与世界联系的巫术、咒语、法术或者祷告去创造奇迹。"②泛灵论和有机论的世界观让人们相信，大地是一切生灵的母亲，人类和其他物种一样，诞生于这个母体之中，对这个母亲充满了敬畏之情。类似的观点在人与自然的关系史上持续了很长时间，并对人类的精神和行为具有一种强制作用，"即使由于商业开采活动的需要，一个人也不愿意

---

① 王诺：《欧美生态批评》，学林出版社2008年版，第199页。
② ［法］塞尔日·莫斯科维奇：《还自然之魅：对生态运动的思考》，庄晨燕、丘寅晨译，生活·读书·新知三联书店2005年版，第92页。

戕害自己的母亲，侵入她的体内挖掘黄金，将她的身体肢解得残缺不全。只需地球被看成是有生命、有感觉的，对它实行毁灭性的破坏活动就应该视为对人类道德行为规范的一种违反"①。然而随着人类开始使用理性精神，特别机械论世界观重构了人与自然的秩序，随着科学革命宣告人类用新的准则来取代有机论的准则，将有机论的世界观中关于对大地母亲进行剥削和伤害的限制完全打破，并大力歌颂人类对自然的掠取，使现代性的世界观最终形成了新的机械秩序。从培根的《新大西岛》机械乌托邦，到牛顿的巨著《自然哲学的数学原理》，这些伟大的著作给这个世界带来了巨大影响，这种新的机械秩序使整个世界进入了一个崭新的时代，而从那个时候算起，这个崭新的时代已经过了大约300年，这就是我们今天仍然置身于其中的工业时代。

理性作为一种推理演绎的认知方式远在古希腊时代就得到了熟练地掌握和运用，在漫漫的历史长河中，理性曾以一种导师的身份指引人们走出与自然相处时的种种困惑和迷误，也帮助人们获取了比别的生物更多的生存机会。科学对自然的操纵和对机械技术的追求在培根那里形成了纲领式的精神，就像培根的《新大西岛》中所描绘的那样，科学主宰一切，所罗门宫的科学家热衷于创造新的鸟兽和植物，他们把这种创造的"美"凌驾于尊重现存生命有机体的美之上。《新大西岛》中幻想的使花草比原有的季节生长得更早或者更晚、比自然过程更快发芽生长以及果实更大、不同口味和形状等技术，这些曾经的幻想如今早已得到实现，各种反季节蔬菜、转基因植物，以及农药、化肥都可以被看作是培根的后继者们对前辈的致敬。

培根的后继者们更广泛和深刻地发扬了培根关于人类统治自然的纲领，在这个新的秩序中，工具理性促成了人类思想与机械精神的结合，这个结合拉开了现代文明的大幕。与此同时，马克斯·韦伯提出"把魔力从世界中排除出去"②。并由此开始世界的祛魅，韦伯还指

---

① ［美］卡洛琳·麦茜特：《自然之死》，吴国盛译，吉林人民出版社1999年版，第4页。
② ［德］马克斯·韦伯：《新教伦理与资本主义精神》，于晓、陈维纲译，生活·读书·新知三联书店1987年版，第29页。

出:"在原则上,没有任何神秘、不可探知的力量在发挥作用……在原则上,通过计算,我们可以支配万物……我们再也不必像相信有神灵存在的野人那样,以魔法支配神灵或向神灵祈求。取而代之的,是技术性的方法与计算。"① 弗罗姆则在其《占有或存在》中提到:"我们正借助技术日趋无所不能,借助科学日趋无所不知……大自然只需为我们的新创造提供材料而已。"② 工具理性去除世界魔幻色彩的本意是去除愚昧,消除神秘荒诞的思维方式,从培根到笛卡尔,从康德到韦伯,人们强调"知识就是力量""我思故我在",提出"人为自然立法",先哲们用毕生的精力和热血为人类指引着前进的道路,但毫无疑问,人类发展的速度和所带来的结果,已经远远超出了人类自身的想象空间,并且正在让人类越来越难以掌控。

毋庸置疑,工业化的现代社会使人类文明达到了一个前所未有的高度。西方资本主义工业革命实现了人类实践与理性思维的完美组合,对资本永无止境的追逐使人类在短短的300年内生产的财富远远超过了过去几千年的总和,也彻底颠覆了之前所有的生产生活方式——人类的社会生活变成了能够按照精密设计和精确计算来运行的机器,不但如此,自然界的万物都可以运用数学方法计算和演绎,包括复制和再造生命。工具理性使人类掌握了无比先进的科技,这些高科技让人们宣称掌握了可以让自然按照人类希望的方向发展的力量——结果看起来是可喜的:当今社会人们的物质生活水平普遍提高,一个普通的美国公民,其生活物资的消耗如果放在中世纪,连国王也比不过,据《流行性物欲症》的作者统计,"一个美国人平均一生至少要消耗一个水库的水(4000万加仑)和一艘小油轮能装的汽油(2500桶)"③,而"1千克美国牛排的生产要消耗5千克谷物、9升汽油,还有相当数量的化肥、农药、食品添加剂"④。尽管美国式

---

① [德]马克斯·韦伯:《韦伯全集·Ⅰ·学术与政治》,钱永祥等译,广西师范大学出版社2004年版,第168页。
② [美]埃·弗罗姆:《占有或存在——一个新型社会的心灵基础》,杨慧译,国际文化出版社1989年版,第1页。
③ [美]约翰·格拉夫、大卫·瓦恩、托马斯·内勒等:《流行性物欲症》,闾佳译,中国人民大学出版社2006年版,第94页。
④ 鲁枢元:《生态文艺学》,陕西人民教育出版社2000年版,第8页。

的生活水准在世界范围内并不具有普遍性,但在当今的全球化消费经济时代,更多的人也正在追求,并且也有很多人达到了相近的生活水平。

距离,曾经是诗人怀乡时最无力对付的敌人,因为距离的遥远,路途的难测让离别成了除了死亡之外诗人们最大的致命伤,也因此留下了"黯然销魂者,唯别而已"的千古名句。但是在今天,距离已经不再是不可逾越的痛苦,现代交通工具,尤其是现代航空足以让万里之遥缩短到以小时计算,空间和时间的大大缩短,也让地球变成了一个村庄。当今社会人们的寿命普遍延长,古人称为"古稀"的年龄,不少人还正热衷于各种社区活动;更让曾经的人们难以想象的是,因特网和经济全球化的浪潮使人们可以在地球上任何一个地方享受着同样便利的生活方式,你可以在网上买到任何商品,哪怕是退役的战斗机。毫无疑问,时间和空间的缩短所带来的超级便利的生活,正是人与自然斗争的成果,随后整个世界都沉浸在现代化节节胜利的狂欢氛围之中——"机器而不是土地,成为生产的核心手段。公路、铁路、工厂、烟囱在地平线上冒了出来,城市也在不断膨胀。这种变化也是一种混杂的快乐"①。在这种狂欢的气氛中,自然似乎真的被人类征服了。

但是,在世界的祛魅带来工业文明高度发达的同时,科学却已经远远背离探索自然奥秘的初衷,随着科学在人们的心目中渐渐无所不能,科学也变成了一种现代宗教,最终人们对科技顶礼膜拜——"在反传统、反宗教的革新年代,科学不仅维持着世界的秩序,赋予每个人生命的意义,还成为某种解决争端的法庭,人们坚信科学会对争端做出冷静而公正的判决……在科学一神教大权独揽的统治下,理性成为自然的法则,而更不幸的是,它也成为社会的秩序原则"②。这一秩序原则突出表现了"征服、创造、掌控"等二元论世界观。人类借助科学技术实现了人类主体对世界客体的对立和掌控,科学技术的

---

① [美]德内拉·梅多斯等:《增长的极限》,李涛、王智勇译,机械工业出版社2006年版,第4页。
② [法]塞尔日·莫斯科维奇:《还自然之魅:对生态运动的思考》,庄晨燕、丘寅晨译,生活·读书·新知三联书店2005年版,第5页。

不断更新使人们告别蒙昧,从自然中脱离出来,人们利用科学技术成为自然的主人和占有者,同时,人作为主体根据科学技术的逻辑掌控和管理自然,自然作为客体则只能接受人类的统治。作为人类工具理性的科学技术本身是没有错的,造成生态危机的根源在于人类自身的问题,正如巴里·康芒纳所说的那样:"如果现代技术在生态上的失败是因为它在完成它的既定目标上的成功的话,那么它的错误就在于其既定的目标上。"① 不管是电脑芯片技术也好,还是生物基因技术也好,在利益至上的主流价值观中,一切有利可图的技术,即使带有巨大的风险,最终也将获得通过和实施。科技法则是否永远都是正确的? 科技的巨大能量带给人类的究竟是美好的未来还是失控的毁灭? 如果有一天,当人类将思考都交给机器,人类还能做什么? 也许,马丁·里在《最后的世纪》中的预言在很多人看来,不过是科学家的狂想,是杞人忧天或者无稽之谈,也有很多人坚信,人类的智慧既然能创造无数的奇迹,也必将一如既往地战胜和控制自然中的一切。而摆在眼前的事实是:人类强调对自然的征服和控制,但资源的枯竭已经触手可及;地球两极的冰川融化、臭氧空洞使自然看上去伤痕累累;人类追逐进步和享受,结果人口暴涨,城市无限扩张,人类精神却不断地萎缩;人们信赖机器,习惯通过电脑和几千千米外的电脑连接,在虚拟的世界中交往和狂欢,却很少注意到窗外的春天是寂静的还是热闹的。人类对物质享受无限度的追求带来了一系列灾难性的后果:"据统计,近30年来世界森林,特别是热带森林的减少速度明显加快,平均每年减少14万平方公里,照此下去,170年后全世界的森林将消失殆尽,森林中数目繁多的物种也将归于覆灭。"② 不仅如此,科学家们预测,地球上的石油仅能开采75年;而到2070年左右,地球上的淡水稳定径流量将耗尽;大量农药、化肥的使用,已经改变了土壤的成分并改变了依附其上的生态链,人类的食物来源受到各种有毒物质的威胁。澳大利亚著名微生物学家弗兰克·芬纳认为由于人口大爆炸,无节制的浪费,人类很可能会在100年后灭绝,并且

---

① [美]巴里·康芒纳:《封闭的循环》,侯文惠译,吉林人民出版社1997年版,第148页。
② 鲁枢元:《生态文艺学》,陕西人民教育出版社2000年版,第7页。

会殃及地球上的其他物种。这些可怕的预言并不是杞人忧天，事实上，由于人口和消耗正在呈几何数字增长，科学家们的推测还有可能提前变成现实。

这一系列的恶果，也都是现代性，尤其是以西方现代工业文明所代表的强势话语体系津津乐道的进步、发达、富裕所带来的。资本主义意识形态的逐利性决定了这个现代社会征服自然、精于算计、不择手段的关系法则，这一法则决定了世界各国都把目光盯在经济的增长点上。这种对经济的追逐，在过去，是资本主义列强在世界范围内的殖民与战争，在第二次世界大战以后，民族解放运动风起云涌，世界格局发生了巨大的转变，但新殖民主义，全球经济一体化的浪潮等新的形式驱赶着人类走上比以往更功利、更不择手段的发展道路，"不必为我们在解决全球变暖这一问题上没有取得任何进展而惊讶，在某种意义上，对于我们来说，自然的世界远远没有经济的世界真实——我们溺爱、发展经济，我们的政治家为加速经济的进一步增长做出了一个又一个决定"①。消费主义意识形态已经超越了传统政治经济学范畴的供需关系，娱乐化、游戏化、碎片化的后现代生活模式正是高度发达、先进的消费主义意识形态的结晶，它物化了人们的心灵世界，这也直接导致了人类精神世界的灾难。从工业革命以来，让地球变成一颗迷失的星球的，是自诩为万物之灵的人类，因而，要拯救这个失落的家园，也势必要从人类精神内部做起。

第三节 寻找回归之路

人类在和自然斗争中取得的节节胜利中自封为自然的主人，科学这一工具理性的外在形式俨然成了现代宗教。人们对科学，对技术顶礼膜拜，正是在这一法则下，人们建构了一套完整而强有力的话语体系，用精于计算、严谨缜密的理性和技术来规范丰富多彩的精神世界，傲慢地把各种光怪陆离的神奇魅影统统归为迷信和谎言，把至今

---

① [美]比尔·麦克基本：《自然的终结》，孙晓春、马树林译，吉林人民出版社2000年版，第16页。

仍然保存着对自然界广泛信仰的地域和人群视为落后、荒蛮和贫穷的存在。

  然而，所谓的进步真的值得我们那么全心全意地追逐吗？或者说，我们究竟应该追求什么样的进步才不会违背初衷？近300年来人类从未放松过对于进步的追逐，也因此创造了无数的奇迹甚至技术神话，为当今人类的生活打下了坚实的基础。但随着进步的脚步，人类赖以依存的技术逐渐脱离人类的控制，甚至开始反噬人类。与此同时，人们利用技术追逐无限制的物欲享受，最终也导致人们的精神家园支离破碎，人也变成了物欲的奴隶。美国影片《智能叛变》用一个很老套的故事，再一次对利益至上、进步至上的原则进行了痛彻的批判和深刻的反思。影片中的超级企业不断地推出新的机器人取代原来的产品，这些机器人可以取代人类做任何事情，最后，最新型的机器人发动叛变，将作为主人的人类拘禁起来，而一心只想着出售NS5型机器人赚大钱的老板也被机器人杀害。老套的情节再次将人类征服与被征服的内心矛盾表现得淋漓尽致，人类制造出机器人来作为生活的帮手，但对于机器人的智能进化又心怀恐惧，只能通过制定机器人不能伤害人类等三大法则来约束机器人。和相近题材的影片一样，《智能叛变》也对在科技的阴影中萎缩的人类精神进行了审问——科技法则是否永远都是正确的？科技的巨大能量带给人类的究竟是美好的未来还是失控的毁灭？如果有一天，当人类将思考都交给机器，人类还能做什么？影片中充满了人和技术的影子，却缺失了自然，自然或者被高楼大厦所淹没，或者退化为荒漠和废墟，这也印证了雅克·皮卡德的话："技术在慢慢地毁灭人类，人类在慢慢地吞噬自然，自然选择已经成为过去，最后留下的只有技术。"[①] 影片展示的是一条远离自然，充斥着毁灭和废墟的道路，越来越多的人已经意识到，科学和技术不是万能的，要拯救日益严峻的生态危机，必须重振衰败和空虚的人类精神。在电影《智能叛变》中那台背叛了人类的终极电脑VIKI强调它的逻辑并非伤害而是为了拯救人类，因为人类对自然

[①] ［美］莫里斯·戈兰：《科学与反科学》，王德禄等译，中国国际广播出版社1988年版，第28页。

的戕害和对技术的过度依赖最终会导致人类自身毁灭,虽然这一逻辑具有生态法西斯主义的嫌疑,但从制造出 VIKI 并促使它根据三大法则背叛人类的,也正是人类自身。这一巧妙的构思运用了"禁止禁止"那样的矛盾修辞法,透过一台电脑"伤害"="保护"的逻辑,加强了对人类和技术之间关系的深层追问。高速进步的工业现代化给人们带来了巨大的物质消费和享受空间,然而现代人不得不面对心灵世界的日趋浮躁和想象力的缺乏,不得不面对生理和心理双重退化的危机,"无节制的工业发展对自然环境的破坏,农药对土壤的破坏与污染,工业烟尘和汽车尾气对大气的污染……凡此种种都直接威胁并破坏人的存在状态,使人处于'非审美化'"①。当今社会交通、通讯的便利,互联网的普及,使人们不用再像古人那样承受相思之苦,但是也难以再体会"昔我往矣,杨柳依依。今我来思,雨雪霏霏"的诗性;人们不再写信,电话快捷和网络视频的直接省去了等待的焦急也省略了等候的想象空间;即便当今的人们想要送别,人头攒动的车站充满的喧嚣和纷乱或者精密的安检设施也已经隔绝了心灵的交流,即便人们想折柳相送,车站机场也没有柳可以折,水泥的地面更彻底地消除了对于折柳意蕴的想象。20 世纪末曾有人预言,即将到来的 21 世纪将是一个"精神障碍症"流行的时代,而这个预言似乎已经得到了印证:抑郁、自我封闭、自杀、吸毒、暴力犯罪等已成为当今常见的社会病症,就像比利时生态学家迪威诺教授所说的那样,在当今社会里,精神污染成了越来越严重的问题,而弗罗姆则认为,当今社会里的人们在精神上的病症比以往都来得更加厉害。人类的进步绝对不容抹杀,然而,越来越多的人已经意识到,科技并非万能,进步的狂欢背后,人们正在面临精神家园的彻底崩坍。

国外的生态思想家们极力主张对造成今天世界生态危机的思想根源进行清算,1997 年《环境伦理汉城宣言》指出:"现在的全球社会危机,是由于我们的贪婪、过度和利己主义以及认为科学技术可以解决一切的盲目自满造成的。换句话说,是我们的价值体系导致了这一场危机。如果我们再不对我们的价值观和信仰进行反思,其结果将是

---

① 曾繁仁:《试论生态美学》,《文艺研究》2002 年第 5 期。

环境质量的进一步恶化，甚至最终导致全球生命支持系统的崩溃。"①在世界性的自然生态危机和精神生态危机不断加剧的当下，重新定位人与自然的关系，重新审视"进步"与"发达"的话语体系，反思工具理性傲慢和自大的一面，公正对待曾被视为落后、荒蛮的精神生态群落，找回在世界的祛魅中被人类驱逐的"神明"——人类自身对自然的敬畏之心，不但必需，而且也已经非常迫切。

20世纪中期兴起并迅猛发展的生态运动要求文学及文学批评重新审视人与自然的关系。1962年，瑞秋·卡森《寂静的春天》的出版为深陷现代性迷误的世界打开了一扇窗，越来越多的人们开始质疑300年来人类工业技术社会对自然的态度；十年后也就是1972年，罗马俱乐部一批世界著名的物理学家、生物学家、数学家、经济学家、社会学家、哲学家等委托麻省理工学院德内拉·梅多斯等四位年轻的科学家撰写的科学报告《增长的极限》出版，该书用众多无可辩驳的数据对人类提出警告——如果我们再不打破经济无限增长和技术进步无所不能的迷梦，人类将断绝最后的出路。迅猛发展的生态运动没有停留在自然科学的领域，当生态学与社会科学产生共鸣之后，生态伦理学、生态哲学、生态法学、生态经济学、生态美学、生态文艺学等各种交叉学科如同雨后春笋一般涌现，形成了一个跨学科的广泛的生态精神研究领域，人们不再把眼光局限于表层的环境污染和治理的问题，提出从深层次上挖掘生态危机产生的思想根源，并提出从内部改变唯理性的思维模式，在世界的复魅中寻找回归精神家园之路。

所谓自然的复魅，强调的是反思和改变工具理性即科技主宰一切的思维方式，恢复人们心灵深处对大自然神奇与神圣性的由衷敬意；提倡人类从征服自然、役使自然、与自然对立的人类中心主义及主客二分的思维模式回归到人与自然同为世界整体的一部分，人与自然和谐共存的思维方式，并最终实现"诗意栖居"的生态审美理想。美国当代哲学家大卫·格里芬对韦伯的"世界的祛魅"提出了强烈的批评："马克斯·韦伯曾经指出，这种'世界的祛魅'是现时代的一

---

① 徐嵩龄主编：《环境伦理学：批评与诠释》，社会科学文献出版社1999年版，第125页。

个重要特征。自然被看作僵死的东西，它是由无生气的气体构成的，没有生命的神性在它里面。这种'自然的死亡'导致各种各样灾难性的后果……这就要求实现'世界的返魅'，后现代范式有助于这一理想的实现。"① 他还援引华勒斯坦的话说："它（世界的复魅）并不是在号召将世界重新神秘化，事实上，它要求打破人与自然之间人为的界限，使人们认识到两者都是通过时间之箭而构筑起来的单一宇宙的一部分。'世界的复魅'意在更进一步地解放人的思想。"② 塞尔日·莫斯科维奇则指出世界复魅的根本目的在于让人性扎根："这当然是为了自然，但更是为了与自然相关并创造自然的人类。"③

"自然的复魅"作为生态美学的重要理论从一提出就在得到广泛的支持的同时也受到广泛的质疑，质疑者认为"自然的复魅"并不具备审美上的可操作性，"除了引诱人抛弃审美活动中的理性因素而使人重新拜服在上帝的脚下之外，几乎没有其他的出路"④。事实上，生态美学也好，生态文艺学也好，生态批评也好，作为一门新的专业或是一个新的学科分支，本身还存在着这样那样的问题，也远未形成成熟完善的体系，但正如王诺教授在《欧美生态批评》中所说的那样："生态文学研究不仅仅是一门专业，一个学科分支，不仅仅是学术活动和教学活动，它更是一种救赎行动——拯救地球和自我拯救的行动！"⑤ 从这个角度来说，关于"自然的复魅"的学科和学理争论或许并不是最重要的，当今世界面临的生态危机并非自然生态系统自身产生的危机，而是源于西方资本主义意识形态逐利本性造成的人类精神生态危机而导致的，学界或应放下分歧，共同探寻拯救之路。恢复自然之魅，即使不是最好，更不是唯一的出路，至少在当前是重建审美的、诗意的精神家园的回归之路。上帝在世界的祛魅中早已无处藏身，再怎么倡导自然的复魅，人们也不可能重新匍匐在上帝的脚

---

① ［美］大卫·雷·格里芬：《后现代精神》，王成兵译，中央编译出版社1998年版，第218页。
② 同上书，第38页。
③ ［法］塞尔日·莫斯科维奇：《还自然之魅：对生态运动的思考》，庄晨燕、丘寅晨译，生活·读书·新知三联书店2005年版，第161页。
④ 李文斌：《对生态美学的两点质疑》，《三峡大学学报》2005年第6期。
⑤ 王诺：《欧美生态批评》，学林出版社2008年版，总序第7页。

下。甚至还需要清楚地认识到,"上帝"本身也带有西方工业文明的原罪,在《圣经》中上帝在创造了亚当和夏娃后对他们说——你们(人类)要生养众多,遍野大地,占领地球,统治大海中的鱼、天空中的鸟以及大地上的一切动物。在现代工业文明中仍然占据绝对强势话语权的西方社会,也正是以上帝的子民自居,不但与自然对立,役使自然,而且在对待非西方国家、地区的民族和文化时,也依然带着固有的傲慢。也正是西方发达国家,一方面,将生态危机转嫁到发展中国家,如向这些国家输入本土的工业废料和垃圾,以保证它们自身的环保、整洁、健康乃至优雅;另一方面,西方发达国家却利用高度发达的科技,在发展中国家大肆获取原材料、砍伐森林,在发展中国家建立重污染的企业,甚至打着民主和拯救的旗号赤裸裸地颠覆那些有资源却无科技、军事实力的国家;与此同时,他们又极力鼓吹全球经济一体化,用"全球化"语境干涉甚至压制不同的声音,尤其是以美国式的价值判断来对世界各国、各民族的文化进行"进步"与"落后"的分层。

在这样的反思过程中,不少西方学者主动和严肃地钻研中国文化,尤其是对中国的传统文化中"天人合一"的生态智慧进行全新的阐释和整合。生态美学、生态批评的提出是一个契机,是一个从人类精神内部重新评判进步与落后、富裕与贫穷的契机。历史上,中国曾经因为故步自封,轻视和排斥现代科技而遭到西方列强的欺凌,也曾经对自己的传统文化严重缺乏自信。今天,中国在追赶西方的道路上展现出了强烈的自信心,不管是国民生产总值还是总体消费水平,当代中国的发展速度都足以让世界尤其是西方世界为之侧目。然而,高速发展的中国必须借鉴和总结西方工业发展的经验教训,避开西方国家走过的弯路,充分发掘传统文化中自然与人文一体化的生态智慧。老子曰:"道大,天大,地大,王亦大。域中有四大,而王居一焉。人法地,地法天,天法道,道法自然。"[①] 人类必须重新认识,在天地万物之间,人类只是其中之一,从来就不是什么统治者,也并不比其他自然物更伟大,也必须抛弃以人类作为世界中心的现代工具

---

① 陈鼓应:《老子注译及评价》,中华书局1984年版,第163页。

理性的世界观。同时，就像西方学者主动学习中国的传统文化那样，中国文化中以汉文化为代表的主流文化也应主动学习少数民族文化，不但应该重温老子的"域中有四大，王居其一"和庄子的"天地有大美而不言"等天人一体的思想，也需要认识少数民族神话传说中所体现出来的人与自然和谐共存的生态观念。由于地域、历史等原因，我国大多数少数民族至今依然保持着世代相传，有异于现代工业文明的精神世界，这些精神世界大多受到原始宗教"万物有灵"观念的影响，在对待人与自然的关系上，更注重一种和谐共生的相处模式，而少数民族丰富多彩的文学艺术架起了人与自然之间的桥梁，世代传承人们对自然的敬畏和感激之情。因为天地人神同源而生，人们倡导"天人合一"的共存和谐生态观念；因为世界神秘而又神圣，因为人在自然面前的敬畏及其所产生的广阔的想象空间为人们提供了众多生动的神明形象，在北方游牧民族，有西方的 55 个善天神和东方的 44 个恶天神；在南方山地民族，则有开天辟地的诸神和引发洪水泛滥，又留下葫芦种子让人类兄妹幸存的雷公等。尽管北方和南方的神话传说以及以后的文学艺术各成体系，然而殊途同归，他们所强调的"人"是置身于天地神祇之间，仰望星空，敬重大地，畏惧神灵的"人"，天地之间的诸神与人类共存，神性，也即诗性的光辉拂照着人类的精神家园。

少数民族民间文化自身所具有的神性之维和后现代精神所倡导的"自然的复魅"是殊途同归的。人类需要以生态的思考和生态的理解作为当今社会普遍采纳的思维方式，重新去看待将人类带到一个空前繁荣同时又充满空前危机现代性的后果，去建构超越现代性的后现代文明。同时，少数民族民间文化的神性之维，也是后现代精神所倡导的"自然的复魅"最好的研究和学习对象，这些原本被视为落后文化的载体让深处现代性漩涡之中的人们重新认识和学习人与自然相处的方式，而它们不但是研究对象，更是后现代生态精神建构的积极参与者。通过自然的复魅，重拾人类对自然的敬畏之心，重新审视高度发达的现代科技以及机械论的思维方式，拯救那些在全球化语境下濒临灭绝的民族、地方精神生态物种，恢复、突出文化的多样性，并最终实现整体多元的精神家园的回归，是所有学者、教师、政府公务人员乃至普通公民共有的责任。尽管以这样的方式来谈拯救往往会招来无尽的笑声，但"相对于坚实、强大、明朗、时尚的科技与管理，文学艺术是如此的轻柔、虚飘、幽微、苍老，所谓'文学的拯救'，恐怕只能招来更多的嘘声。然而，我们也只剩下这些了"[①]！

第四节　诸神遗落的脚印
——贵州少数民族文学精神生态与生态精神解读

贵州，简称"黔"或"贵"，位于中国西南地区东南部，位于中国西南的东南部，介于东经103°36′—109°35′、北纬24°37′—29°13′之间，东毗湖南，南邻广西，西连云南，北接四川和重庆，是一个山川秀丽、气候宜人、民族众多、资源富集、发展潜力巨大的省份。全省东西长约595千米、南北相距约509千米，总面积为176167平方千米，占全国国土面积的1.8%。省会贵阳，东毗湖南，南邻广西，西连云南，北接四川和重庆。辖贵阳市、六盘水市、遵义市、安顺市、铜仁市、毕节市六个地级市，黔西南布依族苗族自治州、黔东南苗族侗族自治州和黔南布依族苗族自治州三个少数民族自治州和仁怀市、威宁县两个省直管县级单位。贵州省是古人类发祥地之一，早在24万年前就有人类居住、活动，有旧石器时代早期的"黔西观音洞文化"，晚期直立人"桐梓人"，早期智人"水城人"和盘县"大洞人"，晚期智人"兴义人"、普定"穿洞人"、桐梓"马鞍山人""白岩脚洞人"和安龙"观音洞人"。贵州是我国古人类发祥地之一，早在若干万年前就有人类劳动、生息、繁衍在这块土地上，创造了贵州的远古文化。春秋以前，贵州为荆州西南裔，属于"荆楚"或"南蛮"的一部分。战国后期，夜郎国逐步发展成为西南地区的大国之一（夜郎国大部分疆域在今贵州境内）。秦始皇统一中国后，曾在夜郎地区修筑"五尺道"，并在部分地方设郡县、置官吏。西汉王朝建立后，汉武帝在夜郎地区继续推行郡县制，同时开辟了从四川南部经贵州西部平夷（今毕节）至江（北盘江）、南到番禺（今广州）的通

[①] 鲁枢元：《文学与生态学——文学的跨界研究》，学林出版社2011年版，第2页。

道。公元前25年，夜郎国灭，郡县制在夜郎地区最后确立。公元974年，土著首领普贵以控制的矩州归顺，宋朝在敕书中有"惟尔贵州，远在要荒"一语，这是以贵州之名称此地区的最早记载。明永乐十一年（公元1413年）设置贵州承宣布政使，正式建制为省，以贵州为省名。

贵州地貌属于中国西南部高原山地，境内地势西高东低，自中部向北、东、南三面倾斜，平均海拔在1100米左右，全省地貌可概括分为高原、山地、丘陵和盆地四种基本类型，高原山地居多，素有"八山一水一分田"之说，是全国唯一没有平原支撑的省份。贵州省属亚热带湿润季风气候，四季分明、春暖风和、雨量充沛、雨热同期。是世界上岩溶地貌发育最典型的地区之一，有绚丽多彩的喀斯特景观。

贵州的气候温暖湿润，属亚热带湿润季风气候。气温变化小，冬暖夏凉，气候宜人。2002年，省会贵阳市年平均气温为14.8℃，比上年提高0.3℃。从全省看，通常最冷月（1月）平均气温多在3℃—6℃，比同纬度其他地区高；最热月（7月）平均气温一般是22℃—25℃，为典型夏凉地区。降水较多，雨季明显，阴天多，日照少。受大气环流及地形等影响，贵州气候呈多样性，"一山分四季，十里不同天"。另外，气候不稳定，灾害性天气种类较多，干旱、秋风、凌冻、冰雹等频度大，对农业生产危害严重。贵州河流处在长江和珠江两大水系上游交错地带，有69个县属长江防护林保护区范围，是长江、珠江上游地区的重要生态屏障。全省水系顺地势由西部、中部向北、东、南三面分流。苗岭是长江和珠江两流域的分水岭，以北属长江流域，流域面积115747平方千米，占全省国土面积的66.1%，主要河流有乌江、赤水河、清水江、洪州河、舞阳河、锦江、松桃河、松坎河、牛栏江、横江等。苗岭以南属珠江流域，流域面积60420平方千米，占全省国土面积的35.0%，主要河流有南盘江、北盘江、红水河、都柳江、打狗河等。

2015年末贵州全省常住人口3529.5万人，是一个多民族共居的省份，全省共有民族成分56个，其中世居民族有汉族、苗族、布依族、侗族、土家族、彝族、仡佬族、水族、回族、白族、瑶族、壮族、畲族、毛南族、满族、蒙古族、仫佬族、羌族等 18 个民族。据全国第五次人口普查,全省人口超过 10 万的有汉族(2191.17 万,占 62.2%)、苗族(429.99 万,占 12.2%)、布依族(279.82 万,占 7.9%)、侗族(162.86 万,占 4.6%)、土家族(143.03 万,占 4.1%)、彝族(84.36 万,占 2.4%)、仡佬族(55.9 万,占 1.6%)、水族(36.97 万,占 1.0%)、白族(18.74 万,占 0.53%)和回族(16.87 万,占 0.5%)。贵州少数民族人口占全省总人口的 39%。全省有 3 个民族自治州、11 个民族自治县,地级行政区划单位占全省的 30%,县级行政区划单位 46 个,占全省的 52.3%;少数民族自治地区国土面积 9.78 万平方千米,占全省国土面积的 55.5%。还有 253 个民族乡。千百年来,各民族和睦相处,共同创造了多姿多彩的贵州文化。

在贵州省的九个地州市中,3 个民族自治州黔东南苗族侗族自治州位于云贵高原的东部边缘地带,山大林密,地势起伏大,海拔相对西部较低,气候温暖,降水量十分丰富,自治州内河流遍布,主要有清水江、都柳江、舞阳河等,大大小小的河流约有 2000 条,主要山脉为苗岭山脉,东西横贯全州,主峰为雷公山。自治州内土壤多为黄壤、红壤和黄棕壤,适宜林木生长,是贵州主要的木材产地,而木材也是当地十分重要的传统经济支柱,农业生产以水稻为主,各民族群众大多沿水而居,是苗族、侗族等民族的聚居地,少数民族占总人口的 75%,当地少数民族民居多以木材作为建筑材料,依山傍水,吊脚楼、干栏式建筑、鼓楼、风雨桥等传统民族民间建筑同时也是苗、侗等民族举行各类民间民族文化艺术活动的场域。黔南布依族苗族自治州地势自西北向东南逐渐倾斜,地貌多样,高山、丘陵、坝子、河谷相互交错,河网密度大,大小河流 200 余条,多数地区海拔 500—800 米,主要种植水稻、玉米、小麦和薯类粮食作物,布依、苗、侗、水、瑶族等民族聚居于此,少数民族人口占总人口的 55% 左右。而黔西南布依族苗族自治州的地势则西高东低、北高南低,多为碎屑岩侵蚀地貌和碳酸岩溶蚀地貌,矿产资源丰富,主要河流有南盘江、北盘江和红水河以及 100 余条大小河流,均为珠江水系河流,气候为中亚热带湿润季风性气候,热量充足,雨量充沛,主产水稻、小麦、薯类和甘蔗、茶叶等,是布依、苗族等民族的聚居地,少数民族人口占总人口的42%左右,民居则以石(石板、石块)和木材为建筑材料。

位于黔西北的毕节地区则是贵州省海拔最高的高寒地区,地形切割大,地势复杂,气候较凉,降水相对南部较少,灾害性气候多,水土流失严重,自然环境较差,当地农业以玉米、洋芋、豆类为主,兼以畜牧,当地少数民族主要为彝、苗、回等,少数民族人口占总人口的28%左右。黔东北的铜仁地区处于云贵高原向湘西丘陵过渡的地段,主要山脉为武陵山脉,主峰梵净山为佛教名山,东部为低山丘陵和河谷盆地,海拔多在800米以下,西部多为山原峡谷地貌,海拔在800—1200米,境内有沅江、乌江两大水系,主产水稻、玉米、花生、烤烟、油桐等,是土家、仡佬、苗、侗等少数民族聚集地,少数民族占总人口的60%左右。黔北遵义地处云贵高原向湖南、四川丘陵过渡的斜坡上,河流主要有长江水系的乌江、赤水河、湘江河、芙蓉江等,主产水稻、玉米、油菜、茶叶、烤烟、油桐等,道真县和赤水市还有全国文明的银杉群落自然保护区和桫椤自然保护区,仡佬、土家、苗等少数民族人口占总人口的10%左右。

六盘水市位于贵州西部,西邻云南省,东、北、南与安顺市、毕节市、黔西南布依族苗族自治州相连,境内有长江水系的三岔河、珠江水系的南北盘江干流及50余条支流。六盘水地势较高,平均海拔1300米,最高处海拔2900米,最低处海拔609米,岩溶发育、石灰岩、白云岩广泛裸露,矿产丰富,农业主产玉米、水稻、小麦、薯类、豆类等,境内主要分布彝、苗、布依、回、仡佬等少数民族。安顺市抵触黔中腹地,全市以高原丘陵地貌为主,地势西北高、东南低。山脉走向错综复杂,岩溶发育充分,是贵州岩溶地貌最为典型的地区,为乌江水系和北盘江水系分水岭,大小河流110余条,有著名的黄果树大瀑布,农业主产水稻、小麦、油菜、玉米等,布依、苗、回、仡佬等为主要少数民族,少数民族人口占总人口的37%左右,民居因地制宜,取材石块、石板修建的石头建筑极具风格。贵阳市是贵州省省会,明永乐十一年建贵州布政司于此。贵阳市少数民族人口占总人口的12%左右,主要有布依、苗等民族。综上所述,贵州境内自然条件十分复杂，各地的自然地理条件存在较大差异，而在过去漫长的历史中这种复杂的地形和多变的气候使贵州处于一个较为封闭的状态，同时省内自然地理气候条件的差异也造成了环境分割病，不可避免地造成各民族生产生活和文化发展的差异，但是这些历史上相对封闭的自然与文化环境，也成为了贵州少数民族文化多样化的重要基础。

2015年全省地区生产总值达到10502.56亿元，占全国的比重由2010年的1.13%提高到2015年的1.55%。2015年全省地区生产总值比上年增长10.7%，继续位居全国前列。"十二五"时期，全省地区生产总值各年增速均保持两位数，年均增速为12.5%，高于同期全国水平4.7个百分点。2015年全省第一产业增加值1640.62亿元，比上年增长6.5%；第二产业增加值4146.94亿元，增长11.4%；第三产业增加值4715.00亿元，增长11.1%。三次产业结构为15.6:39.5:44.9，与2010年比，第一产业比重提升2.0个百分点，第二产业比重提升0.4个百分点，第三产业比重下降2.4个百分点。2015年全省人均地区生产总值为29847元。截至2015年末，全年营造林面积28.0万公顷，年末森林覆盖率50.0%，比上年提升1.0个百分点；9个市（州）中心城市集中式饮用水源水质达标率均为100%、空气质量指数优良率均高于90%，县级以上城市空气质量达到优良的天数超过95%。年末全省已获批准省级生态文明建设示范区628个，比上年末增长66.1%。自然保护区123个，其中，国家级自然保护区9个；自然保护区面积占全省国土面积的5.6%。全年环保资金投入95.74亿元，比上年增长5.0%。县城及以上污水处理厂处理能力为246.58万立方米/日，比上年增长28.8%，污水处理率达到89.3%，比上年提高2.0个百分点。城市建成区绿地面积33060.77公顷，比上年增长12.7%，建成区绿地率23.1%，比上年提高1.7个百分点。城市生活垃圾无害化处理率82.8%，工业固体废物综合利用率58.0%，工业重复用水率95.0%，分别比上年提高3.9个、1.1个和0.8个百分点。万元GDP能耗比上年下降7.46%。贵州少数民族民间文化的精神生态因其地理环境的长期封闭而在较长的时间内得到相应的传承和保护，但其内部运转的动力受到强势文化、垃圾文化的污染而日益艰难，现代工业、城市文明所主导人类精神领域的崩坏已经将贵州少数民族原有的精神生态家园切割得支离破碎，拯救少数民族破碎的精神生态群落的紧迫性和重要性不亚于拯救那些濒临灭绝的野生动物，然而，拯救破碎的精神家园，却更加任重而道远。

本书将全面研究贵州少数民族民间文学的自然生态、社会生态、文化生态、精神生态与文学艺术的关系，充分挖掘少数民族民间文化、文学中所蕴藏的生态智慧，提高少数民族地区对本民族文化的自我认同感和自信心，为过去对少数民族文化进行保护时自上而下、由外而内，用先进引导落后的模式提供全新的视野，用一种新的思维和研究方法来研究少数民族民间文化，并以贵州省内的世居少数民族作为研究对象，以期达到以下三个方面的目标。

一　为保护少数民族文化多样性提供新思路

生态学（Ecology）一词来源于希腊语，由词根"okios"和"logos"演化而来，"okios"表示"家庭"或"住所"，本是居住的意思，指自然界的各种生物在一定区域内利用自然条件相互制约、依赖，繁衍生存，"logos"则是研究的意思。现代意义的生态学最早由德国生物学家赫克尔提出，到现在，生态学已经成为世界上一门广受世人关注的学科，有不少学者甚至提出，21世纪是一个生态学的世纪。早在20世纪中期，日益严峻的生态危机促成了生态学和诸多人文学科的交叉和融合，生态伦理学、生态哲学、生态法学、生态经济学、生态美学、生态文艺学等各种交叉学科如同雨后春笋一般涌现，形成了一个跨学科的广泛的研究领域。生态的思考（ecological thinking）和生态的理解（ecological understanding）成为普遍的思维方式，从生态的角度探讨问题，在问题中解析出生态根源，成为了人文学科研究的重要趋势。先行者们不再把眼光局限于表层的环境污染和治理的问题，而是提出从深层次上挖掘生态危机产生的思想根源，从内部改变唯理性的思维模式，通过对人类精神的重审和回归实现自我的拯救。

精神生态学的提出也正是在这一背景之下。苏州大学教授鲁枢元先生在其代表著作《生态文艺学》中指出，精神生态学是"一门研究作为精神性存在的主体的人与其生存环境（包括自然环境、社会环境和文化环境）之间相互关系的科学。它一方面关涉到精神主体的健康成长，一方面还关涉到一个生态系统在精神变量协调下的平衡、稳定和演进"①。就生物属性而言，人类只是生态空间的一环而已，但人类对自然的影响和掌控最终超越了其他物种并最大限度地改变了自然生态环境，在人化的环境中繁衍自己的种族。而"人化的自然"与"自然的自然"的本质区别在于，人类赋予了自然精神层面的属性，不仅仅满足生存和繁衍的本能，更依托不同的自然环境，形成具有种群特性的精神生态家园。塞尔日·莫斯科维奇指出："人们在对各个大陆进行西化的过程中灭绝的就不是自然，而是文化，涉及的人民不是太弱小，无力反抗就是过于相信别人以至于被诱惑、贿赂或改变信仰。"②当全球经济一体化来势汹汹地席卷这个星球时，贵州这个过去偏远落后的省份及其生活在这片古老土地上的各个少数民族同样无法避免，城市化的进程、强势文化的入侵和统治，傲慢地将贵州少数民族的精神家园破坏得几乎只剩一片废墟。

据中国民协副主席余未人来自贵州的濒危报告称：贵州黎平县尚重镇育洞村700余户侗族，从80年代后期至90年代，银饰、裙子、绑腿等侗族服饰，不再为青年妇女所穿戴，姑娘们唱"多耶"的风俗已经没有；男人都穿从外面买来的服装，不穿侗服，类似独眼萧的乐器"格欧"再没人吹奏；2000年贵州榕江县萨玛节举办侗歌比赛，大多初中生不会唱侗歌，只好在赛前学唱；从江县巴沙村苗族，凡上初中的男孩，都不再保留本民族独有的发式椎髻；黎平县是侗族鼓楼艺术之乡，现存鼓楼328座，一些村寨想维修或新建鼓楼，却再也找不到修鼓楼的大树，因为鼓楼纯系木结构卯榫，其大柱要50—500年的杉木做原料，鼓楼前歌坪依传统要用鹅卵石，也因材料匮乏，改为水泥地。有的县城本身是一个少数民族风情浓郁的地方，在城镇规划建设中广场中央修音乐喷泉，到了晚上，音乐喷泉放出的音乐通通为流行歌曲，没有一点自己的民族特色。由贵州社科院民族研究所所长

---

① 鲁枢元：《生态文艺学》，陕西人民出版社2000年版，第148页。
② [法]塞尔日·莫斯科维奇：《还自然之魅：对生态运动的思考》，庄晨燕、丘寅晨译，生活·读书·新知三联书店2005年版，第10页。

杜小书主持的调研课题《贵州省城市化进程中非物质文化遗产问题研究》指出："目前的主流媒体传播出的信息和表达出来的生活方式，主要是现代城市的生活模式，无形中改变着人们的生活价值观和追求目标。由于地方媒体对当地民族文化的发掘和宣传有限，民族语言传播的电视和广播节目几乎没有，少数民族只能被动接受主流文化（即汉文化）传递出的意识形态；同时，在全球化的今天，主流文化也受到外来文化的侵蚀和影响，传播出的文化多样性就更为有限。首先是心理层面上，长期被动地受到现代传媒的包围和刺激，尤其是年轻一代，从一生下来就接受着两种（或多种）文化的影响，无疑会让他对自己民族身份的确立和对民族文化认同感产生影响，那些保留千年流传下来的古老习俗和传统生活理念，也会遭到质疑。"①

对少数民族传统文化的保护显然已经刻不容缓，问题在于究竟怎样才能进行最有效的保护？一直以来，由政府主导，以经济援助，以旅游、文化产业开发以及"非物质文化遗产保护"的相关政策、措施，为保护民族文化做出了巨大和有利的贡献。然而，这些保护政策和措施更多是自上而下、由外而内的，一方面是有关专家学者痛心疾首地呼吁保护原生态的民族文化，另一方面是民族地区对现代化生活方式的诉求，而发展民族旅游，发展民族文化产业，对民族地区生活水平的提高无疑具有巨大的促进作用，但发展的同时民族文化的原生性不断流失和破坏也是不争的事实，尤其是旅游业，当游客买走一件民族工艺品时，也许也带走了传统技艺的最后血脉，而为了迎合游客而可以展现的所谓的民族风情，不但有不少作伪的行为，更可怕的是，这种作伪将变成真实。如果不从根本上对现代社会以消费主义意识形态为代表的主流价值观进行反思，不正视和重视民族文化的生态智慧对于当代社会的重要意义，不改变那种以先进引导落后的二元论思维方式，不增强民族地区内部的自我认同和民族自信，民族文化保护中所存在的根本矛盾必将随着社会经济发展的加速而扩大，当文化多样性随着现代化进程逐渐灭绝，也必将导致整个社会生态的灭绝。

---

① 杜小书：《贵州省城市化进程中非物质文化遗产问题研究》，贵州省社会科学院院级课题报告，2007年。

有人提出，边远落后的少数民族地区连最基本的温饱问题都没有完全得到解决，奢谈自然生态环保尚且不能，更遑论精神生态的拯救和回归？这确实是一个两难的困境，但造成这一困境的根源并非自然本身，罗尔斯顿指出"解决温饱问题的一个方法是重新分配"①。要求居住在边远地区的少数民族恪守古老而传统的生活模式来供都市人群茶余饭后娱乐消遣无疑是一种精神猥亵，在生态整体主义倡导人类公平正义的原则下，保证人的基本生存权利的同时，通过广泛的抛弃物质主义的人生观，不再迎合那些已将整个世界带入灾难边缘的消费主义潮流和时尚生活方式，根据生态和资源承受条件而生活，并提倡物质生活的尽量简单化和精神生活的最大丰富化，才是拯救濒临湮没的少数民族精神生态群落的根本途径。而拯救的希望在于"诸神"的重临，在于让"神性"回归——培育民族精神，弘扬民族文化，增强民族自信，重新回到敬畏自然、融入自然，与自然和谐相处的精神生态家园中来，并重拾生态的价值观、伦理观和审美观。作为原生态的少数民族文化的传播媒介，民族民间文学所蕴藏着的神性之维，也正是这一系统的体现。后现代精神所倡导的"自然的复魅"强调的是反思和改变工具理性即科技主宰一切的思维方式，恢复人们心灵深处对大自然神奇与神圣性的由衷敬意；提倡人类从征服自然、役使自然、与自然对立的人类中心主义及主客二分的思维模式回归到人与自然同为世界整体的一部分、人与自然和谐共存的思维方式。

二 通过对少数民族民间文化现象的解读，提炼其文艺思想的生态学价值

什么是文化？文化一词在中国古已有之，《周易·贲卦·象传》就已经出现"观乎天文，以察时变；观乎人文，以化成天下"将"文、化"并联的用法，也初步点明了文化一词以文教化的基本内涵。不过，将"文化"作为一个内涵丰富、外延宽广的概念，还是由欧洲人开始的。英国人类学家泰勒1871年在《原始文化——神话、

---

① ［美］罗尔斯顿：《环境伦理学》，杨通进译，中国社会科学出版社2000年版，第384页。

哲学、宗教、语言、艺术和习俗发展之研究》一书中对文化做了系统的阐释："（文化）是包括全部知识、信仰、艺术、道德、法律、习俗以及作为社会成员的人所掌握和接受的任何其他的才能和习惯的复合体。"① 广义的文化包括物质生产活动和精神创造活动在内的所有的人类活动及其结果，将人类社会生活的各方面都囊括其中。

贵州地处亚热带，92.5%以上面积为山地和丘陵，多年来一直被视为偏远蛮荒之地，正是这块蛮荒之地，至今生活着苗、彝、布依、仡佬、水、侗、瑶等17个世居少数民族。一方水土养一方人，贵州的山地、丘陵、河流、湖泊养育了世代居住于此的各族人民，也孕育出独具地方特色的精神生态体系。贵州少数民族民间文化囊括了各少数民族生活中衣食住行的方方面面，他们的传统文化深受原始宗教及神性思维的影响，和现代工业文明相比，最大限度地保持了人类与自然和谐相处的古老智慧。文学以口传文学为主，这些通过传说、史诗、故事、歌谣、戏曲以及各种生产生活仪式世代传承的文学物种直至今日仍有相当一部分具有诗、舞、乐三位一体的原生特质，蕴藏着关于贵州少数民族精神生态家园最广泛的信息和深层次的生态智慧。对贵州少数民族文学的研究，是打开贵州少数民族精神生态家园的钥匙，而开启这片神奇的精神世界的门扉，探究和正确对待维系这个世界的生态精神，对当前现代科技高度发达但危机重重的世界而言，无疑具有极其重要的价值。

贵州少数民族文学精神生态，主要指通过贵州少数民族民间文学传承和展现的贵州少数民族精神世界的生态系统，它与自然生态、社会生态共同构成贵州少数民族世代生活守望的家园。著名的《西雅图宣言》以印第安人的立场为现代文明敲响了警钟并在当代西方世界的生态运动中被广泛引用，而印第安文化长久以来就是被白种人蔑视和嘲笑的"落后、野蛮"文化。无独有偶，那些位于我国偏远地区的少数民族文化，也长期被主流文化视为落后的文化，但正如生态神学家莫尔特曼所指出的那样："以前的文明绝不是'原始社会'，更不

---

① ［英］爱德华·泰勒：《原始文化——神话、哲学、宗教、语言、艺术和习俗发展之研究》，连树声译，上海文艺出版社1992年版，第1页。

是'欠发达社会'。它们是极其复杂的均衡系统——人与自然之间关系的均衡、人与人之间关系的均衡以及人与神之间关系的均衡。"①历史上长期的封闭和落后，使贵州少数民族在一定程度上还葆有那个"均衡系统"，并将这个系统蕴藏在文学艺术中，贵州少数民族文学正是这种所谓落后文化的载体。本书力图挖掘贵州少数民族文学作品蕴藏的丰富内涵，致力于通过中西方生态智慧的交融，并以此作为全书的理论基石。在方法上，以马克思主义生态观作为指导思想，通过生态整体主义所强调的多元、共存、兼容并包的生态哲学，强调人与自然的和谐共存的关系，对资本主义工业革命以来人与自然对立、征服自然和无限制掠夺自然的二元论及人类中心主义进行批判，通过"自然的复魅"等后现代反思和超越等思想资源，最终梳理出贵州少数民族精神生态世界的整体轮廓及思想脉络。作为载体，丰富的神话、传说、古歌（史诗）作品是贵州少数民族精神生态世界最直观的体现，主要包含了以下几个方面：

首先，贵州少数民族文学所呈现出的精神生态世界是一个诸神与人类同源共生的世界。贵州少数民族先民将所有的生命及其生活来源都视为自然的恩赐，并认为人和自然是融为一体的。贵州少数民族崇敬自然，亲近自然，既与自然斗争，又与自然形成一个动态平衡的整体，透过各种传说故事，将他们对自然的认识和理解凝聚成一些鲜活灵动的拟人化的神明形象。比较典型的例子是贵州少数民族的创世神话，这些神话（或古歌、传说）留下其先民与自然之间关系的在各自民族的集体记忆，再现了先民们对宇宙生成、万物起源极为生动的猜测，并充分体现出"天人一体"，也即人与大自然本质上的一致性，从中不难透析他们强调大自然是人类生存的根本和最终归宿地，人与万物相互依存的生态智慧。如仡佬族的创世神话《布比格制天，布比密制地》中提到大地万物都是人类远祖的身体幻化而来的，苗族的创世神话也说："天地是盘古开的，一切都是盘古变的。"②布依族则认为宇宙万物的生成，是由"气"——清气和浊气的矛盾运动产

---

① [德] 莫尔特曼：《创造中的上帝——生态的创造论》，隗仁莲等译，生活·读书·新知三联书店 2002 年版，第 38 页。
② 张晓编：《贵州神话传说》，贵州人民出版社 1997 年版，第 4 页。

生的，在这里，"气"成了世界的本原和基础，而使"气"变化成宇宙万物的是布依族的祖先布灵——一个神化的人物。侗族古歌《人类的起源》则描述了人神兽天地同一的场景，水族古歌《人、龙、雷、虎争天下》也是一个例子。从中可以明显地看出，在世界的最初，人神兽是兄弟，是共同生活在一起的。

其次，诸神与人类不但是同源而生的，更是在天地之间作为一个整体共存的。人在天地间并非主宰，而仅仅是其中的一部分。这一认识源自于万物有灵的信仰，贵州少数民族先民从自己的思想情感出发，将世界上的万事万物都看作是具有灵性和感情或与自己有着某种远古的血缘关系的存在，将他们对自然、对生命的敬畏通过对各种崇拜物的信仰传承至今。自然的神秘和神圣、生命的伟大和脆弱，在人们的精神世界造就了各种文学作品中各种神化、亲属化自然意象存在的必然性，后人又通过文学作品认识和亲近自然并最终形成一种交互演进式的循环系统。在这个诸神与祖先共存的世界既是远古的、荒蛮的、神秘的，又是亲缘的、邻近的、朴素的，它一方面具有蒙昧性，另一方面又具有自觉性，并通过文化遗传最终形成一种神性维度上的生态整体观。贵州少数民族文学作品记载了为数众多的崇拜对象，既有作为自然崇拜的太阳、星星、风雨尤其是雷的神性形象，更有作为图腾崇拜的竹、虎、龙、鱼等被视为亲属的动植物，当然还有神化了的祖先。竹王传说分布之广、影响之深，几乎涵盖了贵州境内所有世居少数民族。他们敬竹、爱竹、栽竹、用竹，将自身融入竹的绿色世界之中，竹就是家园的信仰。由于地处亚热带地区，百越族系以龙、蛇为图腾的故事很多，如仡佬族的《蛇郎》《蛇大哥》《蛇与七妹》及布依族的故事《七女与蛇郎》等。此外还有鱼图腾，在水族地区还有过端节①时煮鱼虾以祭奠远祖的习俗，水族古歌《鲤鱼歌》反映的正是水族以鱼为祖先的意识。对于天地图腾祖先的崇拜通过各种各样的文学作品保留、传承下来，生动地再现了他们的敬畏和感恩之情，更通过各种禁忌来约束和限制人们对自然的肆意妄为。

贵州少数民族文学作品中天人一体，人与自然万物同根同源朴素

---

① "端节"是水族特有的重要节日，又叫"过端"。

观念催生和维系了贵州少数民族精神生态群落,尽管这个精神生态群落中的各民族关于人类起源、人与自然的认识形形色色、不尽相同,但他们对自然的敬畏和尊重、共生与和谐的生态整体观是一致的。在数千年来的生产生活中,贵州少数民族孕育于独特地域的精神生态和生态精神在不断的发展变化中从无意识到潜意识,从不自觉到自觉演进,不但给后人留下了丰盈的审美想象空间,其深刻的生态智慧,更迫切地需要学界的关注和发掘。当前,世界性自然生态危机和精神生态危机不断加剧,重新定位人与自然的关系,重新审视"进步"与"发达"的话语体系,反思工具理性的傲慢和自大,公正对待曾被视为落后、荒蛮的精神生态群落,找回在工业发展进程中被人类驱逐的神明——人类自身对自然的敬畏之心,不但必须,而且也已经非常迫切。

三 传承少数民族文学的生态精神,为国家提出的"生态文明建设"重大政策作出应有的贡献

一方水土养一方人,贵州少数民族文学的精神生态家园与自然生态环境血脉相连,正是贵州这块地域上的高山河流、梯田坝子养育了世居少数民族,为他们的精神生活提供了物质基础,最终形成独具特色的精神生态文化。反过来,贵州世居少数民族也世代守护着他们生活的家园。贵州少数民族文学中蕴含的生态精神带有鲜明的泛灵论和有机论的世界观,他们将自然界视为和人类一样有生命的有机体加以崇拜和敬畏。自然对人们精神世界的造就,形成了各种文学作品中自然意象存在的必然性,后人又通过文学作品认识和亲近自然,并最终形成一种交互演进式的循环系统。这里的天地神人的世界既是远古的、荒蛮的、神秘的,又是亲缘的、邻近的、朴素的,它一方面具有蒙昧性,另一方面又具有自觉性,并最终形成以神性作为尺度来衡量生产和生活好坏的集体意识。这里的神性和通常所讲的迷信并不相同,而这个天地神人的世界也并非只有神秘主义和巫术,而更多的是深藏人神、天地万物之间的秘密,根据海德格尔的理解,这个秘密就是不以人的好恶为转移的自然规律,这个诸神与人同在的世界不时会给人们带来痛苦及恐惧,但也会给人们的心灵世界带来最终的满足与快乐。

贵州少数民族祭祀天、地、山神、树神，自然界里的一切，在其先民眼里，都是有灵魂的生命的存在。万物生灵有天神地祇，有山魈鬼魅；而人在死之后，也有灵魂升天或者成为厉鬼的不同。特别是对父母、祖宗的亡灵，子孙们更希望一方面为祖宗灵魂超度，另一方面也是为了不致让鬼魂留在人间作祟，所以就有了各种各样的祭祀活动并通过少数民族的传说、古歌、叙事歌、民间故事、民间谚语等文学作品记录保存下来。概而论之，主要有信仰和禁忌两个系统。

信仰系统包含了传统刀耕火种、梯田稻作、林粮间作等南方农耕文化对于山神、森林的崇拜，对于龙、蛇等热带动物的崇拜和对祖先的崇拜，这使得他们的文学作品中，往往是将天地山林的崇敬和祭祀排在首位。"敬天""祭地"是贵州少数民族先民社会生活中的头等大事，彝族古歌中说："商量祭天地，几朴杜杀牛，司那吐烧火，杀牛来祭天，杀牛来祭地，打牛来祭日，杀牛来祭月。"① 所体现的就是天地在人们心目中的重要性。他们对天的祭拜还包括了日月星辰乃至风雨雷电等。几乎在贵州每一个民族中都有"射太阳""喊太阳"或"救太阳"的传说。太阳之外，贵州少数民族先民最崇拜的是雷，雷在百越族系的神话传说中有"雷王"之称，雷不仅掌管雨水，让人间造成干旱，还能造成洪泛，导致人类几乎毁灭。而在洪水神话中，雷的一颗牙齿又使人类得以延续再生，所以雷在人们的心目中实际成了影响人类生殖、繁衍能力的神，雷公形象的复杂性和多样性充分包含了少数民族生态价值观，尤其是善恶自省和寻求与自然和谐共处的生态整体意识。由自然物演化而来的雷公，虽然具有神力，但其思维方式是天真、简单和直率的，正如同人类的孩提时代。贵州少数民族关于雷公的民间故事，既强调了人类战胜自然的艰难和智慧，也对人类在自然面前失去约束进行了自省，相对于雷公的率直，人类则不守信仰："仡索赴宴吃得很高兴，还赞仡本的菜肴很好，仡本却透露了杀鸡、放盐，还加了用鸡屎当肥料浇过的葱，仡索听了大发雷霆，讲仡本不守信仰。"② 不守信仰，是雷公愤怒和引发洪水的根源，

---

① 彝族《物始纪略》第一集，贵州民族出版社1990年版，第25页。
② 吴晓东：《苗瑶语族洪水神话：苗蛮与东夷战争的反映》，《民族文学研究》1999年第4期。

也是少数民族生态价值观对于人在自然面前的精于算计的批判。

　　发展到农业社会以后，人们把对土地神的敬奉放在了十分显赫和隆重的位置。布依族是农耕民族，对土地十分崇拜，至今许多布依族村寨都有土地庙，庙内置放两块石头，当作"地神"，俗称"土地爷爷""土地奶奶"。布依族在腊月初八祭土地神，祈求土地神保佑五谷丰登，还在"开秧门"的第一天祭水神；祭虫神，民间称为"赶虫"或"扫田坝"，多在六月初六举行，古歌《六月六》讲述的就是与此相关的故事。水族的自然崇拜以古树崇拜和岩石崇拜为主。古树崇拜传承至今，宗教意识浓厚的祭祀仪式已不多见，但几乎每一个水族村寨的寨口寨脚都有高大的枫木、杉木等古树，并成为村寨的标志，称为"风水树"。按照水族的习俗，风水树中寄托着祖先的灵魂，是庇佑村寨的力量，人们不准对风水树有轻慢的言行举止，更不能有丝毫的破坏损伤，甚至风水树上掉下来的枯枝败叶也不能拾去当柴烧。侗族民间故事《十八杉》就反映了苗侗人民对自然的热爱，故事讲述了黔东南苗乡侗寨每家生育一个孩子就要在山坡上栽种一百棵杉树苗的风俗，十八年后，孩子长大成人，杉树苗也成材，因此叫作十八杉，当故事中的仙杉提出让苗侗两个后生砍了去卖钱娶媳妇的时候，两个后生却说："不，我们打一辈子光棍也不砍你！"[1] 故事不但讲述了风物民俗，而且强调了苗侗民族热爱杉树、热爱自然、轻看钱财的生态价值观。

　　禁忌是关于社会行为、信仰活动的某种约束限制观念和做法的总称，在少数民族的观念习俗中，是一种普遍存在的文化现象。禁忌的产生和祭祀、感恩一样，也是一种将人纳入大自然整体，限制和避免族人冒犯天地神灵而遭到灾祸的行为方式，这些世代相传的禁忌，告诉人们什么该做，什么不该做，并从心理层面对人们的行为活动进行制约，调节人与自然之间的关系。如果说崇拜和祭祀是一种主观的对自然的感恩，那么禁忌则带有一定的强制约束性，也使得各族的后人们即使最初缺乏相应的自觉，久而久之，仍会回到敬畏自然的轨道上

---

[1] 贵州民族大学民研所编：《贵州少数民族民间文学作品选讲》，贵州民族出版社1987年版，第360页。

来。贵州少数民族历史上居住在交通封闭的崇山峻岭之中,背山而居,傍水而住,对所处的环境充满感激之情,同时为了维护生存环境,又产生了诸多客观上对环境保护起着积极意义的禁忌习俗,并通过丰富多样的文学作品向后人传述。如布依族的神话《安王与祖王》中就含有动物禁忌的内容,安王之母为鱼女,后因安王捕食鱼又不听劝阻便愤然离去,这正是鱼部落以鱼为图腾的证据。与此类似,布依族摩经"请魂经"里,也说到布依族祖先与鱼有血缘关系,所以在某些地方禁食鱼。瑶族禁忌规定每年开春以后必须过了清明才能吃泥鳅和黄鳝,否则眼睛会瞎,客观上避免了鱼类资源被过度捕食,维护了自然的持续性,苗族人则忌打癞蛤蟆,禁射杀燕子,忌深潭打鱼超过一定的数量,这些动物禁忌既有祖先崇拜的因子,也包含了对动物感恩的朴素心理,客观上都起到了维护生物持续长久发展的作用。彝族把神山看作撑天的巨柱,禁止向神山吼叫,不许人们随便开山采石,忌从火塘上跨过,禁吃狗肉,忌以石板作菜板、用竹饰子装肉、用镰刀剖羊肚等。这些禁忌又分为生产禁忌与生活禁忌两大类,可以说不胜枚举,尽管在时间、方法、对象上有这样那样的不同,但总的来说都和他们的民间信仰密切相关,禁忌的目的也都是维护山水、植物、动物的神圣性,同时也避免了人对物质追求的无限度的扩张。这些禁忌充分体现了少数民族的生态智慧,既包含了他们对自然的畏惧和顺从,又强调了与大自然保持和谐完整的要求。

少数民族民间文学作为弱势、落后文化的载体遭到长期的漠视和边缘化,这种状况直到近年来才得以改善。尤其是日益严峻的生态危机促使人们对自身所处的高度发达的现代工业文明提出了强烈的质疑。尽管直到现在人们依然以"现代""现代性""现代化""现代生活""现代都市"等词语作为对当代社会的赞美之词,但人们也逐渐认识到,正是现代性的思想根源,导致了当代社会人类所面临的自然生态、精神生态的全面危机。进步却陷入物欲过度膨胀的迷乱和空虚并导致内在的精神生态环境和外在的自然生态环境的崩坏;落后却葆有简单的快乐和平静,维护着诗性的精神家园,也在很大程度上维护着外在的自然生态环境,这个悖论式的结局,不得不让人对当今人类社会的成就进行反思,并促使人们认真思考和重新审视进步与落后文化的意义。各种反现代性的情绪最终产生了一系列"后现代"话语，在文学艺术领域，"后现代主义"对"价值""意义"的否定，一度导致了价值相对主义、怀疑主义和价值虚无主义的产生。但后现代主义本身并非某种特定的可以界定的形式或体系，一部分后现代主义以解构或者消除原有的世界观包括对自我的否定为立场，而另一部分后现代主义的立场则指向对现代性的超越而建立一种新的世界观。后者被称为建设性或者建构性的后现代主义，与否定和消解一切的解构性后现代主义立场相反的是，建构性后现代主义主张挽救和维护意义、自然、神性等前现代价值观中的积极成分。现代性带来的人类精神家园的坍塌使人类面临无家可归的困境，要解决这一难题，深陷主流价值观和进步、时尚潮流中心的文学和文化思想的视野必须转向，必须低下高傲的头颅，将视线投入到那些原本被视为落后和贫穷的角落，并通过自然的复魅来恢复人与自然和谐共处的关系，建构多元、和谐、有机的后现代精神。

后现代精神是一种生态学的精神，后现代精神的建构为长久以来被漠视和轻视的非主流文化提供了一个正名的契机，是一个从人类精神内部重新评判进步与落后、富裕与贫穷的契机。通过自然的复魅，重拾人类对自然的敬畏之心，重新审视高度发达的现代工具理性，拯救那些在全球化语境下濒临灭绝的民族、地方精神生态物种，恢复、突出文化的多样性，并最终实现整体多元的精神家园的回归。

"21世纪初，时代的格局已经悄悄发生了某些变化，现代史中战无不胜者有可能成为被挑战的对象，而今日的待拯救者，比如自然生态和文学艺术则有可能担负起救助的使命。"[①] 鲁枢元先生的这句话指出了生态批评在21世纪开端的使命，在这里，可以做出这样的扩展：在地球的历史已经发展到人类纪的当下，面临重重的危机，高度发达和进步的话语体系有可能成为被挑战的对象，而长久以来的待拯救者，比如"落后"地区的"落后"文化，则有可能引导一次至关重要的转向。21世纪是一个让全人类投身于电源插头带来的各种娱乐消遣的时代，消费主义意识形态和全球化浪潮正在共谋让整个世界

[①] 鲁枢元：《文学的跨界研究——文学与生态学》，学林出版社2011年版，第74页。

投入到一场"娱乐至死"的绝望盛宴中,当不同国家、不同民族的文化都在这个背景下无限趋同的时候,也将是各种精神物种灭绝、文化毁灭的时候。人类社会只有消费、娱乐和享受的文化就如同整个自然界除了人类再也没有别的生物。自然界没有人类依旧存在,人类失去了自然却无法生存;同样的道理,人类社会没有当代消费主义意识形态,各种文化一样存在,但没有了多种文化的共存,消费主义意识形态及其所衍生的文化必将是死亡的文化,文化灭绝也将导致人类社会灭绝。

少数民族民间文学的生态精神世代传承至今,后现代倡导的自然的精神,原本就在他们的文化遗传因子里。需要转向的是生活在现代工业文明高度集中的都市中的人们,他们需要停下快节奏、高压力的生活脚步,需要放下时尚、流行的生活方式,需要改变傲慢、嫌恶的目光,通过对所谓落后、贫穷和荒蛮的文化的重新认识中寻找自己曾经的精神家园。而长久以来深陷"落后"阴影中的少数民族文化,完全可以更自信地发挥它们文化基因中的积极成分,面对和参与一个有机、多元、兼容共生的后现代生态文明的建构。就像格里芬所说的那样,当今世界的人们到了必须要抛弃现代性的时候,继续在现代性的迷误中越走越远,包括人类在内的整个世界都难以逃脱毁灭的命运。而唤醒沉醉在现代性的成就中的人们以及提升人们对包括民族民间文学在内的所谓"落后"文化重新认识的态度,则是整个当今社会必须要面对的责任,不同地域、不同民族、不同阶层的人,都有义务为现实世界付出努力。

第二章

神　话
——生命象征与地域生态

　　神话是关于世界和人怎样产生并成为今天这个样子的神圣的叙事性解释，作为一种特定的文学体裁，具有狭义和广义之分。刘魁立在《中国大百科全书》中指出，神话就实质和总体而言是生活在原始公社时期的人们通过他们的原始思维不自觉地把自然界和社会生活加以形象化、人格化而形成的，与原始信仰相关联的一种特殊的幻想神奇的语言艺术创作。文日焕、王宪昭在《中国少数民族神话概论》中强调："根据这种说法，如我国汉族的《西游记》《聊斋志异》，少数民族的《刘三姐的传说》《阿诗玛》等虽然也涉及不少鬼神，但从严格意义上讲，这些作品在内容和形式上都不符合狭义神话的定性。"[①] 广义的神话指产生于原始社会，但通过人们的口耳相传，随着历史的进展不断产生、发展的关于神仙、神灵、神怪、神鬼、神人的故事，故事的主角是各种各样的神祇，故事情节荒诞、离奇，充满浪漫幻想色彩，袁珂先生是广义神话观的代表人物，他提出："中国神话不仅产生自原始社会到奴隶制社会初期而登峰造极的丰富的古代神话，还有许多后世民间产生的新神话，如前面所举的'牛郎织女'等……即使原始神话消失了，继原始神话而起的广义神话也还并未消失，而后者和前者又本是一脉相通的，并不是判然划分的两回事。"[②]

　　神话研究是一个国际性的跨学科的研究体系，涵盖人类学、古典

---

① 文日焕、王宪昭：《中国少数民族神话概论》，民族出版社2011年版，第22页。
② 袁珂：《中国神话史》，重庆出版社2007年版，前言第3页。

学、比较宗教、民俗学、心理学、神学等重要学科。中国是世界四大文明古国之一，包括汉民族和众多少数民族丰富多彩的神话作为不朽的文化遗产流传至今，在漫长的历史长河中产生了极为深远的影响。19世纪末20世纪初，西方的神话学研究非常兴盛，学派林立，思想活跃，产生了巨大的影响，并在20世纪初传播影响到中国，20世纪20年代，鲁迅、茅盾、顾颉刚几位重镇型人物的出现，为中国早期的神话学奠定了坚实的基础。30年代后期抗日战争的爆发和国内许多大学、科研机构的被迫西迁客观上促成了众多学者对西南地区少数民族神话的大规模田野调查和综合研究，少数民族口述神话的动态性及影响力使许多学者开始重视少数民族神话，这也为后来的少数民族神话研究开拓了视野，奠定了基础。其中影响最大的当数闻一多的《伏羲考》，闻一多大量考察和引用少数民族民间文学资料，发表了许多直至今日依然具有重要学术价值的观点。同一时期影响较大的还有芮逸夫的《苗族的洪水故事与伏羲女娲的传说》、马长寿的《苗族之起源神话》等一批论著论文。到了八九十年代，少数民族神话再一次受到学术界的重视，而对少数民族神话的研究中西南和东北地区的少数民族神话研究相对其他地区更为集中，尤其是对西南盘瓠神话和东北萨满神话的研究，少数民族神话研究的深度和广度都不断得到发展，新的研究方法、研究视野催生了丰富的论著，如王松的《傣族诗歌发展初探》（1983）、赵橹的《论白族神话与密教》（1983）、谷德明的《中国少数民族神话》（1987）、过竹的《苗族神话研究》（1988）、钟仕民的《彝族母石崇拜及其神话》（1992）、孟慧英的《活态神话》（1990）、李子贤的《探寻一个尚未崩溃的神话王国》（1991）、陈建宪的《神祇与英雄——中国古代神话的母题》（1994）、王宪昭的《中国民族神话母题研究》（2006）及文日焕、王宪昭的《中国少数民族神话概论》（2011）等，论文则更为丰富。

进入21世纪以后，随着自然资源的过度消耗，人类社会面临着越来越严峻的生态危机，这一现状促使人们对工业革命以来的思想文化进行深刻的反思，人们发现前现代乃至原始时代产生的神话不但作为人类的文化之根和精神之源而存在于历史的长河中，而且依然对当今社会产生着极为深远的影响。现实的生态危机促成了生态视野与神话研究的结合，神话本身具有多学科的性质，虽然在学科分类上属于民间文学，但同时具有文学、宗教学、人类学、社会学、文化学、历史学等多学科特质，而生态批评同样是一种跨学科的批评范式，既属于文学批评，同时又涉及生态哲学、生态伦理学、生态美学、生态社会学、生态人类学、生态心理学等不同学科，从生态学视野切入神话研究，也是近十年来神话研究一种方兴未艾、不断发展的研究方法和研究视野，生态批评的发展需要充分挖掘古代东方生态智慧，更需要把批评实践的目标视野从生态文学作品拓展到更为广泛的蕴藏生态智慧的文学文化资源，这一刚性需求使生态批评与少数民族文学的结合成为一种必然。不过，目前此类研究成果以学术论文为主，如杨海涛的《民间口传文学中的人与自然——西南少数民族生态意识研究》（《民族文学研究》2000 年第 4 期）、李子贤的《存在形态、动态结构与文化生态系统——神话研究的多维视点》（《云南师范大学学报》2006 年第 3 期）、马旭的《少数民族传统文化现代价值的认识和继承——以神话传说的生态思想为例》（《中南民族大学学报》2007 年第 3 期）、王建元的《生态伦理与中国神话》（《江苏大学学报》2007 年第 1 期）、瞿鹏玉的《壮族稻作神话群与民族生态审美叙事》（《民族文学研究》2007 年第 2 期）、罗义群的《苗族神话思维与生态哲学观》（《贵州民族研究》2008 年第 4 期）、康琼的《论中国神话的生态伦理意象》（《湖南大学学报（社会科学版）》2011 年第 6 期）等，此类研究为国内的少数民族神话研究开辟了一个新的空间，但在这一领域的研究还显得比较薄弱，尤其是缺乏专门的、深入的、系统的从生态批评视野对少数民族神话思维进行的挖掘性、阐发性研究。造成这一现状的原因，一是兴起于 20 世纪中期的生态批评本身还是一种年轻的学术思想，尽管生态批评已成为学术界的显学，但欧美的生态批评起步较早，成果丰富，形成了强有力的理论体系和系统化的批评实践，而在国内学术界则仍处于初步发展阶段，通过生态批评的视野对具有生态思维的神话作品进行阐发研究，目前更是处于尝试期；二是目前国内生态批评仍在大量吸收和学习西方生态批评的理论，致力于学科建设的成熟与完善，在批评实践上更多地把目光放在对生态文学作品、主流文学作品的生态解析，对少数民族作家作品的研究也有一些成果，但对少数民族文学民间文学的部分则涉足尚少，更缺乏深入的挖掘整理。

贵州位于中国的西南部，全省97%的面积由丘陵和山地组成，在贵州的崇山峻岭中居住着众多的少数民族。贵州是全国8个民族省区之一，民族成分有49个，而世居少数民族则有17个，分别是苗族、布依族、侗族、土家族、彝族、仡佬族、水族、回族、白族、瑶族、壮族、畲族、毛南族、蒙古族、仫佬族、满族和羌族。全国苗族、布依族、侗族、仡佬族、水族人口主要分布在贵州，全省设3个自治州，11个自治县。由于历史和地理因素，长期处于落后封闭的状态，以大杂居、小聚居的形态生活在贵州这方水土中的多个少数民族在其生产生活中，较为完整地保存了大量原初先民遗留的活态神话。所谓"活态神话"，西方功能学派神话学者马林诺夫斯基指出："存在蛮野社会里的神话，以原始的活的形式而出现的神话，不只是说一说的故事，乃是要活下去的实体。""我们要见到，研究活着的神话，神话并不是象征的，而是题材的直接表现。"① 贵州的地理环境在过去可以说是较为封闭的，直至解放前，贵州很多少数民族聚居区的社会生活水平仍十分落后，与外界的经济文化交流长期处于封闭半封闭状态，同一民族的不同聚居区社会发展不平衡，各族在生产方式、家庭婚姻形式、民间信仰习俗等多方面都保留了远古社会残余等。正是这种状态，使贵州少数民族的活态神话至今仍未绝迹。这为我们今天研究贵州少数民族精神世界的生态内环境有着十分重要和积极的意义，透过神话，我们可以探析少数民族的文化和心理，了解他们的思维方式，以及由此衍生的风俗习惯、社会生活、经济活动等一系列的观念体系。正如孟慧英在所著《活态神话——中国少数民族神话研究》中所说的那样："每个民族都是一个相对独立的文化肌体，神话是这个肌体的一部分，于是不同程度上享有那个民族共同的观念、情感、信念、行为和模式。"②

---

① ［英］马林诺夫斯基：《巫术科学宗教与神话》，李安宅译，中国民间文艺出版社1986年版，第85—86页。

② 孟慧英：《活态神话——中国少数民族神话研究》，南开大学出版社1990年版，第20页。

在贵州的17个世居少数民族中,每个民族都有自己蕴藏丰富、各具特色的神话及神话系统。其中苗族、瑶族、畲族属于汉藏语系苗瑶语族;布依族、侗族、水族、毛南族、仫佬族、壮族属于汉藏语系壮侗语族;彝族、白族、羌族、土家族属于汉藏语系藏缅语族;仡佬族、回族属汉藏语系;蒙古族属阿尔泰语系蒙古语族;满族属阿尔泰语系通古斯语族。除蒙古族、满族的神话属于北方游牧民族神话系统,回族的神话属于西北游牧民族神话系统外,其余14个世居少数民族的神话均属于南方神话系统,本书对贵州少数民族神话以及其他民族民间文学形式的研究,也主要集中在由南方少数民族神话作为源头,传承和影响的民族民间文学部分。贵州世居少数民族不但都拥有自己民族的神话,而且这些神话大多内容完整,其故事情节、篇章结构完整,可以独立成篇;同时,这些神话种类丰富,涵盖少数民族先民所接触的自然界及衣食住行几乎所有的方面;贵州少数民族神话大多以活的形态,以口耳相传的传承形式保留至今,如苗族古歌,布依族古歌叙事歌,水族单歌、双歌,也保存在一些民族的宗教仪式、生活习俗中。贵州少数民族神话的种类齐全、形式多样,既有散体神话故事,也有韵文体的古歌、叙事歌及神话史诗,本书对贵州少数民族神话的研究,重点在于神话的内容,不论是散文体还是韵文体的神话都属于本章节研究探讨的范围,并以原生形态的神话为主要对象,包括创世神话、自然神话、图腾神话、人类起源神话等,也包括一部分次生神话,比如英雄神话(盗火、射日)、人与自然斗争的神话等。

人类社会从采集、狩猎时代到农耕时代、工业时代,及至今天的信息时代,人类中心主义和西方技术主宰主义在给我们赖以生存的世界带来空前的环境危机的同时,也带来更为始料不及的人类内部的精神空间危机,它的巨大威力渗透到人类个体的道德领域、情绪领域和精神领域,人类陷入一种科技越发达,"人"这一个体却越简化、空洞的境地。而当偏远、落后地区的人群努力地向现代化、城市化的社会生活前进时,我们不能,也无权阻止他们对物质生活的追求,但如果我们任由人类社会中的生态失衡、环境污染和精神崩塌也正在向边缘、偏远地区蔓延,任由那些虽然边缘,但是散发着生态自觉意识的少数民族文学、文化消泯于全球化、城市化的浪潮，我们失去的，也许将是最后的精神家园。

第一节　混沌创世神话的有机论世界观

一

美国学者雷蒙德·范·奥弗将创世神话的主题概括为以下几种："（1）有一种太古的洪荒状态，有时只是一种空间，但往往是一个无底的水的深渊；（2）创世的神（或诸神）往往在这种混沌中醒来或永恒存在其中；（3）在一些民族的神话中，创世的神俯伏在水上；（4）有一种共同的宇宙的蛋或胚胎，创世的神都来自这种无所不在的胚芽；（5）生命还通过声音或原始的神所说的神圣言词中被创造出来；（6）生命是从原始神的尸体或一部分躯体中创造出来的；人还是从泥土或者各种物质如血等的混合中创造出来的；人类还从木头偶像或树木中创造出来；或是从爬虫和昆虫中形成的。"① 创世神话在为远古先民解释世界和人类起源的过程中始终遵循一个世界整体性的原则和有机论世界观，有些神话在传承的过程中逐渐消亡，有些只留下史书中只言片语的记载，也有些通过少数民族的仪式、禁忌、习俗、歌舞、绘画、雕塑、服饰乃至制度传承至今。在中国，几乎每一个少数民族都有自己的创世神话，而西南少数民族地区更是创世神话的富矿区，除了口头流传，这些创世神话还保存于部分少数民族文献、经书之中。西南少数民族的创世神话除了散文体的神话、传说，还有丰富的韵文体创世史诗、古歌，贵州省文联副主席、研究员何光渝先生在其著作《原初智慧的年轮——西南少数民族原始宗教信仰与神话的文化阐释》中将西南少数民族的创世神话（包括创世史诗）进行了较为全面的归纳整理，使西南少数民族创世神话的丰富性得以直观地呈现：

---

① ［美］雷蒙德·范·奥弗编：《太阳之歌：世界各地创世神话》，毛天祜译，中国人民大学出版社1989年版，第11—12页。

据不完全统计，比较著名并已经搜集、整理、出版的西南少数民族创世神话、创世史诗，主要有：

（1）汉藏语系藏缅语族：

彝族：《古候阿补》（公史篇）、《勒俄特依》（母史篇）、《梅葛》、《查姆》、《天地祖先歌》、《洪水记略》、《门咪间扎节》、《尼苏夺节》、《阿赫希尼摩》、《玛德莫拉都》、《西南彝志》（《创世志》）、《谱牒志》、《天地津梁断》、《阿鲁举热》、《铜鼓王》、《开天辟地的故事》、《创造万物的巨人支格阿录》、《天神的哑水》；阿细人《阿细的先基》、《洪水泛滥史》。

藏族（川滇藏区）：《什巴开天辟地歌》、《女娲娘娘补天》、《大地和人类的由来》、《创世歌》、《大鹏和乌龟》、《绷天绷地》、《狗皮王子》。

羌族：《白石头》、《羌戈大战》、《白云和石神》、《黄水潮天》。

纳西族：《崇搬图》（《人类迁徙记》）、《东巴经》（创世纪）、《黑白之战》（《东术争战》）。

普米族：《洪水滔天》、《久木鲁的故事》、《杀鹿歌》、《捉马鹿的故事》。

白族：《创世纪》、《人类的起源》、《大姑娘和熊氏族》、《刀薄劳胎和刀薄劳谷》、《"五百天"神》、《鹤拓》；勒墨人《氏族的来源》。

土家族：《摆手歌》、《造天造地》、《依罗娘娘造人》、《齐天大水》、《张古老制天李古老制地》。

哈尼族：《天、地、人的形成》、《天怀孕地怀孕》、《杀翻龙牛造天地》、《塔婆模米生儿女》、《母女生万物》、《奥色密色》、《哈尼阿培聪坡坡》（哈尼祖先搬迁史）、《窝果策尼果》（"古歌十二路"）、《风姑娘》、《砍大树》、《先祖的脚印》。

基诺族：《阿嫫尧白》、《玛黑、玛妞和葫芦里的人》、《祭祖的由来》。

拉祜族：《特帕密帕》、《勐呆密呆》、《札努札别》、《古根》、《苦聪人》、《创世歌》。

景颇族：《穆瑙斋瓦》、《宁冠哇》、《人类始祖的传说》、《驾驭太阳的母亲》。

傈僳族：《创世纪》、《祭天神经》、《天、地、人的由来》、《洪水》、《虎氏族的来历》、《熊氏族的故事》、《盘古造人》、《猕猴育人》、《岩石月亮》。

独龙族：《创世纪》、《大蚂蚁分天地》、《术彭哥》、《彭根朋上天娶媳妇》（《坛嘎朋》）、《嘎美嘎莎造人》。

阿昌族：《遮帕麻和遮米麻》。

怒族：《搓海玩海》、《腊普和亚妞》、《盘古开辟怒江》。

（2）汉藏语系壮侗语族：

傣族：《开天辟地》、《布桑戛西与雅桑戛赛》、《阿銮的由来》、《巴塔麻嘎捧上罗》、《厘俸》、《相勐》、《粘响》、《兰噶西贺》。

侗族：《侗族祖先哪里来》、《嘎茫莽道时嘉》（侗族远祖歌）、《祖公之歌》、《萨岁之歌》、《开天辟地》、《棉婆孵蛋》、《救太阳》、《救月亮》、《狗取谷种》。

布依族：《赛胡细妹造人烟》、《力戛撑天》、《造万物歌》、《造千种万物》、《安王与祖王》、《洪水潮天》、《人和动物是怎样产生的》、《混沌王和盘果王》、《茫耶寻谷种》。

水族：《古双歌》、《开天辟地造人烟》、《开天立地》、《洪水滔天》、《造人歌》、《诘俄牙》、《十二个仙蛋》、《兄妹开亲》、《空心竹》。

壮族：《布洛陀》（《保洛陀》）、《姆洛甲》、《布伯》、《莫一大王》、《人和神物分家》、《德生造世》、《候野射太阳》、《救月亮》、《太阳、月亮和星星》、《盘和古》。

毛南族：《创世歌》、《盘古兄妹和他们的神祖神孙》。

仫佬族：《伏羲兄妹制人伦》、《天是怎样升高起来的》。

（3）汉藏语系苗瑶语族：

苗族：《苗族古歌》（异文本《苗族史诗》）、《鸺巴鸺玛》、《召亚兄妹》、《阳雀造日月》。

瑶族：《密洛陀》、《盘王歌》、《萨当琅》（挽歌）、《撒旺》（细语情歌）、《伏羲兄妹》、《日月成婚》。

（4）南亚语系孟高棉语族：

佤族：《司岗里》、《葫芦的传说》、《谁敢做天下万物之王》、《我们是怎样生存在现在的》、《达惹噶木造人的故事》。

布朗族：《顾米亚》、《布朗族的来历》。

德昂族：《达古达楞格莱标》、《人与葫芦》、《大火和洪水》、《祖先的来历》、《满天飞的女人》。

（5）汉藏语系，语族语支归属未定（多数学者主张归属壮侗语族）：

仡佬族：《十二段经》、《天与地》、《开天辟地》、《伏羲兄妹制人烟》、《十兄弟》、《布什喀制天，布比密制地》、《巨人由禄》、《人皇制人》、《四曹人》、《洪水潮天》、《兄妹成婚》、《仙葫芦》。①

何光渝先生对西南少数民族创世神话的收集和整理，使这些神话更为系统地呈现在世人面前，也为后来者的研究提供了一条捷径。透过这些神话，我们可以认识到，神话是贵州少数民族先民的世界观，在日月星辰、风雨雷电等自然现象和生老病死等自然规律面前，先民通过创造神话来实现自己与宇宙万物的沟通，从万物有灵到生命血缘，先民们的神话逻辑里没有把自己放在一个独一无二的中心地位，没有主体和客体，在强大的自然面前，先民们充满敬畏，并将自己深深地融入到自然的无限智慧之中。

二

在众多的神话题材中，创世神话体现了先民们对于世界起源的思考，长期以来，人们习惯于把先民们通过神话对世界的解读视为人类的童年时代，远古的先民将世界人格化、有机化、整体化，是一种生

---

① 何光渝、何昕：《原初智慧的年轮——西南少数民族原始宗教信仰与神话的文化阐释》，贵州人民出版社2010年版，第253—255页。

态的万物同源,世界整体的世界观。

大多数贵州世居少数民族的创世神话都有关于世界诞生自混沌,天地是经过创世神或英雄撑开的故事。在这些神话故事中,世界的本源是气,是雾,是混沌,即使创世神开天辟地了,世界依然不适合万物生存,而这些创世神或英雄往往牺牲自己,将自己的肌体骨骼血肉变成了世间万物。少数民族的先民并不知道什么叫生态主义,然而这并不妨碍他们拥有生态智慧,人类随着社会的不断发展进步变得越来越聪明,人们可以通过科学的计算去推测宇宙的诞生和湮灭,对比之下,单纯依靠直觉和想象的远古先民的认识充满了蒙昧,但是,随着人类社会所面临的危机越来越分明和严重,人们不得不回过头重新认识和理解先民,并意识到自己也许在什么地方走错了路。

人类智慧的发展本身也在遵循自然规律,所谓返璞归真,智者往往都具有赤子之心,但普通人需要经历童心—成长—社会化—成就,最后越是年长,却越是接近于返回童年。孩子的眼睛总是能看见阳光,因为他们更亲近自然,而成年后的人们醉心于个体在社会体系中所取得的成就和认同则更是明显的功利主义,直到年龄与智慧不断增长,才真正意识到人本身的自然本质。如果说神话时期的远古先民处在整个人类的童年时代,那么当下社会的巨大进步和发展则表明了人类正处于自视无所不能的壮年期,所幸的是,已经有人看到危机并发出警告——如果我们不更早地回头重新认识先民的智慧并深刻地反思整个社会在功利主义的道路上所走错的路,随之而来的灾难将不会允许人类社会按照自然规律获取年长者的智慧,人类社会也许将毁于自视能够掌控一切的壮年时代。

贵州少数民族先民们创造的神话和世界上其他地方的神话一样都出自于人类童年时代贴近自然的本心,这些神话可以用来隐喻生态系统的整体性和运行的规律,也许最大的不同在于直至今日,这些神话思维在贵州少数民族的生产生活中依然产生着重要的影响,而先进发达的现代社会早已抛弃了自己的童年,而在现代社会,在强大并且无孔不入的城市化生活方式面前,少数民族神话的影响力也日渐衰微。在社会全球经济一体化的时代背景下,地方性的、民族性的文化传统也在不断地丧失生存空间,以口耳相传的模式传承的民间口头文学,包括神话传说、民间故事等，在现代性和城市化的文学潮流中出现断层并最终被吞噬已经是不争的事实。就像自然界中那些濒临灭绝的物种，仅靠外来的拯救是无法阻止它们走向最后的湮灭的，同样，贵州少数民族的文学文化物种在这场灭绝危机的面前需要拯救，这种拯救不可能是将这些文化物种圈养起来，你不能阻止少数民族的少年穿牛仔裤，所以你不但要让他们意识到自己的民族服装有多灿烂，还要让城市里的少年也认识到民族服装真正的价值。

对于世界初始的认识，苗族的创世神话中讲道：

> 云雾生最早，云雾算最老。云来谁呀谁，雾来抱呀抱，哪个和哪个，同时生下了？云来谁呀谁，雾来抱呀抱，科啼和乐啼，同时生下了。科啼谁呀谁，乐啼抱呀抱，哪个和哪个，又生出来了？科啼谁呀谁，乐啼抱呀抱，天上和地下，又生出来了。天刚刚生来，天是什么泥？地刚刚生来，地是什么泥？天刚刚生来，天是白色泥；地刚刚生来，地是黑色泥。天刚刚生来，像个什么样？地刚刚生来，像个什么样？天刚刚生来，像个大撮箕；地刚刚生来，像张大晒席。刚刚生下天，刚刚生下地，两个相重迭，还是相分离？天地刚生下，相迭在一起，筷子戳不进，耗子住不下，虫虫压里头，水也不能流。①

壮族神话《布碌陀》也提到了天地诞生之前世界一片混沌的景象：

> 远古的时候，天和地紧紧地重叠在一起，结成了一块坚硬的岩石，不能分开。那时候，没有风雨雷电，也没有人类和村庄，更没有京城州府和大小神庙佛殿。后来突然一声霹雳，大岩石"轰隆"一声翻身了，裂成了两大片。上面的一片往上升，就成了住雷公的天；下面的一片往下落，就成了住人类的大地。这

---

① 朱桂元、吴肃民、陶立璠、赵桂芳编：《中国少数民族神话汇编·开天辟地篇》，中央民族学院少数民族古籍整理出版规划小组办公室1984年发行，第58—59页。

样，天上就有了风云，地上就有了生物。可是那时候的天很低，爬到山顶上，伸手就可以摘下星星，装到篮里，也可以扯下云彩玩耍。但是天地靠近，人们日子很难过，太阳一照，热得烫死人；雷公轻轻打鼾，使人听了又惊又烦，所以要天地离得远远的才行。①

彝族的先民对于宇宙起源的认识，体现为他们对"气"的认识，贵州彝族的经典古籍《西南彝志选·创世纪》就把"气"分为"清"和"浊"两种，由清和浊两种气演变出了世界和世界上的万物，清浊相济，与阴阳两极也有异曲同工之处，《创世纪》中是这么说的："金锁管混沌，不讲嘛不明；要讲从根起，先叙哎与哺。哎哺未现时，只有啥与呃，啥清与呃浊，出现哎与哺。清气青幽幽，浊气红殷殷，清翻黑压压，浊变晴朗朗，青者着云裳，浊者戴霞勒。"② 彝语中的"哎""哺"大意是影和形，"啥"和"呃"则是清气和浊气的意思，正是清、浊二气的变化产生了影和形，影和形则又演化成了天地万物。

现代科学关于宇宙产生的假说中，宇宙大爆炸的假说获得了较多的支持，也是现代主流的宇宙学理论，而科学家们对宇宙大爆炸最初的假设就是由氢和氦组成了尘埃云，尘埃云形成初生星系，这是以科学的观测和计算进行的推论假说，但是对于宇宙的诞生，目前的科学还不能完全给出合理的解释。然而宇宙大爆炸的假说与人类远古先民的混沌神话竟然也有惊人的相似之处，我们再用"蒙昧"和"无知"来审视先民的智慧，未免就显得太狂妄了，而这恰恰是现代主流价值观的通病。

三

贵州少数民族的混沌神话有固态、液态、气态几种主要的类型，这些关于世界诞生之初的想象来自于他们生活的自然环境，并逐渐地

---

① 谷德明：《中国少数民族神话选》，西北民族学院研究所十五丛刊资料1983年发行，第84页。
② 贵州省民族研究所：《西南彝志选》，贵州人民出版社1982年版，第1页。

升华为原始崇拜，通过后人的不断加工和解释，这些原始崇拜渗入了少数民族整体的审美意识，这种审美意识的核心是自然。

自然界的生态系统最关键的要素在于系统各部分的有机统一和相互依存，与此相似，少数民族的传统文化也更注重维持自然的平衡，这种文化始于远古时期的神话思维，通过生产生活习惯、仪式和宗教实践进行传承，少数民族先民出于对自然的畏惧学会了有效合理地利用自然资源，需要说明的是，直到解放以前，他们的生产力水平相对于发达地区而言依然处于非常落后的状态，这在客观上促使他们必须更为自觉地维护传统，将自然视为一个有机的整体，理所当然地认为自然循环与人类循环在这个整体中结成一体。只有这样，他们才能最大限度地发挥有限的生产力来维持种群的发展，而在这一过程中，早期的神话思维逐渐渗透到他们的文化血脉之中。他们在混沌神话中传递一种将自然与人类、万物视为一个整体的传统，又在创世神话中传递另外一个传统，那就是有机论世界观。

混沌神话和创世神话之间并没有分明的界限，混沌神话强调世界的整体性，而这个整体是一个巨大的有机物，苗族史诗将混沌描述为："在那茫茫的太古，天粘连着地，地粘连着天。黄平凝成一块，余庆凝成一坨，好像一锭白银，又像一个魔芋。"① 布依族古歌《造千种万物》则把天地描述为糍粑——布依族所喜爱的一种食物："当初那时候，古老那些时，地像糍粑样，紧紧粘着天，天也像糍粑，紧紧粘着地。"② 还有许多少数民族的混沌神话将世界初始形容为一个蛋，贵州黔东南苗族的神话中有一只巨大的神兽"修狃"，正是修狃吐丝筑巢，生蛋并孵化出天地与盘古，然后才有盘古开天地。彝族《查姆》（"万物起源歌"）在《天地起源歌》中讲述古时没有天地日月星辰，没有云雾风雨，没有树木山河，也没有"龙"和"人"。歌中说：有一夜，黑埃罗波赛神生了一个蛋。蛋中有天地、日月、星辰、云雾、风雨、粮食、人种。这蛋有三层，蛋皮成天，蛋白成日月、星辰，蛋黄成地。部分彝族还有老虎孵蛋的神话传说，壮族、侗

---

① 马学良、今旦译注：《苗族史诗》，中国民间文艺出版社1983年版，第8页。
② 中国民间文艺研究会贵州分会编印：《民间文学资料》第45集，1980年内部资料，第28页。

族、土家族也都有天地混沌似圆蛋的神话，而这些混沌神话的有机论世界观也自然而然地延续到了创世神话之中。

"大多数历史学家把 16、17 世纪的科学革命看做精神启蒙时期。这一时期新力学和机械论世界观为现代科学技术和社会进步打下了基础。但面对当前自然资源被耗尽的危机，西方社会又开始重视我们已经失去的前机械论世界的环境价值。古代人把土、气、水、火看做生命和能量的源泉。今天，对这四种元素的掠夺式态度的生态后果已经开始被完全认识。"① 机械论世界观促成了现代科学的发展，当代人类社会高度发达的物质财富得益于现代科学所取得的一系列成就，但是现代科学强调征服和利用自然的世界观也导致了人类对自然的过度掠夺，人类将自然进行价值划分，只有对人有用的东西才具有价值，为了获取价值，整体的自然被切分成不同的部分，人类可以根据需要肆意地对自然进行改造。在少数民族的创世神话中，这种机械论世界观是无法想象的，因为世界不仅仅是一个整体，更是一个神圣的有机体，人类和自然万物都是由创世神的肌体变成的，然而在金钱万能的价值体系下，当下的人类会因为对经济利益的无限追求而买卖自然界中的一切，包括人体器官，但是在创世神话中则很难想象由创世神的发肤肢体变化而成的万物可以当作货物买卖。加利福尼亚盆地印第安人部落的斯莫哈拉对过度开发自然的要求这样回答："你要我开垦土地。难道我应该拿起刀子，划破我母亲的胸膛？那么当我死的时候，她将不会让我安息在她的怀中。你要我挖掘矿石。难道我应该在她的皮肤下，挖出她的骨头？那么当我死的时候，我就不能进入她的身体重获新生。你要我割下青草，制成干草将它出卖，成为像白人一样富裕的人。但我怎敢割去我母亲的头发？"②

作为原住民的印第安人在历史上曾被手持火枪的殖民者屠杀和驱赶，即使在进入现代社会以后得以保留，也游离在体系之外，而白种人也正是在杀戮和掠夺的基础上步入了工业时代，两种文明的碰撞，以印第安人的败退而告终，但这并不能说明，失败的一方就毫无可取

---

① ［美］卡洛琳·麦茜特：《自然之死》，吴国盛译，吉林人民出版社 1999 年版，第 99 页。
② 王诺：《欧美生态批评》，学林出版社 2008 年版，第 161 页。

之处。当工业之火将人类对于自然的敬畏烧成灰烬之后，人类所遭受的自然的报复也较之以往更甚。在现代城市经济体系下同样处于边缘化的贵州少数民族和加利福尼亚盆地的印第安人有着相同的世界观和价值观，他们虽然向自然索取，虽然在漫长的历史长河中也和自然进行着不断的斗争，但自然对他们来说从来就不是可以随意买卖的商品，因为自然万物都是创世祖先的血肉。

布依族的创世神话《力戞撑天》生动地描述了有机论世界观：

很古老很古老的时候，天和地只相隔三尺三寸三分远。舂碓的时候，碓脑壳碰着天；挖地的时候，只要轻轻一用力，锄头也要碰着天；挑水的扁担，只能横着放，不能立着拿，不然也要碰着天，人们去做活路，成天躬着身子，腰杆都不能伸一下。天地离得这么近，做什么都不方便，大家就很苦恼。

那时，有个后生，名叫力戞，长得浓眉大眼，腰粗臂圆，身长九尺九寸九分，力气很大，九十九条犀牛都比不上他。力戞和大家一样，成天都躬着身子做活路，弄得腰酸脚痛还不算，背脊骨还被天磨破了皮。他见大家都很苦恼，自己也实在忍不住火，就挽衣捞袖地对大家说："你们都让开点，等我把天撑高一些。"

力戞说完，用力把天撑了一下，可惜没有把天撑高，天和地只被他顶撞得晃荡了几下。他又对大家说："我一个人的力气还是不行，你们都准备好锄头和扁担，等我把力气养足以后再来撑天。那时，你们都来帮帮忙。"力戞说完，就去吃了三石三斗三升糯米饭，喝了三缸三壶三碗糯米酒，第四天起来，伸了个懒腰，周身筋骨绷得"格格"响。随后，他就叫大家来帮助一齐撑天。

大家集拢来了，都用锄头扁担抵住天。力戞鼓了鼓气，喊了声"一——二——三！"众人"嗨哟"一声，同时用力往上一撑，就把天撑去了三丈多高。这时，力戞又对大家说："天才这么高还不行，让我再鼓鼓劲，换口气把它撑高一点。"力戞说完就狠狠地吸了一口气，榕树叶子、木棉树叶子、茶花、夹竹桃，都被他吸进肚子里去了。他眼睛鼓得像海碗大，浑身筋骨鼓爆起来了，像楠竹那么粗。他使尽平生的力气，两手撑住天，"起"的一声往上撑，天就被撑去了九万九千九百九十九丈高，地就被蹬去了九万九千九百九十九丈深。

天虽然撑高了，可惜挂不稳了，只要一松手，又会塌下来。怎么办呢？力戛想了想，就左手撑住天，又把自己的牙齿全拔下来当钉钉，牢牢实实地把天钉稳，以后，力戛钉天的牙齿，就变成了满天星星；拔牙齿流的血，就变成了彩虹。力戛在天上，不辞劳苦，一直做着钉天的活路。他累了，喘的气，就变成了风；淌的汗，就变成了雨。他一不小心，头上的花格帕掉了，就变成了银河。他眨眨眼睛，就变成了闪电，他咳了一声嗽，就变成雷响。他热了，把白汗衫脱下来，就变成了云朵。天钉稳了，可惜没有太阳和月亮。世间没有光明，庄稼不能生长。怎么办呢？力戛想了想，毫不急慢，右手挖下自己的右眼，挂在天边，就变成了太阳；左手挖下自己的左眼，挂在天的西边，就变成了月亮。

力戛在天上，一直忙了九九八十一天，什么都安排好了，才"咚"的一声跳了下来。他落到地上时，整个大地像船在水上一样，被震得晃晃荡荡的。他落的地点是东方，东方地势就倾斜了九尺九寸九分，从这以后，水就一直朝东方流淌。可惜的是，力戛在天上时饿了九九八十一天，牙齿也没有了，血也流尽了，落在地上时又跌得过重，不久，他就死去了。

力戛死了以后，大肠变成了红水河，小肠变成了花江河，心子变成了鱼塘，嘴巴变成了小井，膝盖和手腕变成了山坡，骨骼变成了石头，头发变成了树林，眉眼变成了茅草，耳朵变成了花朵，肉变成了田坝，筋脉变成了大路，脚趾变成了各种野兽，手指变成了各种飞鸟，他身上的虱子变成了牛、跳蚤变成了马。

从此以后，天高了，地低了，天地隔得很远很远了。天上有了太阳，有了月亮，有了星星，有了银河，有了彩虹，有了风，有了云，有了雷，有了闪电。地上有了山，有了河，有了田，有了井，有了路，有了树，有了草，有了花，有了兽，有了鸟，有了牛，也有了马。世间样样都有了。大家说不出的高兴，盘起庄稼来都很展劲，世世代代，人们永远不忘力戛撑天的功劳。①

作为布依族的创世始祖神，力戛不但为人类撑开了天地，使人类获得了生存的空间，更为重要的是，力戛牺牲了自己，将自己的身体变成了世间的万物（大肠变成红水河，小肠变成花江河，心子变成鱼塘，嘴巴变成井，膝盖和手腕变成山坡，骨骼变成石头，头发变成树林，眉眼变成茅草，耳朵变成花朵，肉变成田坝，筋脉变成大路，脚趾变成各种野兽，手指变成各种飞鸟，身上的虱子变成牛、跳蚤变成马），使人类能够获取必要的物资生存下去。这种有机论世界观将地球（世界）视为有生命的、仁慈的、包容的、有牺牲精神的始祖，自然被看作一个大写的人，这与资本主义工业革命以来对任何人或民族或自然都可以利用和榨取开发的世界观形成了鲜明的对比。

与此相似的还有白族神话《开天辟地》，在这里开天辟地并且化身万物的始祖神是盘古，和布依族的力戛一样，他的肉身变化出了人类必需的生产资料：

> 他们把天地编好了，宇宙间却一片漆黑，黑天黑地，过不成日子。这时，盘古氏只好睡在地上，把手脚四肢分开，才分出东南西北。接着，他的一只眼睛变成了太阳，另一只眼睛变成了月亮，从此就有了太阳和月亮，天地间也就有了亮光；他的牙齿变成了无数星星，大牙齿变成了大星星，小牙齿变成了小星星，从此，天上有了数不清的星星；他的头发和眉毛变成了无数的树木和森林，他身上的汗毛变成了大地上的茅草及其他植物，这样大地上就有了各种花草、树木；他的耳朵和鼻子变成了最高的山峰和绵亘不断的山脉，骨头变成了岩石，肉变成了厚厚的土地，他的肠子变成了江川河流，肚子变成了海洋，这就是今天江河湖海的来源；他的血有一百点，由此有了百家姓。这就是盘古氏开天

---

① 谷德明：《中国少数民族神话选》，西北民族学院研究所十五丛刊资料1983年发行，第654页，流传于布依族地区，1954年收集。

辟地及世上万物的起源。①

苗族的神话也有相似的内容："盘古顶天太久，累死了，他的心变成太阳，胆变成月亮，眼睛变成星星，气变成云雾，骨骼变成石头，肉变成泥土，毛发变成草木，血变成河流，筋筋变成道路。天地是盘古开的，一切都是盘古变的。"② 盘古神话普遍流行于西南少数民族，包括苗、瑶、土家、彝、白、仡佬、毛南、壮、布依等民族都有盘古神话或类似的神话在广泛地流传，在这些神话中，盘古是开天辟地的大神，但各民族的盘古形象并不相同，苗瑶族系同源，瑶族也是流传盘古神话最普遍的民族，瑶族的盘古神话称盘古为"盘古王"，盘古王在开天辟地创造人类之外，死后也变化成了世间万物："左眼化作太阳日，右眼化作月太阴，岭山茅草是头发，深潭鱼鳖是心肝，牙齿化成金银宝，红血化成江水津，身肉化成瓦共土，身骨化成大石身，手足化成山树木，手儿指甲化成星辰。"③ 另外一则瑶族神话《密洛陀》则是这么讲的："是谁造成天地和人类呢？用什么来造，经过又怎样呢？几万年以前，密洛陀用师傅的雨帽造成天，用师傅的两只手和两只脚做四条柱，顶着天和四个角，用师傅的身体做大柱撑着中间，天地就造成了。接着她就造大河、小河，造花草树木，造鱼虾和牛马猪鸡鸭……"④ 彝族《查姆》（"万物起源歌"）在《天地起源歌》中讲述古时没有天地、日月、星辰，没有云雾风雨，没有树木山河，也没有"龙"和"人"。歌中说：有一夜，黑埃罗波赛神生了一个蛋。蛋中有天地、日月、星辰、云雾、风雨、粮食、人种。这蛋有三层，蛋皮成天，蛋白成日月、星辰，蛋黄成地。地有四只手撑着天，天有四只手挂着地。当时依照黑埃罗波赛神的吩咐，人间由

---

① 谷德明：《中国少数民族神话选》，西北民族学院研究所十五丛刊资料1983年发行，第350页，讲述者罗真堂、罗贵寿，搜集者邓承礼。
② 燕宝、张晓编：《贵州神话传说》，贵州人民出版社1997年版，第4页，讲述者袁玉芬，苗族。
③ 广西壮族自治区编辑组编：《广西瑶族社会历史调查》，广西民族出版社1987年版，第8册，第22页。
④ 朱桂元、吴肃民、陶立璠、赵桂芳编：《中国少数民族神话汇编开天辟地篇》，中央民族学院科研处1984年发行，第235—237页。

他和勒姆、突姆、涅姆、吸姆五个王分管。黑埃罗波赛神死后，一身变作世间万物和诸神：眼变日月，齿变星星，乳房变大山小山，呼气变风雨云雾。①仡佬族神话《布什格制天，布比密制地》说得也非常形象："地，是布比密制的，布比密制的地，样样都有；肉也有，就是那遍坡遍地的泥巴；脑壳也有，就是那些高高低低的坡头；头发汗毛也有，就是那漫山遍野的树木和草；眼睛也有，就是那些大大小小的消水坑；嘴也有，就是那些大大小小的山洞；手和脚也有，就是那些分枝发岔的山坡；肚皮也有，就是那些龙潭；肠子也有，就是那些弯弯曲曲的江河；骨头也有，就是那些又重又硬的石头；肋巴骨也有，就是那些又高又大的大岩……"②

这些创世神话非常鲜明地阐述了贵州少数民族先民的世界观，在他们看来，世界就是一个活的生命体，自然万物都是这个生命体的一部分。而在这些创世神话中，我们看不到上帝创造世间万物那种至高无上的权威，《圣经》中的上帝凭借一己之力，第一天创造光，第二天创造空气，第三天创造地和地上的植物，第四天创造太阳和月亮分管昼夜，第五天创造飞鸟和鱼类，第六天创造牲畜、昆虫和野兽，第七天按照自己的形象创造出男人和女人来管理这个被创造出来的世界，这和少数民族创世神话中的创世神依靠劳动、借助自然物（有动物也有植物）的帮助，甚至牺牲自己创造万物有着巨大的区别。相比之下，贵州少数民族的创世神话更强调人与世界万物同源的整体性，强调自然的循环和万物有灵，将神性和人性交融统一在一起，这种古老而有机的生态智慧对于今天的世界来说，依然具有非常重要的借鉴意义。

第二节　生态整体主义视域下的人类起源神话

一

自20世纪后半叶以来，前所未有的全球性生态危机使人类社会

---

① 毛星主编：《中国少数民族文学·下》，湖南人民出版社1983年版，第6页。
② 朱桂元、吴肃民、陶立璠、赵桂芳编：《中国少数民族神话汇编开天辟地篇》，中央民族学院科研处1984年发行，第325页。

进行了深刻的反思,并在生态思想家和生态批评家当中普遍形成了一种共识,即当前人类社会所面临的生态危机,其根源不在于生态系统自身,而在于人类的文化系统。人类社会自从工业革命以来的300年间,科技、经济、社会的高速发展前所未有,然而这种高速发展却是建立在对自然生态造成巨大破坏的工业世界观上的,这一世界观强调人类凭借工具理性及机械精神对自然的征服与控制,对自然资源的肆意挥霍和人类对自然的疏离与背弃理所当然,人类的工业现代化给人类社会带来巨大进步的同时也把人类带到了毁灭的边缘——"造成当今世界生态危机的罪魁祸首就是人类。自然本来完全有能力保持它的生态平衡,人类以外的任何物种都没有能力干扰破坏自然规律的运行。唯独人类——特别是20世纪后半叶以来的人类,拥有了反自然之道而行的巨大能力,并彻底搅乱了地球生态系统的平衡稳定。因此,唯有人类有能力缓解直至消除生态危机,重建生态平衡。生态整体主义承认人类独一无二的力量和作用,这种承认既是批判性的,又是希望性的"[①]。生态整体主义是一种反主流的后现代文化,其主要代表人物利奥波德提出生态"和谐、稳定和美丽"三原则,罗尔斯顿则在利奥波德的基础上补充了"完整、动态平衡"两个原则,而生态哲学家阿伦·奈斯在他的深层生态学思想中提出了更进一步的"生态中心主义平等"原则。生态整体主义在自然环境保护运动中产生,其核心价值就是建立在整体的生态系统而非人类中心论的世界观上,强调人类作为生态整体的一个成员而非中心,只有在对自然生态系统终极关怀下,才能看到人类的美好未来。生态整体主义作为一种较为激进的生态思想经过西方的三次环境保护运动逐步发展和完善,是对20世纪中期以来世界性的人口爆炸、工业污染和生态失衡的反思和对工业革命以来的主流价值观的检讨,在这一过程中,西方的生态思想家主动借鉴了东方古老的生态智慧,海德格尔被誉为"生态主义的形而上学家",被认为是深层生态学的先驱,在海德格尔的生态哲学中,既有对荷尔德林万有合一思想的理论化,又有对中国古代天人合一思想的融合,海德格尔也特别强调了自然整体各方不可分割的

---

① 王诺:《欧美生态批评》,学林出版社2008年版,第109页。

密切联系。对于工业革命以来统治世界的西方主流价值体系，生态整体主义是激进的，但对于整个人类社会的发展历史而言，生态整体主义又是一种批判性的回归。

人类自工业革命以来就走上了一条快速发展的道路，尤其是20世纪中期以后，短短的几十年所创造出来的财富远远超过此前人类社会所有财富的总和，这也使得牛顿—笛卡尔体系的机械论世界观成为人类社会的主流价值观，机械论世界观强调主体和客体的对立，强调主体对客体的征服和控制，这种主客对立的二元论价值体系否认了自然内在的价值，也否认了人与自然相互制约、相互影响、相互作用的内在联系，只承认人的价值，并将有机的自然看作一部机器，而自然万物作为这一机器的零件，只有对人类社会有用才具有价值，人类既可以对自然立法，也可以任意地支配自然。生态主义者们相信这种机械论世界观正是造成目前全球性的自然生态危机和精神生态危机的根本原因，尽管机械论世界观使人类取得了前所未有的伟大成就，但人类已经在对机械论世界观的过度崇拜中越走越远，人们不得不重新审视这种已经在人类社会中根深蒂固的主流世界观并寻求一种新的世界观来实现自我的救赎。

与此相对应的是，二元论世界观依旧强调人类中心主义，以此作为人类征服自然、奴役自然的合法依据，同时也为当今人类社会中的西方中心论提供依据，以西方中心论边缘化非西方的民族文化，并进一步推崇城市中心论，边缘化远离城市和现代生活的文化生存空间。主体与客体的对立，中心与边缘的对立，正是人与自然对立的根源，也是人类社会内部对立和分层的根源，这一根源导致个人主义的膨胀，导致经济之上涸泽而渔的发展原则，导致城市、现代文化对传统民族文化的蔑视和霸权主义，并且这种蔑视和霸权主义受到自我优越感的蒙蔽而体现为一种居高临下的怜悯与同情。正如商品经济对落后民族的掠夺性开发以及主流文化对民族文化的"保护"，实质上难以摆脱由外而内、由主体强加于客体、由"主流"强加于"边缘"的文化沙文主义，从而导致了文化的疏离、矛盾和困境。导致这一困境的原因正是人类社会引以为傲的现代性，而随着后现代主义的迅速流传，现代性不再被人们看作为一种人类社会的规范，甚至被视为一种畸变，而建构性后现代主义的代表人物大卫·雷·格里芬特别指出:"现代主义这种世界观越来越不被人们认作是'终极真理'……建设性的或修正的后现代主义试图战胜现代世界观,但不是通过消除上述各种世界观本身存在的可能性,而是通过对现代前提和传统概念的修正来建构一种后现代主义的世界观。"① 这种建构性的后现代主义世界观并没有打算否定现代世界所取得的进步,也并非号召人们回到前现代社会的生活和思想方式中去,人类的精神本身也不会后退,但是格里芬又强调:"我们可以,而且应该抛弃现代性,事实上,我们必须这样做,否则,我们及地球上的大多数生命都将难以逃脱毁灭的命运。"② 格里芬的建构性后现代主义并不是要全面否定现代主义的存在,它否定的是现代主义的霸权及局限。

解困的关键在于生态整体主义的实现,生态整体主义是一种去中心化的世界观,生态中心主义并不否定人,但强调人与自然是一个动态的和不可分割的整体,人首先是自然的一部分,同时自然生态系统中的所有生物都是价值主体,都具有平等的价值,人不是世界的中心和主宰,也并非以动物或其他生物为中心,既无中心,自然也没有边缘化的物种。"我们认识到,传统社会已持续几千年,而现代社会能否存在100年还是个问题,因而人们开始对传统社会的智慧予以新的关注。"③ 对于传统智慧的重新关注,需要我们用后现代的眼光重新认识和理解前现代社会的思维方式,需要我们重新认识和理解神话及神话思维。

二

在现代主义西方中心论世界观中,古老的中国被边缘化为"远东";在现代城市中心论的眼光中,中国的少数民族聚居区,包括贵州的少数民族聚居区被视为边远落后地区。这一思维方式和话语霸权随着现代性本身的迷误而充满局限,中心论的最大危害在于对多元化

---

① [美]大卫·雷·格里芬:《后现代科学》,马季方译,中央编译出版社1998年版,第20—21页。
② 同上书,第19页。
③ 同上书,第20页。

的破坏和吞噬，物种单一化的结局无疑是一种毁灭，而维持文化多元化不仅需要向前看，更需要向后看，不仅需要向西看，更需要向东看，向更广阔的世界看去，生态整体主义的思想渊源不仅可以追溯到古希腊，更可以追溯到东方的神话，不仅可以追溯到汉族的远古神话，更可以追溯到少数民族的创世神话。时至今日，少数民族神话在远古时期的信仰价值已经被严重削弱甚至消失，以口耳相传的模式保存了数千年的少数民族神话在最近几十年因为传承者匮乏而面临大面积消亡的危险，人们所能够了解到的少数民族神话大多是用现代汉语文字记录的，远古神话的神秘性、神圣性受到侵蚀和消解，甚至变成商业化的表演……尽管如此，传承至今的少数民族文化依然饱含少数民族的文化基因和遗传密码，作为一种活态神话，依然为外界揭示了少数民族的精神生态世界。人类起源神话不同于洪水神话中人类再生的神话，而是指天地混沌之初时人类的由来和诞生，在许多少数民族的神话中，人类的诞生是远古神明开天辟地创造世界的附属品，很多时候都与创世神话不可剥离，但人类起源神话又有其独特性，往往又与图腾神话、祖先神话融为一体，而人类起源同时往往也与万物起源不可分割。去中心化是生态整体主义的核心思想，当我们以生态整体主义的视野重新认识贵州少数民族的人类起源神话时，就会发现远古的先民比现代人拥有更多的智慧，他们为了生存一样要向自然索取，然而他们自觉地将自己视为自然的一分子，通过自觉遵循自然的循环来维系长久的发展。

苗族的《枫木歌》是具有很大影响力的人类起源神话，流传面广，内容也较有代表性，但关于人类的起源却有捏土造人、具有灵气的异物造人及卵生三种说法。《枫木歌》中的《妹榜妹留》讲述了苗族始祖母妹榜妹留长大后与水上的泡沫相爱而怀孕生下十二个蛋的故事，而这十二个蛋孵化出了第一个人姜央以及雷公、龙、虎、蛇、蜈蚣等动物，在这个神话中，人类不但是卵生的，而且与自然万物是同源共生的兄弟：

> 最初最初的时候，最古最古的时候，什么地方生出人？枫香树干上生人，枫香树干生出妹榜，枫香树生出妹留。最初最初的

时候,最古最古的时候,枫香树干上生出妹榜,枫香树干上生出妹留,那个时候只有她一人,世上还没有夫妇,寨上还没有青年玩耍,没有同班同辈的青年和她讲恋爱,五月初五,六月初六,妹榜和谁玩耍?妹留找谁作伴?五月初五,六月初六,妹榜和水泡沫玩耍,妹留找水泡沫作伴。

妹榜和水泡沫玩耍,妹留找水泡沫作伴,他们玩了多少个热天?他们玩了多少个冷天?他们玩了三个春天,他们玩了三个冬天,妹榜得了一肚子的胎儿,妹留得了一身子的崽崽……妹榜跑到修狃的窝窝里去,妹留跑到修狃的窝窝里去,生了多少个印,生了多少个宝,生了多少个蛋,妹榜跑到修狃的窝窝里去,妹留跑到修狃的窝窝里去,生了十二个印,生了十二个宝,生了十二个蛋。

我们看十二个宝,我们看十二个印,我们看十二个蛋,长的是什么蛋?圆的是什么蛋?花的是什么蛋?白的是什么蛋?黑的是什么蛋?黄的是什么蛋?红的是什么蛋?长的是龙蛋,圆的是青蛙蛋,花的是老虎蛋,白的是雷公蛋,黑的是牛蛋,黄的是姜央蛋,红的是蜈蚣蛋。

留生了十二个蛋,会生不会抱,留给鹡宇抱,鹡宇各是一个父母,妹榜各是一个父母,河水不在一个山谷里流出来,人不是一个父母生出来,晓得为什么?鹡宇给妹留抱蛋,以前的时候,以往的时候,妹榜和鹡宇,相识在枫香树上,留生在枫香树干,鹡宇生在枫香树尖,因为这一点,等到了以后,鹡宇才给留抱蛋。①

以上是流传于贵州省台江县一带的苗族古歌《十二个蛋》的部分内容,属于苗族古歌《枫木歌》的一部分,也单独成篇,贵州各地苗族同胞传唱的《枫木歌》大体相似,但在细节上有所不同。梳理这个神话故事,我们可以得出这样一条线索,即苗族的祖先是诞生在

---

① 中国民间文艺研究会贵州分会翻印:《民间文学资料》第四集,1985年内部资料,第195—197页。

枫香树上的，枫香树主要生长于温暖湿润的南方，这与苗族祖先的生长环境大体是一致的。从枫香树里诞生的是苗族的始祖母妹榜妹留，妹榜妹留因为和水上的泡沫玩耍而怀孕，怀孕后在修狃的洞里生下了十二个蛋，这十二个蛋由鹡于孵化，生出龙、青蛙、老虎、雷公以及苗族的祖先姜央。修狃是苗族神话中一只巨大的神兽，正是由修狃吐丝做窝生蛋才孵化出了天地和盘古，而鹡于则是苗族神话中的一种神鸟，这只神鸟与妹榜妹留是同根所生，妹榜妹留生于枫香树干，而鹡于神鸟生于枫香树尖，因为这种亲缘关系，鹡于才会愿意帮妹榜妹留将那十二个蛋孵化出来，这个过程很漫长，鹡于孵了十六年，这些蛋里的生物才破壳而出。关于人类卵生的神话还有广西大苗山地区的神话古歌《顶洛》，讲的是一棵被天神砍倒的青竹生出一只蝴蝶，蝴蝶生下十二个蛋并请天上的神人汪通孵化出太阳星辰以及人类的始祖顶洛，而后顶洛与梅基答迈婚配生下了雷公、龙、虎、猫和茵与梅两兄妹，这些人类起源及万物起源神话关系十分奇特而又复杂，人与万物同源，动物生人，人生动物，人与动物、植物乃至自然界的一切，生命都是一体的。从这样的神话中我们可以看到苗族先民初始的世界观，即人类并不是世界的局外人，不是旁观者，更不是高高在上的统治者，人是自然整体的一部分，并且和其他物种还有着亲缘关系。

在随后的神话故事中，人和龙、虎、雷公等同一个母亲孵化出来的兄弟争夺权力，最终是会用火的人类战胜了自己的亲兄弟，这显然是人类和自然斗争必须经历的竞争，这是达尔文进化论中的优胜劣汰，这本身也是一种自然规律。同时进化论早就提醒过人们，人类与其他生物有着生物学意义上的共同的根，达尔文说过自然本身是一张巨大而复杂的网，没有任何一个物种能够在自然的经济体系中永远占据着一个特别的位置，也没有任何一个物种能独立生存于这张生命之网的外面，然而现在的人类却似乎忘了这一点。由于会使用工具和火，人类似乎已经脱离了自然中的食物链，今天的人类走得更远，他们可以通过转基因技术使动植物按照自己的需求生长，也可以通过遗传学来复制生命，但是如果人类忘记了自己本身依然属于自然这一点，那么人类的科学技术越发达，就会越早地把人类推进坟墓。

相比之下，少数民族的文化传统使他们保持着对自然最大的尊重。直到今天，苗族社会依然保留着蝴蝶妈妈的祭奠仪式——鼓社祭。前文提到苗族的枫木神话，苗族同胞认为他们的始祖蝴蝶妈妈是从枫香树中孕育而出的，在水面上与泡沫婚配生下十二个蛋，神鸟鹡宇将这十二个蛋孵化出来，才有了人类的祖先姜央和飞禽走兽。因此，枫木和苗族具有一种"血缘关系"，苗族鼓社祭中的祖宗鼓、牵牛桩、杀牛桩以及用于安放牛角和代表祖宗神位的木桩均用枫木来做，以彰显枫木的神圣。通过今天的鼓社祭我们依然能看到苗族关于枫木崇拜、盘瓠崇拜、鸟崇拜、蝴蝶崇拜及各种灵物崇拜，在鼓社祭中还有敬鱼、敬竹的活动及各种禁忌，通过仪式和制度维系苗族同胞对自然的敬畏。今天的全球经济一体化来势凶猛，从经济生活、文化生活等方面对世界形成席卷之势，整个人类社会都被裹挟在这股潮流里涌向那难以说明方向的进步和发展，而少数民族的传统和智慧在这股浪潮中或多或少能起到一些提醒的作用。利奥波德的生态整体论明确地提出，人类尊重大地、保护大地，不是因为大地对于人类有用，而是因为大地是一个活的、不可分割的生命整体，少数民族在混沌创世神话中把大地想象成了一个巨大的有机生命体，每一座山、每一条河都是创世神牺牲的印记，是值得他们尊重和保护的对象，而人和万物的同源性更好地诠释了生命的整体性的自然规律。

三

神话是人类童年时代的世界观，是原始初民对自然的直观理解。随着现代科学的不断进步，在神话中被原始初民赋予生命和情感的自然物逐渐被剥去了神秘的外衣，世界上没有什么精怪，美丽的花朵既不是仙女，也不是精灵，只是植物的生殖器，雷电并不是因为神的愤怒或恩赐而产生，而是来自云层的摩擦，不仅如此，山川河流既不是创世神的血肉，鸟兽万物更不是创世神的毛发，科学告诉我们的是一个客观但冰冷的世界，而人因为拥有了理性和机械精神，所以可以度量这个世界，并为这个世界制定以人的需要作为标准的法则。这种以人的价值为评判尺度以及征服、支配自然的观念是人类中心主义的观念，又从人类中心演化成西方中心、经济中心、城市中心，以这些中心的主流价值观为尺度评价和衡量自然中的一切，从而将人类与自然对立开来，甚至在人类内部也存在着分明的对立。当人类自身的对立达到一定的烈度之后，就会产生斗争乃至战争，至今仍然战火纷飞的中东地区，其内在的推手除了丰富的石油资源，更来自于西方基督教和伊斯兰世界的文明冲突，只有平等、友好、和谐地相处才能消弭灾难，使世界重新恢复生机。

然而这个愿望过于美好，以至于看上去根本就不可能实现——西方社会引以为傲的现代科学使他们在人类历史上最近的几百年中处于统治地位，从工业革命到殖民战争，西方世界通过先进的科技（最突出的体现就是现代化的枪炮和舰船）几乎征服了整个世界，即使在第二次世界大战后西方殖民地纷纷成为独立的民族国家，但西方不过换了一个方式，将政治上和军事上的殖民换成了经济上和文化上的殖民，依然牢牢地掌控着这个世界。当今世界的生态危机从根本上说就是西方工业资本无限度地追求利润和经济发展所导致的，现在的西方人在指责发展中国家造成工业污染时，却似乎忘了"发展中"国家本身就是一个在西方霸权话语体系下评价的产物，因为要追赶西方世界的脚步，以西方的生产力水平和生活水平为标杆，才会有"发展中国家"这样一个词汇。而不管发展中国家怎样努力，这个世界的财富都更多地集中在了少数的发达国家手里，席卷整个星球的全球经济一体化使富裕的国家更为富裕，贫穷的国家更为贫穷，并且全球经济一体化最后的可能就是全球的经济欧美化，文化欧美化。当前地球的资源要养活地球上超过70亿的人类本身并没有问题，但是如果地球上的人类都要达到欧美发达国家的生活水平的话，地球的资源是远远不够的，解决问题的关键在于将现有的资源重新分配。但这是一个所有人都看得见，却无法实施的方案。欧美发达国家不会为了世界的生态平衡而放弃他们的发达，生活在富裕的都市中的人不会为了减少资源的消耗而不开空调，已经修建的水坝和高速公路不会为了动物的繁殖而拆除荒废，归根到底，人类社会不能倒退。人类不可能回到茹毛饮血的原始社会，居住在城市中的人不可能回归荒野（到乡村度假、旅游、体验生活乃至某些个体单独抛弃城市生活回归荒野都只是个人行为，绝非真正意义上的人的回归），消费至上的时代精神也不可能回到物物交换的前现代社会,人类社会的不断进步已经不以人的意志为转移,不管最后的结局是什么,它只会向前,就像莫斯科维奇所说的那样,进步是只升不降的电梯,人们既不知道如何走出去,也不知道它会停在哪里。也许只有一种可能能让"进步"停下来,那就是人类的毁灭,一如许多科幻文学作品中所描述的那样,人类毁灭,地球重生。

做出这样的推测或许过于悲观,但如果对于这种可能视而不见,那么人类距离毁灭的确会越来越近,而且步入毁灭的速度也会越来越快。进步的价值和意义不容抹杀,人类是不可能再走回头路的,人类的发展本身也是一种自然规律,就像生命不能重来,正当壮年的人类社会也不能回到自己的童年时代,然而人类社会在向前进步和发展时,是可以更充分地发挥自己的智慧,改变与自然对立的态度,与自然更好地相处的,就像一个病重之人,即使找不到一个立竿见影的神药一劳永逸地解决所有的问题,至少可以减轻症状,等待转机。人类不可能走回头路,对人类中心主义的批判并不意味着要求人们否定和放弃人自身的价值,对工具理性和机械精神的批判也并非要求人们回到蒙昧和神秘主义中去,那是从一个极端到了另一个极端,但是人类不能倒退,却可以回头看,重新认识和解读原始初民对待自然的态度,从中剔除愚昧和糟粕,掌握人与自然相处的智慧。建立人与自然平等友好的主体间性关系是当前生态思想家们提出的一个方案和目标,一些学者提出,人与自然的和谐应当建立在平等的、兄弟般的、"生态友好的"、交互主体性的、生死相关的原则之上。生态的主体间性思想是生态联系观的集中体现,这种生态的联系是平等的,人与自然物之间不是主与仆、奴役与被奴役、征服与被征服的关系,而是人与自然主体之间的交互主体性关系。生态的主体间性思想首先摒弃了传统的主客二元论思想,不再把人类放在俯视众生、统治众生的位置上,而是和众生对等地相处。相对于主客体对立的二元论世界观来说,生态的主体间性思想无疑是对人与自然关系的一种积极探索,而要实践生态的主体间性思想,重新恢复人对自然的敬畏之心是一段必然经历的路程。

敬畏自然产生于人类文明的童年时代,并在漫长的岁月长河中形成集体的潜意识，对人类产生深远的影响。这种影响当然是两面性的："敬畏自然的情结产生于人类的原始时期，原始初民对自然的态度既有恐惧和敬畏，又有不服与抗争。敬畏自然与征服自然这一对矛盾，在原始人的主体性刚刚萌生时就形成了。南非学者斯旺坡尔把原始初民对自然的恐惧叫作'生态恐惧症'。生态恐惧不仅能导致生态敬畏，同样也能导致对自然的仇恨、蔑视和征服欲……敬畏自然与征服自然有着内在联系。如果说敬畏自然是自然恐惧的正向表现，那么蔑视和征服自然则是其反向表现。当人们感到难以认识自然、难以战胜自然、自然威胁到人安全存在的时候，很容易产生的情绪就是敬畏；然而敬畏自然毕竟是与人的主体性弘扬和自由本性的实现相冲突，于是，只要人类的能力有所增强，就很容易变敬畏为蔑视，变敬畏为征服欲、控制欲和改造欲。"① 但敬畏自然并不必然是转变成征服自然，人类本身就是自然的一部分，是灵长类动物中进化出来的一个物种，敬畏自然，融入自然同样也是人的本性。一直到工业社会以前，人类始终保持着对自然的敬畏，随着生产力的逐渐进步，人类对自然的"畏"已经减少了很多，保持对自然的"敬"则成为一种文化传统，而促使人类完全走向征服自然和控制自然之路的，并不是人类对自然的恐惧，而是人自身的贪欲。随着工业时代的来临，"世界的祛魅"破除了自然物在人类心中的一切神圣性，不管是动植物、矿山、泥土和水，都被还原为没有生命、没有情感的材料，没有什么东西是不可以被加工成产品出售的，包括人类自身以及人类的审美类情感。要实践生态的主体间性思想，没有对自然的敬畏是不行的，无所畏惧只会让人为所欲为，而没有基本的敬意，即一种对非人类生命或非生命的基本的尊重，要建立人与自然和谐的、平等的、兄弟般的、"生态友好"的、交互主体性的交往原则是不现实的，问题在于人类自身。

恢复对自然的敬畏重点在于恢复自然的神圣性而并非重新回到神化自然的时代，更不是回到自然崇拜的极端，这在贵州少数民族现今的生产生活中就有很多很好的例子。例如：瑶族禁忌规定每年开春以

---

① 王诺：《生态思想与生态批评》，人民出版社2013年版，第130—131页。

后必须过了清明才能吃泥鳅和黄鳝,这在客观上避免了鱼类资源被过度捕食;苗族人则忌打癞蛤蟆、禁射杀燕子、忌深潭打鱼超过一定的数量,这些动物禁忌既有祖先崇拜的因子,也包含了对动物感恩的朴素心理;彝族把神山看作撑天的巨柱,不许人们随便开山采石等。生活在当下的少数民族早已经知道他们的祖先不是神用泥巴、树枝做出来的,但这并不妨碍他们继续保持对自然的敬畏,这些禁忌的目的也都是维护山水、植物、动物的神圣性,同时也避免了人对物质的追求无限度地扩张。

恢复自然的神圣性而不是倒退到将自然神化的蒙昧时代,如同智者保持童心,并不是要智者以儿童的心智来面对生存的挑战。保留神性而停留在神化自然的蒙昧阶段,只有通过这样的解读,我们才能重新认识和理解少数民族神话之所以保留到今天,并对他们的子孙后代依然具有较深影响的原因。荷尔德林认为人不能以自身为尺度,而是应该以"神性"为尺度,海德格尔在荷尔德林的基础上将"神性"发展成为"天地人神"的四维整体思想,在海德格尔的思维结构中,神性之维占据着重要的一角,这里的神性不是神秘主义,也不是对某种物的盲目崇拜,而是指的自然规律。海德格尔明确提出了生态整体观,也将"天地人神"的四维结构理论作为人类融入生态整体的途径,强调只有当人类置身于自然生态的整体系统中,遵守自然的内在运行规律,人类才能重返家园。带着这一视角我们重新解读贵州少数民族的神话,包括混沌神话、创世神话及人类起源神话,我们会发现原始初民的智慧并不像我们想象的那么愚昧,无论是卵生的天地,还是化为大地山川的肌肉骨骼,远古先民用他们的直觉来感受世界,这种直觉思维不如理性思维严谨,却往往更接近于自然的本质。我们再来看布依族神话《人和动物是怎么产生的》,这个神话把人类的起源归结为神的创造:"最早的时候,天下没有人,到处都是白茫茫的一片,听不见狗叫,听不见鸡鸣,世界上静悄悄的。天上的神来到了地上,走到东边是些树木,走到西边是些树木,看不见一处人烟。没有人来和他们玩儿,他们感到实在是没有意思。"天神造人的出发点是寂寞,造人就成了一场游戏,最后"众多的神一个造一样或几样,造出了整个大地的人和动物。自此以后,大地上热闹了,神仙们再来地上玩耍，再也不愁找不到伙伴了"①。这些神创造人类，创造飞禽走兽，并融入其中，与人类及万物一起狂欢，他们都是互相关联着的参与者，比起高高在上俯视众生创世纪的上帝来说，这些神更乐于成为自然万物中的一分子，而不是占据统治地位对其进行掌控，这个神话透露出来的，是布依族先民简单而朴素的生态整体思维。而与许多捏土造人的神话不同的是，这个神话故事里的神是用森林里的树木来造人的："第一个神拔来许多树木，他用自己的神斧把树丫枝砍掉，仅剩下树干，又把树干砍成一截一截的，然后就开始造人了……第二个神也去砍了许多树木，同样把树丫枝剔去，拿出他的神刀，动手造动物……"② 这让我们看到了先民们与鸟兽同源而生、和谐共处的景象，也展现出森林是他们赖以生存的生态环境。从达尔文的进化论来看，人类与其他物种都是自然进化的产物，人类始终是自然的一分子。

考察贵州少数民族的人类起源神话，很容易发现它们有一个共同点，即人类并不是孤独地来到这个世界上的，他们与自然万物总是有着割不断的血缘关系。如前面提到过的苗族古歌《十二个蛋》，其中人与龙、雷公、虎等自然物或自然衍生物是亲兄弟。侗族神话中创世女神萨天巴从身上前后扯下八颗肉痣化成大圆蛋，分两批孵化出人类的男女始祖松恩和松桑，同时孵出来的还有龙、狗、羊，作为人的伙伴。水族神话《开天辟地造人烟》是这么说的："初造人，成四兄弟，共一父，面目不同。那老大，是个雷公，人老二，老虎第三，那老四，是条蛟龙。四兄弟，来斗法术，谁赢了，占领平坝。"③ 流传于贵州榕江县的水族神话故事《十二个仙蛋》讲到人类的始祖牙线决心在荒芜的大地上造人造万物，月神婆婆被她的真诚和不畏艰难的决心打动，派风神来和她配偶，风神变成一阵雨水降到大地上，牙线在月亮山上淋了一场大雨，浑身湿漉漉的，之后就怀孕了。几个月以后，牙线生下了十二个仙蛋，经过七七四十九天，这十二个仙蛋又变

---

① 朱桂元、吴肃民、陶立璠、赵桂芳编：《中国少数民族神话汇编人类起源篇》，中央民族学院科研处1984年发行，第157—158页。
② 同上。
③ 同上书，第213页。

成了十二种动物——人、雷、龙、虎、蛇、熊、猴、牛、马、猪、狗、凤凰。①远古先民的生存条件是极其艰难的，自然赋予了他们生命，然而要在自然中生存下去，并发展自己的种群，势必要向自然索取。维持生存的自然物，不管是植物还是动物，都是先民们索取的对象，他们需要食物，需要劳动中的帮手，同时又有着必然的分歧、矛盾和斗争，这些斗争通常都以更聪明，或者说更狡猾的人类获胜，人类取得了统治权，将自己的亲兄弟赶到了山林河谷。这里面有对远古先民利用智慧、工具（尤其是火）在自然中拓展的艰险的赞叹和歌颂，然而故事并没有结束，当神话中的人类过度利用自己的才智和工具，强调自己的统治权，甚至人心沦落之后，他们遭到了必然的惩罚，那就是洪水。

第三节 洪水神话的审判视角与欲望批判

远古的人类在漫长的岁月中对自然现象缺乏了解，认为很多自然现象都有神秘的力量在暗中催动，自然万物都有神灵鬼怪凭附，于是就有了自然之魅——泛指一切妖鬼精怪。自然之魅在人类早期的岁月里曾经诞生了无数神话传说，这些神话传说给后人提供了丰盈的审美空间，尤其是各种生动的拟人化神明形象。我国少数民族至今仍有着大量通过口耳相传的形式保存的神话传说，近几十年来，由文艺工作者搜集整理出了其中的一部分，尽管只是一部分，却已可见其中的绚丽多彩、恢宏瑰丽。贵州地处亚热带，多年来一直被视为偏远蛮荒之地，正是这块蛮荒之地，生活着17个世居少数民族，而正是这些少数民族千百年来创造和流传的神话、古歌、传说和故事，给现代、先进和发达却支离破碎的世界留下了一个可供回望的精神家园。

一

贵州少数民族崇敬自然，亲近自然，既与自然斗争，又与自然形

---

① 祖岱年、周隆渊编：《水族民间故事选》，上海文艺出版社1988年版，第8—9页。

成一个动态平衡的整体，并透过各种传说故事，将他们对自然的认识和理解凝聚成一些鲜活灵动的拟人化的神明形象，其中最生动、最复杂、最具影响力的要数"雷公"这个人格神的形象。雷公的形象和洪水神话故事紧密相连，在贵州少数民族的洪水故事里，洪水几乎都是由雷公发起的。贵州是个多雨多雷电的地区，少数民族的先民把电闪雷鸣、大雨倾盆的自然现象视为雷公所拥有的神力，他们对雷公的感情是十分复杂的。神话中雷公发洪水淹没世界，体现出了自然残酷的一面，但探究这些洪水神话中触怒雷公引发洪水的原因，甚少出于雷公本身的恶行，更多的是因为人心不好或是触犯了神——自然的权力。这些洪水神话中雷公形象的复杂性，深藏了少数民族先民人神同源、敬畏自然、寻求人与自然和谐共存的生态智慧，雷公的神性，将自然的神奇与神圣深深植入贵州少数民族先民的文化基因并世代传承。雷公形象最大的美学价值在于他是自然的，斯宾诺莎《伦理学》的精髓即"人是自然的一部分"，少数民族对雷公的情感，是他们自然本性的流露。然而，并不是所有的人都愿意去欣赏雷公形象的自然之美的，唯美主义理论家及作家王尔德就对自然充满了不屑，以机械精神为代表的现代工业文明在进步的旗帜下，以更为轻蔑的眼光看待这一切，不，它只是视而不见地转过头去。

启蒙主义以后，人类崇拜理性，掌握技术，并建构了一套完整而强有力的话语体系，用精于计算、严谨缜密的理性和技术来规范丰富多彩的精神世界，并傲慢地把各种光怪陆离的神奇魅影统统归为迷信和谎言，把至今仍然保存着对自然界广泛信仰的地域和人群视为落后、荒蛮和贫穷。马克斯·韦伯在《新教伦理与资本主义精神》中说："把魔力从世界中排除出去。"[①] 这句代表现代理性立场的话，却像是一句充满魔力的咒语，以一种悖论式的眼光冷冷地注视着现代文明在将诸神驱逐之后，一边高速地发展，一边将人类带到悬崖的边缘。世界的祛魅，是一个将人类从自然中剥离并对立的过程，如莫斯科维奇所言："为了概括世界祛魅的意义，我可以说，这是世界去魔

[①] [德]马克斯·韦伯：《新教伦理与资本主义精神》，于晓、陈维纲译，上海三联书店1987年版，第29页。

幻化的过程，其目的是使自然摆脱令宇宙充斥善恶神魔的泛灵论，摒弃比照人的形象看待一切的拟人论，从而消除世界神秘荒诞的氛围，让世界呈现在非个性化并且漠视人类的光明之中。"① 科学让人类成为了自然的主人。时至今日，人们已经习惯于生活在科学和理性的冷漠之中，并将科学作为现代宗教加以崇拜，然而在世界性的自然生态危机和精神生态危机不断加剧的当下，人们也越来越意识到科学并非万能。从 20 世纪中期兴起并迅猛发展的生态运动要求文学及文学批评重新审视人与自然的关系，寻回在现代工业文明中被人类抛弃的精神家园，公正对待曾被视为落后的精神生态群落。

侯哲安先生在《中国南方古代传说人物考》中将 45 个洪水故事进行整理，其中引发洪水的神明为雷公（雷王）的共有 11 例；谢国先教授的论文《中国南方少数民族神话中的洪水和同胞婚姻情节》列出各少数民族神话中洪水泛滥的原因，其中明确出现人类与雷公相斗且为贵州世居少数民族的有苗族、布依族、仡佬族、水族、侗族、瑶族、壮族、毛南族、仫佬族、土家族、畲族这 11 个少数民族，彝族神话传说也有雷公发洪水的记述，白族和羌族的洪水神话虽然没有明确提到雷公，但洪水泛滥也是人神相斗的结果（居住在贵州的蒙古族、回族、满族属于北方民族，其神话体系与南方民族颇有不同，暂不列入本书的研究范围）；已故的原贵州省社科院研究员王鸿儒先生认为雷神（雷公）崇拜是夜郎古国最主要的自然崇拜之一，尤其在百越族系神话中居于老大的地位，有"雷王"之称，其后千百年来各少数民族生产生活中的祭祀、禁忌随处可见对雷神的崇拜。可见，在贵州少数民族神话传说中，雷公这一形象不但普遍存在，而且影响力之巨大，是其他神祇难以相比的。地处偏远的贵州少数民族文学在漫长的岁月尤其是高速发展的现代工业文明的话语体系中，长期处于自卑和失语状态。从生态批评的视野出发，用生态思维重新解读贵州少数民族洪水故事中的雷公形象，通过雷神的复魅，不单有助于提升这些地域的人们在漫长的岁月里压抑于先进发达的主流文化之下的自信心，对于一直充满过度优越感的现代工业文明，也可以

---

① ［法］塞尔日·莫斯科维奇：《还自然之魅：对生态运动的思考》，庄晨燕、丘寅晨译，生活·读书·新知三联书店 2005 年版，第 93 页。

提供回归精神家园的路标。

二

贵州少数民族神话传说中的雷公形象首先是自然整体的一部分。

雷电是最常见的自然现象之一，早期的万物有灵观念让人们生活的世界充满了神祇，在世界各族神话传说中，"雷"都是具有强大力量，居于主宰地位的人格神，如人们所熟知的宙斯。贵州是个多雨多雷电的地区，雷公形象在不同的神话传说中普遍存在，和宙斯等高高在上俯视众生的雷神相比，贵州少数民族神话传说中的雷公，既有让人畏惧的强大自然力量，尤其是发洪水淹没世界更充分表现了其自然力量残酷的一面，但也有与人类、世界万物同源而生的亲缘关系即天地神人整体共存的一面。

在不同版本的创世神话、洪水神话或传说故事中，雷公（神）和人是亲兄弟或者老庚（即结拜兄弟），如苗族的洪水神话在不同的版本中都提到这一点，在苗族古歌《洪水滔天》中，作为"神"的雷公和作为"人"的阿央（或叫姜央）是同一个母亲孵出来的亲兄弟，在分配生产工具时雷公得到了能耕地的牛，而阿央只得到不能耕地的狗，两人因此结下仇怨；① 在苗族神话《奶傩枒傩》中，果索是大滨天国的雷公，果贝是大兜地国的酋长。两人相好交上亲密的朋友，像亲戚一样往来；② 在另一则苗族神话《仡索仡本》中，仡索仡本是俩老庚，仡索是雷公，他性情急躁且狂暴，代表天神一方，仡本是人，他性情温和平稳，代表人类一方；③ 水族古单歌《开天立地》以其独具魅力的韵文形式描述了人和雷公之间的亲缘关系，人和雷公都是母神伢倍所造（所生）的："初造人，有个伢倍。伢倍造，四个哥弟；头一个，就是雷公，二一个，就是水龙；三一个，才是老虎；小满崽，是我们人。"④ 在这些少数民族神话传说中，雷公和人类及其他

---

① 贵州民间文艺家协会编：《民间文学资料》第十二集，1985年翻印，第16—25页。
② 石朝江：《苗族创世神话：洪水故事与兄妹结婚》，《贵州大学学报》（社会科学版）2011年第6期。
③ 吴晓东：《苗瑶语族洪水神话：苗蛮与东夷战争的反映》，《民族文学研究》1999年第4期。
④ 贵州民间文艺家协会编：《民间文学资料》第四十六集，1981年翻印，第401页。

的自然物共同生存在同一个家园之中，这个家园不仅仅是少数民族先民出生和生活的场所，更是他们信仰和灵魂的归属之地。

在贵州少数民族神话传说中，雷公这个形象，不单是自然整体的一部分，呼风唤雨、打雷闪电是他外在的神力，也是自然现象在少数民族先民意识中不定型的想象，与此同时，其原型本身是有具体的自然物作为载体的。在这些神话传说中，雷公的具体形象是鸟，更具体而言则是鸡。在贵州各族的洪水神话中，都有捉雷公的情节，捕捉雷公的方式有用网、用簸箕、用衣服的，这也是人们捕鸟的最基本的工具及技能，如前面提到的苗族神话《奶傩构傩》，里边的人类酋长果贝是用铁锅将雷公罩住的；布依族神话《洪水潮天》中的大哥把饭倒在茅厕里舂，舂了很久很久，突然打了一声炸雷，大哥顺势把围裙一康，康得一只大公鸡，"康"是方言，也即罩住的意思；侗族、仫佬族神话里，捉雷公用的是陷阱；瑶族的神话里捉雷公用的则是猎虎的叉子。雷公被捉以后，通常被关在谷仓里，更多的是被关在铁笼里，捕捉和关押的方式都指向了雷公的实体——鸟类及至具体的鸡形象。畲族的神话《桐油火和天洪》更为明确地叙述：蓝禾姑到山林里采蘑菇，抓到了雷神打盹变成的大公鸡。这些神话都保留了雷公和野鸡的互换形式，这和这些少数民族先民的鸟图腾或者鸡图腾是有着密切的联系的。"图腾"即印第安语"他的亲属"，雷公的形象，不但是少数民族先民自然崇拜的体现，也是图腾崇拜的体现。不管是雷电崇拜，还是鸡（鸟）图腾，都强调了雷公形象的自然属性，雷公的神性，也即自然的灵性。

海德格尔的生态存在论是生态批评的重要理论基础，他指出，天地神人"这四方是共属一体的，本就是统一的。它们先于一切在场者而出现，已经被卷入一个唯一的四重整体中了"①。贵州少数民族神话传说中的雷公形象，与海德格尔的生态整体观是相互契合的，偏远山野中的贵州少数民族与地球远端的哲人海德格尔本无联系，然而自然本身既没有国界，也没有民族，雷公作为一种神性的存在，与海德格尔强调的"四位一体"——大地与天空、神性与道德殊途同归。雷公是人们恐惧和崇敬的神明，却也是最亲近的家人朋友。这种认识不

---

① 周兴选编：《海德格尔选集》，生活·读书·新知三联书店1996年版，第1170页。

但出现在远古神话和古歌传说中,还通过口耳相传,一直延续在这些少数民族的文化基因里。然而,一个不容回避的现实是,诞生于机械学与机械精神的现代文明及其全球化的产业能量正无孔不入地侵蚀着世界的每一个角落,从启蒙时代开始的世界的祛魅也早已经将人们身边的神祇赶走。我们不再熟悉文化基因里铭刻得五光十色、丰富多彩、神人共存的精神家园,我们的视线所及之处,是节节攀升的生活成本,是高楼大厦的阴影下物欲狂欢的迷乱与战栗,我们不需要奇迹,不需要巫术、咒语或法术,我们用货币可以买到一切——除了自然之美。这一切在雷公存在的时代早有征兆,就像水族的古歌里唱的:"不会算,同虎相随;不会想,与龙相处;和野兽,成群窜游;与雷公,称兄道弟。"① 然而,现代机械精神的核心恰恰就是精于计算、严谨正规,而在现代生活的思维方式中,发达和富裕程度与机械技术的使用程度成正比,人们很容易接受在虚拟的网络中饲养宠物,却不能接受甚至只是想象与野兽成群窜游、与雷公称兄道弟的"荒蛮"和"愚昧",也不愿去追究"自然"这个词越来越只像一个词的结果。在聪明的现代人面前,能引发洪水的雷公也只能远远地逃遁而去,留给人们的,只有不堪回首的破碎的家园。

三

由于被视为拥有呼风唤雨的巨大能量,雷公这一形象在神话传说,尤其是在洪水神话传说中承担了暴君的角色。在贵州现有的17个世居少数民族的洪水神话中,发洪水淹没世界的神明,几乎都是雷公。尽管雷公拥有神力,发洪水淹没世界也充分体现了大自然的残酷性,但是贵州少数民族神话传说在塑造雷公形象时,并没有将雷公彻底地推向人类的对立面,反而通过雷公形象的多面性,对人类自身进行了深刻的审视和剖析。受意识形态的影响,过去在对少数民族神话进行研究时,更突出的是人类战胜自然的勇气和力量,讴歌远古先民在艰苦的环境中生存的丰功伟绩,强调了人定胜天的人类中心法则。贵州少数民族神话传说中的雷公虽然和人类同源而生,具有亲缘关

---

① 贵州民间文艺家协会编:《民间文学资料》第四十六集,1981年翻印,第380页。

系，但是在和人类的斗争中，却往往是个失败者。很多民族的神话都记述了雷公和人类及动物（龙、虎）争夺大地的统治权的故事，但雷公和动物都被人类打败了。人类战胜雷公及猛兽的工具是火，苗族古歌里的人类远祖召乔自老用火将"三个朋友"雷公、龙和虎打败，人类坐上了老大的位置。对火的使用是人类发展史上的一个巨大跨越，使人真正从自然界中脱离开来，人类从使用火开始了奴役自然的漫漫征程。雷公在学会使用工具的人类面前失败了，但失败之后的雷公并没有马上站到人类的对立面去，在大多数的洪水故事里，雷公引发洪水淹没世界，更多还来自于人向自然索取无度而产生的不可逆转的矛盾。

苗族古歌《洪水滔天》首先讲述的是雷公和人（阿央或姜央等）的生存矛盾，因为出生的先后，获得的生产工具也有所不同，雷公得到的是能耕地的牛，而人得到的则是不能耕地的狗，雷公得到的是河流，而人得到的只有一捆柴，由于人在自然资源上的缺乏，不得不通过精心算计从雷公手里夺取生产资料。古歌里是这样唱的："朋友借黄牛犁田，阿央人聪明，借牛有打算……别人借牛来犁田，阿央借牛来杀吃。"不但如此，阿央还捉弄雷公，将雷公的牛杀死吃掉后，头尾埋在地里，"雷公和央手拉手，央和雷公把手牵，手拉手去看，看雷公的牛，央拿脑壳，雷公拉尾巴，央就一放手，雷公翻倒在地……"，阿央继续捉弄雷公，"雷公爱自己的好衣服，他拿根棒抬着，阿央心很不好，阿央心真恶毒，他答应说道，帮你拿衣服去洗，阿央手拖着衣服在地下，像拖猪一样，越拖衣越脏……"① 如果说向雷公借牛，是出于生产的需要，杀牛和捉弄雷公，就包含着深刻的善恶审视了。如果我们从二元论的宇宙观剖析阿央借牛杀牛、捉弄雷公的动机，会得出这样的结论——人类认为自己才是自然的主人和占有者，永远不满足于借来生产资料和仅仅解决最基本的生存要求。人类在与自然的斗争中掌握了越来越多的能力，也越来越崇拜自己的能力，人和自然的关系也越来越复杂和疏离，人类已经开始希望根据自己的喜好来役使自然了。最后，阿央放火烧山，烧了十七夜，雷公一怒之下，也放了十七夜的

---

① 贵州民间文艺家协会编：《民间文学资料》第十二集，1985年翻印，第16—25页。

洪水，淹没了世界。

由自然物演化而来的雷公，虽然具有神力，但其思维方式是天真、简单和直率的，正如同人类的孩提时代。孩子总是充满好奇和激动，好奇但并不怀疑，他们清澈的眼睛总是相信他们看到的一切，当他们开始学会撒谎，也意味着他们开始褪去追求美和纯真的天性。雷公和人类相比，几乎是没有什么心眼儿的，他说不吃鸡、不吃盐，人类却偏要给他吃鸡吃盐，苗族神话《仡索仡本》指出雷公和人斗争的根本原因已经不是生存的必需，而是人心的变异："仡索管天，能呼风唤雨，但他禁忌盐和鸡；仡本管地，能够种植庄稼，他什么也不禁忌。一天，仡本过生日，杀鸡设宴，请仡索来做客，因为仡索禁忌鸡，所以仡本将鸡头鸡脚全部砍掉，仡索赴宴吃得很高兴，还赞仡本的菜肴很好，仡本却透露了杀鸡、放盐，还加了用鸡屎当肥料浇过的葱，仡索听了大发雷霆，讲仡本不守信仰。"① 不守信仰，是雷公愤怒的根源，但在世界祛魅之后，科学给这种行径提供了道德上的支持，人们对自然的伤害也变得理所当然，不得不说，这是"先进"在"落后"面前的失态。雷公和人类闹翻了之后，雷公告诉人类自己要来劈打惩罚人类，而当人类问他怎么来的时候，雷公又心无城府地说自己要从房顶上来，这也就留给了人布置陷阱的机会："雷公气到了喉咙：姜央！等我回天上，把衣服换了，一定来打你。姜央说：你三年来打我？三月来打我？三天来打我？雷公说：我不去三年，我不去三月，我只去三天，三天就来打你……姜央很聪明，第一天捞青苔，糊在屋顶上，第二天砍树子，做了一个大木叉，第三天到了，姜央躲在屋角角。第三天到了，天上一声雷响，雷公跳下来，不跳到碓房，不跳到谷仓，单单跳到姜央屋顶上，青苔滑油油，雷公跌倒大门口。"② 不但如此，雷公被抓后关在谷仓里，人要他搓草绳，却在仓底挖了个洞，雷公搓一寸，人就在下边拉一寸，雷公的草绳永远也搓不完，和精于算计的人类比起来，雷公的形象甚至不无可爱之处。

---

① 吴晓东：《苗瑶语族洪水神话：苗蛮与东夷战争的反映》，《民族文学研究》1999年第4期。
② 贵州民间文艺家协会编：《民间文学资料》第四集，1985年翻印，第215—216页。

当人类的自信心不断膨胀，在自然面前不再表现得顺从，反过来，人类越来越强调征服粗暴和桀骜不驯的自然，却不去约束自身越来越超出生存需求的贪欲。布依族古歌《洪水潮天》讲述了这样一个故事："一家人有三姊妹，大哥、二哥和三妹。一天，二哥和三妹出外去了，大哥想：我哪样都吃过喽，只是没吃过雷公肉，便把饭倒在茅厕里舂，想找雷公肉来吃。舂了很久很久，突然打了一声炸雷，大哥顺势把围裙一康，康得一只大公鸡，二哥和三妹回来，大哥叫他们不要用水去喂。二哥和三妹很奇怪，也很好奇，就暗自拿水来喂鸡吃。大公鸡吃了水，马上变得花花绿绿的，好看得很，两兄妹更惊奇了，又喂了一碗水，谁知大公鸡吃了水，就一下子挣脱笼子，飞上天去了。"[①] 仫佬族传说《伏羲兄妹的传说》中讲道："伏羲兄妹和两个哥哥住在一起，这两个哥哥一个独眼，一个跛脚，生性残暴，想长生不老，便要吃雷公的肉，他们设计把母亲捆起来虐待，雷公为了要劈打不孝的逆子从天而降，两兄弟趁机抓住雷公关在谷仓里。"[②] 侗族神话《捉雷公》中则有这样的情节：兄弟四人的老妈妈得了病，到处求医都治不好，有人说要吃雷公胆才好，兄弟四人就想办法捉雷公，他们设计让灶神以为他们糟蹋五谷，灶神上报天王，天王派雷公来惩罚他们，结果却被他们用陷阱捉住。拥有神力的雷公，在人类的贪念面前，依然只能成为一个失败者。

然而这些神话、传说、民间故事的本意并非让人们欣赏雷公的神性就此遭到人类的践踏，雷公逃脱了，逃脱之后引发的洪水淹没了世界，也几乎让人类灭绝。少数民族的洪水故事告诉后人，善恶一念之间，后果是有着巨大的差别的，人类在洪水中几乎灭绝，是因为恶，幸存的，是象征着善念的兄妹，正是他们对雷公的同情，挽救了他们自己，也挽救了人类。这些神话传说还告诉后人，自然是必须怀着一颗敬畏之心去面对的，自以为是而又肆意妄为的人类，最终会遭到自然的惩罚。

[①] 韦兴儒：《贵州布依族民间故事选》，中国民间文艺出版社1989年版，第53页。
[②] 谷德明：《中国少数民族神话选》，西北民族学院研究所十五丛刊资料1983年发行，第134—136页。

四

汉斯·萨克塞在《生态哲学》中引用荣格的话说："没有被技术影响，仍然是自然的一部分的人有知识，但没有科学。他不大了解植物和动物的特性，只知道它们的道德，他感到自身同它们有着密切的联系。"① 贵州少数民族的洪水故事中传承的正是这样一种思维方式，这种思维方式是非技术性、非抽象性和非逻辑性的，他们的精神家园恪守着万物有灵的信仰，他们强调和宣扬祖先战胜自然的力量和勇气，同时传递善恶相报的简单、直观的理念，传递着敬畏自然、寻求共处的生命原则。

自然是神秘的，树中、水下、山上充满了神明和精灵，星辰和动物都有灵魂，所有这一切，都是他们精神家园里不可或缺的亲人，洪水故事中的雷公，自有其暴戾、桀骜的一面，但洪水带来的灾难和噩梦是自然对人类生存的威胁，在作品中，这种威胁演化为神明的惩罚，惩罚的目的在于让人类改邪归正，回到和诸神万物共处的家园。贵州少数民族的先民，也正是怀着对惩罚的畏惧和善恶相报的理念传承他们的文化的，然而势不可当的现代化、城市化、全球化浪潮，正在和将要彻底祛除他们对自然的盲从和迷信，同时也正在和将要把他们变成像现代都市人一样的精神上的无家可归者。

雷公是掌管风雨雷电的神明，拥有淹没世界的法力，在贵州少数民族神话传说中，也有不尽职的雷公，因为懒惰而让人间大旱，因为暴戾而淹没世界。但雷公这个形象，并非像人类一样精于算计，一切以利益作为衡量的标准，而往往是恩怨分明的。雷公在和人的斗争中失败了，被羞辱了，会怒而引发洪水，但是得救了，逃脱了，也绝不忘记报恩。在这些神话里，人类得以保留，莫不是因为雷公临报复前，给将他救出牢笼的兄妹（或姐弟）留下了葫芦（或南瓜等植物）的种子，给他们留下幸存的机会。侗族神话《捉雷公》的情节充分地说明了雷公恩怨分明的性格：雷公被关在铁笼里，向姜良、姜妹央

---

① ［德］汉斯·萨克塞:《生态哲学》，文韬、佩云译，东方出版社1991年版，第120页。

求水喝，兄妹俩见他怪可怜的，就送他点水，雷公拿出一颗葫芦籽送给他们，葫芦籽长大后在洪水滔天时救了兄妹俩。① 仫佬族《伏羲兄妹的传说》也有相似的情节：雷公被关进谷仓讨水喝，伏羲兄妹见雷公实在可怜，就把一个水瓜渣丢进谷仓，雷公吃下后力气倍增，挣破谷仓腾云驾雾逃走后发洪水。临走前送给伏羲兄妹一颗牙齿，兄妹俩用这颗牙齿种出巨大的葫芦，在洪水中逃脱。② 其他少数民族神话传说中也都有大同小异的情节，所不同者，无非是逃生的工具而已。雷公的报恩不仅限于给人类留下了一颗从洪水中逃脱的种子，在有的故事里，雷公还是人类再生的引路人，他告诉幸存的兄妹要成婚繁衍后代，还用神力制造各种征兆，让兄妹相信成婚是天意。

至此，雷公和人类和解了，自然总是比人类更具有容纳对方的胸怀。雷公是自然的，天真的，野性而难以控制的，同时也是公平公正的。贵州少数民族先民在自然那里继承了人的天性，将人的能力和天性寄托在神的身上，斗争但也顺服于神，他们感应自然的朦胧神秘，他们用感性、直觉与自然交流，他们拥有巫术、咒语和信仰，他们融入巫魅的象征符号并相信巫魅的奇迹，他们畏惧雷公，也热爱雷公。千百年来，雷公的形象在贵州少数民族文学中通过口耳相传规训着后人与自然的相处模式。由于地理自然环境的原因，贵州少数民族封闭在一片潮湿荒凉的崇山峻岭之中，即使拼命追赶，也远远跟不上现代工业文明的脚步。所有的人都在追求进步，偏远的贵州也不例外，但是最先进的现代工业文明也不知道进步会将我们带向何方，就像塞尔日·莫斯科维奇所说的那样："进步是一部只升不降的电梯，全自动、盲目向上，人们既不知道如何走出去，也不知道它会停在哪里。"③

进步真的值得我们那么全心全意地追逐吗？或者说，我们究竟应该追求什么样的进步？世界的祛魅带来工业文明高度发达，但科学已经远远背离探索自然奥秘的初衷，摇身一变成为现代宗教。人类强调

---

① 贵州民族学院民族研究所编：《贵州少数民族民间文学作品选讲》，贵州民族出版社1987年版，第339页。

② 陶立璠等编：《中国少数民族神话汇编·洪水篇》，中央民族学院少数民族古籍整理出版规划领导小组办公室印，1983年版。

③ ［法］塞尔日·莫斯科维奇：《还自然之魅：对生态运动的思考》，庄晨燕、丘寅晨译，生活·读书·新知三联书店2005年版，第10页。

对自然的征服和控制，但资源的枯竭已经是触手可及的现实，地球两极的冰川融化、臭氧空洞使自然看上去伤痕累累、悲怆而愤怒；人类追逐进步和享受，结果人口暴涨，城市无限扩张，人类精神却不断地萎缩；人们信赖机器，习惯通过电脑和几千千米外的电脑连接，在虚拟的世界中狂欢，却很少注意到窗外的春天是寂静还是热闹，直到有一天，机器最终将淘汰制造它们并让它们模仿的人类。人类在发达和进步的路上走得太远了，而人类的自我拯救不能完全依靠冰冷、漠然的技术，自我的拯救离不开世界的复魅。当然，世界的复魅并非要人们回到原始社会，回到万物有灵的自然崇拜中去，也不是将世界重新神秘化，事实上也不可能回去。人类不可能再回到现代文明之前，但必须正视和汲取现代文明之前的精神养料，对产生当前生态危机的思想文化根源进行深刻的反思，对现有的文化、科技、生活方式、社会发展模式进行彻底的追问，重审用于评价先进和落后的话语体系，通过世界的复魅，依赖生命内在精神力的复苏，才是人类停下在物化欲望面前迷失的脚步回归家园的途径，也许是唯一的途径了。

第四节　贵州少数民族神话的生态审美价值

在人类出现以前，我们所居住的这颗星球就存在着一种永恒之美，这种美叫作自然。四季轮回，春之灿烂、夏之热烈、秋之绚烂、冬之萧索，并不因人类赞赏与否而存在；万物生长、大川奔流、落日黄沙，并不因为人的喜怒哀乐而改变。然而在传统美学中，自然万物的美有赖于人类的发现和认可，自然成为人类的审美对象，而且在很长时间内，人类更加强调人类所创造出来的美，而对自然的美不予承认或者淡化自然本身的美。黑格尔就将自然的美视为最低层次的美，传统美学的自然审美是从人类中心主义的视界出发的，将自然作为了一种审美对象，自然的美有赖于人类的发现和认可，也就是说，更重要的是审美者，即人，这与主体—客体的二元论世界观是一致的，王尔德在自然面前则充满了人类高高在上的优越感，在他看来自然是粗糙的、单调乏味的，充满缺陷的，正是因为自然非常的不完美，才有人的艺术，甚至把自然视为人的创造物，只有经过人脑的艺术加工，自然才能获得生命。即使是中国的古代山水诗，自然也只是诗人抒发情感的工具，借景抒情的美在于情，意境往往强调的是人之"意"而不是自然的"境"，而"境"往往只是"情"的背景。但是，自然的美即使没有人的肯定也是存在的，始于20世纪中期的轰轰烈烈的生态运动也涉及了审美的领域，并将自然美学上升到了生态美学，生态审美的美学范式"突破了传统美学的形式的优美与和谐，而进入到人的诗意的栖居与美好生存的层面。它以审美的生存、诗意的栖居、四方游戏、家园意识、场所意识、参与美学、生态崇高、生态批评、生态诗学、绿色阅读、环境想象与生态美育等为自己的特有的美学范式"①。生态审美是美学的一个新阶段，它的出现与20世纪中期以来的生态运动有着必然的联系，与人们反思人与自然的关系有着必然的联系，传统的自然美在美学史上虽然进行了不断的探索，但传统的美学更注重的是艺术美，综合当前学界对生态审美的认识和观点，我们大概可以将生态审美的特点归纳为以下几种。

一　神性之维——有机的自然

自然本身存在一种"神性"，这种"神性"不是神秘主义、巫术、迷信，也不是对自然进行人格化的神化，海德格尔在"天地人神"的四维结构里所强调的"神性"指的是自然规律，古希腊人所谓"人是万物的尺度"在自然的神性面前是非常自大的，也反过来映衬了人在自然面前的渺小。整个人类在自然中出现的历史不过就是数百万年，而数百万年对于自然的历史来说也只是短暂的一瞬，要知道，恐龙在这个星球上至少存在了上亿年！人从来就不是万物的尺度，即使在今天，人类文明的高度发达，人类的足迹遍及了这个星球的每一个角落，甚至向地球深处的海沟以及地球以外的太空拓展，人造的建筑和人类活动的场所不断地向自然延伸，然而这不但不能说人来为自然立法，反而是人类活动在不断延伸的过程中受到自然的裁决——人类的城市、道路、设施不断地拓展，换来的是森林消失、草原退化、海洋酸化、野生动植物的大量灭绝，导致的后果就是沙尘

---

① 曾繁仁：《生态美学导论》，商务印书馆2010年版，序。

暴、酸雨、泥石流；人类创造的财富高度发达，所对应的是资源的大量消耗——石油的枯竭、水危机、空气质量恶化、臭氧层空洞以及气候变暖，海平面上升等；人类的科技登峰造极，但人类的疾病却层出不穷，核威胁等科技的反噬已经不断涌现，更可怕的是人的精神灾难，自杀、歇斯底里、犯罪……把一切称为自然对人类的报复未免过于肤浅，人类把自然想象得过于肤浅，自然对世间万物是无比包容的，任何一个物种的兴衰存废都有它的命数，人类不断地挑战自然规律，也不断为自己的行为付出代价。老子《道德经》上篇第二十五章："有物混成，先天地生。寂兮寥兮，独立而不改，周行而不殆，可以为天地母。吾不知其名，强字之曰道，强为之名曰大。大曰逝，逝曰远，远曰反。故道大，天大，地大，人亦大。域中有四大，而人居其一焉。人法地，地法天，天法道，道法自然。"① 海德格尔的"天地人神"四维结构中所谓"神"和域中四大的"道"殊途同归，"道"即"神性"，也就是自然规律。海德格尔的研究者余虹对神性之维的概括是："神性之维作为超越力量的牵引的天命要求将人带出自身的本能局限而拥有精神自由并与万物同在，作为意义之终极关怀的天命要求将人带出自身自然的盲目而拥有成名的意义之王，正是神性之维使处于大地的人仰望天空而张开天地之间的无限生存空间。为此，神乃人之尺度，人之为人必与神同在，必以神性尺度度量自身与万物，并由此获得生存的根基，真正与天地万物同在，属于天地人神的世界家园。"② 生态审美的第一个特点就是真正认识自然的美，不是人为自然的美命名，而是理解自然的智慧，表现自然规律中孕育的美，而不是抽象之美。生态审美并不将人与自然的关系对立起来，海德格尔对人的本性的认识强调现世性，人本身是不能离开自然和生态环境的，所谓"现世性"就是所有的人都是在自然生态环境中生活的人，而不是抽象的符号，人本身不能离开自然，也不存在感性和理性、社会和自然二分对立的人，生态审美更强调人类的审美和创造美的能力也是自然规律的组成部分，生态审美既包括自然万物现实存在

---

① 陈鼓应：《老子注译及评价》，中华书局1984年版，第163页。
② 余虹：《诗人何为？——海子及荷尔德林》，《芙蓉》1992年第6期。

的静态美，也包括自然运动演变的历史和未来的动态美，既包括先于人类存在的客观的美，也包括人的感情、想象、创造的美。

自然的美是一种有机的美。塞尔日·莫斯科维奇在谈到世界的祛魅时沉痛地说："自然原来是一种模糊而神秘的东西，充满了各种藏身于树中水下的神明和精灵。星辰和动物都有灵魂，它们与人相处或好或坏……（而）科学告诉我们，宇宙是一架机器，并且对我们毫不关心。"① 现代文明诞生于机械学和机械精神，机械精神创造了人类今天美好的一切，但是机械精神也过度地放大了人类的需求，又在人类无限的需求下扩大了人类与自然的对立，人们把自然视为一堆可以任意开采和使用的材料，自然本身没有生命，科学证明了原始人的泛灵论是荒谬的，科学不遗余力地祛除"灵魂"对人类的影响，依靠伽利略、笛卡尔、牛顿和他们的机械哲学可以制造机器来解决所有的问题。

近300年的人类发展证明科学确实具有无比巨大的能量，也给人类社会带来了天翻地覆的变化，但当前人类所面临的生态困境也告诉我们，科学并非万能的，对科学的盲目崇拜会将科学神化为现代宗教，这会使人类走向另外一种蒙昧——科学的蒙昧，离开了科学，人们将一无所知，很难想象人们在面对着鲜花盛开、落叶缤纷的时候只能借助计算鲜花的质量或者落叶的成分来讨论这是否是一种美，"在研究我们当前环境困境的根源及其与科学、技术和经济的相关性时，我们必须再次考察这样一个世界观和科学的构成，它们通过将实在概念化为一架机器而不是一个活的有机体，而认可了对自然和妇女的支配。像弗兰西斯科·培根、威廉·哈维、勒内·笛卡尔、托马斯·霍布斯和伊萨克·牛顿这些近代科学创建之'父'的贡献，必须重新评估……正是这些进展导致了自然作为一个活生生的存在的死亡，导致了以文化和进步的名义对人类资源和自然资源的加速开发"②。自然不是僵死的、没有感情的、可以随意被肢解和改造的物质，自然是

---

① ［法］塞尔日·莫斯科维奇：《还自然之魅：对生态运动的思考》，庄晨燕、丘寅晨译，生活·读书·新知三联书店2005年版，第92—93页。
② ［美］卡洛琳·麦茜特：《自然之死》，吴国盛译，吉林人民出版社1999年版，导言第3—4页。

有机的、充满神性的世界。生态审美所提倡的世界的复魅并非让人重新回到对自然的崇拜,匍匐在自然的脚下扮演自然的奴仆,而是重拾人对自然的感性认识,更加深切地理解人是自然的一部分,恢复人对自然的敬畏和感恩。"在海德格尔看来,重整破碎的自然与重建衰败的人文精神是一致的,他把拯救地球,拯救人类社会的一线希望寄托在文学艺术上:神话限制着科技的肆意扩张,歌唱着命名万物之母的大地,梵高画下的一双农妇的鞋子便能够轻易的沟通天地神人之间的美妙关系。人与自然相处的最高境界是人在大地上诗意的栖居。"①

在希腊神话谱系中,盖娅(Gaia)被称作"大地女神",盖娅是大地和自然的象征,是孕育了人和万物的母亲。20世纪70年代,英国生态学家洛夫洛克和美国生态学家马古利斯提出了著名的"盖亚假说",即:地球生物圈内地表的冷暖、水源的丰歉、土壤的肥沃与贫瘠、大气质量的优劣由地球上所有生命存在物的总体与其环境的调节反馈过程所决定,地球孕育了自然界的生命,也给自身赋予了生机,"地球系统本身也就成了一个有机的生命体"②。"盖亚假说"为许多生态思想家奠定了理论基础,其理论思想的根源来自原始思维,神话世界的泛灵论,因而它自身存在着许多问题,但是"盖亚假说"依然为生态审美提供了一个重要的理论依据,即地球是一个有机的自然整体。20世纪后期,世界上众多的生态女性主义学者着力于恢复大地之母的精神,她们通过一系列著作"复活"了许多史前时期大地女神的形象,这些女神有美索不达米亚人的英娜娜(Innana)、埃及人的爱西斯(Isis)、希腊女神德米特(Demeter)和盖娅(Gaia)、罗马人赛列斯(Ceres)以及欧洲异教徒、亚洲人、拉丁美洲人和非洲人的女性象征和神话,通过音乐会、街头剧场、宗教仪式、诗歌及演讲来重塑一系列有生命的,以大地女神为中心的生态审美形象。而在贵州少数民族神话中,同样有一系列的创世女神形象,通过对这些女神形象的解读,我们同样能在贵州少数民族神话中发掘其生态审美价值。这些女神形象包括苗族的创世女神妹榜妹留,在苗族古歌《枫木

---

① 鲁枢元:《生态文艺学》,陕西人民教育出版社2000年版,引言第26页。
② 马世骏主编:《现代生态学透视》,科学出版社1990年版,第321页。

歌》中，正是妹榜妹留与水面上的泡沫恋爱怀孕生下了十二个蛋，而这十二个蛋孕育了人类和万物，《枫木歌》生动形象地塑造出了这个创世女神的形象，她腼腆、羞涩、冲动、热情，充满了自然的野性之美。水族有《牙线造人的故事》，牙线是天上的女神，来到地上看到果子没有人摘、泉水没有人喝、飞禽走兽没有人管，就决定造人，她用剪纸造人的方法，前两次都没有成功，因此感到很痛苦，最后一次请来喜鹊作伴，老鼠守门，靠着飞禽走兽的帮助，终于成功地造出了可以在世界上生存的男人和女人，当她离开大地时，还抠出自己的眼珠送给对她依依不舍的一对兄妹，兄妹俩把她的眼睛种在地里，长出一个巨大的瓜，当世界被洪水淹没时，这个比屋子还大的瓜救了这对兄妹，也使得兄妹俩在洪水淹没世界后重新繁衍了人类。这个神话里的女神就如同慈母，不惜用自己的身体器官来拯救人类——她的子女。瑶族的女神密洛陀造天地造人："密洛陀用师傅的雨帽造成天，用师傅的两只手和两只脚做四条柱，顶着天的四个角，用师傅的身体做大柱撑着中间，造成了天地，接着，她又造大河、小河、造花草树木，造鱼虾和牛马猪鸡鸭……"① 密洛陀造人的过程也经过了很多次失败，也是依靠自然中动物的帮助，最后将一棵连着蜂窝的树砍回家里，装进箱子，过了九个月之后，那些被她装进箱子里的蜜蜂变成了人，密洛陀把这些小人洗干净，用自己的奶水喂养他们。密洛陀用蜜蜂造人的神话生动有趣，而且在造人神话中非常少见，借助各种动物的帮助也充分体现了人与自然相融的整体性。土家族的女神依罗娘娘造人用竹竿做骨架，用荷叶做肝肺，用豇豆做肠，用萝卜做肉，用葫芦做脑壳，通了七个眼眼，吹了一口仙气，坐着能出气，站起来能走路，从此地上有了人。土家族这个造人神话的独特之处在于人是用各种植物做成的，充分地彰显了人与自然的亲缘关系。不只是创世女神的神话充满了生态审美的特征，前面讲过的混沌创世神话中，各个少数民族的创世神开天辟地以后，往往用自己的性命血肉骨骼内脏创造了世界万物，他们有机论的自然观也是当今生态审美的重要依据，当

---

① 陶立璠、李耀宗编：《中国少数民族神话传说选》，四川民族出版社1985年版，第1页。

我们用"盖亚假说"来为生态运动铺垫理论基础,用印第安人的呼吁来唤醒人们对有机自然的感性认识时,我们也没有理由忽视至今依然流传的贵州少数民族的神话。

二 整体与交融——多元的参与美学

德里达在《书写与差异》一书中运用结构主义的方法得出了一个去中心化的解构的结论:"人们无疑就得开始去思考下述问题,即中心并不存在,中心也不能以在场者形式去思考,中心并无自然的场所,中心并非一个固定的地点而是一种功能,一种非常所,而且这个非常所中符号替代无止境的互相游戏着。"① 在德里达解构的哲学范式中,人类中心主义的感念走向瓦解,这意味着在人类历史上占据统治地位的哲学理论思潮终结,后现代是一个生态学的时代,也是去除"中心论",倡导整体论、交融性的多元化参与美学的时代。人们真正地意识到,对于生态审美而言,以人类为中心,以人类的工具理性去评判世界的观点是可悲的,当人类将自身与自然对立起来,人类将变得十分孤独。人永远都是并且只能是地球整体生态圈中的一部分,地球在人类出现以前以及人类消失以后一样运转,而人类离开了地球的生物圈将无法生存,虽然许多科幻文学作品、科幻影视作品虚拟了人类离开地球以后进入外太空开拓新的栖息地,但即使在那样的栖息地,人类依然需要水、空气、食物这些生态链中不可缺少的物质。当代生态伦理学的奠基人利奥波德特别强调人类属于生态整体中的一分子,他反对把自然物区分好坏的观念,人们把狼、鳄鱼、毒蛇等动物视为魔鬼的使者,邪恶的力量,只是站在人类自身的立场来看待自然界的生存法则,中国的成语"狼心狗肺""狼狈为奸"也是以己度人,将人自身内心的卑鄙龌龊强加在了动物的身上,而事实上生态整体的完整、稳定、和谐、共存才是大地上最真实的美,利奥波德认为:"……土地伦理是要把人类在共同体中以征服者的面目出现的角色,变成这个共同体中的平等的一员和公民,它暗含着对每个成员的

---

① [法]雅克·德里达:《书写与差异》,张宁译,生活·读书·新知三联书店2001年版,第505页。

尊敬，也包括对这个共同体本身的尊敬。"① 他还主张像"山一样思考"，而不是仅仅站在人类的立场上去思考和评判这个世界。贵州少数民族拥有得天独厚的生态资源，既包括自然生态的资源，也包括精神生态的资源，尤其是少数民族口耳相传的民间文学，如神话、传说、史诗、民歌、谚语以及戏剧、舞蹈和生产生活习俗，这些精神生态资源内容丰富、种类繁多，涵盖少数民族生活的衣食住行物质精神的方方面面，而且表现形式也多姿多彩，尤其是神话传说中对本世界的起源、万物人类的产生、本民族的来历、族群之间的征战，以及由神话传说衍生的民间故事、民间歌谣、宗教仪式、婚丧嫁娶等生活习俗都体现了贵州少数民族文学的多元共存、相互交融等美学特征。

在贵州的许多少数民族神话中，都有动物帮助人类，与人类和谐共处的例子，尤其是贵州少数民族以稻作为主要的生产方式和食物来源，许多关于谷种起源的神话就体现了人类生存的艰辛，如果没有自然万物的帮忙，人类将很难生存下去。其中比较突出的神话如壮族的《谷种和狗尾巴》、瑶族的《谷子的传说》、白族的《狗头人身的姐夫》、苗族的《神母犬父》《沙地古咪找粮种》《狗取粮种》、布依族的《茫耶寻谷种》、水族的《谷神》、侗族的《谷种的来源》、土家族的《狗、牛、鸡的功劳》等，都充分地体现了人与自然既有斗争，又交融共处的生态整体美学特征。贵州今天的17个世居少数民族中，满族、蒙古族、回族属于北方民族，迁徙到贵州的时间较晚，蒙古族、回族最早是随元朝的蒙古大军征战云南时驻守到贵州的，满族则是在清顺治年间进入贵州的，他们的后人虽然定居在了贵州，但依然保持着他们的民族特点和生活习惯，尽管定居贵州后也随着生存环境而实行农耕，但传承更多的还是北方游牧民族的文化。而除了这几个民族外，其他的世居少数民族几乎都是传统的南方农耕民族，在他们的文化传承中，处处可见农耕稻作文化的踪影，尤其是在他们的远古神话中，也有很多关于稻作来历的神话。

狗是人类最忠实的伙伴，也是人类最早驯化的动物，最早在4万

---

① [美]奥尔多·利奥波德：《沙乡年鉴》，侯文惠译，吉林人民出版社1997年版，第194页。

年前就和人类亲密相处了,在贵州多个少数民族神话里,我们都可以看到狗对于人类的重要意义。如壮族神话《谷种和狗尾巴》,讲述的是人类早期没有谷种,随着人口越来越多,依靠采集已经无法生存,但谷种被天上的人严格地控制着,地上的人无法得到,于是地上的人只有派出忠实的伙伴九尾狗去天上偷谷种,九尾狗到达天上找到谷种后,利用它的尾巴把谷种藏在其中,然而在逃回地上的途中被天上的人发现,一路追杀下来,九尾狗被砍断了其中的八条尾巴,因为地上的谷种是狗找来的,所以壮族的子民对狗格外敬重,要用白米饭来喂狗,而谷穗长得像狗尾巴一样,那是因为狗把谷种藏在尾巴里偷回家的缘故。苗族关于狗和谷种的神话较多,在《神母狗父》中,神农张榜布告天下,如果有人能到西方的恩国取得谷种回来,就把亲生女儿伽价公主嫁给他,但是恩国太远,去了就回不来,没有人来揭榜,神农很失望,这时黄狗翼洛衔着榜文进来,表示它可以去取谷种,经过千辛万苦,翼洛溜进了恩国的粮仓,浑身沾满谷种逃回来,然而神农因为翼洛是狗,不想履行嫁女的诺言,然而伽价公主却自愿嫁给翼洛,和翼洛成婚两年后,伽价公主生下一个大血球,里面诞生出七兄弟和七姐妹,这就是《神母狗父》的神话故事。这个故事后来是个悲剧,因为牛的嘲笑,翼洛的两个不知情的儿子拒绝接受狗是他们的父亲的事实,把翼洛杀了,伽价公主很生气,怎么都不肯原谅她的儿子,在伽价公主死后,他们的后人每年秋天都要祭祀神母狗父,而多嘴的牛则被杀来祭祖。另一个神话《沙地古咪找粮种》的主人公沙地古咪在找粮的过程中,得到了马鹿、老虎、野猪等动物的帮助才找到了皇姑、包谷和小米。① 侗族神话《谷种的来源》里帮助人找到谷种的也是狗,神狗铎括历尽艰苦游泳过海去找谷种,在身上沾满稻谷,然而游回来的时候身上的稻谷却被海水冲走了,只剩下狗尾巴上的三颗谷种,人们把谷种撒在水田里,第一年只收了三穗谷子,侗族人民因此把种下三颗谷种的地方叫作三穗,也就是后来的黔东南三穗县。布依族的神话《茫耶寻谷种》的故事情节犹如史诗般生动丰满,

---

① 谷德明:《中国少数民族神话选》,西北民族学院研究所十五丛刊资料1983年发行,第627—631页。

主人公茫耶为了给寨子里的乡亲寻找谷种，翻过九十九个大坡，爬过九十九座峻岭，穿过九十九座不见天日的森林，经历各种艰险，战胜各种野兽，走了三十天找到大白果树，战胜妖魔鬼怪，找到宝洞的钥匙和宝剑，又走了三十天走到红水河，从石牛的嘴里拿到弓箭打败红水河里的蛟龙，还要再走三十天，走到火山的神仙洞才能找到谷种，也是在狗的帮助下，茫耶才找到了谷种，而在回家的途中，茫耶筋疲力尽地倒下了，临死前把谷种交给小狗带回家乡，因为小狗在寻找谷种的过程中出了力，后来布依族地区每年七月间吃新米的时候，都要先给小狗来吃。[①] 普罗米修斯为人类盗取火种的神话充分地诠释了悲壮的美学原则，而贵州少数民族的谷种来源神话具有同样的壮美，同样是为了人类谋福利勇于牺牲自己，贵州少数民族的谷种来源神话更多地诠释了生态审美的整体性和交融性原则，人类不是孤独的，他们得到了以狗为代表的自然的帮助，同时也对这自然充满感恩之情。瑶族的神话《谷子的传说》更为充分地体现了人与自然万物和谐相处的生态美学，人类在寻找谷种的过程中，得到了麻雀、小猫、狗、老鼠，甚至蚂蟥的帮助，这是人类与整个生态链的互动，而感恩的人类为了答谢这些动物，甚至允许老鼠来偷吃谷子，让蚂蟥来吸人和牛的血，老鼠和蚂蟥向来是丑陋与邪恶的代名词，然而丑陋与邪恶是人类出于自身立场的评判，在自然界的生态链中，生存与死亡都是自然规律，万物本身是平等的。人类不是世界的唯一，要让人类承认自己与老鼠和蚂蟥，甚至单细胞动物和病毒都是生态整体中平等的一员并不是一件容易的事，尽管这是事实，相对于高高在上的现代人，远古的少数民族神话值得我们思考和学习。

[①] 陶立璠、李耀宗编：《中国少数民族神话传说选》，四川民族出版社1985年版，第279—284页。

第三章

贵州少数民族民间诗歌的生态智慧

一 民间诗歌——精神的返乡之旅

从蒸汽机的发明算起,人类社会进入"现代"至今走过了300多年的时间,和整个人类历史比较起来,这只是很短的一段路,但这段路给人类历史带来的变化是天翻地覆的。理性催生了"集权化、官僚化、科学、国家主义、西方化、科技、工业化、都市化、机械化、物质主义"①等现代性表征,人类凭借着理性的光辉逐渐破除了自然的魅影,把原本神秘莫测、奥妙无穷的大自然简化成了可以用数学计算,可以用技术操控,可以用机器征服的物质对象,用短短几百年的时间创造了远超过去几千年的生产力水平。"现代"带给人类社会的进步已经无须多言,社会进步、物资充裕、生活便捷,人类所能享受的舒适和幸福达到了人类历史上的巅峰。但这种幸福的持续性受到了质疑,从20世纪中期开始,人们越来越多地看到了"现代"带给人类社会的弊端,尤其是在人文精神上,现代性的机械精神把人视为社会的一个零件,一个流水生产线中的固定的环节,一个可以复制粘贴的数据,人在现代性中被异化了。这一异化的结果是人类失去了自己的精神家园,战争、核危机、生态灾难,每一样都可能将人类引入毁灭,"利奥塔在对西方发达工业社会中的知识状况进行认真考察后,指出:这个世界病了,病症多种多样,但普遍的症状是,科学、知识的功能发生了不利于人文精神或曰'精神文明'的功能性变化。工

---

① [美]艾凯:《世界范围内的反现代化思潮》,贵州人民出版社1991年版,第209—212页。

具理性左右着社会生活的各个领域,科技文明造成了非人化境遇"①。

在艺术领域,现代主义开始了对现代性的反抗,变形、扭曲、丑陋后面是恐惧、逃离和背叛,在西方世界这个现代主义的中心,人类的未来几近绝望。当现代社会进入全球化时代,人们开始正视一个问题,即没有任何一种文化可以凌驾于其他文化之上,文化本身的多元性决定了文化没有优劣,只有差异,而人们必须正视和尊重这种差异。人们把视线转向东方——在现代化进程中曾经被西方工业文明征服过、奴役过,即使在政治上、军事上冲破西方殖民时代而获得独立,但是在文化上至今被西方居高临下地诱惑和统治的东方。

东方文化,尤其是中国文化传统中所包含的天人合一、和谐仁爱,与现代性所强调的征服自然、奴役自然并最大限度地榨取剩余价值的经济学完全不同,海德格尔在晚年关注老子的《道德经》,罗兰·巴特谈论日本的俳句和书法,德里达大谈中国的"宽恕"和中国文化,赛义德对遥远的中国无比神往,西方知识界将目光转向东方,转向中国,曾经被西方中心主义边缘化的东方和中国,给这个弊病缠身的现代世界带来了一线曙光。

"诗意的栖居"是德国哲学家马丁·海德格尔所提出的一个著名的哲学命题,在本书中,"诗意的栖居"这一命题一再被提及,是因为这一命题为深受生态危机所困扰的人类世界提供了一种解决问题的可能,"诗意的栖居"是人类重新认识自我的生存根基和重建价值信念的过程,也即人类重新建立与万物亲近,抛弃人类中心主义观念,抛弃工具理性把物当作与人对立的客体和可以利用的对象的过程。海德格尔诗学打破了传统诗学的藩篱,着力于探索艺术和大地的亲密关系,在揭示现代人无家可归的生存困境的同时,也试图用"拯救大地"的呼唤将人们带入精神返乡的归途,在海氏哲学思想中,守护大地之神秘和家园意识奠定了现代生态诗学的基础,而生态诗学对生态学、自然科学方法的广泛借鉴和运用,尤其是对田野考察实践的重视,使生态诗学的内涵和外延都获得了极为广泛的拓展。在海德格尔看来,"诗并非对什么东西的异想天开的

---

① 刘文良:《生态批评的后现代特征》,《文学评论》2010年第4期。

虚构,并非对非现实领域的单纯表象和幻想的游荡漂浮。作为澄明者的筹划,诗在无蔽状态那里展开的东西和先行抛入形态之裂缝的东西,是让无蔽发生的敞开领域,并且是这样,即现在,敞开领域才在存在者中间使存在者发光和鸣响"①。海氏认为诗或诗意更应该成为人们的一种生活方式和生存状态,同时,海氏还强调了"神性"作为人度量人在大地之上、天空之下栖居的"尺度",人用神性度量自身,从而或者才能获得精神的返乡和栖居。海德格尔在对诗的思考中还花了大量的精力在荷尔德林的《返乡——致亲人》上,在他看来,荷尔德林诗的故乡和返乡不仅是地理意义上的,更是精神意义上的,返乡就是返回"本源",家园、故乡与返乡构成了神秘而诗意的思想文化链条,并且直接关联到人类在自然和精神中的家园,人类只有通过精神的返乡之旅,才能避免成为无家可归的弃儿。

现代人处于一种无家可归的状态早已经成为一种"世界命运",哲学上的无家可归是指人类对存在的遗忘,同时也是对自然的遗忘,人类在失去自然家园的同时,也处于灵魂无处安放的状态。人类需要返乡,需要重回自然的家园,海德格尔提出"诗人的天职是返乡,惟通过返乡,故乡才作为达乎本源的切近国度而得到准备"②。但是,深陷高度发达的现代社会,"诗人"这一物种本身已经濒临灭绝,仅依靠诗人的力量,无疑是微弱的,也是苍白的,甚至当"诗意"本身在现代社会中远离人们的视野时,来自偏远落后,素来在主流文化视野的边缘被忽视的少数民族民间诗歌,以其口耳相承的流传方式,直至现代社会,依然保持着一种特有的诗意,对于现代人的精神返乡,未尝不是一种参照。

贵州少数民族聚居地素有"歌舞之乡""诗歌海洋"的说法,包括苗、瑶、布依、侗、水、仡佬、彝、土家等各个不同的世居少数民族从神话时代直至今日,于生产劳动中,各种民间民俗活动

---

① [德]海德格尔:《海德格尔选集·下卷》,孙周兴译,上海三联书店1996年版,第60页。
② [德]海德格尔:《荷尔德林诗的阐释》,孙周兴译,商务印书馆2000年版,第31页。

中，在生活的各个方面，都离不开歌，以歌代言，以歌明理，以歌传情，以歌讲史，将本民族的文化基因融合在日常生活中无所不在的诗化精神中。贵州少数民族的民间诗歌种类繁多，内容丰富，涵盖社会生活的各个方面，如具有宗教典籍性质的布依族摩经、具有制度契约性质的苗族理辞歌、多声部的侗族大歌、彝族的史诗及水族的单歌、双歌，各民族的古歌、叙事歌，情侣对唱的情歌，劳动歌，等等，不一而足，这些诗歌（歌谣）是贵州少数民族穿越历史，走出苦难，经营生活的精神食粮，其意义不同于古代社会贵族士大夫阶层修身养性的诗词歌赋，更不同于现代社会中作为娱乐商品的流行歌曲，而具有一种独特的审美特征，更因其神性之维，凝聚成了少数民族的家园观念和守护大地的内在驱动力。而在贵州少数民族民间诗歌中，最具有艺术价值，蕴藏民族文化资源最为丰富，最为神秘并且具有强大生命力的，莫过于民间长诗，这也是本章节中将要重点挖掘和解读的对象。民间长诗是相对于民间歌谣（短歌）而言的，贵州少数民族的民间长诗主要包括古歌、民间抒情长诗和民间叙事长诗（叙事歌）三大类。古歌又称古史歌，是贵州少数民族的创世史诗，古歌以诗叙史，是少数民族远古先民生产生活的百科全书，蕴含着各种朴素的宇宙观、人生观，既是文学作品，又是少数民族的知识总汇。创世史诗与创世神话既有重合之处（古歌可视为韵文体创世神话），在表现形式和传承过程中又有较大区别，并将少数民族先民的思想观念铭刻在血缘之中，创世史诗中无处不在的诸神的身影，与现代社会的"上帝缺席"和"诸神隐匿"形成鲜明的对比，创世史诗虽然并非诗人所创作，却将诗意贯穿在贵州少数民族的生存方式之中。而在史诗的基础上发展起来的民间长诗，包括民间抒情长诗和民间叙事长诗，在艺术形式上发展得更为成熟，将诗意和神性与爱情婚姻相结合，用诗歌来演唱故事，通过诗歌再现生活场景，使诗歌游戏化，而这种诗歌的游戏化却并非对诗歌的消解，恰恰相反，与经济至上、消费一切的现代娱乐相比，少数民族通过民间说唱，将世俗民情、衣食住行诗化了。本章将重点考察贵州少数民族民间长诗，究其源流，解读民间诗歌的生态维度。

二 创世史诗中的天地神人四方游戏

史诗是一种古老的文学样式，在人类历史上具有独特的文化价值。史诗不仅代表着特定历史时期的文学艺术成就，而且蕴含着丰富的信息资源，为研究远古先民社会生活、精神世界的各个方面提供了宝贵信息。每一部宏伟的民族史诗，都是一座民间文化的宝库，是认识一个民族的百科全书，是"一个民族精神标本的展览馆"。许多史诗在形成文字的文本以前，曾作为口头艺术长期流传，而在没有文字的民族，这样的口头传承甚至延续至今。世界上许多国家都把本国本民族的史诗视作民族的精神和文化象征，我国北方和南方大多数的少数民族有悠久的史诗演唱传统。

创世史诗在中国南方地区的蕴藏量极为丰富，"在我国西南少数民族文化圈中，产生并一直续存着创世史诗的有彝族、白族、哈尼族、纳西族、拉祜族、傈僳族、景颇族、阿昌族、壮族、侗族、布依族、傣族、藏族、怒族、独龙族、土家族、普米族、基诺族、苗族、瑶族、佤族、德昂族、布朗族等，约占西南少数民族总数的4/5以上"①。南方创世史诗群是在南方这一地域范围内流传、围绕"创世"这一中心线索而创作传播的，并具有某些共同文化特征的原始性叙事长诗的集合群体。而在贵州省，多个世居少数民族均有创世史诗的传承，由于各民族的历史发展、自然环境、宗教信仰、民族心理等方面的差异，其创世史诗又各具特色。

贵州少数民族的创世史诗大都是具有一定故事性和便于记忆的韵文体诗，是各民族主持本民族原生宗教的祭司、巫师或歌手在特定的宗教仪式和民间生活仪式时诵唱的文本，所以无论史诗文本的传承方式是文传或是口传，其接受方式大都有相应的仪式背景，并在仪式活动中进行口头的传演和接受。这些创世史诗大都产生于原始氏族社会，但明显地沉积着不同时代、不同历史时期的文化特质。一是由于各民族在漫长的历史进程中，政治、经济、文化发展并不平衡，而史

---

① 李子贤：《从创世神话到创世史诗——中国西南地区产生创世史诗群落的阐释》，《百色学院学报》2010年第2期。

诗内容与每个民族的社会发展水平基本是相一致的；二是由于流传时间的历史跨度较大，每个历史阶段都会或多或少地在史诗中留下该时代的烙印；三是由于贵州少数民族经过了漫长的无文字的历史，除了彝族在特定的历史时期产生或形成了本民族的文字体系以外，其他少数民族历史上并没有自己的文字系统，史诗大都在口头流传，不可避免地会发生变异。贵州少数民族创世史诗大都具有多功能的"百科全书"性质，从纵向上看，创世史诗从开天辟地、万物起源、人类诞生、洪水泛滥，到人类"再生"、石器运用、火的发明、弓箭的使用，直到原始农耕、畜牧渔猎的创建，反映了整个原始社会的人类生活，因而创世史诗是人类童年漫长的历史和生动的文化史的缩影；从横向上看，创世史诗涉猎天文、地理、动植物、历史、哲学、文化、宗教、风俗、礼制、渔猎、农耕、科学、艺术等方面的内容，都有着想象超凡的解释，因此创世史诗所具有的多学科价值异常重要。另外，贵州少数民族创世史诗是在对神话的继承和突破中形成并发展的，创世史诗首先是韵文化、体系化的神话，各民族的创世史诗都无一例外地将各民族影响最大、流传最广、最富代表性的神话收入其中，各民族的创世史诗都交相一致地携带着神话这一全民口传文化的结晶、精神文化的最高凝练体走入史诗的建构，并将众多的独立神话或神话形象进行有机组合，使之成为内在和谐、统一的整体结构，因而史诗能够完整地折射出各民族文化本土所孕育的民族精神。同时，史诗在发展中也大多突破了神话的局限，开始形成了融神话、传说、纪事于一炉的丰富内容和以人类为描写中心的人本思想倾向。这些创世史诗大都具有强烈的历史性，被各民族人民视为"根谱""古根""历史"。史诗的纵向构造明显，从叙事结构上体现出完整的体系，即从开天辟地、日月形成、造人造物、洪水泛滥及兄妹成婚、族群起源、迁徙定居、农耕稻作等，形成了一个完整的创世纪序列，并始终以"历史"（各民族心目中的历史）这条主线为中轴，依照历史演变、人类进化的发展程序，把各个篇章、各个情节连贯起来，构成一个自然而完整的创世程序，一组众多历史画面交替的镜头，向人们展示了宇宙天地、古往今来的纷繁复杂的内容，反映了各民族先民在特定历史时期所特有的历史观。

在我国,"创世史诗"这一学术概念最早出现于 1927 年由开明书店印行、黄石著的《神话研究》,该书第二章《巴比伦神话》有这样一段文字:"巴比伦的创世神,以史诗的形式,歌唱传诵,称为创世史诗(The epic of creation)。"该书还简要地介绍了被称为创世史诗的《创世纪》即《埃努·埃里什》所叙述的内容。史诗的开篇说:当混沌未开乾坤未奠之时,上无天下无地,只有漆黑一团的混沌和一片汪洋。最初,在海的深渊,有一只狮身龙首的女怪在水中兴风作浪,她的名字叫提亚华斯(Tiawarh 或作 Tihamat)。她生了二神,一个名叫卢克穆,另一个名叫拉克哈穆,至此,混沌之中有了上下之分。后来他们又生了安莎和基莎,而后他们又生了天神阿弩和水神阿亚,这时,天上的诸神见海里的那群怪物终日作乱,不守秩序,觉得很厌烦,相反,水中的众神见天上的神日渐昌盛,也深感不安。海里的众神就与提亚华斯商量,决定征剿天上的众神。提亚华斯还让她的恋人金狐(Kingu)为主帅,展开与天神的争斗。天上的诸神都是提亚华斯的晚辈,他们见到提亚华斯来征讨,都非常不安,不知所措,此时,只有安莎之子马杜克自告奋勇,表示愿意带兵迎战水中的神怪,但他提出一个条件,必须在众神会议上封他为主帅。当天上的诸神拥立马杜克为神王之后,马杜克便开始了与水中神怪的大战,经过一番激烈的较量,马杜克大获全胜,斩了深渊的巨龙,将其分为两半,一半变成了苍穹,另一半造成了大地。马杜克又创造了日月星辰,让其发光普照大地,他又设了三个星座分别掌握岁时年月,从此有了时间及年月节令。马杜克还造了人类及世间万物。[1] 贵州少数民族创世史诗和古巴比伦的《创世纪》有着很大的区别,同样从天地混沌中开天辟地创造世界,苗族古歌中的创世英雄姜央半神半人,他造天造地造万物,和天神雷公进行斗争,姜央和雷公的斗争不像提亚华斯和马杜克之间是天空和海洋两种势力争夺统治权的斗争,姜央和雷公的斗争,更多的是姜央作为人类的守护者为人类争取权益的斗争。而在姜央之前的巨人虎方、养优、修狃、火耐、刨扒等创世神,则大抵都是在开创天地中牺牲自我的形象。彝族古歌《天地祖先歌》、水族古歌

---

[1] 黄石:《神话研究》(影印本),上海文艺出版社 1988 年版,第 110—119 页。

《开天立地》，侗族的念诵史诗《创世赋》等，其内容与苗族古歌有颇多相似之处，作为神话的诗歌化，有很多创世女神的形象，在强调征服自然的同时，也歌颂了枫木、竹子等自然物图腾，也有不少人类获得自然物帮助的情节。"这些史诗以韵文的形式，叙述宇宙的开辟、人类的诞生、世界万物的创造，乃至民族的出现和迁徙的历程。这是最古老的史诗，记载了人类原始观念和远古的历史，它被作为真实的历史和原始宗教的经典一代代由神巫（东巴、贝玛、经师）传授下来。""这些神话史诗内容来自散文的神话，但是更系统化、韵律化了，它是唱的，不是说的，是韵文，不是散文，所以它与散文神话也有了质的区别，正如叙事诗与故事、英雄史诗与历史传说之间的差别一样。"① 创世史诗不是由一代人，而是由一个族群在漫长的岁月中集体创作的，在贵州少数民族中，苗族、布依族、彝族、水族、侗族等民族在自己的古歌中不断加入开天辟地、人类起源神话，洪水神话，世界万物以及习俗制度的创制神话，凭借着创世史诗去追溯、延伸本民族的历史，通过史诗的世代唱诵，在人们的精神领域内塑造各自的文化符号，以增强民族内部的认同感和凝聚力，通过史诗的传唱，形成了相应的文化生态系统。

贵州少数民族的创世史诗普遍是以口头传承作为载体的，而且这种口传的过程通常伴随着重大的仪式，使这些创世史诗在传承的过程中伴随着无法剥离的神性。贵州各少数民族的创世史诗大都由本民族的祭司掌握，这些祭司或者叫作毕摩、或者叫作布摩、或者没有专门的称谓但承担着祭司的职责，他们负责在本民族的重大而特定的场域唱诵古歌，唱诵的过程充满神圣感，唱诵的祭司以及参加仪式的人群均要遵守相关的禁忌和礼仪，自始至终保持虔诚。在当今社会中，受现代社会经济生活、主流文化、现代传媒手段的强烈冲击，少数民族民间诗歌，包括创世史诗在内，受到强烈冲击使得这些民间艺术的处境充满危机，许多原本神圣的仪式已经被商业化包装为旅游产品和娱乐产品，但在民间，这些创世史诗和民族诗歌依然具有顽强的生命力。这得益于少数民族地区特定的文化语境，创世史诗的神圣性和

---

① 段宝林：《中国民间文艺学》，文化艺术出版社1987年版，第265—267页。

"根谱"意义使得史诗与民间祭祀活动、祈福禳灾、仪式禁忌联系在一起,维系着本民族的文化基因,尤其是在祭祖、祭神、丧葬等重大仪式中,创世史诗的内容和形式依然会要求族群的成员保持尊崇,尽管它的传承主要由祭司来完成,但传播的集体性使得它不会产生主流文化中精英与大众的割裂与疏离,更有利于它以一种活性特征得以保存。少数民族的创世史诗带有鲜明的民间宗教的特征是毋庸置疑的,在过去这些民间信仰被加以"封建迷信"的称谓而被禁止,在文化、文学的视野中也曾遭到歧视,往往还被冠以"落后""愚昧"的标签,而在以消费主义和发展至上的现在,民族民间文化所面临的危机更为严峻。当然,这只是整个当代人类社会所面临的严峻的精神生态危机的一个缩影,然而其顽强的生命力中所蕴藏的生态智慧却为当代社会提供了救赎的一种可能。

在西方文化的发展中,理性一直被当作思维的最高级,这种理性至上的秩序不仅统治了西方世界,而且在西方率先进入现代以后,这一秩序还被用来作为世界的秩序确立整个人类文明。客观来说,理性主义所遵循的严格的逻辑性、完整的符号体系编织出了一个完整的科学概念框架,为人类认识世界提供了最为经济有效的途径,最终理性因形而上学所规定,被视为人的本质。而东方哲学则有一条不同于西方的思想之路,更注重从自性出发,在禅宗,所谓"行住坐卧,无非是道。悟法者纵横自在,无非是法(五灯会元·卷三)",在佛家看来,佛法就是日常生活。在老庄,不仅"道法自然",而且"道在屎溺",作为宇宙本体的"道",直接体现在我们的日常经验之中。而作为中华文化基础的构成部分,少数民族的思想和思维方式更倾向于直觉的心灵境界和生存本身。这一点,在贵州少数民族的创世史诗中就有充分的体现,无论是苗族古歌还是布依族摩经《造万物》,不管是彝族的《创世纪》还是水族的《开天立地》,无论是诗歌语言,还是故事内容,都具有生活化的特色。在这些史诗、古歌中,人类因为生存的需求,不可避免地向自然索取,人与自然的矛盾围绕人神、人兽之间的斗争而展开,如姜央与雷公的斗法,如卜丁射太阳,如人与雷公、虎、龙争夺地盘,但在贵州少数民族创世史诗中,人神之间多有争斗,却少见杀戮,既有争夺,也有共处,贵州少数民族史诗多有体现人神之间的斗争，却少有西方史诗中不同势力集团间的战争，即便发洪水淹没大地的天神雷公，其艺术形象也是生活化的，并非高高在上的主宰，而更像邻家一个坏脾气的老头儿，睚眦必报而又恩仇分明，探究洪水泛滥的内因，还不乏对人心贪婪、不讲信仰的善恶自省。天地人神四方世界游戏是海德格尔晚期的一个重要思想，在这四方整体结构中，大地承担一切，使万物得以庇护，人类得以栖居；天空是神的居所，人在抬头仰望天空时，"神乃人之尺度，人之为人必与神同在，必以神性尺度度量自身与万物，并由此获得生存的根基，真正与天地万物同在，属于天地人神的世界家园"①，这里的神指诸神，而非西方基督教教义中高高在上的神；人作为终有一死者"向死而在"，生存在大地上、天空下，与诸神共舞，天地人神四方相互依赖，达成一体。天地人神的四重整体实质上就是一种生态整体观，在贵州少数民族的创世史诗中，人与天地自然万物同源共生，一起走过悠悠的岁月长河直至今天，在少数民族千百年来相对封闭而又纯朴的生活中，人对诸神及万物的信仰和善念使他们坚韧地走过洪荒时代和苦难岁月，他们在生活中与诸神同在，渴望诸神的庇佑也守护着诸神的尺度，以朴素的生态智慧守护着大地，也守护着自己。

第一节　苗族古歌与民间长诗的生态之维

苗族是一个能歌善舞的民族，苗乡也素有"歌舞的海洋"之称。苗族的歌舞不仅是一种文化和习俗，同时也是一种生活方式，苗岭的"飞歌"顾名思义，一般都是在高山上或垭口，用高亢、嘹亮、婉转、悠扬的腔调演唱，声传数里，以歌传情，自古以来，苗族是把诗歌融入到一个民族的文化血脉之中的。

在苗乡，人们喝酒要唱《酒歌》，其内容多为问答式叙唱古歌或长篇叙事诗，调子缓慢、浑厚、热忱，其中包括《酒歌》《酒礼歌》《祝歌》《嫁男嫁女歌》《赞颂老人歌》《赴宴歌》等，内容丰富，而且既有喝酒助兴的娱乐功能，又有讲述苗家礼仪、历史文化的教化功

---

① 余虹：《诗人何为？海子及荷尔德林》，《芙蓉》1992年第6期。

能。而年轻人恋爱游方，《情歌》也是必定要唱的，苗族情歌多如牛毛，以歌传情，以歌成婚比比皆是，有见面歌、挑逗歌、问答歌、褒贬歌、深夜歌、定情歌、婚姻歌、私奔歌等。有娱情，自然也就有诉苦，讲述苗家先人苦难岁月的苦歌《苗家无地方》《苗家流落住山坡》《苦心歌》《心焦歌》等；当苗民不堪忍受统治阶级的压榨盘剥时，还会有反歌、起义歌，其中《格洛格桑》《张秀眉之歌》等是记述苗家反抗残暴统治的起义歌，人物形象鲜明，内容丰富，表现手法生动多样，具有一定的英雄史诗的特点。当人们在生活中遇到纷争，需要协调时，就有理歌、贾理词，这些理歌往往以拟人化的动物故事作为内容，传递苗民的价值观，如苗族理词《贾》中唱述："了结黄蜂案件，了结梨树纠纷。贾来到水蛇的案件，理来到青蛙的纷争。水蛇为争宝，青蛙为争鼓。就是那水蛇，借青蛙的鼓。借鼓去走客，借鼓去窜寨。去吃一天肉，去喝一夜酒，醉了用席子盖，醉了用稀饭淋。就是那水蛇，拔脚就回家，甩手就回屋。骗鼓硬如石头，赖鼓（不归还青蛙的鼓）硬如岩壁。从牛日骗到牛日，从虎天赖到虎天（指树时十三天）……"①青蛙和水蛇各自找来帮手，最后水蛇输了，归还了青蛙的鼓，《贾》就用这种童话般的动物故事阐述着简单朴实而又具有神圣性的社会价值观。有生就有死，在苗乡，当老人故去，举行丧葬仪式时，也必然要唱丧葬歌的，丧葬歌中较为有名的是《焚巾曲》，也有叫《焚绳曲》的。《焚巾曲》平时不能唱，而在老人寿终正寝埋葬后的当天夜里才能唱，并且一般人不能唱，而是请巫师唱，唱时要焚烧死者生前的头巾、腰带等，唱这歌的目的，是送死者灵魂沿着祖先迁徙过来的道路，一步一步回到远古祖先居住的东方老家，然后再送灵魂到蝴蝶妈妈（妹榜妹留）的身边去。《焚巾曲》的内容十分庞杂，涵盖了苗族的民族起源，部族战争和迁徙，死者的出生、成长，还包括洪水神话和兄妹成婚以及祖先定居的内容，《焚巾曲》是由巫师掌握的孤本，一般人无从掌握，演唱前丧家要事先备好用枫木打造的长桌，长桌须摆放在堂屋中央，桌上摆着熟鸡鸭各一只

---

① 贵州省民族事务委员会、中国民间文艺研究会贵州分会编印：《民间文学资料》第六十一集，黔灵印刷厂1983年印刷，第177—179页。

(头反搁在背上,各插筷子一双于熟鸡鸭背上),桌上还有三杯祭祖酒,桌下还要有木制脸盆一个,盛有少许清水,盖上一张新的白布巾,歌唱结束时焚烧白布巾于木盆里,故名"焚巾",整个过程庄严肃穆,充满了神圣的仪式感。《焚巾曲》所涉及的内容中,有部分创世史诗的特征,而在苗族的民间诗歌中,真正具备了创世史诗特征的,莫过于苗族的古歌。

一 苗族创世史诗(古歌)的神性之维

苗族古歌的版本很多,苏晓星著《苗族文学史》一书根据苗族方言区整理归纳主要有以下几类:一是苗语东部方言区的《古老话》和《苗族史诗》,《古老话》为韵文体,长3600余行;《苗族史诗》流传于湘鄂川黔边区,韵文体,长2500余行。二是苗语中部方言区的《苗族古歌》,流传于黔东南,韵文体,长7000余行,还有流传于广西融水地区的《创世纪》和《顶洛》,《创世纪》虽为散文体,但其中有很多插歌,叙述和对白中也有很多韵文,原本可能是韵文体,《顶洛》为韵文体,长1300多行,《顶洛》是大苗山八大苗歌之一,内容颇有不同,"顶洛"是歌中创世主的名字,诗歌分为15节,内容丰富完整,有青竹尾与花蝴蝶创世的说法,叙述竹生蝴蝶,蝴蝶生蛋孵出顶洛,顶洛分开白天黑夜,分出年月,造出云彩,顶洛还与梅基答迈结婚生下雷公、老虎、龙、人类茵和茵的妹妹梅,茵和梅在洪水淹没世界后兄妹成婚重新繁衍人类,其故事与其他史诗多有不同之处,人类的始祖茵有功于世界,但生性贪婪狠毒,其形象与别的始祖形象颇为不同;三是苗语西部方言区的《苗族古歌》,韵文体,长2600多行。流传于川黔滇的创世史诗内容和形式上都独具特色,规模巨大,内容也十分丰富。

黔东南苗族侗族自治州清水江流域一带是全国苗族最大的聚居区,至今保存着的苗族古风、古俗、古文学也特别多,由贵州民间文学组整理,田兵编选,贵州人民出版社出版的《苗族古歌》就选自黔东南聚居区,所选古歌13首,约8000行,全部都能上口唱。苗族人民把古歌看作历史,也称为"古史歌",这13首古歌可以分四个大组,即《开天辟地歌》(包括开天辟地、运金运银、打柱撑天、铸日造月)、《枫木歌》(包括枫香树种、犁东耙西、栽枫香树、砍枫香树、妹榜妹留、十二个蛋)、《洪水滔天歌》(包括洪水滔天、兄妹成婚)、《跋山涉水歌》。在苗族古歌中,娃娃鱼、蜜蜂、蜘蛛、螃蟹、翡翠鸟、老鼠、鸭子、黄牛、公鸡、水牛、鹡于、燕子等动物都是人类的朋友,它们有的帮忙刨金银,有的帮忙喊太阳,有的帮忙去孵蛋,有的帮忙栽树种,这些动物都从不同的侧面帮助过人类的祖先。对它们,人们无疑是深怀敬意的,而使人们将这种崇敬之心上升到更高阶段的却是修狃,它既是一种动物,又超越了动物的属性,具有无比的神力,开天辟地时修狃的神力起到了至关重要的作用:"修狃力气大,头上长对角,一撬山崩垮,再撬地陷落,打水滚滚流,到处有江河。"①;运金运银过程中,"修狃是好汉,犄角硬邦邦,撬开仓门坳,让船上西方"②;犁东耙西的时候,修狃的形象得到了更进一步的神化:"修狃哪个生?修狃黑云生。黑云生修狃,头大如黑云,抬头遮日月,垂头雨淋淋……犁山用修狃,岩山作圈关,地气当饭喂,越喂它越肥,大如一座山。"③不仅对动物,苗族先民对植物的崇拜也很突出,古歌中不仅提到竹子、冬瓜、南瓜、白刺、红刺等植物会讲话、能预言,枫树更是村寨的保护神,化生出各种动物和人类的祖先,苗族古歌中对植物的崇拜超越一般的喜爱,上升到了图腾崇拜,枫木就是苗族先民的图腾。正是在枫木的树干树心中,化生出了苗族的始祖妹榜妹留(蝴蝶妈妈),妹榜妹留因为和水上的泡沫"游方"结合,怀孕生下了十二个蛋,鹡于鸟用了十六年替妹榜妹留将这些蛋孵化出来,十二个蛋中孵化出了人类的始祖姜央、雷公、龙、老虎等兄弟,后来雷公发大水淹没了世界,姜央的一对子女躲在葫芦里逃过大水,在各种动植物的支持和帮助下兄妹成婚,重新繁衍了人类。本书在前面的章节曾经提到过,贵州少数民族神话中透视出来的是先民们朴素的生态整体观,从混沌神话的世界一体,到开辟神话中人类始祖化身世间万物的有机论,到人类起源神话中人和走兽万物同源同种的共生关系,再到洪水神话后人类在自然万物的帮助下重新繁衍,这

---

① 潘定智、杨培德、张寒梅:《苗族古歌》,贵州人民出版社1997年版,第7页。
② 同上书,第30页。
③ 同上书,第69页。

些神话都充分地体现了在少数民族先民的意识中，人与自然的整体和谐的合理性与必然性。少数民族史诗作为神话的继承和分野，在创世故事的发展中较神话更为完整、丰富，人物形象更鲜明而故事的复杂程度更深一层，也将神话中崇尚有机主义、推崇人与自然的整体性更加深入地融合到人们的精神世界中去，并通过史诗的世代传唱，通过史诗衍生作品的不断扩展，将这种朴素的生态精神铭刻进少数民族的日常生活中，贵州少数民族的日常生活离不开诗歌，于有形无形中，也形成了人与自然作为一个整体并存的根深蒂固的观念。而在20世纪中后期以来不断受到关注并最终形成学术热点的建构性后现代主义的价值体系中，崇尚有机主义，推崇人与自然的和谐，这一核心思想和显著特征，与贵州少数民族神话、史诗、民间歌谣传承系统所蕴藏的生态智慧，也就殊途同归了。

有机整体观是后现代生态主义的一个基本主张，也是贵州少数民族普遍的生活智慧，他们认为万事万物是联系在一起的自然有机整体，苗族的创世史诗和民间长诗均能见到类似的生态观念。苗族的长诗，除了《苗族古歌》外，主要流传于丹寨、麻江、都匀、凯里、雷山等地的《佳》也有着深远的影响，作为一首叙事长诗，《佳》在苗族民间文学中，可以称得上篇幅最长，内容最丰富的作品，《佳》在各地流传的规模不同，最长的有大约一万四千行，最短的也约有三千行，和问答式的《苗族古歌》相比，《佳》是直接叙唱的，在悠悠岁月中，民间歌手、评断是非，调解纠纷的理老、进行民间宗教活动的巫师，都在不断地承继、发展《佳》的内容，"佳"是苗语音译，内容十分丰富，前部分取材于远古神话，后部分取材于苗族古代社会生活的各方面，既是史诗，又是理词。《佳》一般分为十二章，每章又分为不同的小节，民间称为十二大"朵"，每"朵"又分出若干枝节。第一章到第六章分别为"开天辟地""立榔定规""宝脑妈妈"（即蝴蝶妈妈）"相争天下""洪水滔天""兄妹结婚"，讲的是苗族先民从开天辟地到洪水滔天后重新繁衍，第七章到第十二章分别是"跋山涉水""丧葬祭悼""确定季节""开亲结戚""曲直争纷""地名来历"，讲的则是人类怎么从爬行的生活到手脚分工，又怎样寻找生活和生存的地点，其中有请乌鸦、青蛙、老鹰等为人类寻找居住的地方；又讲了苗族丧葬风俗的由来，讲了用芦笙和铜鼓来祭悼的方法；讲了人类怎样从狩猎转向农耕，怎样寻找季节规律，怎样确定日历的经过；讲了苗族社会婚姻由远古的嫁男到嫁女的矛盾发展过程，并反映了苗族婚姻中习俗禁忌的由来；还讲到了各村各寨地名的来历。《佳》可以说是苗族古代文学的集大成者，既反映了苗族的发展历史，又反映了苗族的社会生活，如果说《苗族古歌》问答式的艺术形式像一卷卷社会历史的画卷，《佳》就是已经通过精心铺排的叙述式艺术形式，就像全景式的艺术长廊，置身其中，苗族的源起迁徙，社会习俗，方方面面展现在眼前。《佳》的想象奇特，细密详尽，大至天地日月，小到鸡鸭鹅鱼，《佳》的诵唱中都有所涉及，例如：公鸡的羽毛为什么这样漂亮；鸭嘴为什么是扁的；鹅的脑袋为什么有个包；马为什么没有角；牛为什么没有上门牙；羊角为什么是扭的……甚而将山顶上的云雾比作神给山戴的银项圈，想象、比喻都充满了诗情画意。在这首长诗中，我们看不到现代性以"个人主义"为中心的观念，诗歌中更强调的是万物之间内在关系的实在性，强调有机性的创造，它承认人的特殊性，也肯定人在自然中的获取，是一种辩证的自然关系的概括，与后现代生态主义通过生态学和量子物理学所证明的后现代有机主义可以说不谋而合。苗族是一个好巫信鬼的民族，在相当长的时间里，我们把他们的这种民族民间信仰视为愚昧与落后，而当苗族的创世史诗与民间长诗通过漫长岁月中的集体潜意识守护着天空之下大地之上的神性时，通过民间诗歌，苗族同胞日常生活中的诗意也就具有了生态维度。

二 苗族民间长诗的生活美学及生态维度

如果说苗族古歌是用于充满神性、庄严肃穆的祭祀、祈福、禳灾等充满仪式感的重大活动，并且通常只有巫师才有留存和诵唱的资格的话，民间长诗则更多地出现在日常生活中，在丰盈着苗族同胞诗性的生活观的同时，也潜移默化地传承着衣食住行、七情六欲中的生活美学以及生活美学中的生态智慧。《仰娿莎》是苗族最优美的爱情叙事长诗，被誉为"最美丽的歌"，流传于黔东南清水江两岸。《仰婀莎》是苗语音译,"仰"是姑娘的名字,"婀莎"在苗语里是"凉水"的意思,"仰婀莎"大意是"清水姑娘"。《仰婀莎》以自己优美完整的故事情节在民间流传,它的不少精彩情节被其他苗族古歌吸收过去,成为新的内容反复吟咏,古歌《妹榜妹留》中就有一百三十二行将"仰婀莎"和"妹榜妹留"并列在一起,以对比的形式反复吟唱,可以说,仰婀莎在苗族人民中的影响,就像阿诗玛在彝族撒尼人中那样深远。传说仰婀莎是从水井里生出来的,长得非常漂亮。樱桃花、蜜蜂、画眉都来找她"游方",乌云见了,用花言巧语骗她嫁给了太阳。太阳薄情寡义,为了争名求利,刚结婚没几天就丢下仰婀莎,到东海边做生意当理老去了,六年不归家。在这漫长的日子里,只有太阳的长工月亮同情她、帮助她,她爱上了月亮,两人一同逃到天边去安家,过上了自由幸福的生活,长诗充满了浓郁的神话色彩,散发着浪漫主义的芳香。苗族人民称《仰婀莎》是"最美丽的歌",反映了人们对真挚爱情和美满生活的向往,在仰婀莎身上,也寄寓了苗族姑娘活泼、纯洁、勤劳、善良、勇敢、坚定、漂亮等出色的内外品质,仰婀莎出生在水井里,这象征着她像清洌悠长的凉水那样纯净、温柔、美丽,而作为反面形象的太阳懒散、自负、虚荣,作为理老的太阳却蛮横粗暴,功利而又冷漠。仰婀莎出生的时候,雷公打起鼓,乌云散了,大雨停了,井中站着仰婀莎,蝴蝶飞舞,百鸟歌唱,美丽的仰婀莎像六月的荷花,如此的美貌,可以称得上清丽绝伦。而仰婀莎的性格也健康、丰满,富有地方特色,充满生活气息,用极具音乐美的语言清晰地勾勒出来:

> 雷响她就醒,
> 鸡叫她就起,
> 仰婀莎舂完九槽米,
> 寨上的人还没醒。
> 雷响她就醒,
> 鸡叫她就起,
> 仰婀莎挑满九缸水,

寨上的人还没起。
仰婀莎的手比橘子香,
她酿的酒哟,
比蜂糖还甜,
她炒的菜哟,
香遍了寨上。

在这两节诗里,仰婀莎早起舂米、挑水的勤劳,炒菜、酿酒的贤淑与聪慧,放在寻常的村寨生活中,真实具体而又诗情画意。美丽善良的仰婀莎也始终是人们心目中最爱慕的清水姑娘,在她出嫁的时候,曾经追求过她的蜜蜂、画眉、樱桃花这些好朋友,都对她恋恋不舍,而诗中通过对月亮赞美的复唱,强烈地表现了仰婀莎在追求到真正爱情后的自豪与幸福:

月亮和仰婀莎,
天黑逃出太阳家,
逃到天边边,
抬手摸着天,
伸脚踩到地,
枫叶当屋顶,
岩石当屋壁,
月亮和仰婀莎,
在天边边安了家。
"嘎各略,嘎各略……"
月亮上坡做活路,
开田种庄稼。
百鸟飞来了,
围着屋顶叫喳喳:
"芦笙配铜鼓,
月亮娶了仰婀莎,
天上和地下,

你们是最幸福的人呀!"①

爱情是人类永恒的主题,是人的本性的体现,也是诗歌最关注的题材之一,创世史诗用神性维系和传承苗族先民对世界的理解和认识,而民间长诗则通过情和意,用日常化的情感表达方式,在生产和生活中浸润苗族对土地、自然的尊崇与亲和。《仰娴莎》被称为苗族最美的诗,也是苗族的"风"。今人在分析《诗经》时曾言:"乐曲为什么叫风呢?重要的原因是风的声音有高低、大小、清浊、曲直种种的不同,乐曲有似于风,所以古人称乐为风。同时乐曲的内容与形式,一般是风俗的反应,所以乐曲称风与风俗也是有联系的。"②《说文》还从字的构成的角度解释"风"之内涵为"风,从虫,凡声。风动虫生,故虫八日而化",将乐曲比喻为风,非常生动地指出了生命活动的元初与运化,苗族的民间长诗也是类似"风体诗"的自然原初的艺术之风,从中可见饮食男女劳动与生存繁衍的基本状态,爱情来源于远古先民繁衍生殖的需求,繁衍关系到宗族与部落的存亡,而爱情又为生殖和繁衍增加了审美意蕴和诗性。在越来越趋向于物质、技术、实用、功利的现代社会,充满诗意的爱情被简化了,物质的性欲取代了精神的爱欲,在都市中"男女之间共同建筑一种亲密关系,共同分享趣味、梦想、憧憬,共同寄望于未来和共同分担过去的忧愁——所有做这一切似乎都比共同上床更令人害羞和尴尬"③。正是情感的贫乏、精神的贫乏、诗意的贫乏、艺术的贫乏造成了一个百病缠身的时代,这个时代一方面是科技不断进步,物质生活日益丰富,都市不断繁荣,另一方面则是自然的破败、精神的坍塌、情感的枯萎,诗意的空白,这是最好的时代,也是最坏的时代,然而救赎如何成为可能?也许,回到本真,认真而深刻地重新理解虽然日益边缘而且濒临消亡的少数民族民间的诗意生活,不但必要,而且迫在眉睫。

---

① 庹修明主编:《贵州少数民族民间文学作品选讲》,贵州民族出版社1987年版,第50—56页。
② 高亨:《诗经今注》,上海古籍出版社1980年版,第4—5页。
③ [美]罗洛·梅:《爱与意志》,冯川译,国际文化出版公司1987年版,第38页。

苗族长诗，平时一般不唱，有些歌平时不能唱，如《蝴蝶妈妈（妹榜妹留）》，不但平时不能唱，而且不允许小孩子们唱，随便唱就是亵渎祖先。苗族长诗的演唱，通常在结亲嫁女的大喜宴上，或在节日期间，宾朋满座的酒席上，演唱者双方多是两人，你一段我一段地互相问答诵唱，其他人则坐在一边安静地欣赏和学习，有时一唱就是几天几夜，苗族是真的将诗歌、诗意融入到了日常生活中，且不论生活中的各种歌谣，单是传承已久的长诗就有很多。如控诉父母包办婚姻，为爱情不惜以死抗争的《遗恨歌》，长诗一开始就唱："妈妈羡慕哟，别人的高楼和大厦，爸爸贪图哟，人家的白银亮花花，硬逼着女儿哟，去出嫁。"① 欲望确实是人类社会向前发展的原动力之一，为了生存和发展人类不断地开发自己的聪明才智，经过一次次的蜕变，才能从自然界中进化到今天的社会形态，但是毫无疑问，过度的欲望将人类拖入贪欲的泥沼，变得索取无度，也正是人类的罪孽所在，《遗恨歌》中那个悲苦的女儿用一种决绝的方式来对抗父母的贪欲："女儿如今哟，一具吊僵尸，你们自己哟，收殓去埋葬。你们剪下哟，我的长头发。拿回家去哟，儆戒姊妹吧。从今以后哟，莫逼她出嫁，事到头来哟，自家害自家。"②《遗恨歌》是一首悲怆的抒情长诗，在苗族民间流传的长诗还有许多叙事诗，如极具特色的长寿叙事诗《榜香由》，诗歌中的主人翁是几经返老还童，活了1200岁的榜香由，这首长诗通常在酒席场合中唱，榜香由是苗族崇拜的象征，在酒席中唱诵此歌，借以感谢主人的盛情，并祝福主人像榜香由一样长寿；此外还有歌唱历史上为苗族生存而反抗起义的英雄叙事诗，如流传于清水江都柳江上游沿岸的《独戈王》，流传于都柳江上游的《甸丢依》，流传于湘黔边界的《吴八月》等；又有劳动叙事歌《春季歌》，歌唱冬去春来，阳雀开口，各种拟人化的花草树木开花发芽，有编入《苗族史诗》的《打杀蜈蚣》，诵唱苗族先民苦难迁徙后在毒蛇猛兽中克服艰险，播种庄稼的故事，此外还有《活路歌》《种棉歌》《造纸歌》《纺织歌》等，都是苗族人民生产劳动的诗歌，除了

---

① 阮居平编：《贵州民间长诗》，贵州人民出版社1997年版，第33页。
② 同上书，第35页。

这些,还有开亲结戚叙事诗《分支开亲歌》《刻木开亲歌》等,可以说苗族生活中无处不诗歌。而最多,也最动人的,无疑是苗族的爱情叙事诗,《仰婀莎》自不必说了,《阿姣金丹》《久宜和欧金》《贞芙与秀尤》《娥妮香》《阿葛久》等,都是美丽动人的爱情故事,这些叙事诗都是歌唱美好爱情的,如《盖绕和玛柔》:

  朵朵茶花开满山,
  当阳那朵最鲜艳。
  苗家姑娘最秀气,
  要数玛柔最美丽。

  玛柔唱的歌,
  百雀听入迷。
  玛柔挑的花,
  天下数第一。

  盖绕要上天去赶花,
  举脚先去玛柔家。
  要向玛柔借花衣,
  穿在身上才豪华。

  盖绕走累了,
  他就开口问山雀:
  "树上的小鸟啊,
  哪里的凉水可以喝?"
  山雀开口说:
  "赶路的小伙子哟,
  右边的泉水有蛇过,
  左边的井水放毒药。
  再走前面九十步,
  那里有棵山茶树,

山茶开花朵朵红，

好水藏在树根脚。"①

故事的最后，盖绕和玛柔为了获得自由的爱情，双双逃入深山野岭，与猛兽搏斗，最后跳进火海殉情，变成了映红天边的美丽彩霞，使整个故事充满了浪漫而又悲情的色彩。透过苗族爱情叙事长诗在生活中的审美意蕴，我们可以认为苗族的民间生活本身具有某种生态原则，苗族民间诗歌折射出来的世界观承认人的权利，承认人类争取生存权利的必要性与正当性，苗族朴素的自然观同时也注重自然存在的权利，注重生物多样性的权利，这些爱情叙事诗中简单而又分明的爱情理想展现了爱作为人的生命价值的内在机能。人类的爱毕竟不同于生物性、本能性的"爱"，不同于自然界物种内部的"爱"，而是在精神之爱统领下的物质之爱，是物质与精神在生命存在的关联性蕴聚中的生态性融合。苗族爱情叙事诗在审美价值的层面上展现了爱与美的生态性存在，爱和美是一体的，爱激发对生命的激情，美促进展示生命的内在韵律，爱与美的生活实践，为当今社会提供了一种生态性的审美范式。

第二节　彝族史诗叙事诗的生态空间

在贵州的17个世居少数民族中，彝族是已知较早就有本民族文字的族群，因为有文字，彝族的诗歌除与其他兄弟民族一样通过口耳相传外，更通过古籍、金石留下了丰富的资源。贵州是全国彝文古籍最多的省份，"据不完全统计，民间珍藏的彝文古籍约3000余册，加上毕节地区已收集700余册，总数约4000余册"②。彝文最初由"知天象，断阴晴""占卜天时人事"的祭司"布摩（一作'毕摩'）"掌握，典籍中包括彝族哲学、政治经济、军事、文化教育、语言文字、文学、谱牒、天文历法、经籍等各方面内容。贵州的彝族主要分

---

① 阮居平编：《贵州民间长诗》，贵州人民出版社1997年版，第63—78页。

② 贵州省地方志编撰委员会编：《贵州省志民族志·上册》，贵州民族出版社2002年版，第441页。

布在黔西北的毕节市和六盘水市，地处滇东高原与黔中高原过渡的斜坡地带，是贵州著名的高寒山区，贵州彝族地区风光秀丽，有著名的威宁草海、织金洞和黔西"百里杜鹃"，贵州彝族世代生活在天高云淡之中，同样也是一个充满诗意的民族，拥有着丰富的民间诗歌资源。

一　彝族创世史诗的生态特性

彝族的创世史诗非常丰富，据1994年出版的《彝族文学史》统计，彝族的创世史诗有二十四篇之多，四川、云南、贵州等地均有流传，其中流传于贵州毕节彝族的有《戈阿楼》《天地祖先歌》《天地论》《天地生产》《洪水泛滥史》《彝族源流》《西南彝志》等。

在彝族创世史诗中可以看到不少关于动植物崇拜的痕迹，"有的动物在日常生活中并不令人在意，而在一些创世史诗中的地位却十分重要。像兔子，在很多动物故事中，具有善良的品质，弱小而被同情，但在《梅葛》中兔子却是兽王。又如蝙蝠的外形并不美丽，但在纳西族《创世纪》中却是正义、勇敢和机智的象征。这些显然是非常古老的传说，也许正是更早的图腾崇拜的残余……不同的民族还有对不同植物的崇拜。《阿细的先基》反映阿细人崇拜黄草，因为这种草长在悬崖绝壁，男性为了表示对女方的爱情深切，不避艰险拔黄草送给对方做饰品。彝族《梅葛》赞美的是极易成长的罗汉松，以它来象征人烟旺盛。《苗族古歌》说苗族崇拜的是枫香树，也是人的祖先，是神圣而庄严的象征。对枫树的歌唱在《古歌》中几乎占了四分之一左右的篇幅，这又生动地表明，颂枫树的传说，从某一角度反映了苗族人民一定时期的审美趣味。《古歌》在兄妹结婚一段中，把许多当地生长的植物的外形特征都赋予了人的秉性，塑造出各种不同的形象，来对兄妹结婚起促进作用，进而客观上强调了原始社会血缘婚近亲兄妹结婚的必要性。《古歌》把自然界的植物和人的关系，描绘得有声有色，妙趣横生，情景交融，民族色彩非常鲜明……过去，我们总认为汉族神话历史化、哲学化、文学化是神话失真的主要原因，特别是历史化、哲学化对神话的损伤更大，而文学化虽然对神话有所篡改，但毕竟还是保留了相当一部分神话。神话文学化显然是文人进行的。少数民族不一样，解放前，有的民族口头文学是唯一的文学，由神话到史诗，审美观由功利美发展到艺术美这一过程，是由广大劳动人民自己完成的"①。和其他少数民族一样，彝族创世史诗对于动植物的崇拜来源于人类早期万物有灵的世界观，而在当代，人们普遍已经不再强调动植物、山川土地、天空河流也像人一样拥有意志和灵魂，具有建构性后现代特征的生态审美提出让世界"返魅"也不是要人们回到万物有灵的意识中，而是更多主张将整个世界看作一个有机整体，受宇宙法则统一支配，人与自然万物在这个统一法则中是平等的，同时人与万物之间也有着某种类似于亲情纽带的联系，这使当代生态运动具有一种宗教色彩。随着当代社会所面临的严峻的生态危机日益加剧，神话故事中的"末日审判"绝非只是一种虚妄，因此，当今社会的人们可以没有宗教信仰，却不能没有宗教情怀，可以没有偶像，却不能没有神圣感。而在这一点上，少数民族的精神世界和他们的民间生活，远比我们的主流社会做得更好。

彝族史诗《梅葛》是彝族的重要纪实性史诗，由创世神话、人类起源神话和事物来源及习俗起源等构成史诗的主体内容。《梅葛》的第一部分就是创世神话，是关于开天辟地和万物起源的神话，格滋天神派了五个儿子来造天，派了四个女儿来造地，造天的儿子拿云彩做衣裳，拿露水当口粮，造地的女儿拿青苔做衣裳，拿泥巴当口粮。在造天地的过程中，造天的五个儿子喜欢赌钱玩闹，他们吃喝玩乐，懒惰混日子。造地的四个女儿则忘我地劳动，不分昼夜，不管风雨，辛勤造地。过了很久，天地造好了，但是，天小地大，合不拢，兄弟几个放心玩耍不当回事，却急坏了造地的四个姑娘，她们恐怕天神责骂，天神知道了，告诉四个姑娘，地做大了，有人会缩，天做小了，有人会拉。缩地拉天，使天地相等：

    阿夫会缩地，阿夫会拉天。请阿夫的三个儿子，拉住天边往下拉，把天拉得又大又凹。放三对麻蛇来缩地，麻蛇围着地边箍拢来，地面分出了高低。地边还箍得不齐，放三对蚂蚱咬地边，

---

① 潜明兹：《史诗探幽》，中国民间文艺出版社1986年版，第87—92页。

把地边咬得整整齐齐。放三对野猪来拱地，放三对大象来拱地，拱了七十七昼夜，有了山来有了箐，有了平坝有了河，天拉大了，地缩小了，这样合适了。天地相合了。天地造好了，也合上了，但牢不牢呢？用打雷来试天，天裂了，用地震来试地，地通洞，五个儿子用松毛做针，蜘蛛网做线，云彩做补丁，把天补起来；四个姑娘用老虎草做针，酸角藤做线，地公叶子做补丁，把地补起来。天地补好了，但还在摇晃，于是格滋天神说：水里有三千斤的公鱼，捉来撑地角，有七百斤的母鱼捉来撑地边，公鱼不眨眼，大地不会动，母鱼不翻身，大地不会摇。大地稳实了。但天还在摇摆，天神叫五兄弟去引老虎，用虎的脊梁骨撑天心，用虎的脚杆骨撑四边，天撑稳实了。虎尸化为世间万物，虎四根大骨做撑天的柱子，虎的肩膀做东南西北方向，虎头做天头，虎鼻做天鼻，虎耳做天耳，虎的左眼做太阳，右眼做月亮，虎须做阳光，虎牙做星星，虎油做云彩，虎气成雾气，虎心做天心地胆，虎肚做大海，虎血做海水，虎大肠变大江，虎的小肠变成河，肋骨做道路，虎皮做地皮，虎的硬毛变树林，虎的软毛变成草，细毛做秧苗，骨髓变金子，小骨头变银子，虎肺变成铜，虎肝变成铁，连贴变成锡，腰子做磨石，大虱子变成老水牛，虮子蛋变成绵羊，头皮变成雀鸟。虎肉分成十二份，给老鸦、喜鹊、竹鸡、野鸡、老豺狗、画眉鸟、黄蚊子、大蚊子、黄蜂、葫芦峰、老土峰、绿头苍蝇各一份，只有饿老鹰没有分到，它飞到天上，用翅膀遮住了太阳，大地一片黑暗。由绿头苍蝇飞上天，在老鹰翅膀上下了子，使老鹰生蛆而落下，有了白天，蚂蚁把掉在地上的老鹰抬走，于是分出了昼夜。①

彝族自古以来有将虎视为祖先的信仰，过去彝族称为"罗罗"，即唬人的意思，史诗《梅葛》中虎化身万物的传说也生动地表明了在彝族先民心目中虎有创世之功，虎的地位也因而具有了神圣性。作

---

① 陈永香、曹晓红：《彝族史诗〈梅葛〉、〈查姆〉创世神话研究》，《楚雄师范学院学报》2010 年第 4 期。

为一种典型的有机论世界观，彝族的创世史诗不仅把生命的起源与自然紧密地联系在一起，也强调了动植物在人类生存中扮演的重要角色，动植物，尤其是动物教会了人类在自然中生存的本领，而自然万物与人类的冲突和共存在诗歌中的真实再现，也更多地体现了彝族先民对生物多样性的理解和尊崇。

《天地祖先歌》是彝族古歌，共有二十七节，分别讲述了天地形成、风的产生、雾的产生、万物生长、野人根源、种粮、季节、女权、医药、农耕、权利、笃慕支系、君制、冶炼、养蚕、结亲、管天地、君臣分工、连天、大山和平地、繁衍、传知识、收妖、人的生死、战争、庆功、祭祀和祭祀后，全诗一千余行，涵盖了彝族历史源流，社会文化生活的方方面面。《天地祖先歌》里还特别提到了女权："古时天底下，男女聚成群，分也无法分，无法分夫妻。在这个时候，孩子不知父，孩子不知母。一切是母大，母是一切根。一切的事物，全由女子管，女子当君长，女子当臣子。做成弓和箭，分箭打野兽。猎物女人分，女人分得清，她就是君长，人人都平等。一切听从她，她说了就行。"① 母系社会是人类发展普遍经历的一个阶段，在各民族的神话和创世史诗中我们几乎都可以找到母系社会的遗存，如苗族的《蝴蝶妈妈》与泡沫游方生蛋，正是人类早期只知其母不知其父的印记，又如水族古歌里唱的"伢娲"女神，她不但能撑天地造日月，还播种万物，杀虎斗龙，与汉文献记载的女娲很像，却又比女娲厉害，这些神话和史诗都指明了人类早期所经历的母系时代。在古代社会，人们常常将世界比喻为一个蛋，或者一片混沌，即使分开，世界仍然是一个有机的整体，将世界比喻为蛋无疑带有女性子宫的隐喻，而随着父权制的产生，神话里也多了许多男性的巨人和英雄。而随着现代性把宇宙比喻为一部机器，并且宣称人对自然进行统治，父权制也随之发展到了一个顶峰。

现代科学之父弗兰西斯·培根身上就融合了征服自然和憎恶女性两种气质，他将自然比喻为一架钟表机器而不是一种神圣的有机体，将自然视为人类征服和掌控的对象，而作为自然的一元——女性，也

---

① 阮居平编：《贵州民间长诗》，贵州人民出版社1997年版，第3页。

和自然一样等待着被人们开发和利用。不过随着 20 世纪中期生态运动的爆发，人们对机械主义范式有了新的认识，生态思想家们普遍意识到机械主义范式对自然奴役和掌控的思想正是当今社会所面临的生态危机的思想根源，也更进一步地重新审视了自然和女性，生态思想家们很容易达成一种共识即女性与自然更具有一种与生俱来的血脉关联，而男性则更容易孤立于自然万物，因而"要想摆脱二元论，机械论和现代的等级制度，必须有女权主义以及我们同女权主义之间的更积极的合作……如果缺乏同女权主义事业的密切合作，目前朝向后现代范式的运动必将夭折，恰似在文艺复兴的早期阶段由泛神论、炼丹术和与巫术传统提出的现代性的替代物所遭受的一样"①。事实上，认领后现代，为我们提供了一条重新解读传统的渠道，也使我们在解读类似于彝族创世史诗这样的少数民族民间文学作品时，能够发现一个更为广阔的生态空间。

二 彝族叙事诗的生态空间

彝族的民间长诗也有不少，如叙事长诗《呗勒娶亲记》，流传于毕节彝族地区，分为"那俄迷呗勒""嫌妻满一百""物叔阿喽丽"三章，三千八百余行，故事生动曲折，戏剧性强，其中有不少反映彝族婚姻习俗的内容，具有浓郁的民族色彩。在《呗勒娶亲记》中，已经可见古代彝族社会的阶级分层，诗歌中唱述那俄迷的君长要给自己的儿子呗勒周汝珠娶亲，按照国法家规，结亲那天，双方都要派歌师赛歌，如女方歌师获胜，则可以与王子结婚，否则姑娘会被贬为奴隶，嫁妆也会被没收，贪婪的君长借此把九十九个赛歌失败的姑娘贬为了奴隶，王子呗勒周汝珠因指责父王而被剥夺继承权并遭到放逐。呗勒周汝珠流浪到物叔家地界，结识了物叔公主阿喽丽并与阿喽丽暗许终生，阿喽丽的叔父施喽欧喽赛歌获胜，不仅使一对有情人终成眷属，还赢得了许多金银马匹，物叔施喽欧喽回家后不仅拒绝了物叔的王位，还把赢来的金银马匹分给自己国中的穷人。物叔施喽欧喽是这

---

① ［美］凯瑟琳·凯勒：《走向父权制的后现代精神》，载［美］大卫·雷·格里芬编《后现代精神》，中央编译出版社 2011 年版，第 116—117 页。

篇长诗中重点着墨，用心刻画的一个人物，他虽然是物叔公主阿喽丽的叔叔，但本身只是一个普通百姓，他有超凡的歌艺，一出口就"唱得百鸟飞，百鸟飞来听。唱得白云来，白云空中停。唱得树发芽，唱得草木生，唱得人心善，唱得山川应"①。赛歌的胜利，不仅帮助物叔阿喽丽获得了美满的婚姻，也为自己赢得了众多的金银马匹，甚至物叔的君长要把权位让给他，他都没有接受，反而是劝他的兄弟物叔君长要爱百姓，以百姓为根本。将歌师赛歌的输赢作为联姻的主要条件，无疑是具有鲜明的民族特色的，而长诗中着力塑造的施喽欧喽的形象，则充满了民间对于拥有卓越超凡的能力，又心地善良，关心百姓，并且富有牺牲精神的英雄人物的向往，虽然这种愿望是简单而朴素的，但爱情、英雄、善意和不为物质所诱的内心的宁静，不正是现代社会普遍缺失的审美境界吗？生态思想家们指出，在人的精神文化内部也存在着一个生态环境，包括哲学、宗教、伦理、文学、艺术等，与人存在着密切的生态关联，在这一点上，方兴未艾的生态批评为我们提供了新的工具、新的方法、新的角度和新的思维，使更多的人真正认识到长期被边缘化的民族民间文学的生态价值。

　　西方社会曾经首先把人类带入现代社会，用极短的时间创造了人类有史以来最为丰富的物质财富，并且以其强大的政治经济军事实力为这个星球划定了价值尺度，即使经过两次世界大战，尤其是二战后各个民族国家的纷纷独立使西方的霸权主义开始退场，但直至今日，西方式的消费主义意识形态依然统治着世界，使生活在现代社会的人们就如同波德莱尔笔下背着怪物负重前行的可怜虫，在快节奏、高压力的生活中不断地消耗着日渐枯竭的地球资源，也不断地消耗着人类自身的精神后花园。到了最近的几十年，西方人在建立了足够的经济优势之后，也率先反思消费主义意识形态对人们精神生态的戕害，并主动模仿古老东方的生活形态，在吐纳东方精神后掀起了"慢生活"浪潮，进而出现了一种"极简单生活主义"："实际上，消费主义'身体'扩张与全球同质化的潜在逻辑，使消费主义弊端日渐明显。一些反对消费主义张扬绿色生态生活方式的人认为，现代化或者现代

---

① 李力主编：《彝族文学史》，四川民族出版社1994年版，第249页。

生活不是高楼、汽车、病毒、荒漠、沙尘暴，真正的优质生活不需要太多人工的雕饰和超过需要的物质炫耀。如今许多人已经认识到'拼命生产，拼命消费'的弊端，中产阶级更悄然兴起着'简单生活'，把家搬到乡村，自钉木板房，不使用过多电器，挣有限的薪水，充分享受大自然中的空气、阳光。社会科学家认为，这种返璞归真，回归自然，'少就是多'的简单生活，在 21 世纪成为一种普遍的风气。"① 事实上，不管是莫斯科维奇的"还自然之魅"主张，还是罗尔斯顿提出的"哲学走向荒野"价值观，抑或是格里芬强调的建构性的后现代精神，还有利奥波德的大地伦理学，这些各不相同的生态思想都有一个共同的指向，即人类社会在进步和发展的道路上走得太快太远，是时候向后看了。生态文明的"向后看"，从来不是，将来也不会把人类带回原始社会，而是价值观由无限发展和过度损耗转向简单和节制，而要建设和谐、多元的生态社会，就不仅是向后看，更需要向边缘看，既要重读主流社会的古代智慧，也必须正视非主流社会的生态智慧。由是，本章在解读贵州少数民族民间诗歌时方向也就更为清晰，一是对少数民族传承至今的民间诗歌给少数民族带来的生活的诗意化的理解，二是少数民族民间诗歌中所蕴藏的朴素生活观以及对民间诗歌中真诚、善意和审美追求的敬意。

彝族的民间歌谣同样有着丰富的资源，除了史诗以外，叙事长诗的数量也较多，彝族的诗歌，一般为五言句，也有七言句和长短句，现存的彝文典籍，大多都是用这样的体裁写成的，从形式上来说具有诗歌的特点。彝族的民间诗歌有出嫁歌、丧歌、情歌和儿歌等，在彝族丧歌中有这样的句子："岩垮岩不哭，岩垮岩羊哭。为何岩羊哭？岩没垮之时，岩羊有睡处。岩垮了以后，岩羊没睡处，所以岩羊哭。树倒树不哭，树倒老鹰哭。为何树不哭？为何老鹰哭？树没倒之时，老鹰有落处，树倒了以后，老鹰没落处，所以老鹰哭。"② 用岩垮和岩羊，树倒和老鹰的关系比喻去世的老人和儿子的关系，一方面，加

---

① 王岳川：《生态文学与生态批评的当代价值》，《北京大学学报》（哲学社会科学版）2009 年第 2 期。
② 贵州省地方志编撰委员会编：《贵州省志民族志·上册》，贵州民族出版社 2002 年版，第 473 页。

重了悼念的效果,另一方面,却也传递着自然界中生态链的重要意义。而在彝族诗歌中,叙事长诗的艺术价值和审美价值,通常都要高于一般的歌谣,在贵州彝族中,《山海恋》《漏卧鲁沟的婚礼》《麻舍都诸》《实索诺姆第》《眨眨昂里》《哲珠喽几和带布汝朱》《凤凰记》等作品,都具有很强的代表性。《山海恋》是从彝文古籍中整理出来的叙事诗,讲述了一对青年男女争取爱情,最后女死变花,男死变峰,死后又相恋的凄美爱情故事。《漏卧鲁沟的婚礼》则是一组叙事长诗,流传于滇东、黔西北一带彝族地区,讲述了彝族青年心目中浪漫美好的爱情故事。诗歌中修行三千余年的山精阿迪侯己不羡仙境,不恋天堂,而眷念卧鲁小国的贤明君长漏卧。漏卧从小练就过人的本领,打退了响马强盗,保卫了卧鲁地方,深受人民的爱戴。漏卧和侯己相爱了:"两人跪下把婚订,双口同声请媒人。一杯美酒敬红岩,请了红岩来证婚;二杯美酒奠大地,请了大地作媒人。二人订下婚事后,手牵手儿舞不停,舞不停啊舞不停,金色的星星来作伴,银色的月亮来点灯。美丽的云彩来牵帐,密密的大树来做屏。舞不停啊舞不停,山上的鲜花来作景,地里的蟋蟀来拉琴,河里的石蚌来敲鼓啊,箐里的小鸟来吹笙……"① 在两人婚礼上出现的各种自然物,从红岩到大地,从星星到月亮,以及各种小动物,它们的出现并不是一种简单的诗歌修饰,实际上这样一幅天、地、人、自然万物和谐共舞的景象,也是彝族先民生活中简单朴素的生态美学的生动再现。后来侯己被海神抓走,关了三年,漏卧也等了侯己三年,并发誓不再娶亲,用坚贞和真挚谱写了爱情美的最动人之处。

第三节 布依族摩经文学的生态解读

在布依族文学中,有一种奇特的类型叫作摩经文学。摩经是布依族民族宗教——摩教经典的简称,摩教得名于布依族宗教祭司布摩的称谓。布摩因为主持祭祀仪式,与鬼神打交道,过去曾被称为"老磨

---

① 中国民间文艺研究会贵州分会编:《民间文学资料》第六十八集《彝族古歌、叙事诗》,1984年翻印,第40页。

公""老魔""鬼师""巫师"等,也容易让人们联想到萨满或巫师,但布摩与萨满、巫师既相似,又有不少区别,萨满、珞巴族的巫师"爸目"、彝族的"苏理"等巫师,"在成为巫师之前,都必须生过疾病,出现神经错乱等症状"①,而布依族的布摩更注重学习经典,一个新的布摩在学习并能记住全部经典,能够流利地诵读,通过见习和实习,能熟练地主持祭祀仪式后,"交摩(布摩的头领或师傅)"通过一定的仪式正式宣告新的布摩获得独立主持祭祀仪式的布摩资格。布摩的主要职能是超度亡灵,也主持消灾、祈福、驱邪等仪式,但布摩以诵读相应的经文为主,主持仪式时举止庄重,态度严肃,使仪式笼罩着神秘而庄严的气氛,布摩通常主持寨际间或全寨、全宗族的大型祭祀活动,布摩近于祭祀多过巫师。在布依族中,与其他民族的萨满或巫师相近的专职人员是"押",也有称为"迷纳"的,一般为女性,实际上就是女巫。成为"押"不像称为布摩那样需要专门的学习,而通常只要出现迷狂或神经错乱,就被认为有可能是"独押(一种神灵)"附身,这个人就在家里设祭坛祭供,正式成为押,押也主持驱邪、祈福等仪式,但押在仪式中行为怪异、夸张,不念诵经文,与布摩有着明显的区别。

在布依族村寨中,布摩有着较高的地位,往往还成为寨老或者村寨的自然领袖,而布摩一般也是布依族中汉文化较高者,他们能够借用汉字"六书"的造字法创造新的方块文字符号,用来记录摩经经文,对摩经的传承起了重要的作用。而布摩与押的区别虽然很大,但在远古的时候,他们却是一体的。在贵州省册亨、望谟等布依族地区,布摩也称为"呷",源于布依族远古的神祇"摩陆呷",而摩陆呷与布摩的祖师爷报陆夺有着千丝万缕的联系,在布依族传说中,摩陆呷是与报陆夺同时代的人,有的地方认为摩陆呷是报陆夺的徒弟,有的地方认为摩陆呷就是报陆夺,在布摩主持的诵经中,每每提到报陆夺,也总要提到摩陆呷,两者是同一类人或神祇。壮族与布依族有着密切的亲缘关系,壮族也信报陆夺和摩陆呷,在布依族和壮族的观

---

① 周国茂:《一种特殊的文化典籍——布依族摩经研究》,贵州人民出版社2006年版,第3页。

念中，报陆夺是具有神性和超常智慧的人物。在壮族中报陆夺被汉译为"布洛陀""布碌陀"等，是神化了的壮族男性始祖神，在壮族社会中广泛流传。布洛陀的功绩是安排天地万物，造太阳、月亮、星星，射太阳，教人们捕鱼、狩猎、造火、种植、造动物及家畜，并设定万事万物间的秩序。而在壮族中，摩陆呷又被汉译为"姆六呷"，是神化了的第一代女性始祖神。在壮族神话中，天地分开以后，大地一片荒芜，长满了野草，草地上开满鲜花，花里长出一位赤身裸体、披头散发的女人，这个女人就是姆六呷，她派蜾蠃去修天，派屎壳郎去修地，结果天小地大盖不严。她用手板心一抓，天地才盖严实了。但大地也因此有了皱褶，高的地方成了山，低洼的地方变成了海洋湖泊。她见大地没有生气，便受风怀孕，撒尿和泥捏泥人，但这些人分不出男女，她又上山采来杨桃和辣椒，撒在地上由这些孩子去抢，结果抢到杨桃的是女孩，抢到辣椒的是男孩，而姆六呷也被壮族视为生育神。布依族的女性神职人员"押"与远古的神祇摩陆呷以及壮族的女性始祖神姆六呷也有着某种神秘的文化基因。

　　布摩在举行宗教仪式时要吟诵经文，这些被布摩们世代传唱的经文，有的用于丧葬超度仪式，称为《殡亡经》，或《殡凡经》《殡王经》《古谢经》等，丧葬仪式中超度正常亡灵、非正常死亡者的经文又称为《罕王经》《招魂经》或《赎头经》；有的则用于祈福、祛灾、驱邪等宗教仪式，称为《解邦经》。摩经文学即摩经中的文学，摩经文学既是从文学角度对摩经的称谓，同时也是从摩经中梳理出来的文学样式，最重要的一点是摩经文学以韵文的形式出现，是布依族的民间诗歌。摩经文学作为配合仪式演唱的宗教经典，其产生与宗教的产生同步，在漫长的历史进程中，历代相传的布摩将民间文学杂糅进了摩教经典之中，使神圣的摩经所涵盖的范围更加深广，摩经中的文学样式包括史诗、古史歌、传说（歌）、故事（歌）、"温"（可直译为"歌"）等。神话史诗包括开辟神话、造万物神话、射日神话、洪水与人类再生神话、农业再兴神话等，比较著名的作品以民间文学的面目为人们所熟知，如"赎谷魂"仪式就是一个射日和洪水神话的综合体。古史歌则指的是那种唱述某段历史的叙事歌，其中著名的作品如《安王与祖王》，它属于超度凶死者仪式"罕王（或称赎头）经"

经文中的重要部分,和摩经文学中的其他作品相比,《安王与祖王》可以称得上是"长篇巨制",作品讲述同父异母两兄弟安王和祖王争夺王权、财产继承权的故事。摩经中的传说则通常用来解释某种现象、习俗或动植物来源,如解释为什么丧葬仪式上要杀牛,解释鸡、酒、牛的来源以及民居建筑的产生和演变。摩经文学中的故事指的是除了神话史诗、古史歌、传说等作品以外一切的叙事作品,在摩经中占有较大比例,涵盖社会生活的方方面面。摩经文学经过千百年的传承锤炼,吸收布依族文学的营养,在艺术上达到了较高的水准,如在韵文上具有复沓、对仗和排比的特点,而且在摩经文学中这些特点都比较鲜明突出,此外摩经文学还具有强烈的抒情性,兼具对比、比拟、象征等手法也运用得较为纯熟。更为重要的是,摩经文学不仅具有文学价值,而且是后世研究布依族历史文化的弥足珍贵的资料和信息,摩经虽然具有一定程度的变异性,但作为宗教经典,其神圣性也最大限度地保持了其稳定性,在叙述布依族先民采集、狩猎、捕捞和农耕历史中,深深地蕴藏了布依族的古老智慧,包括哲学、宗教、伦理道德观念和审美观念等,直至今日,布依族摩经文学中的精华依然具有非常重要的现实意义,尤其对布依族人民的精神世界具有非常深远的影响。

在布依族的传统观念中,人死后灵魂进入肉眼看不到的冥界(称仙界、"拜"界),这个世界常人不能进入,只有具备特殊本领的"押"才能自由地往返于阳间和冥界,摩经《招魂》生动地叙述了"押"受死者亲人嘱托,到冥界召唤亡灵,希望亲人回到阳世与亲人继续生活,却遭到了亡灵的拒绝。全诗想象奇特大胆,并通过对话方式叙述、描写,推动情节发展,是布依族摩经文学中的一篇佳作:

> 我来了这几场,
> 不见哪个巫师找我回。
> 我来了这么久,
> 不见哪个押寻我转。
> 巫在垭就回到垭去,
> 押在道就回到道去,

您在另一个世界，
回到另一个世界。
押在姑代地方，
回姑代地方去。
押在舅爷地方，
回舅爷地方去。
押在亲家那边，
回到亲家那边。
押在家乡那边，
回到家乡那边。
押在兄弟家乡，
回到兄弟家乡。
在那边听我对你说，
在那边听我嘱咐你。
我在此愉快，
肝在阳世要烂，
我在此欢乐，
体在阳世要病。
我在此舒心，
肝在阳世要烂就烂，
体在阳世受苦就受苦，
身在阳世要痛就痛。
我在此痛快，
肝在家要烂就烂。
我在此愉快，
体在阳世要受苦，
身在阳世要穷就穷。
我在此仙境，
以花卉为食。
我头发银白，
跟那边的仙女同吃。

不愿意回阳世，

对他们母子说，

让他们孤苦留阳世。

我又登仙乡，

以花卉充饥，

我发白如雪，

我饮那边的水滴充饥。

不想回阳世，

对他们母子说，

让他们孤苦留人世。

我去久不回，

我去永远不转来。

我又登仙境，

建房屋居住。

房屋建在天地上，

不让倒向阳世。①

这篇《招魂》是从贵州省册亨县布依族摩经《殡王经》中整理而来，唱述者为周仕厚，翻译整理者为阿冒，时间为1986年，在册亨县布依族举行"亨闷"仪式时由布摩默诵，举行这个仪式时在场的人不能出声，也不能有别的响动，布摩的默诵使仪式的气氛更加神秘和庄严，使人们对彼岸世界的信念更加巩固，用以抚平失去亲人而受到创痛的心灵。布依族摩教不同于佛教，但宗教与宗教之间，此岸与彼岸之间，未尝没有某种灵魂上的重叠，《招魂》对彼岸的向往，能够让生者忘记悲痛，获得内心的安详平静，而《招魂》里对人间躯体的洒脱放弃，隐喻着对人间物欲的淡然处之，这种东方式的神秘智慧，也为近年来的生态范式提供了新的思路。

在布依族摩经文学中有一篇非常重要的作品，不仅具有非常重要

---

① 周国茂、韦兴儒、伍文义编：《布依族摩经文学》，贵州人民出版社1997年版，第100—104页。

的史料价值和文学价值，也是布依族摩教的重要典籍。在布依族的传统观念中，非正常死亡（如溺水、跌崖、枪杀、青壮年暴病、孕妇难产等而死）属于凶死，其灵魂坠入游魂世界受苦，需举行仪式将其救回生魂世界，再超度进入仙界。"拜"界，这种仪式在有的地方称"罕亡"，有的地方称"入交"（意即'赎头'）或"超入难"。无论何地，无论仪式称谓如何，只要是在类似的仪式中，布摩都要唱诵这篇作品，这就是布依族摩经文学中的《安王与祖王》。这篇作品在布依族地区以韵文或散文形式在民间流传，情节大体相同，但因情节的丰满程度和语言表达的差异有众多的版本，在 20 世纪 50 年代末 60 年代初就有民间文学工作者收集整理了其中的一些版本，并在内部资料集上发表，其中流传于贵州省望谟县，由罗老文讲述、韦永奎收集的《安王与祖王》故事情节较为丰满，人物形象鲜明，是诸多版本中较为完整的一篇。《安王与祖王》讲述的是同父异母的兄弟争夺王印和财产继承权进行殊死搏斗的故事，这篇史诗的奇特之处在于两兄弟的争斗冲突正面展开后不是率领大军在战场上厮杀，而是采取巫术和反巫术的方式进行较量，最后，以安王的胜利告终。故事讲述布依族的祖先盘果王随着洪水来到人世，结草为庐，打渔为生，遇到了龙王的闺女——

> 大哥呀大哥，
> 你是哪家的儿子？
> 我是雷公的儿子，
> 天上雷公的儿子，
> 我是星星的儿子，
> 天上星星的儿子，
> 天上北斗星的儿子。
> 我随着倾盆大雨来到这里，
> 我随河里的洪水来到这里，
> 走遍像葫芦般小的寨子，
> 走遍了像筛子一样密的寨子。
> 我没有家和室，

我还没有盘和碟，
住在那树脚像乌鸦，
住在那草脚像獭猫，
住在那岩脚像野狗，
住在那岩洞像豺狼。
……
聪明的哥哥呀，
聪明哥哥！
只要你有心，
只要你能禁忌，
不去打上滩的青鱼，
不去打下滩的青鱼，
咱们俩才能相伴，
咱们俩才能结合，
把屋脊立给哥哥。
咱们俩只要能相伴，
咱们俩只要能结合，
咱们就有吃有穿。
……
过了三个场，
又过了五个场，
下面造成三个场市，
上方造成了五个市镇，
造成了天空和地面，
到处都有了人烟。
盘果的根源从此起，
盘果的支派从此来。①

---

① 周国茂、韦兴儒、伍文义编：《布依族摩经文学》，贵州人民出版社1997年版，第113—114页。

盘果王和龙女结为夫妻，龙女生下了儿子安王。安王长得非常快，三天就会骑马，五天就会射箭，他到森林里打猎，犹不满足，又用麻织成网下河打鱼，结果打到了一条紫鳞绿鳍的大鱼，可当他回到家要把这条紫鳞绿鳍的大鱼准备吃掉的时候，却把母亲吓了一跳。母亲告诉他："这虾就是你的舅舅们，这鱼就是你外公外婆。你要是吃这鱼虾，那我就不同你住，你爹是雷公的儿子，他要回去跟雷公；我是龙王的姑娘，我要回去跟龙王。"但是安王并没有把母亲的话放在心里，"安王把鱼甩进锅，三声响雷一起鸣，六声响雷连续轰，河水上涨淹了岸，地面塌得往下陷，母亲跳进江里了，留下安王一个人"。从此，盘果王变成了鳏夫，安王也无人照顾，盘果王鳏居难过，娶了一个寡妇为后妻。后妻生下了儿子祖王。后母对安王和祖王截然不同，祖王长大后发现人们办喜酒要找安王，打官司也要找安王，不由眼红安王的地位，后母也极力挑唆祖王弑兄夺权，安王再三忍让未果，只能愤恨远走他乡，后来盘果王病重，招安王回乡，为给父亲治病，安王和祖王掘地"挖九十九棵楠竹深的洞"寻找龙须凤蛋，在安王下洞以后，祖王却趁机把洞口埋了，企图置安王于死地，结果安王在洞里向外公外婆求救："龙外公啊龙外婆，鱼虾哟我的舅舅，快来救我下河！"安王的外公外婆不计前嫌救了安王，脱险后安王对祖王几次三番的加害忍无可忍，发誓要报仇。而祖王也表示什么都不怕，"决不跪拜安王"，安王自天上降下各种灾难，使祖王损失惨重，不得不认输，请乌鹊作为使者向安王求和，最后安王同意和解，安王管"上方"，祖王管"下方"，从此天下太平。

六月六是集中体现布依族稻作文化的节日，节日中要举行祭祀田神、水口神，驱虫等仪式活动，过节时间各地略有不同，有的过农历六月初六，也有的地方过农历第一个虎（寅）日等，六月六驱虫仪式在过去十分隆重，仪式中必须由布摩吟诵《驱虫经》。流传于贵州省兴义市布依族地区的摩经《驱虫经》（有的版本叫《六月六》），讲述了一对年轻夫妻在太阳公公、月亮婆婆的帮助下，调动各方面的力量开展了一场声势浩大的驱虫战的故事，在这首叙事长诗中，布依族服饰的形成、各种动物形象的塑造，既充满了童话般的天真烂漫，又

将叙事歌的节奏韵律表现得淋漓尽致,是布依族摩经文学,也是布依族叙事歌中的经典作品:

> 众寨邻啊,你请听:
> 为什么——
> 燕子飞来把虫捉?
> 蜘蛛牵网捕飞蛾?
> 蛤蟆守护秧根脚?
> 天边要插龙猫竹,
> 一坝秧苗才会绿?
> ……
> 哪知道蚂蚱密如麻,
> 一个更比一个大。
> 起初它们还想逃,
> 打到后来它不怕。
> 哪晓得飞蛾会撒灰,
> 落进眼里眼就瞎,
> 猫狗吃了猫狗死,
> 鸡鸭吃了死鸡鸭。
> 蚂蚱一天比一天凶,
> 活像乌云随大风;
> 飞蛾一天比一天恶,
> 做窠做到树根脚。
> 美丽的纳秧寨,
> 月琴不响了,
> 二胡不拉了,
> 笛子不叫了,
> 木叶不吹了,
> 浪哨歌不唱了,
> 老年人不摆龙门阵,

娃娃们懒精又无神。①

纳秧寨的两夫妻阿菊与得莱（《驱虫经》中夫妻名为得颈与得茂，因布依族叙事歌《六月六》的故事情节更为丰满，此处引用的是《六月六》的版本）眼看着虫灾泛滥，内心非常焦急，在寨老的指引下，自告奋勇去找太阳公公和月亮婆婆帮忙，他们不畏艰险，长途跋涉，在途中得到了蛤蟆、燕子、蜘蛛的帮助，战胜老虎和恶狼，过了虎狼泉，来到日月滩，太阳公公给了他们驱虫的法宝龙猫竹，月亮婆婆送给他们一人一套青衣裳，还有银圈和压领、青头帕和青布裙。回到纳秧寨以后，小伙子们栽种了龙猫竹，姑娘们连夜做好青布裙，燕子在屋檐底下做窝，蜘蛛四面八方织网，蛤蟆在田边地角安营扎寨，纳秧寨的男女老少也都包上了青布大包头，戴上银圈和压领。准备就绪以后，纳秧寨的男女老少一起消灭蚂蚱和飞蛾，燕子穿梭吃蚂蚱，蜘蛛织网抓飞蛾，蛤蟆张开大嘴，一见虫虫就吞下。最后出现了一个蚂蚱王：

> 得莱甩过青帕子，
> 阿菊抛起青布裙。
> 青帕子啊青布裙，
> 原来是青龙变化成，
> 三道栏杆是龙爪爪，
> 银圈压领是龙眼睛。
> 青龙猛然现了形，
> 眼睛更比闪电明，
> 一爪抓住蚂蚱王，
> 一口就把它来吞。
> 转眼间青龙又把身形隐，
> 仍旧是青布帕子青衣裙。②

---

① 贵州省社会科学院文学研究所编：《布依族古歌叙事歌选》，贵州人民出版社1982年版，第97—102页。

② 同上书，第114页。

最后，纳秧寨战胜了蚂蚱和飞蛾，从此以后，每年到了六月六，布依族都要举行驱虫仪式，布摩唱《驱虫经》，田中要栽龙猫竹，家家都要晒衣服，还要包粽粑，拿到田间地头供太阳公公和月亮婆婆。

壮族摩教的主神是布洛陀，是一个最大的神。壮语中"布"是指受尊敬的长者、老人；"洛"是知道，懂得，意指智慧；"陀"则是指全部，布洛陀的含义就是"无所不知的智慧老人"，在有的壮族地区，布洛陀也指远古的部落首领，可以说，布洛陀就是壮族的祖先神。在壮族的摩经文学中，布洛陀又由祖先神逐渐成为一个至高无上的创世大神，他派遣盘古和天王去开天辟地，他所统领的神还有工匠神、败牛神、神农、耕作大王等，世间万物也是布洛陀创造出来的。《布洛陀经诗》是壮族摩教的经典，壮族和布依族天生的亲缘关系使得壮族摩经和布依族摩经有着很多相似之处，这些民族民间的信仰崇拜劳动、善良、智慧，其中蕴藏的古老智慧透过民间信仰、仪式、祭祀、习俗直至今日依然具有强大的影响力，承载了壮族布依族追求平安、幸福美好的理想。"我们可以欣赏圣彼得大教堂中米可朗基罗的壮美雕塑与壁画的艺术幻想和想象，为什么就不能欣赏我国民间宗教中美好艺术的想象和幻想呢？据说现在有些地方把民间神龛中的神给弄走了，却代之以耶稣、圣母，这是一种什么道理呢？其后果又如何呢？是正确对待民族文化的态度吗？值得我们深思。我以为中国人民间信仰的宗教，应该和世界上一切宗教一样，可以有存在的权利，而不能随便遭受排斥、压制，摩教、摩经应该有存在的余地，这是它为发扬民族优秀传统服务，共同为美好理想而劳动、创造。它是世界宗教领域中平等的一员，不应受到歧视。"[①]

除了摩经文学外，布依族民间还有资源丰富的民间诗歌，包括大量的创世史诗，例如，古歌《十二层天，十二层海》，以丰富奇特的想象，生动地叙述了布依族先民探索大自然奥秘的历程，《十二层天，十二层海》一般只在重大场合中唱，而且通常只有少数年纪较大的名歌手才会唱，在布依族民间文学中有着不同寻常的地位。此外古歌还有《赛胡细妹造人烟》《造万物歌》《布依族古歌》《十二个太阳》

---

① 段宝林：《神话史诗〈布洛陀〉的世界意义》，《广西民族研究》2006年第1期。

等篇目，内容包括开天辟地神话、洪水神话、万物起源神话等，其中有不少古歌和摩经文学是重叠的，这些讲述神话故事、英雄传说的古歌生动地反映了布依族先民与自然同源共生的生态整体观。同时布依族也还有着大量的民间叙事长诗、抒情长诗。抒情长诗的代表作是《月亮歌》，《月亮歌》作为一首优美动人的抒情长诗，是属于"相思歌"一类的情歌，这首情歌唱的是一个大胆追求恋爱，忠于纯真爱情的少女，在"初识歌"中表现朦胧的月光下男女见面的美好、在"试探歌"中互相倾吐爱慕羞涩的情感，在"赞美歌"中他们彼此欣赏，在"迷恋歌"中绽放如诗如画的热恋，非常生动鲜明地反映了布依族青年男女"浪哨"恋爱的浪漫和美好，而在这首诗中月亮是最为重要的一个意向，整首长诗里无处没有月亮，甜蜜的爱情离不开醉人的月光，和谐的生活也不能脱离自然，《月亮歌》中"南瓜藤蔓爬满了架，丝瓜藤蔓牵到树顶，妹在瓜棚下纺棉花"[①] 所反映出来的布依山寨风情，也正是这个民族生活环境、生活方式和精神世界的真实再现。长篇叙事诗《金竹情》流传于贵州省望谟、贞丰、镇宁、册亨等地，以吟唱的形式，在布依族民间经年流传。《金竹情》全诗共分为九节，850多行，以抒情的笔调吟唱着布依族社会别具一格的婚恋习俗，从丢包、说媒、定亲、择期、成亲、盟誓到惩恶、决斗，叙述了一对相爱的年轻人为了维护坚贞纯洁的爱情与恶势力斗争的悲剧故事。其中"金竹"是贯穿全诗的一个重要意向，在古代布依族青年男女恋爱时，各在竹片上刻上一划，削竹为证，以示爱情不变，"金竹"是布依族山寨常见的一种竹子，割取的竹节，时间长久会由青变黄，闪闪发光，故称金竹，而"金"以其贵重、光洁，成为爱情美好坚贞的象征，长诗以"金竹"为题，寄寓着布依族先民双重的美好愿望。诗中对于"丢包"的描述，展现了布依族青年男女独特的社交方式，他们通过丢花包来选择自己心仪的对象浪哨，每年正月各寨的后生们都要走村串寨，寻找姑娘丢花包，这一习俗一直延续到今日，是活的布依族的生活史。

---

① 庹修民主编：《贵州少数民族民间作品选讲》，贵州民族出版社1987年版，第179页。

第四节 深层生态学视野下的水族侗族等民族民间诗歌

深层生态学是 20 世纪中后期以挪威哲学家阿伦·奈斯为创始人的生态哲学流派，对现代生态运动有着巨大的影响，深层生态学把自然和人当作一个整体来看待，认为当代社会所面临的生态危机来源于人类社会进入现代性以后的社会机制、人的行为模式和价值观，"生态学所具有的形而上学含义使它超越了科学的范畴而成为现代生态运动的一种世界观和价值观。这为深层生态主义者对传统自然观和价值观进行评价提供了科学依据"[①]。而在文化多样性上，"深层生态学致力于保护非工业社会的文化，使它尽可能地免遭西方工业文化侵蚀，理由是文化的多样性与生物学上生命形式的丰富性与多样性是完全一致的"[②]。而这也为本书的观点提供了一个重要的理论依据，我们不仅要保护非工业化社会的文化，也要保护非主流社会的文化，不仅要避免遭到西方工业文化的侵蚀，也要避免遭到现代城市文化的侵蚀，尽管后两者在某种意义上是一致的。贵州有 17 个世居少数民族，每个民族都有自己的民间诗歌，几乎每个民族都有自己的创世史诗，这些创世史诗直观地描绘了各族先民认识世界的过程以及世代传承的世界观："我国南方少数民族原始性史诗创世部分所描述的大多是创世天神和巨人依靠创造性的劳动创造世界，肯定的是劳动群体的价值，歌颂的是劳动的崇高，力量的崇高。它们与刚刚出现的农业生产结合在一起，把农业生产的活动融化到开天辟地的壮举汇总，但又不是农业的简单复写，而是依照原始人特有的思维方式和情感，把整个过程神圣化、集中化，描绘出一幅充满神秘色彩的宏伟壮阔的天神或巨人创世图。"[③]

在贵州境内各个世居少数民族的创世史诗中，我们几乎都可以提炼出这样几组概念：神（祖先、英雄、巨人）化身大地万物的有机论世界

---

① 雷毅：《深层生态学思想研究》，清华大学出版社 2001 年版，第 85 页。
② 同上书，第 11 页。
③ 刘亚虎：《南方史诗论》，内蒙古大学出版社 1999 年版，第 132 页。

观；人与龙、虎、蛇等自然物同源而生的生态整体观；善必获救，贪必受惩的朴素道德观；真情至上，勤劳勇敢的简单爱情观。这些简单、淳朴的价值观贯穿于少数民族的精神世界，并通过创世史诗维护着神性的尺度，通过抒情诗、叙事诗的传唱充盈生活的诗性，并一直延续至今，尽管在当今的商品经济大潮中，少数民族生活的村寨并不是与世隔绝的世外桃源，也不可避免地受到各种商业化的侵蚀，但他们古老而神秘的精神世界，依然有许多值得发掘、保护和传承的精神财富。

一　侗族民间诗歌中的自然和谐

侗乡素来被誉为"诗的家乡，歌的海洋"，侗歌是侗族传统文学中最主要的组成部分，其内容复杂，种类繁多，细分可达100多种，侗族把诗歌生活中的每一个地方，有"老虎好看美在背，鸟语动听美在嘴。要问人间什么好？世上歌声最值钱""天养鸟群水养鱼，饭养身体歌养心。歌养心灵人识理，又懂仁义又有情"① 的诗句，是一个将诗歌生活化，将生活诗歌化的民族。侗族的民间诗歌分为长诗和短诗，长诗多为叙事诗，每首可达数百上千行，短诗多为抒情歌，按内容可分为大歌、坐夜歌、玩山歌、劝世歌、礼俗歌和儿歌等，这些诗歌结构严谨、韵律相扣，具有很强的音乐美感和艺术感染力。侗族历史上没有文字，许多感人的神话、传说、故事和重大历史事件都被编成叙事歌传承于后世，叙事歌按内容有神话史诗如《龟婆卵蛋》《洪水滔天》《开天辟地》《姜良姜妹》等；有祖先迁徙歌《祖公上河》《侗族祖先哪里来》《祭祖歌》等；有英雄史诗《萨岁之歌》《吴勉之歌》《姜应芳之歌》等；还有爱情叙事歌《秀银吉妹》《珠郎娘美》《善郎娥美》等，《珠郎娘美》是流传最广泛，最为侗族人们所熟悉的一首爱情叙事诗，充满了悲剧色彩；此外还有劝世歌如《父母歌》《婆媳歌》等反映侗族民间传统道德观念的叙事歌。侗族大歌作为侗族民间演唱的多声部侗歌，通过模仿大自然的声音，如虫鸣鸟叫、高山流水、山谷回响、林海涛声等，营造出一种自然和谐、深沉高亢、广阔无穷而又婉转起伏、清新甜美的声乐，侗族大歌充满着大

---

① 傅安辉：《侗族口传经典》，民族出版社2012年版，第40页。

自然的声息,对于居住在现代社会都市喧嚣中的人来说无异于天籁之音。除了闻名于世的侗族大歌外,根据伴奏的不同,侗歌又有"琵琶歌""牛腿歌""笛子歌""木叶歌"等,较为出名的是琵琶歌。除了歌唱的形式外,侗族还流传着大量的念诵经典,即侗族古往今来流传的赋体民间文学作品,包括创世赋、祭祀赋、抒情赋和说理赋四个经典品种,念诵经典讲究语言华美,文采动人,念诵和歌唱在侗族人民的生活中通常是交替使用的。侗族的创世赋认为人类是由四个龟婆(一作鬼婆)孵蛋孵出来的,而创造天地的功劳则归功于五个巨人的力量,侗族的祖先更突出的是整体而不是强调个体的力量,这与侗族崇尚和谐、宽容趋静的民族性格与文化精神是一致的。侗族的劝世歌更讲究以理服人、以情动人,在侗族的社会生活中有家庭不睦、婆媳矛盾、邻里纠纷等,无须兴师动众去解决,只要有一位歌师或歌手在他们当中唱几首劝世歌,问题就可以得到解决,通过歌声解决生活矛盾近乎就是美学家们的理想社会,然而在侗乡,这是确有其事的。从远古时代到现代生活,侗族人民尊老爱幼,和睦相处,遵守社会秩序,自觉维护自然生态环境等传统美德,与侗族的劝世歌应该说还是有很大关系的。诗意的生活方式和生活态度在世代传承中给了侗族人们与自然相处,与人相处,调节内心精神世界的智慧,这种古老的智慧使侗族村寨依山傍水,以鼓楼为中心,侗寨木楼围绕着鼓楼,围绕着侗寨木楼的则是茶油林,再外围是杉林、杂林、原始林,使侗乡留下了"杉海油湖"的美誉,对于当今社会来说,这不仅仅是需要保护的对象,更是值得主流社会反思和学习的榜样。

二 水族民间诗歌的生态实用主义

水族同样是一个酷爱唱歌的民族,其韵文体民间文学作品十分丰富,水族的民间诗歌不仅数量多,而且形式多样,以演唱的环境及形式划分,可以分为单歌、双歌、蔸歌、调词以及诘词,按文学体裁分则可以分为古歌、叙事歌、生活歌及民间说唱。水族称古歌为"旭济"[①],意为创造歌或者创世纪歌。在贵州少数民族的创世史诗中,

---

① 刘之侠、石国义:《水族文化研究》,贵州人民出版社1999年版,第215页。

有不少创世神是女神,或者女性的半神半人的英雄,在水族的创世史诗《开天地造人烟》中,天地就是女神牙巫创造的:

> 哪个来,把天掰开,
> 哪个来,撑天才得。
> 牙巫来,把天掰开,
> 牙巫来,把天撑住。
> 她一拉,分成两半,
> 左立天,右边成地。①

诗中的创世神牙巫就是女性,在另一个版本的水族古歌《开天立地》中"牙巫"译为"伢娲",所唱诵的开天辟地故事大抵相同,但情节更为细致,还唱述了人类早期与野兽混居杂处,而后人类逐渐从万物中分离出来的过程:

> 太古人,净吃草根;
> 睡草地,葛藤缠身。
> 藤作带,蕉叶当衣;
> 遮雨露,穿不暖身。
>
> 那年月,男女懵懂。
> 只会吃,不知别的。
> 不会算,也不会想。
> 不会算,同虎相随,
> 不会想,与龙相处。
> 和野兽,成群串游,
> 与雷公,称兄道弟。
> 到后来,伢娲才分。
> 将愚蠢,留给兽类;

---

① 刘之侠、石国义:《水族文化研究》,贵州人民出版社1999年版,第215页。

把智慧，送给人群。

人与兽，各长内外。
虎多花，多花好看。
龙多鳞，多鳞好想。
虎好看，虎不会谈。
龙好想，龙不会讲。
不会谈，才遭人杀。
不会讲，才被人宰。
刀杀虎，虎跑进山。
箭射龙，龙跳进海。
烧雷公，放一把火，
那雷公，飞身上天。
丢地方，让给人群。①

在这首创世史诗中，天地是伢娲开辟的，世间的万物包括人类也是伢娲创造的。人类被创造出来以后是混杂在一起的，与雷公（神）也是称兄道弟的，后来伢娲给了人类智慧，人类才从自然万物中抽身出来，转变后的人类用刀箭驱逐了龙和虎，用火赶走了雷公，占据了大地，这是人类与自然斗争，争取生存权的成就，在人类的发展史上，这场斗争是有其必然性和必要性的。用火是人类历史上一个划时代的进步，正是因为学会了用火，使得人类真正从自然界中剥离开来。史诗中，人类正是用火打跑了天神雷公，从此获得了大地的统治权。但是，水族的先民并没有就此忘却了对天地的敬畏，在创世史诗之后，水族的洪水神话同样提到过人神之争，即人与雷公的斗争，最后洪水淹没了世界，和其他少数民族洪水神话中兄妹成婚的故事略有区别的是，水族神话中遗留下来的是一对姐弟。姐弟结婚以后"女怀崽，肚里三年。崽落地，有百廿斤。不会哭，也不会笑。没有手，也没有脚。没有嘴，没有耳朵。女伤心，哭给仙人。男怄气，哭给皇

---

① 阮居平编：《贵州民间长诗》，贵州人民出版社1997年版，第12页。

帝。哭给仙，仙送铜刀。哭给帝，帝送金斧。刀割肉，斧砍骨头。竹篮装，丢在山坡。过明早，喜鹊叨去。喜鹊叨，撒遍天下。通天下，处处有人。肝水家，肠子成苗。肺布依，骨头成汉"[1]。水族的洪水神话和其他兄弟民族的洪水神话大抵相同，在神话中洪水暴发的诱因笔者在本书第二章已做过解析，此处不再重复。水族创世史诗《造人歌》有多个版本，除去创世女神伢娲的称谓有所不同外，故事内容几乎都没有区别，创世神是女性显然是母系社会的遗存，而洪水过后姐弟成婚生下的怪胎被砍碎了化身各族，也是一种典型的有机论的世界观，最后"论祖宗，从瓜里来"也反映了水族先民对人类来源的生活想象。和贵州其他的世居少数民族相似，能歌善舞的水族同胞也是把诗歌生活化，把生活诗意化的，而最能体现日常生活中的生态意识的，是水族的民间歌谣《栽树》：

>初造人，大家栽树。
>仙人教，人人种竹。
>竹和树，长大繁茂。
>山绿郁郁。
>栽桃树，根要深紧。
>栽李树，根要紧深。
>样样都栽，梨树嫁接，
>青梨树，种在寨边，
>黄梨树，栽在村边，
>人人吃梨。
>栽树子，发枝油绿，
>栽枫树，叶子茂密，
>仙人教，栽花椒树，
>还栽木姜。

---

[1] 贵州省民族事务委员会、中国民间文艺研究会贵州分会编：《民间文学资料》第四十六集《水族双歌单歌集》，1981年印刷，第411—412页。

初造人，种竹栽蒿。
仙人教，会种竹蒿。
竹成林，竹笋旺盛，
栽椿树，栽在塘边，
种尼杭（树名），种在园边，
黑杉树，栽在肥坡，
得种子，咱栽柏树，
栽柏树，门楼两边，
石座下，柏树遮阴，
仙好眼力，
杨柳树，栽河两边，
枝长叶细，
召坡下，栽秤杆树（做秤杆的树），
良坡脚，栽化香树，
黄花树，在山成林，
开花的杨树呵！①

这首《栽树》就是一首水族的生活诗，用充满节奏感和水族特有的双歌（"双歌"是一种说唱形式，"单歌"一则就是一首完整的歌，或长或短，结构上都浑然一体，而"双歌"则是一种说唱形式，每一则"双歌"都有"说白"和"吟唱"两个部分，句式都是三字、四字句，吟唱起来，好记好唱，节拍一致，富于音乐感），将水族村寨生活与自然的紧密关系一代代地传承下来。在水族的传统习俗中，有爱树、敬树的内容，植树造林是水族的传统："有孩子的人家（尤其是孩子命中缺木的人家），常将孩子拜寄给古树，祈求根深叶茂，生机勃勃的大树能庇护孩子，为孩子保命；没有孩子或者没有儿子的人家，常以修桥补路并植树于路旁的办法'积阴德'，希望修来孩子；新生儿出世，植树以祈求孩子像树一样茁壮成长；坟山树、风水

---

① 贵州省民族事务委员会、中国民间文艺研究会贵州分会编：《民间文学资料》第四十六集《水族双歌单歌集》，1981年印刷，第230—234页。

树均严加保护,让鬼灵有良好的栖身环境……"① 水族喜欢在房前屋后,在村寨周围栽种树木,如《植树》歌中所述,青梨树、黄梨树栽在村寨边,椿树栽在塘边,水族地区重要的经济植物杉树栽在肥坡上,柏树栽在门楼两边,用来遮阴,还要栽泡桐、栽耐寒的山垭树用来架桥,水族也有竹的信仰,习惯在房屋周围栽种竹子,栽楠竹、金竹,长成林了"后代得用",水族栽竹种树的歌还有另一层寓意,用来赞扬姑娘和媳妇,用果树结果比喻子孙兴旺,这是水族诗歌的一大特色,而这同时也是水族村寨绿树成荫,诗画和谐的特色。

三 瑶族盘王大歌及贵州其他世居少数民族民间歌谣浅析

瑶族是一个历史悠久,文化灿烂的民族,以"尤"为自称,是上古时期"三苗""九黎""蚩尤"之后,与苗族有着很深的渊源。贵州瑶族主要分布于湘黔桂边界的武陵山、雷公山和九万大山之间,其中武陵山是瑶族的祖居之地,古称"武陵蛮"。瑶族是一个饱尝苦难的民族,又是一个不屈不挠,具有顽强生命力和强烈的民族意识感的民族,他们通过民间信仰和民族文化增强内部的凝聚力,而在文化传承中,瑶族的民间歌谣也起着极其重要的作用。瑶族民间歌谣的种类繁多,有《开天辟地歌》《忆老歌》《婚姻歌》《祖宗名薄歌》等,而对瑶族社会最具影响力的,则是具有鲜明的民间宗教色彩的《盘王大歌》。《盘王大歌》是瑶族社会传承的古歌、组歌,据说,瑶族在迁徙途中渡海时,突遇狂风大浪,遂向盘王祈祷,许上"良愿",才得以平安脱险。为感谢盘王,瑶族此后便每年过"盘王节","还盘王愿",一直沿袭至今。而《盘王大歌》,便是其中的主要内容和核心。现在发现的最早抄本是清朝乾隆年间的,其他有关内容主要在民间口头流传。《盘王大歌》,约3000行,分为三十六段式、二十四段式,《盘王大歌》采用了独特的比兴手法,用世代锤炼的民族语言,通过奇丽的想象与生活实际相结合,揭示了生活的本质和内在感情,用源于生活而又高于生活的浪漫手法塑造了具有仙幻魅力的艺术形象。歌唱时用本民族的传统唱腔,男女对唱,抑扬顿挫,起伏跌宕,

---

① 刘之侠、石国义:《水族文化研究》,贵州人民出版社1999年版,第22页。

生活气息十分浓厚，民族特点鲜明突出。瑶族在演唱《盘王大歌》时有诸多的禁忌，因为演唱《盘王大歌》是瑶族社会生活中神秘庄严的重大事件，一般在农历十月十六盘王生日前后举行，演唱地点多在深山密林之中，"临时搭建供演唱用的宫阙、彩门和男斋戒房、女斋戒房，规矩禁忌十分严格神圣。演唱前要焚香化纸，请神请圣降临，还要奏乐敲锣打鼓，鸣角吹笛杨幡，法师们都穿上红色法衣，大法师还穿上绣有各色花纹图案的长礼服，戴上'独令帽'，手摇铜铃，踏着罡步，跟随鼓点，边舞边唱……演唱《盘王大歌》都是在民族内部进行，外人一律谢绝观看，凡在演唱现场的入口处，都会写有'外人及污秽之人不得入内'的醒目提示，特别是仪式进行到'上刀山下火海'时，还要逐个清理人数，若发现混入者，一律清退出场，绝无枉情"①。贵州各个世居少数民族的创世史诗、古歌多半都带有神圣性，在唱诵本民族远古时代的神话传说时，也往往具有民间宗教和民族信仰的严肃性，而瑶族的《盘王大歌》在其中可以说是宗教色彩最为浓厚的，正是这种宗教史诗的神圣性，使瑶族的社会文化和伦理道德观念得以保护和传承，如瑶族有树神崇拜，对古树、巨树、风景树、形状奇特的树、雷火劈过的怪树都敬若神灵，从不轻易触摸，更不敢砍伐伤害，凡小孩有体弱多病者，就由老人牵携背抱到大树下跪拜，更名为"木生""木保"等吉名，就是瑶族民间宗教的遗存。

　　宗教并不是封建迷信，而是"一种无所不在的惧怕和一种广大无边的谦卑，它们十分矛盾的形成一种基本的安全感。只要人们对这种惧怕殚思竭虑，只要人们永远承认这种谦卑，那么人的意识就可以战胜一切。在宗教的深层本质中，并无惧怕和谦卑，因为，在进入一个不可抗拒的、充满敌意的以及对人的需要漠不关心的世界之前，人们已经事先体验到这两种情感……在彻底又不可避免的失败之后，对终极现实有意识的或无意识的追求，构成了宗教的核心"②。而现代社

---

① 黄海、邢淑芳：《盘王大歌——瑶族图腾信仰与祭祀经典研究》，贵州人民出版社2006年版，前言第3—4页。

② ［苏］伊·尼·亚布洛柯夫：《宗教社会学》，王孝云、王学富译，四川人民出版社1992年版，总序第40页。

会在"祛魅"之后,失去得最多的,恰恰也就是这种宗教情怀。贵州的毛南族古歌里,也有一首《盘古歌》,古歌中同样记载了远古时代的洪水神话,细节虽有不同,但洪水退后伏羲兄妹成婚重新繁衍人类与西南地区多个民族的洪水神话大致是一样的,而毛南族的民间诗歌,同样具备娱乐、记录、教育和艺术功能,把毛南族的文化精神融入到了诗意化的生活之中。当我们在毛南族的民间诗歌《送客歌》中看到"送客送到(哦啦啦子尖溜溜的)竹子林,手摸竹子(哦啦啦子尖溜溜的)诉衷情,要像竹子(哦啦啦子尖溜溜的)常青翠,要学芭茅(哦啦啦子尖溜溜的)一个春"① 时,我们同样可以看到竹文化对毛南族人民精神家园的影响。

土家族民间诗歌与宗教多神信仰和梯玛活动交融并存,民间宗教借助文学的力量弘扬教义,文学则借宗教活动得以保存和传播。"梯玛"是土家族巫师的称呼,民间俗称"土老师",职司祭祀、解钱、还愿、祛病等,也是大型祭祀与文艺活动"摆手"的主持者,在活动中"梯玛"是人神沟通的使者,传唱"神歌",如《还愿歌》《请神捉魂》等,"梯玛"主持祭祀活动唱"神歌"时,带有强烈的神秘庄严的神性。梯玛神歌由一代代梯玛口耳相授,唱词比较固定,少有即兴演唱的,因而较好地保持着土家族古歌的原始面貌,内容涵盖土家族的社会历史、宗教信仰、风俗民情等,极大地保存了土家族的文化风貌。如《请神捉鬼》中唱:"悬崖陡,刺丛深;水流激,路难行。尊敬的大神们啊,没有好路,让你行啊。泥滑路烂,岩步子都没有一墩。一路野刺挂人啊,一路荒山荒岭。啊呀呀,看见了水路,沿水路行啊,过大水,快得很,遇树树断啊,遇土土崩。赶得急啊,赶得紧,船上人啊,要坐稳啊。赶啊,赶啊,看得清啊,它——被勾走的魂魄呀,在水上浮沉。"② 这首诗歌表现的是梯玛与神的对话,其中人、神、魂同时存在,寓意颇为深刻独特。梯玛神歌是双句押尾韵的自由体诗歌,感情丰富深沉,内容包罗万象,是土家族极具特色的民族民间诗歌。土家族还有一种独特的民俗摆手活动,一般在农历元

---

① 樊敏:《贵州毛南族传统文化及其发展研究》,贵州民族出版社 2010 年版,第 90 页。
② 彭继宽、姚纪彭主编:《土家族文学史》,湖南文艺出版社 1989 年版,第 33 页。

宵节前举行，也有在农历三月或五月举行的，时间三、五、七天不等，规模有大有小，大摆手数村，数十村族人联合举行，往往成千上万，小摆手则是一村或一族人举行，有固定的摆手堂，由梯玛主持，祭祀祖先，祈求丰年。摆手活动要唱摆手歌，摆手歌与梯玛神歌既有联系又有区别，摆手歌更多是纪念民族的祖先，祈求兴旺发达，其中多有古歌，包括人类起源歌、民族迁徙歌、农事生产歌、英雄故事歌等，还有部分童话诗、迎神歌、送神歌、扫堂歌等，作为土家族古歌总汇的摆手歌是土家族民间文学的精品，其思想与艺术均已达到相当高度，对后世也有重要影响，后世的哭嫁歌、丧鼓歌、薅草锣鼓歌在不同程度上都受到摆手歌的影响。土家族就是用摆手歌这种独具民族特色的艺术形式，使子孙后代通过潜移默化的熏陶，从中汲取精神养分，维系和稳定土家族的文化、精神生态环境。摆手歌《雍尼补所尼》包括开天辟地、洪水滔天、兄妹成亲等内容，具有很强的文学性。

仡佬族是贵州各族人民公认的贵州最古老的民族，安顺地区称之为"古族"，遵义地区则称之为"古老户"，这些称谓都说明了仡佬族在贵州这块土地上悠久的历史。仡佬族普遍保留着万物有灵和灵魂不灭的民间信仰，崇拜自然、祖宗和鬼神，仡佬族神话有散文体的，有韵文体的，这些神话具有有机论世界观的特点，如神话《布什格制天，布什密制地》中就把地上的山川河流、石头草木视为人体的各个部分，而《巨人由禄》中世间万物都是由巨人由禄死后的体肤骨骼变成的，身体的不同部分变成了不同的自然物。而仡佬族在生产劳动、社会交往、婚恋爱情、宗教活动中通常也都是用诗歌、歌谣的形式表达，这些民间诗歌形式多样，长短不等，长者可达千言，如丧葬仪式上唱诵的叙事歌；短的只有几句，如迎送客人的礼仪歌，当然还有情歌、祭祀歌等，薅草打闹歌是仡佬族民间歌谣中较有特色的一类诗歌。

20世纪中后期，面对汹涌而来的生态危机，从欧美国家开始，一场声势浩大的生态运动席卷了全球，形成了一种新的社会思潮，随着生态主义的迅速发展，这一社会思潮逐渐成为了与现代人文主义、科学主义相提并论的一种文化。生态思潮的不断发展为整个社会的话语体系增加了一种新的伦理原则,经过不断地反思和审视,生态思潮主张摒弃以人类中心主义为核心,将整个世界看成一架机器,主张控制自然、奴役自然的现代意识形态,呼吁回归自然、回归土著文化,呼吁人们重新理解自然。面对"现代"的膨胀,面对人类向自然索取无度所造成的环境恶化,尤其是人们精神世界在过度的物欲面前的坍塌,文学同样也在重新思考人与自然关系恶化背后人类精神生态的深层原因,而一种新的文学批评范式——生态批评也应运而生。作为一种交互性、介入性的跨界批评范式,生态批评的终极关怀是人与自然的命运,而面对人自身精神生态的崩坏,生态批评与作为哲学范式的深层生态学也有颇多殊途同归之处。本书在撰写过程中,对深层生态学有颇多借鉴之处,深层生态学对文化多样性的倡导和维护,对当前主流社会价值观念和行为机制的追问和反思,为本书对于贵州少数民族文学、文化所蕴含的古老生态智慧的阐发研究提供了重要的理论依据。"在环境教育问题上,浅层生态学认为,对付环境退化与资源消耗需要培养更多的'专家',他们能提出如何把经济增长与保持环境健康结合起来的建议。如果全球经济增长使地球环境退化,那么我们就用更强的操纵性技术来'管理'这个星球。科学事业必须优先考虑这种'硬'的科学技术。教育也应当与实现这类目标保持一致。深层生态学则认为,我们需要采取明智的生态教育对策,尤其是使公众(主要是发达国家)认识到他们的消费已经十分充足,从而教导他们加强对非消费品之类的东西的关注。深层生态学反对用价格来决定物品价值的教育,主张科学重心应从'硬'向'软'转换。这种转换充分考虑到区域文化和全球文化的重要性。在尊重生物系统完整性和健康发展的框架内,把世界保护战略作为优先考虑的对象。"[①] 这就提示我们,对在长时间内一直被主流社会边缘化的偏远地区少数民族的世界,从外部改善他们的物质生活,提升他们的"硬"实力固然重要,但保护他们的精神生活,提升他们的"软"实力更为重要。而这种保护不能使用外部自上而下的拯救视野,而更应该重视、尊重

[①] 雷毅:《深层生态学思想研究》,清华大学出版社2001年版,第12页。

和理解他们的文化、他们的习俗、他们的思维、他们的生活方式，发现、发掘和发展他们的精神生态家园，就如同本章中，对贵州少数民族民间诗歌以及这些诗歌中传承的历史和风貌，而他们将诗歌生活化，生活诗歌化的生存智慧，是很值得主流社会学习和反思的，尤其在少数民族民间诗歌已经被主流文化消费和娱乐侵蚀得千疮百孔的今天。

下 编

贵州民族文学的生态精神体系

第四章

"竹王"传说
——竹文化的生态基因链

第一节 竹崇拜与"竹王"传说

一 竹在中原汉文化中的精神内涵

竹,是禾本科的一个分支——竹亚科(Bambusoideae)的总称,分布在亚热带地区,又称竹类或竹子。有低矮似草,又有高如大树。通常通过地下匍匐的根茎成片生长,也可以通过开花结籽繁衍,为多年生植物。有一些种类的竹笋可以食用。竹大都具有地下根状茎。节明显,各节生芽,地下茎各节的芽可萌发成地下横走的竹鞭或地上的竹竿。竿节上的芽常形成各节的分枝。竹竿上的叶无柄,分枝上的叶为营养叶,批针形,具短柄。在某些地区,也有丛生的竹子,其地下茎形成多节的假鞭,节上无芽无根,由顶芽出土成秆,整个植株丛状生长分布,典型的如凤尾竹、慈竹、麻竹和孝顺竹。一般生长于水热条件比较充足的区域。竹子也是世界上生长速度最快的植物,有些竹的上部分的空心茎每天可长40厘米,完全成长后的高度可达35—40米。竹生长快速的原因是其枝干分节,故当其他植物只有顶端的分生组织在生长时,竹子却每节都在同时生长。但是,随着竹的不断长大,竹节外面包裹的鞘就会脱落,竹的高度就停止增长了,但其内部的组织生长充实依然在不断进行中。

竹原产于中国,类型众多,适应性强,分布极广。在中国主要分布在南方,像四川、湖南、贵州等,它们有熊猫之家和竹林深处的典故。全世界共计有70个属1200种,盛产于热带、亚热带和温带地区。中国是世界上产竹最多的国家之一，共有22个属200多种，分布于全国各地，以珠江流域和长江流域最多，秦岭以北雨量少、气温低，仅有少数矮小竹类生长。竹子是森林资源之一。全世界竹类植物约有70多属1200多种，主要分布在热带及亚热带地区，少数竹类分布在温带和寒带。竹子是常绿（少数竹种在旱季落叶）浅根性植物，对水热条件要求高，而且非常敏感，地球表面的水热分布支配着竹子的地理分布。东南亚位于热带和南亚热带，又受太平洋和印度洋季风汇集的影响，雨量充沛，热量稳定，是竹子生长的理想生态环境，也是世界竹子分布的中心。竹子常和其他树种一起组成混交林，而且处于主林层之下，过去很少受人重视。当上层林木砍伐后，竹子以生长快、繁殖力强的特点很快恢复成次生竹林。竹子用途不断扩大，经济价值高，人们植竹造林，形成人工林。次生竹林和人工竹林，又以它强大的地下茎向四周蔓延扩大。因此，近几十年来，地球表面森林面积逐年减少（据统计，1988年以来，热带森林平均每年消失2425万公顷，每分钟消失46.14公顷），而竹林面积却日益扩大。目前全世界竹林面积约2200万公顷。

　　自古以来，中国文化、文学中关于竹的典故就很多，留下了许多优美动人的传说。相传上古时候，尧王有两个女儿，大女儿叫女英，二女儿叫娥皇，姐姐长妹妹两岁。女英和娥皇都长得俊秀，贤惠善良，尧王很喜欢他的两个女儿。尧王选贤让能，选虞舜为继承人，并将两个女儿许给舜为妻。舜在帮助尧王管理国家大事期间，为人民做了许多好事。尧王死后，舜帝即位。南方的少数民族部落多次骚扰边境，舜亲率大军南征。娥皇、女英也跟随同行，留驻湘水之滨。大军征战南进到苍梧，舜王不幸病死，葬在九嶷山下（后人把这个地方叫作零陵）。娥皇、女英接到噩耗，痛哭不止，一直哭得两眼流出血泪来。泪珠洒在竹子上面，染得竹子满身斑斑点点，成为斑竹，后来，姐妹二人投水而死。人们为纪念娥皇、女英，在湘水旁建立庙宇，名为黄陵庙。传说她二人都做了湘水女神，娥皇是湘君，女英为湘夫人。她们的墓在衡山上面。二妃死后，湘水出口处的洞庭湖君山出产一种竹子，竹子上面有斑斑点点紫晕的斑痕，传说为二妃的血泪所化而成。人们将这种竹子起名"斑竹"，又名"湘妃竹"。毛主席的诗词中"斑竹一枝千滴泪",就是说的这个故事。

　　提及文化,人们会自然而然地想到文字、艺术、科学等,但文化的产生和发展离不开一定的自然生态环境,不可避免地要受到地理气候、动植物资源等诸多因素的影响,其中对中国文化影响最深的植物资源,非竹莫属。竹还是高雅、纯洁、虚心、有节的精神文化象征,古人谓"竹有十德":竹身形挺直,宁折不弯,曰正直;竹虽有竹节,却不止步,曰奋进;竹外直中通,襟怀若谷,曰虚怀;竹有花深埋,素面朝天,曰质朴;竹一生一花,死亦无悔,曰奉献;竹玉竹临风,顶天立地,曰卓尔;竹虽曰卓尔,却不似松,曰善群;竹质地犹石,方可成器,曰性坚;竹化作符节,苏武秉持,曰操守;竹载文传世,任劳任怨,曰担当。古今庭园几乎无园不竹,居而有竹,则幽篁拂窗,清气满院;竹影婆娑,姿态入画,碧叶经冬不凋,清秀而又潇洒。古往今来,"人生贵有胸中竹"已成了众多文人雅士的偏好,常借梅、兰、竹、菊来表现自己清高拔俗的情趣,或作为自己品德的鉴戒。王维诗曰:"独坐幽篁里,弹琴复长啸。深林人不知,明月来相照。"女诗人薛涛亦咏:"南天春雨时,那鉴雪霜姿。众类亦云茂,虚心宁自持。多留晋贤醉,早伴舜妃悲。晚岁君能赏,苍苍尽节奇。"清人郑燮则最喜竹,咏竹:"咬定青山不放松,立根原在破岩中。千磨万击还坚劲,任尔东西南北风。"郑燮且喜画竹,善画竹、兰、石、松、菊等,而以画体貌疏朗、风格劲健的兰竹著称,尤精墨竹。他笔下的竹挺劲孤直,具有一种孤傲、刚正、"倔强不驯之气",被世人视为他自己的人格写照。

　　中国是竹的故乡。全世界有1000多种竹子,而中国有37属约500种,以四川地区为主。不仅竹类竹质资源丰富,而且养竹用竹历史悠久。一首古老的民歌《弹歌》唱道:"断竹、续竹、飞土、逐肉。"说明早在7000年前,我们的祖先已用竹子制作箭头、弓弩等武器,用于娱乐、捕猎或战争了。竹与人类的文化生活结下了不解之缘,在中华民族的日常衣、食、住、行中,到处都有竹的倩影。宋代大文豪苏东坡曾感叹地说:食者竹笋、庇者竹瓦、载者竹筏、炊者竹薪、衣者竹皮、书者竹纸、履者竹鞋,真可谓不可一日无此君也。

二 "竹王"传说与贵州少数民族的竹崇拜

贵州的多个少数民族尚竹,但与中原传统文化对"竹"这一植物的认识和理解则可以说是大异其趣,贵州少数民族对竹的喜爱要远胜于中国传统的文人情结,乃至于民间有竹崇拜,对竹的认知已经成为一种信仰,这与他们的先民以竹为图腾崇拜及祖先崇拜是分不开的。

贵州的多个少数民族都有"竹王"的传说,竹王传说流传于贵州省境内多个世居少数民族,竹王神话与传世的盘瓠、廪君、九隆神话,都是中国西南少数民族创世的著名神话,在贵州的少数民族中也有大量的遗存。贵州少数民族世代相传的竹王神话,与西南各族群的宗教观念有着密切联系。竹王神话发端于夜郎国时期的夷濮族群,长期以来影响着贵州各民族的精神生活。竹王传说在文献中最早由晋代常璩的《华阳国志·南中志》记载下来,原文节录如下:"有竹王者,兴于遯水。先是,有一女子浣于水滨。有三节大竹,流入女子足间,推之不肯去,闻有儿声。取持归,破之,得一男儿,养之,长有才武,遂雄夷濮。氏以竹为姓,捐所破竹于野,成竹林,今竹王祠竹林是也。王与从人尝止于大石上,命作羹,从者曰:无水。王以剑击石,水出,今竹王水是也,破石存焉……"① 关于竹王神话的汉文文献记载,还见于西汉刘安的《淮南子》,东汉应劭的《风俗通义》,西晋司马彪的《郡国志》,东晋干宝的《搜神记》,刘宋刘敬叔的《异苑》,刘宋范晔的《后汉书》,梁任昉的《述异记》,北魏郦道元的《水经注》,北宋乐史的《太平寰宇记》,南宋祝穆的《方舆胜览》,宋王存的《元丰九域志》等。《后汉书·南蛮西南夷列传》明确说剖竹而生的竹儿长大后,"自立为夜郎侯"②,并以竹作为氏族的姓氏。明清时期西南地方志乘转述竹王神话较多,甚至有竹王神话转化衍生的不同文本。例如,清同治《乾州厅志》附录《三王杂识》记载竹三郎降世的神异,说:"鸦溪距乾五里,惟杨氏一族。世传有室女浣于溪,忽睹瑶光,感以人道。逾年一,产三子。"③《乾州厅

---

① 刘琳:《华阳国志校注》,巴蜀书社1984年版,第355页。
② (南朝宋)范晔:《后汉书》,中华书局1965年版,第10册第2844页。
③ (清)蒋琦溥、罗行楷修,张汉槎纂《乾州厅志》,清同治十一年(1872)刻本。

志》还记载《三神降神纪闻》《三王归神纪闻》等民间传说，都是有关竹王神话的不同民间版本。贵州少数民族的竹王神话，认为先祖诞生的竹图腾与族群起源有着密切关系。竹图腾神话在贵州的彝、仡佬、土家、布依、壮、侗、水、苗、瑶等民族中，都有内容各异而主旨相同的传说，并长期在各族群中口耳相传，并且有少数民族文献的文本记载。竹王神话是贵州各族先民萦绕心中的梦，也可谓是祖先崇拜的象征符号，表达各族先民心性中的理想与愿望。

彝族与秦汉时期的夷濮、夷僚有着族源关系，而彝文史籍中竹图腾神话的记载则最为丰富。西南彝族支系众多，竹王神话也各具特色。彝族各支系的竹图腾神话，如《竹的儿子》《楠竹筒的传说》《阿霹刹·洪水和人的祖先》《阿细的先基》《梅葛》《勒俄特依》《六祖魂光辉》等，在彝族民间世代相传至今。彝族典籍《益那悲歌》中写道：

> 武榭的一支，往水边发展，榭雅夜这人，与恒米祖之女，叫恒米诺斯，在竹林边，恋爱了一场，事情发生后，恒米诺斯她，就上天去了。榭雅夜本人，孤身留凡尘。满了一年时，在竹林中，日有婴儿哭，夜有婴儿啼，声大应苍天。榭雅夜他，使用银斧头，使用金砍刀，循声去伐竹，又迅疾剖开，见一个婴儿，在竹筒里面。左眼生日像，右眼长月像，榭雅夜认为，这是怪异儿，这是怪异子，非传宗之子，于是将竹儿，丢进大河中，就像这样了。毕待鲁阿买，嫁到阁沓谷姆。有一天，毕待鲁阿买，到阁沓大河，一心去洗线，在那浣丝纱，在那洗绸线，就在大河中，把竹儿救起，取名榭雅蒙。榭雅蒙这人，长到两三岁，有善良天性；长到六七岁，知识很丰富；专心求功名；长到八九岁，已受人器重，自己却谦逊，很有名气了。策举祖赐他，很高的地位。掌权发号令，威荣很显赫。①

何耀华《彝族的图腾与宗教起源》一文，报道了贵州威宁龙街区

---

① 彝族《益那悲歌》，贵州民族出版社1997年版，第231—235页。

马街村青彝的竹图腾神话："古时候，有人从山洪中飘来的几筒竹子中取一划开后得到五个孩子，五人长大后，分别成为白彝、红彝、青彝等。由于彝族从竹而生，故死后要装菩萨兜，以让死者再度变成竹。"① 这个故事还有一个更详细的版本，不但详尽得多，而且也更显得美丽动人，即彝族民间故事《竹的儿子》：

彝家啊！为什么这么爱竹？

彝家啊！为什么子孙支系这样繁多？

说得有根根，有叶叶，根根是竹子，叶叶是子孙。一代说给一代听，说到现在，还要往后说，说的是竹的故事。

有一年春天，老天爷突然垮下哭丧脸，雷霹火闪，风吼地摇，哗哗啦啦下了几天几夜大雨；于是，平地起水，水多翻河，淹上平地，一晚上功夫，汪洋一片，天水一线，庄稼淹没了，牛羊不见了，彝寨没有了，彝家人不见了，唯独大江中有一棵又粗又长的竹子横江而下，一位彝家姑娘抱着这棵竹子，随波逐浪，缓缓漂浮下来。她的两条辫子浮在江面上，好像青龙戏水，她的裙子光彩夺目，好比绽开的鲜花，托着姑娘漂游。漂呀，漂呀，漂过了黑夜，白天又复来，不知漂了多少天，太阳出来了，阳光照水光，一片金光闪闪，姑娘翻身骑在竹子上，窥视远方，呵！大洋不见了，大江流进了山旮旯，山峰像白刀尖，石头像墩墩肉，一山叠一山，重重累累看不到边边。姑娘伤心得簌簌掉了眼泪："阿妈啊！阿爸啊！你们在哪里？"喊天天不应，喊人无回声。姑娘抬起头，伸直腰杆，从头发里取出心爱的口弦，对天吹奏起来，悠悠的弦声，回荡在山间："我不是天上的神，人间独剩我一人，骑青龙过海，牵洪怪访天庭，天为父，地为母，百鸟是友人。竹子呀！你若有意救彝家，搭座天桥让我登上岸边去！"

悲惨的口弦声，感动了竹子，竹子抖了两下，伸开懒洋洋的长腰杆，两端插进江两岸的岩缝缝，慢悠悠地拱起背来，搭成了像弯弓的跨江竹桥。姑娘高兴得淌了热泪，抱着竹子，把小嘴伸

---

① 何耀华：《彝族的图腾与宗教起源》，《思想战线》1981年第6期。

在竹子上亲了又亲，然后，提着裙子站起身来，颤巍巍地走过竹桥，来到大江南岸平地上。姑娘回身要谢竹子时，竹子像条温顺的棒棒蛇，蹦蹦跳跳地也跳上岸来，轻轻落在姑娘身旁。太阳下山了，白云跑得无影无踪，姑娘仰面朝天，拿竹子做枕头，看着星星叹息，看着月亮穿过黑云，一切都像做梦。天边边蒙蒙亮起来了，黑森森的山林显出来了，接着，喜鹊喳喳叫了，鸟醒天明，百鸟啼春……姑娘欢喜了，站起来，扭动腰身，摇开裙角，平地起舞，跳起百鸟迎春舞蹈，表示感谢它们。这一跳，可热闹了，一群孔雀展翅开屏，排成圈圈，围着姑娘起舞；花箐鸡拖着长长的尾巴紧跟着孔雀转，还催孔雀说，快啊，快快啊！那身子小，没有花衣服穿的雀鸟，你推我拥，伸长脖子，睁大眼睛，围着观看。于是，广无人烟的山间，有了鸟语人欢的生气。

不知道又过了多少日子，有一天，姑娘绯红的脸膛上，突然羞涩起来，是欢喜？是忧愁？谁也不晓得。只见她抱着竹子亲了又亲，想了又想，从她一喜一愁的面容上看，仿佛想说："竹子啊，请你给我讲，世间没有男人，女人会生儿子吗？"竹子不答话，可是，姑娘的心声，早被树上闲跳闲耍的小麻雀听着了，它一翅飞到森林里，叽叽喳喳，吵吵闹闹，喊起一群鸟伴来，围着姑娘出主意。鸳鸯雀先开腔叫："唧啾，唧啾啾！"姑娘侧着耳朵听，摇摇头，"你讲什么？我听不懂！"聪明的清明雀又来了："儿——子呢！儿——子呢！"金画眉接嘴唱："石头——砸！石头——砸！"土画眉喳喳啦啦："竹子！竹子！"姑娘眉开眼笑，两手合掌，听懂了一句话："儿子，用石头砸？砸哪样？砸竹子。"于是，姑娘捡起一块尖嘴石头，摸着竹子，不忍心下手。这时，花箐鸡远远地叫喊："快啊！快啊！"它催着姑娘快下手，姑娘咬咬牙，对着竹筒砸下去，"咚"的一声，第一节竹筒爆开了，应声跳出一个胖乎乎的儿子来。儿子就地打个滚，会走路，抱住妈妈的腿要吃奶，妈妈喜欢得不得了，一抱把儿子搂在怀中，苦苦一笑，说："儿啊，妈妈是女儿，哪里来的奶水！"儿子不听话，小脚蹬蹬蹬，哇哇哭叫起来，哭得很伤心，急得妈妈也跟着哭起来，妈妈的泪水顺着鼻梁两边淌，儿子伸出小舌头，舔吃泪水。吃了一颗泪,儿子停止哭泣,吃了两颗泪,儿子张开小嘴笑,吃了三颗泪,儿子挣着下地,跳一跳,头发长得青黝黝,跳两跳,儿子长大成人,丹凤眼青头发,还比妈妈高出一头,双手搂着儿子细长白净的脖子,亲了又亲,想了又想,热泪盈眶:"哎哟哟,生得这样好的彝家小伙子,天下哪里去找!"儿子也笑了,顺着妈妈裙子跪下去,恳求妈妈给取个名字,妈妈摸着他的头发说:"儿啊,你是彝家的第一个儿子,你的名字叫'祖摩'。你生得白面文弱,聪明能干,伶俐智多,是彝家最能的人。妈妈叫你做的事:外挡洪水猛兽,内开彝家的江山,对小兄弟们和和气气过日子,妈妈就放心了。"儿子祖摩拉着妈妈的裙角,亲了又亲,想了又想,谢过妈妈后,站起来说:"妈妈哟,不知道小兄弟们在哪方?"一句话,提醒了妈妈,妈妈抓起尖嘴石头,又砸第二节竹筒,又跳出第二个儿子来。这个儿子长得脚长手长,性子更急,一出世,学他哥哥一样,抱着妈妈要吃奶奶,妈妈照样喂他三滴泪水,儿子跳了几跳,长大成人,比哥哥祖摩高出一头,大眼睛,高鼻梁,黑里透红的面孔,身体壮实,有打老虎的本事。他叫妈妈取名字,妈妈说:"老二啊,你哥哥叫祖摩,妈妈就叫你'哪苏'。你要和哥哥在一起,开辟彝家江山,挡住彝家祸患,对小兄弟们要和气过日子。"二儿子哪苏性急,谢过妈妈,站起身来,拉起哥哥祖摩就想走。妈妈说:"别性急,还有几个小兄弟呢。"于是,妈妈抓起尖嘴石头,把所有的竹筒砸一遍,咚咚咚!连续三声响,跳出老三老四和老五。三个儿子,同时吃了妈妈的眼泪,跳了几跳,齐齐整整地长大成人。他们看看站在妈妈身边的哥哥,哥哥向他们笑一笑,他们一排排跪在妈妈面前,要求妈妈取名字。妈妈摸着老三的头说:"三三,你生得眉眼秀气,小嘴白牙,利落大方,脚勤手快,善歌善舞,是彝家的多数,妈妈给你取名字叫'兔苏',你要为彝家人开荒种地,养马牧羊,种麻纺线,织布绣花,管好吃穿琐事,妈妈就放心了。"老四急了,推一下老三的肩膀,说:"三哥呀!我还等着妈妈封呢!"妈妈摸着老四的头,心痛地叹息说:"老四啊!——娘生五子,五子五个样,你长得短小精干,手粗腿肥,面貌乌红,不怕热，不怕冷，不畏强，不欺善，风雨无阻，有周游天下的本事，妈妈给你取名叫'纳苏'。你要帮哥哥们刨木碗，削竹筷，种地生粮食，当个彝家的发明家啊！"老四高高兴兴地站起来，站在三哥的旁边。最后跪着的，只有妈妈的幺儿老五，妈妈理起裙角蹲下去，双手托住幺儿的脸蛋："老五啊，你和四个哥哥长相不一样，青瘦巴巴的脸蛋，小小巧巧的身板，四体勤劳，手巧心灵，出大力气的事，你做不了，手上活路，比哥哥们强。妈妈给你两句话，'逢山而进，遇竹生春'。哪里有竹林，哪里就是你创业安居落户的地方，你要守着祖宗——竹的产业，爱竹，种竹，用竹子求衣食，为彝家哥哥编制筛筛簸簸，箩箩筐筐，小提兜，大提篮，竹席子，竹凳子，起竹楼，编篱笆……"妈妈亲了老五两口，说："妈妈封你的名字，叫做'沟哉苏'。"妈妈又叮嘱："你们哥几个，要和气，不准哪个欺负哪个。"儿子们喜欢得发狂，十只手一起抬着妈妈转圈圈，妈妈分开儿子们的手，指着东西南北四方，叫老大老二老三和老四，各朝一方，自己去开创生活。幺儿沟哉苏人小胆子小，拉着妈妈哭，不肯离开妈妈，妈妈心痛地拍他一巴掌，扯根头发变把篾刀，送给幺儿，要他顺着山梁子走，哪里遇着竹林，就在哪里安家落户。

不知又过了多少日子，喜鹊来报喜：大哥祖摩的家业数不清，还请"耄"发明文字，设学堂，教弟子，兴旺得很；二哥哪苏出息得很，乱棒打败一群不讲理的人，当头领，要什么有什么；三哥兔苏教一群只会撵山打羊子吃的人开荒地种粮食，种麻织布缝衣穿，那些人推三哥为头领，人烟兴旺得很；四哥纳苏起个小木房，刨起木碗木勺来，还做木棒棒犁头，送给哥哥们用，有个哥哥给他送来一个女人，四弟安了家，也兴旺得很；五弟沟哉苏顺着梁子走到黑松林，遇着一湾青竹林，搭起杈杈房，砍竹子，编家什，送给哥哥们，三哥兔苏最爱幺兄弟，把小兄弟接到彝寨，安家落业，日子也好过得很。妈妈听完喜鹊报喜，说五个儿子都很有出息，就哈哈大笑，提起裙子，移动身子，走到竹林边，抱住一棵通天母竹子，看看天，看看地，看看五子创下的彝家天下，轻飘飘爬上竹梢，升天去了。

> 传说，彝家的支系这样繁多，是竹的儿子，妈妈分工分业传下来的。①

这个美丽动人的传说不仅讲述了彝族支系的来源，其中也蕴藏着人与自然十分和谐的相处方式，美丽的彝族姑娘以天为父，地为母，以百鸟为友人，充分地展示了彝族先民视自己为自然之子的朴素生态意识。

贵州少数民族的竹崇拜，千百年来经夷濮族群系统向周边传承和扩散。贵州布依族的祭祖仪式，同样有竹图腾崇拜的内容。布依族为老人做超度仪式时，"布摩"要诵《祭祖经》，经文强调祖先来自竹灵："请你从那水竹口，你从水竹来；你从那楠竹口，你从楠竹来；来享儿孙酒，来享儿孙鱼。"② 布依族丧葬仪式用大楠竹作灵幡，出丧时孝子肩扛金竹走在棺材前，此习俗意为"神竹引路"。安葬完毕后将竹尖留有竹叶的大楠竹插在坟头，以象征死者灵魂回归祖地。

比之常璩当初所记，现今留存在仡佬族中的竹王传说，其内容要丰富得多。较有代表性的是两种版本：一是民族学者翁家烈先生在贞丰县搜集到的、流传于黔西南一带仡佬族中的《竹王》：

> 《竹王》是说倡乳姑娘无父母兄弟姐妹，独自一人住在岩洞，垦荒织布度时光。一天，倡乳在河边洗衣服，突然水中冒出竹筒一节，旋转着漂至面前。她捞起竹筒，听见筒内传出婴儿的哭叫声，便用棒槌敲破竹筒，见一男孩躺在其中，手舞足蹈，非常逗人喜爱。倡乳忙用袍包裹婴儿抱回洞中抚养，取名"笃筒"。笃筒渐渐长成身强力壮的英俊小伙，倡乳却慢慢变成龙钟老妇。母子二人过着简单而平静的日子。笃筒每日上山捕兽，下河捉鱼。一天，笃筒上山打猎，倡乳到麻园种麻。一只老虎叼走倡乳。笃

---

① 贵州民族事务委员会：《贵州少数民族民间故事选》，贵州人民出版社1985年版，第139—146页。另注：祖摩、哪苏、兔苏、纳苏、沟哉苏均系彝族支系名称，"耄"是彝族"先生"的意思。

② 白明政：《论布依族图腾崇拜的文化内涵及其社会影响》，载贵州省布依学会、黔南布依族苗族自治州布依学会等编《布依学研究》（之九），贵州民族出版社2008年版，第146—153页。

筒找着猎物回来不见母亲，四处寻找，在山林中发现尸骨一堆。笃筒知母亲是被虎吃，异常悲伤，他找到老虎并打死了它，为母亲报了仇，又将母亲的尸骨装吊在悬岩之上，以免再遭虎伤害。各寨之人，敬佩笃筒的勇敢，推举他为王。因笃筒生自竹筒，故又有"竹王"之称。①

第二个版本见于魏绪文在黔西搜集的流传于毕节一带的《竹王的传说》，人名及主要情节与翁本基本相仿，不同之处在于写了笃筒立国的经过：不久，笃筒打虎的事传出去好远好远。因为山大树林多，处处有猛虎吃人，四山八岭的人都跑来请笃筒去打虎除害。因为他打虎的威名越传越远，各处村寨的仡佬人都争着请他去当寨主。后来他管的寨子越来越多，骑起快马日夜奔跑，百把天也跑不完。于是，他就想出个好主意，并小寨为大寨，集十个以上的大寨为一个部分，挑选出精明能干的人来当头领，各部分又归笃筒统领。就自称为夜郎国，大家拥戴他当了国王，因为他是竹中所生，人们又都叫他竹王。

在贵州安顺市镇宁、紫云、西秀方圆 600 平方千米的崇山峻岭间，居住着一支 2 万余人的蒙正苗族，该族群至今保持着浓厚的竹王信仰。蒙正苗族自称是夜郎竹王的后裔，家家户户都用竹片束成竹王神像祭供在堂屋楼上，家中男子死后则将竹王神像取下，取出竹王神像的两块竹片放在死者胸间，竹王神像的竹片是死者返祖归宗的信物。蒙正苗族认为有竹王神像的竹片作信物，到阴间祖先才会承认亡魂是自己的子孙。而蒙正苗族的请竹王、供竹王、竹王祭仪式，是成年男子重要的人生礼仪。瑶族丧俗在安葬亡人入土后，师公要插一根"归宗竹"于坟上，象征死者灵魂已与祖先会合。贵州荔波县瑶山乡白裤瑶的丧葬习俗，就是在死者坟头上插一根归宗竹，竹竿的每一节都要打通，插入坟内的一端对着死者口部位置。贵州仡佬族也有插"归宗竹"的丧葬习俗，以象征死者灵魂通过竹竿回归祖先之地。

贵州学者林芊将贵州各族的竹王传说进行了统计和划分，将贵州各少数民族口述的竹王传说与《华阳国志》进行了比较，直观体现

---

① 翁家烈：《仡佬族》，民族出版社 1992 年版，第 54 页。

了竹王传说对于贵州各少数民族竹崇拜的影响："列表中资料来源皆为贵州境内上述民族的口述神话，可视为华志神话变异的典型。从拆分出的各项神话要素与华志比较，显著不同之处为：彝族有洪水母题；浣女变耕牧之男性；竹筒由一变五；彝族分支；英雄故事变为了文化英雄；苗族最大差异为山竹生人，竹王直名多同，附会夜郎王多同，并强化了英雄故事部分；仡佬族最大不同也在英雄故事，虽然核心是救母，但也因为民除虎害被尊为王，与华志英雄故事情节相似，且竹王名笃筒只因是从竹筒中生人。布依族的主题已变成二代竹王为民除害（虎灵），拯救民族的故事。"①

华志与各民族竹王传说的大构成单位拆分表②

材料要素	华志彝族	苗族	仡佬族	布依族	
诞生环境	浣女于水滨	耕牧者于山岩旁	一女在竹林里	浣女倡乳	竹生
诞生载体	水中竹筒	洪水中数只竹筒	山中竹筒	水中竹筒	竹生
诞生形式	破竹一儿	竹破五儿	破竹一儿	破竹一儿	竹生之子
命名	竹王	五个支系	竹王多同	竹王笃筒	阿天
英雄故事	石破水出	文化英雄	抵御外族	为母打虎	民族灾难降临
英雄故事	竹王被斩	多同被俘	阿天为民消灾		
结局	祭竹王三郎	祭祀竹子	祭祀竹王	祭祀竹王	祭竹生、青竹翁

竹王传说流传和影响的区域，几乎涵盖今天的贵州省全境，并延

---

① 林芊：《竹王神话传说新读及其族属关系的方法论探索》，《贵州大学学报》（社会科学版）2010 年第 3 期。

② 同上。

伸到周边省份，和《史记西·南夷列传》中所载"西南夷君长以什数，夜郎最大"中的夜郎国疆域大致相符。这片疆域处于北纬24°37′—29°13′之间，平均海拔1100米，气候温暖湿润，是最适宜竹类植物生长的地区之一。对于西南地区历史上存在过的夜郎古国的研究，避不开竹王传说这个话题，后世的民间传说和民族史料，多有"竹王"即夜郎王的说法，近年来发现和翻译的彝族文献《夜郎史传》及《益那悲歌》等较为生动和具体地谈到了竹王的诞生和传承。竹王传说所涵盖的家园，不但有空间和时间，更有精神层面的意义，"'土地'不仅指代表人类生存的地理环境，更在象征层面上代表人类的文化归属感和家园意识，而存在意义的获得，栖居理想的实现有赖于在土地上的各种生存经验，因为在这一过程中人类才能达成其生态本性的舒展以及与自然规律的契合"①。虽然学界对夜郎竹王的发掘和研究还没有真正完成，但不可否认的是竹王传说在漫长的岁月中生活场域与当地人的精神世界不断融合，通过文学、习俗、节日、仪典、歌舞等不同模式的流变世代传承下来，竹这一自然物升华成了家园的象征。文学艺术的生命力，与自然生态和精神生态环境是血脉相连、息息相关的，正是有了空间和时间意义上的竹王的家园，才有了关于竹王的一系列文学艺术物种萌发和生长的土壤。

第二节　从"自然的复魅"看"竹王"传说的家园信仰

一　"祛魅"的现代社会对家园的背离

21世纪，地球变成了一颗迷失的星球，地球上的人类也正在变成无家可归的弃儿。21世纪的地球除了要面对地震、海啸、洪水、泥石流等经历了千万年的自然灾害，同时也要面对诸如沙尘暴、核电站泄漏、油田泄漏、食品污染以及防不胜防的变种病毒等可能造成严重后果的生态灾难。这些自然及人为的灾难，和当今人类的活动密切

---

① 李应雪、罗卫华：《重新栖居的美学内涵和诗歌展演》，《辽宁大学学报》（哲学社会科学版）2011年第6期。

相关。哲人海德格尔指出:"'家园'意指这样一个空间,它赋予人一个处所,人惟其中才能有'在家'之感,因而才能在其命运的本己要素中存在,这一空间乃由完好无损的大地所赠予。"① 而21世纪的人类在社会经济、科技发展的大飞跃中,正在和已经背离了自己的家园。2011年,全世界人口达到70亿。与此相对应的是,人类的足迹遍及世界的每一个角落,人造场所全面侵吞原始森林、山谷和海滨;人们截断河流,凿开山峦,公路、铁路、高压电线、输油管道等工业的血管遍布大地;汽车、烟囱、空调之类现代化产品所排放的温室气体使地球温度正逐年升高;每天都有物种在消失;需要上亿年才能形成的能源因人类的疯狂消费即将消耗殆尽,人类遗留的垃圾也由于难以降解最终将堆满整个星球。人类正前所未有地迷失在高速发展的工业文明中,当代社会在科技、经济、物质生活方面越来越发达,却越来越让人缺乏安全感和归宿感,人们普遍缺乏信仰,孤独和迷茫。正是因为人类离大地越来越远,离家园越来越远,才会造成当今世界的深重灾难,而毁坏人类家园的,正是人类本身。

从现有的时间轴往后,人们不难发现,人类与家园的疏离和对立,始于启蒙主义对世界的祛魅。马克斯·韦伯把启蒙主义以来的近代思想运动概括为"世界的祛魅",提出:"在原则上,没有任何神秘、不可探知的力量在发挥作用……在原则上,通过计算,我们可以支配万物……我们再也不必像相信有神灵存在的野人那样,以魔法支配神灵或向神灵祈求。取而代之的,是技术性的方法与计算。"② 韦伯的话总结了工具理性将人类带入"技术的栖居"的时代的事实,从培根到笛卡尔,从康德到韦伯,人们强调"知识就是力量",提出"人为自然立法",歌颂和赞美人类对自然的征服和役使。先哲们用毕生的精力和热血为人类指引着前进的道路,弗罗姆在其《占有或存在》中提到:"我们正借助技术日趋无所不能,借助科学日趋无所不

---

① [德]海德格尔:《荷尔德林诗的阐释》,孙周兴译,商务印书馆2009年版,第15页。

② [德]马克斯·韦伯:《韦伯全集·Ⅰ·学术与政治》,钱永祥等译,广西师范大学出版社2004年版,第168页。

知……大自然只需为我们的新创造提供材料而已。"① 在这条道路上，人类取得了其他物种无法取得的成功。在成功的背后，人类发展的速度和所带来的后果，已经远远超出了人类自身的想象空间并且正在让人类越来越难以掌控。世界的祛魅实际上产生了两个结果，一个是祛除了千百年来禁锢着思想的迷信和愚昧，使人们以科学的眼光去看待人类生活的这个世界，但另一方面，祛魅也正像潘多拉盒子，同时祛除了在人性中长期对自然的敬畏和对家园的信仰。科学技术因其飞跃性的发展，从探索自然、消除愚昧的初衷走到当下，已经变成一个现代宗教，人们对技术顶礼膜拜，对发展、进步至上的价值观狂热追求，在这个世纪之初将人类带到了一个凶险莫测的路口。而以西方发达国家为样本的现代化进程，以征服和支配自然作为目标，并通过全球经济一体化将人类在自然面前的傲慢和对科学技术的盲目崇拜发挥到了极致，当发展中国家为了追赶西方发达国家的脚步而不得不急功近利时，牺牲环境也成了他们唯一的选择。

这一结果在当代社会最直接的表现在于消费主义意识形态对于人类生活的统治，美国著名环保主义理论家比尔·麦克基本在其代表性著作《自然的终结》中指出："随着冷战的结束，消费主义是到目前为止最强有力的意识形态——现在，地球上已经没有任何一个地方能够逃过我们的良好生活愿望的魔法。"② 在现代工业文明高度发达的当下，消费主义已经超越了传统政治经济学范畴的供需关系，"在旧意识形态逐渐消隐的消费时代，消费已经成为新的意识形态"③，甚至于消费本身成为了一种生活方式，而全球经济一体化正在不断地让这种生活方式渗透到世界的每一个角落。生活在现代科技和城市文化中的人们，比以往更精于计算，更善于用影像技术直观展现世界。但是，过于直白的图像极大地消减了人类的想象力，失去了想象的土壤，也就失去了精神的家园，诗歌、艺术、浪漫和理想主义便失去了生根发芽开花的机会。在消费主义意识形态的冲击下，那些自然有机

---

① ［美］弗罗姆：《占有或存在》，杨慧译，国际文化出版社1989年版，第1页。
② ［美］比尔·麦克基本：《自然的终结》，孙晓春、马树林译，吉林人民出版社2000年版，作者序第14页。
③ 杨文虎：《生态批评和欲望批判》，《文艺理论研究》2011年第6期。

的、淳朴温情的、诗意的和眷恋的家园已经不复存在,人们在席卷整个世界的消费大潮中倾尽所有,却永远跟不上物欲过度膨胀的脚步,这种落差和绝望使人们陷入迷乱和空虚,然后又在变本加厉的物欲追求中寻求自我满足,这最终导致内在的精神生态环境和外在的自然生态环境彻底崩坏。人类被自己驱赶出了自己的家园,这个家园是双重意义上的,既包含自然的家园,更包含精神世界的家园。

二 反思和转向

要在这场愈演愈烈的生态危机中实现自我救赎,人们需要改变既有的思维方式,美国著名的生态批评家麦茜特在其代表性著作《自然之死》中对牛顿以来的唯科学进步论调进行了强烈的批判,并提出:"唯有对主流价值观进行逆转,对经济优先进行革命,才有可能最后恢复健康。在这个意义上,世界必须再次倒转。"① 国外的生态思想家们极力主张对造成今天世界生态危机的思想根源进行清算,1997《环境伦理汉城宣言》指出:"现在的全球社会危机,是由于我们的贪婪、过度和利己主义以及认为科学技术可以解决一切的盲目自满造成的。换句话说,使我们的价值体系导致了这一场危机。如果我们再不对我们的价值观和信仰进行反思,其结果将是环境质量的进一步恶化,甚至最终导致全球生命支持系统的崩溃。"② 在这样的反思过程中,不少西方学者主动和严肃地钻研中国文化,尤其是对中国的传统文化中"天人合一"的生态智慧进行全新的阐释和整合。历史上,中国曾经因为故步自封,轻视和排斥现代科技而遭到西方列强的欺凌,也曾经对自己的传统文化严重缺乏自信。今天,中国在追赶西方的道路上展现出了强烈的自信心,不管是国民生产总值还是总体消费水平,当代中国的发展速度都足以让世界尤其是西方世界为之侧目。然而,高速发展的中国必须借鉴和总结西方工业发展的经验教训,避开西方国家走过的弯路,充分发掘传统文化中自然与人文一体化的生

---

① [美]卡洛琳·麦茜特:《自然之死》,吴国盛等译,吉林人民出版社1999年版,第327页。
② 徐嵩龄主编:《环境伦理学:批评与诠释》,社会科学文献出版社1999年版,第125页。

态智慧。同时，就像西方学者主动学习中国的传统文化那样，中国文化中以汉文化为代表的主流文化也应主动学习少数民族文化，不但应该重温老子的"域中有四大，而人居其一焉。人法地、地法天、天法道，道法自然"① 和庄子的"天地有大美而不言"等天人一体的思想，也需要认识少数民族神话传说中所体现出来的人与自然和谐共存的生态观念。就像澳大利亚有关于未开垦荒野的神话；德国文化中有关于黑森林的特定形象；巴西、委内瑞拉等拉美国家有关于丛林的传说……在贵州及其周边省份的少数民族中以大同小异的故事内容流传的竹王传说及其衍生作品，其中蕴藏的家园信仰对于提倡通过世界的复魅来为当下失去家园的精神困境寻找出路的生态理想而言，可以提供非常积极的，具有启示作用的参照。在进步、时尚、发达的当代社会，有的地区长久以来就被视为落后、荒蛮、贫穷，但是和前者分崩离析的精神世界相比，偏远和边缘的后者却更多地守护着一个丰富多彩、生机盎然的精神家园。著名的《西雅图宣言》借印第安人的立场对当今社会的所谓进步和发达的生活方式提出最强烈的质疑："人怎么能出售和购买空气，或大地的温暖？……世间万物都绑在一起，世间万物密切相连。大地母亲身上发生的事，在她所有的孩子那里都会发生。人不可能编织出生命之网，它只是网中的一条线。他怎么对待这个网，就是怎么对待自己。"② 在美洲尤其是美国式的现代话语体系中，印第安人的文化长久以来一直被打上落后、野蛮、愚昧的标签加以污蔑和嘲笑。20 世纪中后期兴起并蓬勃发展的生态运动让人们意识到，现有的进步与发达的评价语境需要重新审视，人们到了一个需要迫切停下脚步向后看的路口。生态批评意义上的"向后看"并非要求人们重新回到启蒙主义以前，更不是要求人们回到泛灵论、神秘主义的世界观，事实上人类已经不可能回到现代文明之前，但要在现代文明之后获取更多和更久的生存权利，就必须充分吸收现代文明之前的各种精神养分。生态思想家们提出通过自然的复魅来为人类寻找出路，《西雅图宣言》作为尖锐而发人深省的警示录被当代生态

---

① 陈鼓应：《老子主译及评介》，中华书局 1984 年版，第 183 页。
② 王诺：《欧美生态批评》，学林出版社 2008 年版，第 199 页。

批评广泛地引用,深陷人类中心主义主流价值观和唯进步论、消费主义、娱乐时尚旋涡的现代社会开始意识到,"进步"和"发达"需要低下高傲的头颅,将视线投入到那些原本被视为落后和贫穷的角落,通过对"落后"重新认识和评价而回归家园。

三 "复魅"视野下的竹王传说及其家园信仰

竹王传说所蕴含的家园观念对"自然的复魅"理论的价值是多向度的。

首先,这个家园指的是一个真实存在的自然场域。

竹王传说流传和影响的区域,几乎涵盖今天的贵州省全境,并延伸到周边省份,和《史记·西南夷列传》中所载"西南夷君长以什数,夜郎最大"中的夜郎国疆域大致相符。这片疆域处于北纬24°37′—29°13′之间,平均海拔1100米,气候温暖湿润,是最适宜竹类植物生长的地区之一。竹王传说在漫长的岁月中生活场域与当地人的精神世界不断融合,通过文学、习俗、节日、仪典、歌舞等不同模式的流变世代传承下来,竹这一自然物升华成了家园的象征。文学艺术的生命力,与自然生态和精神生态环境是血脉相连、息息相关的,正是有了空间和时间意义上的竹王的家园,才有了关于竹王的一系列文学艺术物种萌发和生长的土壤。

其次,竹王传说从自然生态场域的家园象征升华为精神生态场域的家园信仰承载体。由竹王传说衍生出的作品丰富多样,包含了图腾崇拜、祖先崇拜、生殖崇拜等信仰内涵,并因此产生了诸多相关的仪式、禁忌乃至特殊的心理结构。自竹王传说诞生以后,仡佬、彝、布依、苗、水、侗等多个民族都在不同层面上以竹王的后裔自居,尽管流传民间的竹文化相关作品中有不少与竹王传说的文本并无直接联系,但在不同民族的家园信仰中,竹都被当作了传承这种信仰的文化载体。除拥有文字的彝族外,其他世居少数民族都是通过史诗、传说、故事、歌谣等不同的口传文学样式世代相传,直至今日,依然具有广泛的影响力。这并非偶然,而是竹作为家园信仰的承载体,已经糅进他们的文化基因之中。竹在贵州多个世居少数民族的精神世界中具有非同寻常的意义。比如竹在仡佬人的心中是有灵性的:"高竹会指路，大竹会说话。今天你们来饮酒，竹子就在那里等。它指你们把路过，站在路后看你行。"① 仡佬族以竹作为了和祖先相通的灵物，甚至将竹视为生命的象征，生命出生于竹，死后回归于竹，再度投生的起点也是竹。这种将整个民族与竹这种植物融为一体的生命体验实现了生活场域——家园的信仰升华。同仡佬族的信仰相似，彝族也相信人死后，灵魂会回到竹里，彝族将这种灵筒称为"玛堵"，意为由竹内所生，死后也回归竹里，有的还在灵筒里内放置用竹片制成的人形，画上五官、缠上各色羊毛线、丝线，周围放五谷，等到死者的灵魂进入"灵筒"后，即将其安放在家族供奉祖先的山洞里。不仅如此，竹对于彝民来说甚至还有起死回生的神力："我死了以后，你们别声张，不要焚烧我，门前金竹林，林中挖个坑，把我埋下去，我怀中死去，用甑子来蒸，我在竹根脚，疲劳会消除，精神会恢复，生命会复活。"② 而某些布依族地区至今还保留着一些与竹崇拜有关的习俗：妇女在婚后多年不育，即到娘家取竹子花，以围腰兜回夫家，途中不能与人交谈，到家后即将竹子花置于枕下，认为如此即能怀孕；一些只有独子的人家，会在房前屋后栽种竹子，认为这样能保佑独子健康成长，在孩子成人前，不许砍伐所栽的竹子；成人后需要砍竹子，也要举行一定的仪式，即由独子砍第一棵。布依族古歌《六月六》中用生动鲜活、跌宕起伏的故事情节讲述了每到六月六，布依人都要在田中央栽龙猫竹子以保护庄稼健康生长这一仪式的由来。通过各少数民族民间文学对于竹的艺术再造，不难看出竹王传说对后世各族的影响，而这种影响正是从生活场域到精神场域，又从精神场域上升为家园信仰的典范。

最后，竹王传说作为家园信仰的承载体，产生并维系着特有的生态精神。和走在进步与发达前端的人群不一样，那些自称为竹王后裔的少数民族是以一种充满敬畏、负责任和关怀的态度去面对他们世代守望的家园的。竹王传说及其衍生文本，隐喻了贵州少数民族的精神生态群落，他们以竹的生存方式，竹的生态立场，完成了具有地方

---

① 贵州省安顺地区民族事务委员会编：《仡佬族古歌》，贵州民族出版社1991年版，第25页。

② 阿洛兴德、阿侯布谷译：《益那悲歌》，贵州民族出版社1997年版，第136页。

性、民族性特色的家园信仰。由竹信仰衍生出来的对崇拜物的虔敬转化的行为方式很多，比如祭祀——前面提到过仡佬族、彝族也包括部分地区的苗族，都有用竹来祭天、祭山、祭祖先的仪式，他们通过祭祀表明自己与竹共生共存的立场。又比如禁忌——禁止亵渎崇拜物，禁止随意砍伐崇拜物，并以栽种崇拜物作为获取精神力量的源泉。广西隆林、那坡及相邻的云南富宁地区的彝族在村子中种植兰竹，平常严禁砍伐或毁坏，每年农历四月二十，村里要举行祭竹大典，相信兰竹的枯荣象征族人的兴衰，为了谋求族人的兴旺，时常对竹诚敬顶礼。他们还相信自己的族人与竹之间有血缘关系，妇人分娩时，其丈夫或兄弟要砍一枝长度约二尺的兰竹筒，将新生儿的胎衣、胎血装在竹筒里，拿到种植兰竹的场地，吊在兰竹上，显示是兰竹的后裔。强烈的家园意识让贵州少数民族自觉地维护山水、植物、动物的神圣性，竹王传说既是这种神圣性的体现，也极大地拓展了这种神圣性的文化能量，这些自然物的神圣性包含了他们对自然的畏惧和顺从，又强调了与大自然保持和谐完整的要求。直至今日，很多民族村寨的寨口寨脚，往往都有竹林，或者高大的枫木、杉木等古树，并成为村寨的标志，称之为"风水树"，"风水树"也正是他们家园的象征，寄托着祖先的灵魂，是庇佑村寨的力量。

虽然"竹王"传说只是民间传说，但是我们只要对贵州所处的地理环境有所了解，就会知道这里是一个盛产竹的地方。竹渗透到生活的方方面面，衣食住行都离不开竹。竹笠、竹筷、竹碗、竹桶、竹甑、竹楼、竹桥、竹梯、竹筏，乃至贵州少数民族最喜爱的乐器芦笙，都是用竹子做成的。以竹为图腾物，或祖先崇拜对象，不仅仅是因为竹王出身于竹的传说，同时也因生活与竹有着十分密切的联系。

自秦开五尺道，汉通西南夷，再至其后两千多年的漫长岁月里，夜郎故地上的民族经历了大迁徙、大融合的巨大变化，作为夜郎古国原来的主体民族夷、濮、越三大族系，逐渐演变为仡佬、彝、布依、水、侗、壮、土家等单一民族。而竹王传说也同时在这些民族的民间或以口口相传，或以文字（如彝文）记录，成为汉文献与出土文物所难以提供的夜郎文化信息和资源。比如，《华阳国志》中记载的竹王传说，与至今流传在布依族地区的竹王传说就大体相符。稍有不同之处，是布依族将"竹王"称为布依族的"始祖"。在布依族的传说里，竹王在出生三个月后，遇到巨大的灾难，被其母藏在竹节中避过。竹王长大后成为布依人的王，带领族人抵御外来者的侵害，于是布依族由此崇拜竹，并将竹视为本民族的图腾。仡佬族亦是如此。他们在祭山送祖的时候，这样唱道："竹子扁担轻轻放，竹子拐杖好好存，走出走进全靠它。它是告佬（即仡佬）的竹王，它是我们的先人。出门做事它会讲，出门做事它会说，会讲会说是竹王，我们世代敬供它。竹王万世保佑我们，仡佬家家享太平。"[①]

贵州少数民族无一不崇拜竹。其中特别是夷濮后裔更是如此。这除了民族融合、文化渗透的必然因素外，随着社会的发展，竹作为图腾物的文化内涵已经淡化，作为祖先崇拜的象征意义却日渐强烈起来，并在此基础上形成了贵州（当然范围不仅限于贵州）少数民族特有的竹文化。竹文化渗透到夜郎故地各世居民族之中，并且随着各民族不同的生活习俗而产生了各自的特点。

苗族酒令歌中的《思齐荞妹》和《宜那》是竹王传说的变异。前者提到苗家的一个老妇人在河边洗衣，捡到一个被丢弃的小女孩，并抱养成人，为其取名为"妹盐娘"。龙王使妹盐娘怀孕，生下一个后来做了苗家里给（意为皇帝）的女儿，即思荞妹。她很有神通，同原来的统治者打仗被对方施诡计击败后逃跑，跑到河边变成了竹林，仍躲不过被捉住砍了头。《宜那》则讲苗家出了个神童，无父无母，在河中大木盆里漂流被两个孤老人抱养，后来成了能人，夜郎派使者将其抓到夜郎城去，以免他日后造反。

以上两则苗族酒令歌，传唱于古夜郎中心区域的贵州六枝地区，而在黔东南的苗族古歌、酒令歌中，却没有以上的故事情节。因此，两则酒令歌中的女能人和男能人，其渊源和水中漂流、被抱养，以及变化成竹子，同竹王的传说有着不同民族文化渗透的关联。而从贵州迁徙到湖南新宁一带的瑶族至今每年仍举行"竹王祭"。该祭祀对象"以带须根的竹蔸雕面具做脸，披头散发，白面獠牙。以稻草扎成身躯，披笋壳为裳。神像为坐式，手持竹节。传说竹王当初就是这模

[①] 《仡佬族古歌》，贵州民族出版社1991年版，第25—26页。

样，不能更改"①。

此外，贵州各世居民族中都盛行着竹编艺术，不少手工艺人以竹编制各种生活用品及工艺品，因而构成竹文化的一个重要部分。竹文化当然不仅止于上述内容，最主要的还在于对生存环境中大量竹林的认同。贵州的世居民族凡在农村者，几乎都喜欢在房前屋后栽种竹林，构成良好的居住环境。

第三节 贵州少数民族竹文化的后现代启示录

一 竹文化与贵州少数民族的村寨生态体系

贵州少数民族的先民有过从穴居、巢居，然后到室居，建干栏式楼房的历史。贵州以喀斯特山地名世，洞穴之多可谓"无山不洞"，住在山洞里冬暖夏凉，可避风雨，又能防猛兽袭击，当然成了对自然灾害缺少防御能力的少数民族先民的首选。在贵州多地发现的古人类遗址，如观音洞人、桐梓人、水城人、穿洞人、兴义人等，无一不是住在洞内。与此同时，一些居住在森林边缘的先民也选择了"依树积木，以居其上"的巢居，在青铜时代开始之后，工具的改良与革新，使伐竹砍木成为可能，贵州少数民族的建筑方才开始了一次重大的转变，即《史记》等汉文献称之为"干栏"式的建筑。据民族学者研究，"干栏"一词，来源于越系民族语词的译音："在壮、侗等少数民族中，'干栏''麻栏'等名词，都具有'房屋''村舍'的意思。"② 干栏式建筑即今之"吊脚楼"，在贵州布依、水、侗、土家及仡佬各族聚居之地随处可见。这种干栏式建筑以木柱构成底架，房屋建于悬空之上，离开地面。屋顶作两面坡式，正脊两端翘起并长于屋檐，楼上住人，楼下饲养家畜并放置农具。有的还建有三层楼以堆放粮食。在贵州清镇及赫章可乐汉墓中出土的陶屋模型，其构架与今之吊脚楼极相似，表明在秦汉时代干栏式建筑已十分普遍。干栏式建筑

---

① 林河：《中国巫傩史》，花城出版社2001年版，第417页。
② 莫俊卿、雷广正：《"干栏"建筑与古越人源流》，载《百越民族史论丛》，广西人民出版社1985年版，第229页。

的产生，与贵州的地理环境及气候条件有关。贵州地处亚热带，雨水充足，地面潮湿，加之山大林密，野兽出没，先民们从巢居下到地面后，必然要选择此类楼居，一方面为防潮，同时也可避免野兽毒虫的侵害。贵州少数民族的干栏式建筑所用建材，分竹、木两类。在贵州各世居少数民族居住的吊脚楼中，侗族吊脚楼多为外廊式两层楼房，正楼两端另搭偏房。一些居住在水边的侗家，吊脚楼旁多有水池环绕，池上建有亭台式谷仓，以四柱落脚，木柱础为露出水面的石墩，既防潮也防鼠，还能防火。谷仓向着楼房处开一门，有木廊与主楼连接，取用十分方便。布依族、水族喜靠山筑楼。石墙、瓦顶，有的以石板盖房。屋基分前后两级，前低后高，后半部就山体挖出的台地上建平房，为厨房或火塘所在。前半部为楼房，上铺楼板，与后半部平房齐一。人居楼上，楼下多分为两个部分：一边为养猪、鸡、牛处；另一边则放置农具杂物，有的还设有石碓、石磨。楼上中为堂屋，两侧为卧室。有些人家的火塘设在堂屋中部，以三合土或水泥封填，上架铁三脚。也有的将火塘设在侧室内。堂屋隔门为骑楼，骑楼有的向两侧延伸为走廊，中部楼口处建木梯或石梯。建三层楼者，三楼上则存放粮食或作客房备用。干栏式建筑最妙之处是无论其贫富，都在一侧建有晒楼。晒楼多用竹制，与二楼平齐，以侧门同主楼连通。秋收时作晒谷之用，平时则是女孩子们绣花、蜡染，聚会说笑的地方。这里通风，能晒太阳，又有很远的视界，集实用与消闲功能于一处。

"竹王"传说作为一种典型的植物图腾崇拜，其对贵州少数民族先民的影响是全方位的，如布依族在赞颂祖先布灵造天造地时竹起到的巨大作用："布灵真能干，布灵最聪明。扛着神竹竿，想把天地撑。神竹实在少，撑天天不稳。撑了南面北面垮，撑了西边东边倾。布灵气呼呼，找来四根大竹，一方撑一根，才把天撑住。神竹显神灵，节节往上伸，伸了十二节，天就有了十二层。"① 并在后世的不断传承和发扬中形成了一种以竹文化为核心的生态精神，贵州少数民族的竹文化实际上就是一种古老的生态智慧，这种生态智慧铭刻在少数民族

---

① 布依族古歌编委会编：《布依族古歌·造万物歌》，贵州人民出版社1982年版，第12页。

的文化基因里面，在一代一代的传承中影响着人们对世界的态度价值观，是人对客观事物和人的行为及其后果进行评价的标准与看法。每个民族都有建立在本民族历史及传统基础上的价值体系，尽管在不同历史时期，其价值判断会因时而异产生某些变化，但一些基本的价值观却不会改变。在水族童话《八月笋》里则说："八月笋本该同金竹、水竹、斑竹等的笋子一道在春天生长，可是，正当要出笋时，八月竹因外出撵牛，它回来时苦竹已经占了它的位子，并趁机和别的竹子一样长出了笋子。八月竹不愿再扰乱大家，心想：'长笋子的时间先后不要紧，最要紧的是要看谁长得笋子肉厚、味道好。'"① 这样，八月竹就咬起牙巴拼命干活，吃得饱饱的，春天一到它不怕泥巴硬，硬是冲出土面而长得结结实实，肉厚、味道也好。个个都夸奖八月笋子虽然个头小，可是骨气不小。从这个美丽的童话里，我们不难揣想生活在贵州的世居少数民族的价值取向是怎样渗透到日常生活之中的，并且从孩童时起，就开始了这种献身精神的引导与培育。就如凤尾竹的传说中所讲述的那样：

> 相传开天辟地不久，天和地相隔得比较近。有一年，天下大旱，江河干涸，草木枯萎，五谷不生。人们非常忧愁，可是没有什么办法。这时候，月亮山麓的水族寨上，一个叫阿凤的姑娘梦见牙花散（注：水族神话中主宰人类降生祸福的神）告诉她，她家后院的翠竹是一棵通天竹，只要用心爬，就可以爬上天去，把天河水舀下来解除地上的旱情。阿凤把这件事告诉了寨老，在大家的祝福中，阿凤开始沿着翠竹往上爬。说来也怪，她在翠竹上每爬上一节，那竹子就长高一节，越往上爬，竹子就越往天上长，她爬了九天九夜，饱受日晒、干渴和饥饿的煎熬，终于爬到了九重天上，找到了降雨的雨神，雨神被她打动，准许她将天河的水舀向人间。阿凤舀了水，大地上万物复苏。阿凤很高兴，谢过雨神，顺着竹子往下梭，她每梭一节，竹子就往下缩短一节，梭了九天九夜，终于又回到了人间。寨老和乡亲们见阿凤回来，

---

① 范禹主编：《水族文学史》，贵州人民出版社1987版，第138页。

非常高兴,敲起铜鼓唱起歌,庆祝了三天三夜。后来,人们为了纪念阿凤,就把这种竹子取名叫"凤尾竹"①。

贵州的少数民族的村寨体系蕴含着深沉的生态价值观,在他们看来,一个良好的居住环境本身就是大自然的恩赐,相比现代工业文明对大自然的馈赠所表现出来的理所当然和变本加厉,少数民族则对自然的恩赐倍加珍惜,心存敬畏,对自己给自然造成的伤害诚信悔过并想尽一切办法给予补偿,他们不会坐吃山空,索取无度。而是通过口耳相传的古歌、神话传说、民间故事、歌谣以及一切他们可以运用的艺术形式乃至节日礼俗、信仰和禁忌来维系这种文化基因,也通过具体的乡规民约形成一些为后人所恪守的保护自然环境的制度和态度。在贵州少数民族的村寨生态体系中,竹充当了相当重要的角色,多数人家会在自己的住屋附近栽种竹子,少数民族爱竹种竹,无关风雅,而是以竹文化为核心的村寨生态价值体系。侗族村寨以鼓楼为中心,在鼓楼周围,有古老的寨门,有风雨桥,还有成片的干栏式民居,还有梯田、鱼塘以及侗族人民世世代代精心营建的村寨生态系统,他们在村寨、鼓楼、风雨桥、道路以及节日集会的地方种植树木,包括杉木、枫香树、银杏、桦树、樟树、楠木、柏树等,当然更少不了竹,侗族人将这些树视为风景树、风水树、护寨树,用民族信仰和乡规民约保护起来,经过一代又一代的传承,不但营建了优美的自然环境,也使得侗族人的精神生态环境保持着自然和谐的状态。苗族也有蓄护和种植风景树、风水树的传统。苗族一旦建成新寨,老人们就背上刀到寨子附近转悠,见到四季常青的优秀树木,便拔刀砍去杂木,打上记号,禁止伤害,以后树木长大就成为了新寨子的风景树。风景树主要有枫树、松树等,这些树是苗族的崇拜物,不但是风景树,也是保寨神树,任何人都不能伤害它们,而在苗族村寨周围,还会遍植杉木、楸树、苦楝树、桃树、李树、花红,最后是必不可少的竹。壮族则喜欢种植榕树,同时在村落后面或左右两侧密植竹林作为风水林,营建出了良好的生态环境。布依族则说:"住房要想到种树,喝水要

---

① 祖岱年、周隆渊编:《水族民间故事选》,上海文艺出版社1988年版,第64页。

想到挖井。"在布依族村寨周围,房前屋后栽竹种树千百年来已经成为一种风俗。流传于贵州省黔西南州望谟、册亨等地的布依族民间故事《治风魔》生动地讲述了布依人为什么会有这样的风俗:

> 相传很古很古的时候,布依族祖先住的是杈杈房,凶恶的风魔拿着一把力大无比的芭蕉扇,把祖先们刚搭好的房屋,"呼呼"几下就扇飞了。搭了又扇,扇了又搭,最终祖先们只好又去以前住过的山洞。一位名叫翁戛的人教大家搬大石头把房屋四周砌好。风魔捞起大芭蕉扇使劲乱扇,累得喘不过气来,却没有把房屋扇得到处乱飞。风魔扇不倒房屋,冒火得很,就捞起大芭蕉扇来扇园里的庄稼,把园里的庄稼扇得到处乱飞。大风过后,翁戛发现凡是有大树遮挡的地方,庄稼就没有被扇跑,他就叫大家在房屋团转和园子周围都栽上树,翁戛和大家栽下了许多的树苗,天天浇水,月月培土,几年工夫,树苗摇着身子拍着万千只手长呀长,长成了大树。从此以后,只要风魔一逞能,大树就伸出千千万万只手,把它的芭蕉扇撕得稀巴烂,使它再也吹不倒房屋,吹不坏庄稼。直到如今,布依的寨子,都要找山弯弯的地方起屋,家家房屋砌石墙,处处都栽有大树,这就是祖先翁戛教给布依族治风魔的好办法。①

彝族谚语说:"人要衣裤,山要栽树""石夹石窝,栽棕栽竹",彝族栽树种竹历史由来已久,在彝族创世神话《开天辟地》中就说道:"地球上原无竹林,是创世始祖之一的八哥上天找到玉皇大帝,要了三把竹子种,从天上撒下来,地上才有了竹林。"② 种竹的习俗在彝族代代相传,他们在村头、堤头、荒坡、山沟种竹,可以说是家家种竹,人人栽竹,种的苦竹、甜竹与绵竹与他们的生活密切相关,给他们的衣食住行增添了许多材料。

竹王传说承载的是西南少数民族地区的稻作文化,他们的村寨生

---

① 汛河搜集整理:《布依族民间故事集》,中国民间文艺出版社1982年版,第158页。
② 谷德明编:《中国少数民族神话》(上),中国民间文艺出版社1987年版,第291页。

态系统也是与稻作文化有关的。贵州少数民族先民从狩猎、捕捞、采集到农耕、养殖的过程在彝文献及各世居民族民间口述资料中都有清晰而生动的反映。如仡佬族《砍树造房》《找草果》《羊角》等传说故事即谈到采集、种植与邑聚。养殖业作为农耕生产的补充，其兴起与发展，对于百越族系的布依、水、侗等喜居于江河边的民族来说，在口述资料中的反映更为充分。水族民间故事《阿格赶兽》讲述先民驯养各种家畜的故事：狗不能拉犁，只能为人守家防盗；马则驮人赶场；猪留下来逢年过节杀了熬油吃；牛"性情温顺，老实听话，它拉犁时任随指挥，任劳任怨，人们就很喜欢牛，把牛留下来犁地，而且都要好好地喂养它"[①]。彝族《物始纪略》中有"智慧的女神"教人学习耕作技术的描写。另一首古歌《种粮食》中则唱道："祖先卡叶莫，她开始种粮，种在海子边。种下一颗粮，才到一个月，禾苗长三节；过了三个月，穗头金黄黄，粮食成熟了。"卡叶莫是彝族传说中的女酋长，第一个种粮食的人，此中所唱显然指的是稻谷。事实上，在濮、越人后裔的仡佬、布依、水、侗、壮等民族的传说里，稻作文化之内容，最为丰富。如布依族摩经古歌《造万物歌》中的"造稻造麦""造粮""造田地"以及水族古单歌《造粮造棉》，布依族民间故事《茫耶寻谷种》《阿祖犁土》《捉旱精》《锁孽龙》，水族民间故事《阿崴造山造田》《阿婍教人种五谷》等，都展示出贵州少数民族稻作文化古老而繁盛的风貌。

二　竹文化与贵州少数民族的节日礼俗

前面提到过，竹文化对贵州少数民族的影响不仅在于衣食住行，亦且渗透到了他们生老病死的生命轮回中，比如，竹在仡佬人的心中是有灵性的："高竹会指路，大竹会说话。今天你们来饮酒，竹子就在那里等。它指你们把路过，站在路后看你行。"[②]仡佬族以竹作为了和祖先相通的灵物，甚至将竹视为生命的象征，生命出生于竹，死后回归于竹，再度投生的起点也是竹。竹对于彝民来说甚至还有起死

[①] 祖岱年、周隆渊编：《水族民间故事选》，上海文艺出版社1988年版，第44页。
[②] 《仡佬族古歌》贵州民族出版社1991年版，第25页。

回生的神力:"我死了以后,你们别声张,不要焚烧我,门前金竹林,林中挖个坑,把我埋下去,我怀中死去,用甑子来蒸,我在竹根脚,疲劳会消除,精神会恢复,生命会复活。"①

有死亡,就有新生。一些布依族地区至今还保留着一些与竹崇拜有关的习俗:布依族认为"生前靠神竹投世,死后靠神竹升天",举行这类仪式需选择吉日设神坛祭供,按传统摆上象征神灵的鲜竹。其目的在于"祈子求福"或"消灾除病"。例如,在安顺、镇宁、关岭、普定、六枝等地,在布依族地区的农村当媳妇怀第一胎而临近产期时,为了让她顺利生产,都要为孕妇举行一种叫作"改都雅"的仪式。由舅家派两名"多子多女"的男性长者送来一对金竹(竹留新鲜叶子,表示生命旺盛)。祭师用此竹弯成拱门形,上扎各色花朵,挂着红纸剪成的人形。纸人互相牵手,表示子孙发达。祭词为谢竹赐子,祈祷母子平安。北盘江沿岸的布依族村寨,行此礼时则由祭师采来大楠竹做成船形,船上扎一茅人,茅人身带竹桨作划船工具,放在主家水缸脚祭祀,人们认为"竹船渡魂过江",孕妇便能顺利生子。贵阳金竹镇一带,民国前生长子需栽金竹一蓬,生长女需种水竹一棵。故栽神竹佑子还有性别之分。② 有的布依族地区妇女在婚后多年不育,即到娘家取竹子花,以围腰兜回夫家,途中不能与人交谈,到家后即将竹子花置于枕下,认为如此即能怀孕;一些只有独子的人家,会在房前屋后栽种竹子,认为这样能保佑独子健康成长,在孩子成人前,不许砍伐所栽的竹子;成人后需要砍竹子,也要举行一定的仪式,即由独子砍第一棵。有的地区的彝族在村子中种植兰竹,平常严禁砍伐或毁坏,每年农历四月二十,村里要举行祭竹大典,相信兰竹的枯荣象征族人的兴衰,为了谋求族人的兴旺,时常对竹诚敬顶礼。他们还相信自己的族人与竹之间有血缘关系,妇人分娩时,其丈夫或兄弟要砍一枝长度约二尺的兰竹筒,将新生儿的胎衣、胎血装在竹筒里,拿到种植兰竹的场地,吊在兰竹上,显示是兰竹的后裔。苗族也将对竹的崇拜融入到婚丧嫁娶的礼俗仪式之中,形成以竹文化为

---

① 阿洛兴德、阿侯布谷译:《益那悲歌》,贵州民族出版社 1997 年版,第 136 页。
② 《贵州省志民族志》,贵州民族出版社 2002 年版,第 226 页。

核心的生态文化精神。湖南湘西苗族姑娘出嫁时，娘家必须送给新郎家连根带叶完整无损的一对小竹，管亲郎接过竹子，小心翼翼地抬到新郎家，亲手交给新郎，再由新郎亲手将这一对小竹种在自家房前屋后的空隙地里。苗族同胞在孩子降生时往往都有种树的习惯，虽然种的未必都是竹，却继承了竹文化敬畏自然，自觉守护家园自然环境的生态精神，和敬竹爱竹的生态文化如出一辙的是少数民族在新生儿降临后种树的习俗。贵州黔东南天柱、锦屏等地苗族侗族都有种"十八杉"的习俗，即孩子出生时，家人在山上为之栽种100棵杉树，并加以细心养护，18年后，孩子长大成人，杉树也长大成材，是女儿则将杉树作为嫁妆，是男儿则将这些杉树用来建造吊脚楼以备成家。这种杉树侗族又称其为"女儿杉"，因为杉树苗要十八年成材，所以也叫"十八杉"。而湘黔一带苗族还有种"增岁树"的习俗，"不论谁家生了小孩，都必须种一棵树，以后每增一岁，再种一棵树，到了结婚时，这些树很多已经成材，也就成了他们的财富"①。黔东南苗族还有生孩子送树苗的习俗，雷山县苗族家中小孩生病，经鬼师看鬼后，认为要拜寄给大树的，父母就要领着孩子到大树跟前烧香、化纸并摆酒肉、鸡蛋，拜大树为孩子的爹妈。② 瑶族也有拜树为父母的习俗，有的瑶族在小孩出生后如果小孩哭闹得厉害，父母便要在本寨内挑选一棵健康挺直的金竹，让孩子拜这棵金竹为干爹干妈。届时，须请本寨一位有声望的老人将系有红黑两种线的纸钱绑在金竹上，并由这位老人给孩子取名，父母则口念祈祷词，大意是"木格发（干爹）""木格风（干妈）"，请保佑孩子健康。之后每到周年纪念日，父母都要备上糯米饭、纸钱、三炷香拜祭此金竹，并绑上新的纸钱。小孩七岁前，纸钱由父母绑，小孩七岁时，给小孩取名的老人带小孩去见金竹，正式叫认干爹干妈，之后的纸钱由小孩自己绑，一直要到小孩长大成家为止，此竹要精心保护，严禁砍伐，也不许绑上其他小孩的纸钱或用来拴牲畜。③ 土家族的婴儿若降生在春季，就要栽种几

---

① 丁传礼：《少数民族植树栽花习俗拾取》，《森林与人类》1995年第5期。
② 贵州省志民族志编委会：《民族资料汇编》第五集（苗），内部印行，第255页。
③ 廖国强、何明、袁国友：《中国少数民族生态文化研究》，云南人民出版社2006年版，第93页。

株或者十几株椿树苗，称之为栽"喜树"，婴儿若出生在秋季或冬季，主人则在当年的冬季或次年的春季补种"喜树"。①

一生一死，是自然界的天理循环，贵州少数民族从死亡中学会了对大自然的敬畏，对祖先的缅怀和崇拜，从新生中领悟了生命轮回的崇高和神圣，为了生命的延续、族群的繁衍，竹文化的精神内涵和文化基因也衍伸到了一系列的节日礼俗之中。由竹信仰衍生出来的对崇拜物的虔敬转化的行为方式很多，比如祭祀——前面提到过仡佬族、彝族也包括部分地区的苗族，都有用竹来祭天、祭山、祭祖先的仪式，他们通过祭祀表明自己与竹共生共存的立场。又比如禁忌——禁止亵渎崇拜物，禁止随意砍伐崇拜物，并以栽种崇拜物作为获取精神力量的源泉。强烈的家园意识让贵州少数民族自觉地维护山水、植物、动物的神圣性，竹王传说既是这种神圣性的体现，也极大地拓展了这种神圣性的文化能量，这些自然物的神圣性包含了他们对自然的畏惧和顺从，又强调了与大自然保持和谐完整的要求。苗族民间故事《三上苦竹山》叙述苗家小伙子在仙女的帮助下，用六根最苦最长的苦竹，造出最好的芦笙，吹出最好的调子，并赢得了仙女的心。② 实际上苗族"踩芦笙、跳铜鼓"是苗族生活中重大吉庆之事，事关民族祭祖婚恋繁衍，因此作为制作芦笙的竹子也就受到苗家人的喜爱。另一则苗族《油柴、绵竹、挂白刺的来历》的故事则以拟人化的手法由绵竹自述："你们慢慢杀，我说你们听，我能为你们围院守寨，护墙看屋（今天人们用粗绵竹来围菜园，绵竹只适于栽在寨边或屋角，栽在坡上就会自然枯死，细嫩的竹尖像柳条一样朝寨边屋角低垂，像守护着寨边屋角一样），篾可编饭盒（苗家常用的一种包饭的便盒），编睡席，供人睡觉。"由是免了杀绵竹。③ 而苗族《兄妹开亲》的神话传说中，竹子扮演了媒介角色，当姜央兄妹找到竹子询问兄妹成婚的可能性时，竹子哈哈笑着对姜央说，洪水朝天后，世上的

---

① 柏贵喜：《南方山地民族传统文化与生态环境保护》，《中南民族学院学报》1997年第2期。

② 中国民间文艺研究会贵州分会：《民间文学资料》第51集，1985年翻印，第138—142页。

③ 同上书，第57—58页。

姑娘只有你妹妹，你要找妻子，只有找你的妹妹。姜央和妹妹无奈，只能遵照天意兄妹成婚。可见竹子在苗族人的心目中，是和本民族的生存繁衍发展息息相关的，有着鲜明的文化特色。

贵州几乎所有的少数民族都有过三月三节日的习俗，而这一节日也是贵州多数世居少数民族民间信仰的一个表现。布依族把三月三称为"歌仙节"，每逢这一天，住在贵州黔西南、云南罗平、广西隆林等县的布依族都要举行歌会赛歌。大部分布依族在农历三月初三这一天都要举行祭祀社神和山神活动，以祈求一年四季人畜平安。这一天，人们停止生产，清晨，以寨子为单位，每户年纪最长的老人及一些热心青年去祭扫"祖祠"，祭祀时老魔公还要念诵："山王菩萨土地公，一齐请入我寨中，来陪寨神吃顿饭，回去各人显神功，驱除五鬼赶豺狼，保佑人畜平安五谷丰。"并由寨老总结本寨一年间社会情况，按村规民约进行表扬和惩处。祭毕，各户归家祭祀祖宗。祭祀结束，老年人聚集谈天摆古，青年则吹拉弹唱，娱乐玩耍。这一天，更是姑娘小伙谈情说爱的好日子。在一些地区，"三月三"已形成了青年男女对歌的传统歌节，让民族节日有了更丰富的内容。侗族以三月三为"播种节"，壮族过三月三则几乎只有赶歌圩，成为一个青年男女谈情说爱的节日了。同仡佬族祭山祭树最相似的是彝族。彝族三月三，彝语称之为"米舍把"，与仡佬族不同的是彝族称之为"祭山林"，由毕摩主持。供品略有不同，酒、猪或羊等之外，还有苞谷、米、鸡蛋、半斤钱纸及一把香等。在神树下祭祀前，先设"打杵塘"，即在预先搭好的草棚旁边再搭一个类似门的架子，下面放干草、木渣，将三坨拳头大小的石头烧红，取马桑柴覆之，浇清水，白气升腾时即可行祭祀。祭毕将供品埋于树边掘出的洞内。看鸡腿上的筋卜祸福。三月三在仡佬族中是传统的祭山节。祭山，实际上是祭山神，即仡佬语的"久朵刀"。

关于三月三祭山祭树的来历，仡佬族有如下传说：

> 祭山和祭树，披袍仡佬把它排列在先，因为山和树对披袍仡佬的贡献很大。传说，盘古王开天辟地时是站在山顶上把天地劈开的。从此，天地才分日夜，日夜才分四季。盘古王生得虎面人

身,力大无穷,虎豹豺狼见了都跑得远远的。后来,古老先人又躺在山的怀里——住在岩洞里头,受到了保护,所以,祭山时要选在虎场天,要追述盘古王的功绩。而祭树呢?相传古老先人从天上来到地上,首先是住在大树上。古老先人说,如果没有大树住,早就被豺狼虎豹悄悄吃光了。同时又传:大马桑树常常为了使古老先人通过它上天去找玉皇而受罚,可见树对古老先人的生存所作的牺牲也是很大的。因此后人凡是第一次到某个地方定居的第一家人,或是作客,必须首先栽一棵树或选一棵树来作纪念。①

每年三月三节日的前一天,当夜深人静时,仡佬寨里就会传出空推大石磨发出的"哐哐"声,据说是为了惊动山神,然后派人在寨内各条路口呼喊,传出三月初三日要祭山神的通知。节日清晨,当值者在寨中又高喊,让妇女们不要出门。然后各家男人拉猪、牵羊、提鸡,到寨后神树前宰杀各种牺牲。上供后,人群在主祭者带领下绕神树祭拜,虔诚地祈求山神,保佑全寨清洁平安,五谷丰登,六畜兴旺。祭毕,就地会餐,吃鸡肉时,祭者还要查看鸡腿筋,行"鸡卜"以定祸福:"三筹鸡卦四筹财,五筹鸡卦祸就来。"祭毕,青年男女在山上对歌娱乐。午后再祭一次,全体跪送山神。

贵州仡佬、彝、布依、水、侗、苗、瑶等族均过吃新节。

仡佬族的传说里有这样的记载,他们认为在贵州这块土地上,因为仡佬族最先开垦土地,大家都敬重他们,所以每逢九月重阳,谷子成熟的时候,都要让仡佬族同胞尝新,然后,大家互相道贺丰收,共同过"尝新节"。而在贵州西部披袍仡佬的传说里,还有更具体的内容,这个传说认为开荒拍草,挖田种粮是盘古王教会的;吃新也是盘古王在谷子成熟的第一年,为了庆祝丰收而兴起的。以后,当人们看见一年一度成熟的谷子,想起将要进口的新米饭就想到了盘古王的恩情,想到开荒拍草的祖先,所以要过吃新节,把他们摆在前头敬献以

---

① 《叶正乾诗文集》,载自吴秋林、靖晓莉《居都》,贵州人民出版社 1997 年版,第 243 页。

表示报答。同时，为了纪念和表彰在盘古王开荒时帮助过人类供水种田的金角老龙，捕捉田鼠有功的沙达，也把它们同吃过山药、毛稗、草秆的祖先一并敬献。值得注意的是，仡佬族过吃新节不是割谷吃新，是捋谷吃新。传说中这种捋谷吃新的方式就是由夜郎王改变的。相传很古很古以前仡佬族吃新，全是在自己的田里割谷。到了夜郎王统治的时候，因开荒拍草的田被其他民族买去或其他民族来联寨同耕，人烟多而开荒拍草的田少（吃新的田粮只限于仡佬族祖先开荒拍草的田，其他民族开荒拍草的田粮不能作吃新用）。就由夜郎王将割谷吃新改为捋谷吃新。捋谷时不管这块田的所有者是什么族，仡佬族人都可以站在田埂上顺着田边伸手去捋一圈。传说这是夜郎王敕封过的，任何民族都无异议。今天这种习俗在部分仡佬族地区仍然存在。

  彝族称吃新节为"咱合细"，意为"尝新饭"。尝新前，先祭天、祭祖，然后舀一小盆喂狗，捏两团新米饭喂牛，最后，全家团聚尝新饭。不过在彝族文献里，我们至今尚未见到吃新节的有关记载，这也表明彝族及其先民过吃新节的确是受了濮、越稻作文化的渗透和影响。布依族的吃新节在农历七月第一个龙日，此时稻谷出穗灌浆，丰收来临，布依族家家户户用口袋到田坝中背新稻（名曰"背新稻"，实际上只摘数吊灌浆稻穗即可）回家，用热水烫过新稻后挂在堂屋神龛上，又将新稻与糯米蒸熟与酒、肉一起敬祖先，然后合家饮酒吃糯米饭，称之为"尝新米"。过吃新节摘新稻时，田坝中哪块田稻谷灌浆较早，任何人都可以去摘，主人不会责怪。侗族的吃新节在农历的六月初六或者十二，或卯、辛、寅日，有的在小暑后第一个卯日，或七月初一和寅、卯、戊日，这天家家采摘禾苞，掺老米煮成熟饭，用鸡鸭鱼肉作供品，其中鱼不可少，祭敬祖先。土家族的吃新节每年要举行两次，第一次在苞谷成熟的时候，将嫩苞谷磨成浆，煮熟后供敬土地神；第二次在重阳节举行，比第一次重视和隆重，要打粑、推豆腐、供祭"家虎"。既是吃新节，又是祭家虎节日，这与土家族崇拜虎图腾有关，有"重阳不打粑，老虎要咬妈；重阳不推豆腐，老虎要咬屁股"的说法。

  贵州的许多少数民族还要过牛王节，以示对牛这种与人类生产生活密切相关的动物的尊重。仡佬族一般在农历十月初一过此节，这一天不但不用牛,给牛放假,还要用鸡、糯米粑、酒喂牛,以敬奉牛王,慰劳牛一年的辛苦。有的地方还将一团糯米粑挂在牛角上,将牛牵到水塘边照照影子,然后将糯米粑取下来喂牛。道真仡佬族苗族自治县的牛王节定在四月初八。牛王节的来历,在仡佬族中有一个很古老又很美丽的传说:据说是仡佬族老祖说过,很古老的时候,仡佬人住在又高又陡的山上,日子过得很难。主子阿王决定带着族众搬迁。他们走了许多地方,都没有找到合适的住处,又累又饿之际,住进一个山洞里,害怕他们唯一的财产——牛被猛兽吃掉,阿王与众人就围着牛睡。不料到了半夜,那牛却不见了。阿王与众人心慌,四处寻找都不知下落。正在伤心哭泣时,牛回来了:"转了一阵,那牛又走到阿王面前,抬起头,对着天,连叫几声。众人仰头看,一股银光闪闪的白米,像小溪一样,从天上落下来,堆在众人面前。"第二天那牛又将他们领到了一个"周围是古松古柏,千条万条溪水哗哗流淌,满坝香花异草,满天莺飞燕啼,比天神住的地方还美,比龙王住的地方还好"的大坝子。仡佬族先人于是在此定居下来,"一年农历十月初一,鸡叫的时候,阿王做了个梦,梦见天神下凡,将那条牛拉到天上去了。临走,天神告诉他,十月初一,是牛生日。阿王醒来看牛,果然不见了"①。为了报答牛的恩情,从此仡佬族便将这一天定为"牛王节"或"敬牛节"。布依族的牛王节在每年的四月初八。这正是开秧门的日子,为了慰劳春耕中抢水打田的耕牛,节日里要为牛放假一天,在荔波一带,要做黑糯饭敬牛王;而在册亨、罗甸、贞丰、安龙、紫云等地,则吃白、黑、黄、紫四色糯饭,用枫香叶泡水为牛洗澡。在独山墨寨与荔波阳凤一带的布依族中还流传着这样一首歌谣:"九名九姓独山州,南郊紫泉北石牛。年年四八牛王节,家家花饭摆门楼。"说的正是在四月初八日以紫泉酒、五色糯米花饭敬牛王之意。与仡佬族牛王节不同的是,布依族敬牛王要组织斗牛。这里也有一个传说:很早以前,布依族祖先布杰看到子孙多了,地方住不下,就把他们分到各处有山有水的地方去开田拓土。到插秧时节,由于子孙们

---

① 贵州民间文艺家协会编:《民间文学资料》第四十九集,1981 年印行,第 166—170 页。

分散居住，布杰老人来不及一处处去查看他们的备耕情况，就选定四月初八这天，让各寨子孙牵着喂养的耕牛到指定草坪上斗牛。从中可以看到谁的耕牛养得壮，谁这一年就能盘得好庄稼，秋来会有好收成。① 侗族的敬牛节又叫作祭牛节，在农历的四月初八或者六月初六。和仡佬族布依族类似，侗族过敬牛节的当天也要让牛休息，喂以精料，牵牛到水里洗澡，并以鸡或鸭、肉等祭品摆在牛栏前，焚香烧纸，举行敬祭，对牛常年辛劳表示谢意，祝牛清吉平安，为人造福。苗族则在过"苗年"时敬牛，也有四月初八敬牛的，内容和以上几个民族有颇多相似的地方。

与竹文化渊源最深的节日则要算六月六了。幸福生活不是想来就来的，在生产力极其低下的时代，先民的生存环境十分恶劣，一遇灾荒年成，就更难抗御。六月对于稻作民族来说，是充满希望也是布满风险的日子。稻谷正在拔节扬花，若遇天旱蝗灾，半年的辛苦、全家人的希望顿时就会变成泡影。布依族民歌《六月六》真实地记录了虫灾的可怖：

上阵狂风响山林，蚂蚱飞来多如云。只听一片沙沙响，新发的秧子被吃干净。飞蛾下蛋变成虫，钻通谷秆又咬根。老年人看着干着急，年轻人气得瞪眼睛。为了灭虫，布依族先民进行了最原始也最顽强的搏斗，但面对"一天更比一天凶"的虫灾，他们只好去求助太阳、月亮。年轻的得来夫妇跋山涉水，历尽千辛万苦，得到蛤蟆、燕子、蜘蛛的帮助，接受了太阳、月亮的启示，终于回乡灭虫："燕子飞来把虫捉，蜘蛛牵网捕飞蛾，蛤蟆守护秧根脚，田边要插龙猫竹，一坝秧苗才会绿！"六月六节就这样诞生了："从此年年六月六，龙猫竹插在田中央，家家都要晒衣服，户户下田去薅秧。剪出一对白纸马，包上四个粽粑大又香，拿到田边供太阳，拿到地头供月亮。②

---

① 汛河编：《布依族风俗志》，中央民族学院出版社1987年版，第88页。
② 布依族古歌编委会：《布依族古歌叙事歌选》，贵州人民出版社1982年版，第97页。

布依族学者周国茂说:"六月六"节日的宗教气氛浓,从一定意义上也可称为宗教节日。主要内容是祭田(或曰"水口")神、驱逐虫魔。这种祭田仪式在黔南独山、平塘及荔波布依族地区又称为"打保符",只不过还融入了灭虫的内容。仪式进行时可谓惊心动魄:祭坛一般设在寨口,供桌上有神位,仪式开始,村民均立于桌前,布摩祈祷毕,即仗剑作法,诵咒,然后大喝:"杀!"众人也一齐发出"杀"声、"呵吙"声。然后杀猪宰牛,以血涂纸制成"秧标",分别插进各家田中。据说蝗虫看见,即不敢咬啮庄稼。

仡佬族过六月六类此,不过黔北一带的仡佬族将此称为祭"谷神"节。至这一日,全寨村民每户带公鸡一只,粽子十余个,至自家田里祭谷神。祭时以公鸡毛粘在挂着粽子的木橛上,插于田埂,以作标记,后点燃纸、烛,祈求丰收。祭词曰:"苞谷像牛角,谷子像牛索,棉花鸡蛋大,黄豆像葫豆角。秧苗土地,把虫虫佬佬赶出去!"正因为有祈祷除虫的内容,有的地方干脆称之为"捉虫节",时间定在六月初二。每逢这一天,全寨男女老少都要齐集寨前,手执涂了鸡血的小旗,在锣鼓声中,列队至田间巡行并捉蝗虫。六月六最有娱神意味的是侗族的"舞草龙""送瘟神"。从这一天的清晨开始,寨上的孩子们便敲锣打鼓,舞着以稻草扎成的草龙至田间小道四处巡游。前有龙宝开路,后有纸船相随。船内装着纸烛,"巫师手拿'师刀牌印',头包红巾,口吹牛角,挨家挨户,驱送瘟神,祈求消灭虫蝗,保佑五谷丰登,叫做'辞送'。每家都游过了,才把草龙放在河边烧掉"①。彝族不过六月六,但是同六月六相仿的是彝族的火把节。首先在时间上定于每年的六月二十四(有的地方定于二十五),同六月六相去不远。其次是节日的来历,尽管有多种说法,但是同六月六一样,因虫害而起的一种说法则更有普遍性。过火把节时,正值栽秧上坎,至夜,则四乡八寨户户点燃火把,人人高举火把出门,汇成一条火龙,映红了天地,照耀得四处一片光明,声势不可谓不浩大,其焚虫的用意在汉文献中早有记载,如吴应枚《滇南杂志》载:"六月二十四日燃炬,携照田地,云可避虫。"而在彝族民间传说里,说是远

---

① 冯祖贻等:《侗族文化研究》,贵州人民出版社 1999 年版,第 119 页。

古时候，天神派差使至彝区搜刮财物，受到彝家先祖支格阿龙的反抗，差使被打死了，天神大怒，便将无数害虫投放人间，吃尽庄稼。支格阿龙气愤已极，设计将天神骗进葫芦，将其烧死，然后组织彝人用蒿枝秆扎成无数支火把，焚烧蝗虫，保住了庄稼。此后人们为了纪念支格阿龙，就定这一天为火把节。威宁一带的彝族过火把节时，首先在长者的火把上引燃手中的火把，然后众人排着队，围着自家的房子走一圈，以示驱邪纳福，再走出院坝，高举火把走向门前自家的庄稼地，在田间地头绕上一圈子，口中还同时高声念诵："烧掉害虫，烧掉害蛾。烧掉贫穷，烧掉饥寒。烧掉饥荒，烧掉死神。烧掉瘟神，五谷丰登。六畜兴旺，人丁安康。"[①] 此流行于贵州威宁彝族中的传说，在凉山及滇东彝区都有，只是情节上略有出入而已。

三 竹文化精神的返乡

在中国的传统美学中，"怀乡"是一个最常见，也最深刻的意象，人们对故土的眷念触及灵魂，并广泛影响日常行为观念。从陶渊明的"羁鸟恋旧林，池鱼思故渊"到杜甫的"露从今夜白，月是故乡明"，对家园故土的怀念和痛苦产生了无数伟大的作品，而诗意是没有国界的，正如诗人荷尔德林在其《故乡吟》中所吟咏的那样："因为诸神赐给我们天国的火种，也赐给我们神圣的痛苦，因而就让它存在吧。我仿佛是，大地的一个儿子，生来有爱，也有痛苦。"[②] 诗人们将远离家园的思念和痛苦凝结成珠玑字句，凝结成世代相传的守望和回归的终点。然而，从什么时候开始，人类把自己从自然意义上的家园连根拔起，同时也把自己从精神意义上的家园自我放逐了？生活在现代城市中的人们，已经习惯失去自然家园的日子，他们离开自己的自然故土，到城市的水泥森林中购置房产、汽车以及生活方式，他们的下一代行走在人造环境中，不再去思考自己从哪里来，自己的故乡和家园在哪里。我们所在的现代社会处于一种背离了自然的"离家"状态，随着那些伟大而古老的诗人变成印在书本上的模糊印记，身处工

---

① 李文、安文新：《乌蒙圣火》，贵州人民出版社2001年版，第126页。
② ［德］荷尔德林：《荷尔德林诗新编》，顾正祥译，商务印书馆2012年版，第80页。

业时代却还在吟咏田园和故乡的诗人不但力量微弱，而且他们的痛苦和绝望也被视为了异类。

在这个以"全球化"为旗帜的信息时代的潮流中，即使是今天依然显得偏远落后的贵州少数民族地区同样不可能成为浪潮之外的净土。"有竹王者，兴于遯水"，"遯水"即今天的北盘江，其水流量比之过去已远远不如，而云贵高原上最严峻的环境问题——石漠化，则已为这一地区人们的生存状况亮起了红灯。因石漠化导致的山洪、滑坡、泥石流，近年来在这些地区时有发生。人类只是自然中渺小的一部分，人类怎么对待自然的生命之网，就是怎么对待自己。不可否认，竹王传说以及衍生文化依旧带有原始的泛灵论世界观，甚至还保留着不同程度的神秘主义色彩，这正是韦伯强调的要从世界中驱逐出去的"魔法"。如今世界祛魅的成果显著，人们赶走了身边的神祇，现代文明及其全球化的产业能量正无孔不入地侵蚀着世界的每一个角落，人们不再熟悉文化基因里铭刻的五光十色、丰富多彩、神人共存的精神家园，视线所及之处，是节节攀升的生活成本，是高楼大厦的阴影下物欲狂欢的迷乱与战栗，人们不需要奇迹，不需要巫术、咒语或法术，我们用货币可以买到一切——除了自然之美。人们正在不断用新的技术替代原有的技术，以期达到更高效的发展，正如人们津津乐道于某种新能源的发明和使用，或者是为了找到某种减少污染的方法而欣喜若狂。我们无法不去质疑祛魅所带来的后果——科学、进步、发达，是为了让人们生活得更好，让人的精神能够摆脱愚昧、神秘主义的禁锢而获得自由，但那些走在"前面"的人，又获得了怎样的自由？——在炎热的盛夏，人们为了获得凉爽、舒适的自由而大量使用空调，使原本炎热的室外因为机器排放的气体而变得更热，这使人们丧失了外出接触自然的自由；为了追求享受先进发达的生活方式的自由（这种自由是建立在全球连锁店和因特网通过消费文化和消费心理的趋同——趋向于全世界的消费文化北美化上的自由）而限制和改变接受者保持个体性、民族性和地方性的自由；为了实现满足无限增长的物质欲望的自由而在付出所有却永远跟不上潮流，陷入狂躁、抑郁、吸毒、自杀的迷狂中失去保持健康精神的自由。人类的自由发展到了今天，却造成了人们在各方面的不自由，最为可怕的是，人们正在面临失去在未来长久生存的自由。

  人们应该明白，人类只是这个自然界整体中的一部分，而并非多年来自以为的自然的主宰，人们不能盲目和片面地追求征服和控制自然，而是要重新学会与整个自然和谐共处。必须承认现有的环境危机需要更新技术来进行挽救，所谓自然的复魅，也并非将技术妖魔化，一味和盲目地排斥和抵制，科学并非万恶之源。然而人类的自我拯救不能依赖无限发展和进步的技术——如果我们不制造污染，又何须费时费力地去治理污染？正如山东大学曾繁仁教授所言："这种'世界的返魅'绝不是恢复到人类的蒙昧时期，也不是对工业革命的全盘否定，而是在工业革命取得巨大成绩之后的当代对自然的部分'返魅'，亦即部分地恢复自然的神圣性、神秘性与潜在的审美性。"① 如果我们对待自然就像竹王的后裔对待竹以及生养竹的家园一样，又怎么会在有场所无家园的都市水泥森林中迷失？人类需要回家，需要从现代性的迷误中找到回家的路。在这方面人们原本有着足够的经验，但在"进步"所带来的胜利景象里和无限膨胀的物质欲望里被遗忘了，所谓"复魅"，即指对人类精神家园失而复得的追求。何谓进步？不应该再像过去那样，以物质生活消费水平的高低、精神生活的娱乐化、时尚化程度以及科技产品的使用程度等方向来做评判标准。标准应该转向是否把生态系统的整体利益而不是人类的利益作为最高价值、转向是否能促使人与自然和谐相处，转向是否有利于人类真正长久生存的自由以及是否亲近和敬畏自然和是否有利于恢复人类精神家园的健康洁净。

  著名的生态思想家大卫·雷·格里芬指出，"它（世界的复魅）并不是在号召将世界重新神秘化，事实上，它要求打破人与自然之间人为的界限，使人们认识到两者都是通过时间之箭而构筑起来的单一宇宙的一部分。'世界的复魅'意在更进一步地解放人的思想"②。随着城市化进程不断加快，娱乐性消费性的"现代性"生活模式的不

---

  ① 曾繁仁：《生态现象学方法与生态存在论审美观》，《上海师范大学学报》（哲学社会科学版）2011年第1期。
  ② ［美］大卫·雷·格里芬：《后现代精神》，王成兵译，中央编译出版社1998年版，第38页。

断渗透，少数民族民间文化就像感染了病毒的人体一样从表层到深层不断地发生着过去千百年所没有的异化——那些优美而久远的神话传说就像少数民族璀璨的服饰被新生的一代嫌弃转而对时尚的追逐一样失去本应有的光芒和色彩。从世界复魅的角度重新看待类似于竹王传说及其衍生文化的精神物种，增强长久以来被视为"落后""荒蛮""贫穷"的少数民族内在的自信力，避免像"竹王"后裔一样的群体的心灵世界失去家园，绝非现代理性精神的倒退，相反，这是人类精神走向成熟的重要一步。

"竹王"传说所蕴藏的家园信仰因其地理环境的长期封闭而在较长的时间内得到相应的传承和保护，但其内部运转的动力受到强势文化、垃圾文化的污染而日益艰难，对于迷失在现代、发达、喧嚣的主流文化而言，竹王传说及其衍生文化所蕴藏的家园信仰是偏远的、荒野的、落后的、乡土的，也曾经遭到了长久的轻视乃至漠视，即使后来进入人们的视线，也不过是把这个家园当作旅游、猎奇和赏玩的对象而已。客观存在的现实是边远落后的少数民族地区连最基本的温饱问题都没有完全得到解决，自然生态环保压力巨大，更遑论精神生态的拯救和回归。这确实是一个两难的困境，但造成这一困境的根源并非自然本身，而是当代社会消费主义意识形态对于自然资源的过度消耗及人类社会自身发展的不平衡，罗尔斯顿指出"解决温饱问题的一个方法是重新分配"[①]。罗尔斯顿的提议具有生态乌托邦的嫌疑，但这也恰恰指出了生态危机的本质。在生态整体主义倡导人类公平正义的原则下，保证人的基本生存权利的同时，拯救的希望在于"诸神"的重临，在于让"神性"回归——培育民族精神，弘扬民族文化，增强民族自信，重新回到敬畏自然、融入自然，与自然和谐相处的精神生态家园中来，并重拾生态的价值观、伦理观和审美观。可以想象，如果"竹王"的后裔全部都远离水土住进钢筋水泥架构起的高楼大厦，各种关于竹的文学艺术的"物种"就像濒危动物大熊猫、长臂猿、藏羚羊、东北虎一样，最终都不可避免地因为现代人的都市生活

---

① ［美］罗尔斯顿：《环境伦理学》，杨通进译，中国社会科学出版社2000年版，第384页。

而消亡，届时，"竹王"的后裔也将如海德格尔所预言的那样，既失去了自然家园，又失去了精神家园，成为无家可归的弃儿。生活在主流社会的人们应该对竹王传说所诞生的家园抱有真诚的敬意，因为类似于竹王传说的家园信仰不是人们唯一的出路，但它是找到出路必须经过的其中一段。

第五章

民间信仰的生态遗传学

哲学上的"灵魂"概念是指存在于人的身体之中,但与身体对立的精神实体。宗教认为灵魂是可以离开形体而独立活动的,并且不会随形体死亡而死亡的超自然存在,是人或物一切行为的主宰。1872年英国著名人类学家、近代西方宗教学奠基人之一 E. B. 泰勒在《原始文化》一书中以丰富的民族学和宗教学的资料为基础,简明透彻地阐述了灵魂观的产生和发展,创立了宗教起源于"万物有灵论"的学说。泰勒认为,灵魂观念是一切宗教观念中最重要、最基本的观念之一,是整个宗教信仰发端和赖以存在的基础,也是全部宗教意识的核心内容。"灵魂"观大约产生于原始社会旧石器时代的中期或晚期,当时的原始人知识极其贫乏,对观察到的一些生理现象不能作科学的解释,认为睡眠、疾病、死亡等是因为某种生命力离开了身体;在梦中,人原地不动却可作长途旅行、与远方的或已死去的亲友见面谈话,是因为人的化身在进行真实的活动。他们把死亡和梦幻看作是独立于身体的生命力的活动和作用,这种生命力就是最初的"灵魂"观念。原始人运用类比方法,把人的灵魂对象化、客观化,并推及其他一切事物,认为动物、植物、山水石等无生物,雷雨电等自然现象也和自己一样,是有意志、有灵魂的,于是就产生了"万物有灵"观念。灵魂既然是独立于形体之外的,那么,形体虽亡而灵魂不灭,与形体相联系的物质性的灵魂观念发展成了独立于形体的、非物质性的灵魂观念,这种纯粹的灵魂可以随意地或暂时地附着在任何事物上,成为原始人崇拜的神灵。由于当时生产力极端低下,对自然界的严重依赖,对自然力量的恐惧和无力抗衡,使最初出于对先者灵魂的尊敬而产生的祖先崇拜,发展为对自然物和自然力的崇拜,如天帝、太阳神、雷神等,并导致了对超现世的彼岸世界(天堂、地狱等)的崇拜和信仰。虽然在灵魂观念异化为神灵观念的具体过程中,各地区、各民族、各宗教可能有不同的途径和形式,但"万物有灵"观念是人类最早的宗教观念。

"自然原来是一种模糊而神秘的东西,充满了各种藏身于树中水下的神明和精灵。星辰和动物都有灵魂,它们与人相处或好或坏。人们永远不能得到他们所企望的东西,需要奇迹的降临,或者通过重建与世界联系的巫术、咒语、法术或祷告去创造奇迹。在这个感觉、机体、想象的世界中,魔法的作用借助于咒语、感应以及表达爱恋与仇恨,恐惧与渴望等激情的象征性动作,即巫魅世界的各种奇迹和巫术。皮科·德拉·米兰多拉将具有这种能力或幸运的法师称为'自然的奴仆,而不是主人'。"①

贵州少数民族生活的地方是喀斯特山地,长期与中国西南高原上的山水林泉、悬崖溶洞相伴,靠山吃山,大自然为他们带来了赖以生存的物质资源,也给他们造成了许多生存中的艰苦磨难。和所有"原始"的民族一样,贵州少数民族的先民们在向大自然索取的过程中,逐渐形成了对自然界各种现象的追问,并有了一定的看法。这种情况同茅盾先生谈原始人看世界时的情形相似:"原始人的生活很简单。却喜欢去攻击那些巨大的问题,例如天地缘何而始,人类从何而来,天地之外有何物等等。他们对于这些问题的答案,便是他们的原始哲学,他们的宇宙观。"② 贵州少数民族先民的宇宙观也就是他们的自然观,是一种泛灵论世界观框架下的自然观,他们对天地、万物及人类起源的看法,对各种自然现象的解释,大都保存在各世居民族的神话传说及古歌里,流传至今,同时也对后人的生产生活产生着重要的影响。本书在此之前进行贵州少数民族文学的精神生态分析时曾经充分地发掘了贵州少数民族的自然观,尤其是种类丰富、数量众多的少

---

① [法]塞尔日·莫斯科维奇:《还自然之魅:对生态运动的思考》,庄晨燕、丘寅晨译,生活·读书·新知三联书店2005年版,译者序,第92—93页。
② 茅盾:《神话研究》,天津百花文艺出版社1981年版,第163页。

数民族神话作品，这些神话更深远的意义在于，它们以一种"活的"形态一直保存到了今天，尽管在流传的过程中这些神话不可避免地发生了改变，尤其是在现代社会的冲击下，这些神话及其影响力正在以前所未有的速度流失，然而它依然对贵州少数民族现有的生产和生活产生着方方面面的影响。仡佬族神话《制日月》中就说，天地补好了，世上还是黑漆漆的，"祝融的姐姐敖标来造日月"。布什格、布比密、龙王、女祸、祝融、敖标……都是传说中的神，而由禄、盘古、力戛、报亥、牙巫、拱恩、阿祖则是各族祖先或带着神性的人。神与祖先同造天地日月，这与西方神创世界的观念完全不同，既反映了贵州少数民族的先民对自然现象后面那种超自然神秘力量的崇拜与敬畏，因而将无可解释的天地万物一方面归于神造，另一方面又相信创世者中也有他们业已逝去的先人，那是他们朦胧地意识到人类自身力量的一种暗示，在他们的宇宙观中创世者有着他们的祖先，也就是有着他们自己。所以这天地日月，林泉山水，大自然中的万事万物莫不与他们自身相关。贵州少数民族"俗好巫鬼"、乐天知命、天人合一种种观念与情绪都由此而来。同时，那些由他们想象出来的神没有一个不是人格神，人与神之间的亲和力表现得非常充分。一方面，他们天真地想象天神其实就是同他们一样的人，只是比人更有安排四时、昼夜的能力。如侗族的古歌《风》："当初风公住天上，坤岁上天请他来。风公下地四季分，春夏秋冬巧安排。"因为风公的能耐，"春天出气天下暖，夏天出气雨降落"。"秋天出气地打霜，冬天出气大雪落。"人类才得以按照四季的冷暖安排农事，安排人类的生活。[①]另一方面，在他们看来，神所创造的天、地、日、月，也总是比照着人类的样子，或者听命于人的安排。无论宇宙是神造也好，祖造也好，贵州少数民族先民总是将宇宙万物的来源归结为物，他们的想象与对世界的阐释都离不开可感知的客观实体。与抽象的理性相对的是，这种思维方式是感性的、形象的、直观的，这里既有万物有灵，并在此基础上产生出原始宗教的唯心论影子，同时也有着若干朴素的生态价值观。

---

① 贵州民间文艺家协会编印：《侗族文学资料》第五集，1984年印刷，第150页。

这种看似矛盾的观念其实是一种必然,这根源于他们的思维方式,即原始思维的特点。法国著名社会学家列维·布留尔在《原始思维》一书中把这种思维方式称为"原逻辑思维",说:"它不是反逻辑的,也不是非逻辑的。我说它是原逻辑的,只是想说它不像我们的思维那样必须避免矛盾。它首先是和主要是服从于'互渗律'。具有这种趋向的思维并不怎么害怕矛盾(这一点使它在我们的眼里成为完全荒谬的东西)。但它也不尽力去避免矛盾。它往往是以完全不关心的态度来对待矛盾的,这一情况使我们很难于探索这种思维的过程。"① 正因为这样,具有这种"原逻辑思维"的人们,他们"完全满足于自己的经验",因而"不作任何智力的努力,通过与一切人相同的智力过程的简单作用,就产生了他们自己的一种'哲学',一种幼稚而简陋的但无疑完全是首尾一贯的哲学。这种哲学看不见它所不能立刻完全圆满解答的问题"②。由此出发,少数民族先民对世界的解释才让现代人感到矛盾以至还有某些荒唐可笑之处;然而在他们的眼里,那不能自圆其说之处,也正是他们通过类比之后十分自信的颇为得意之处——较之现代工具理性的精于算计,这种思维方式的可贵之处恰恰在于它的近乎童真。因为在类比之外,他们还有一个可以任凭天马行空的想象和幻想,这弥补了他们解释世界时知识的不足,他们当然是可以心安理得、泰然处之的。这正是那种"幼稚"而"简陋"的哲学,却因为"首尾一贯"得以世代相传,在相当长的历史时期内,成为他们及他们的后人认识世界与自然的唯一依据。

而贵州少数民族的先民和后人在观察世界与大自然时,他们不是远离世界和自然,在世界之外去观察世界,于自然之上去观察自然;他们就在世界与自然之中,是其中的一分子,所以他们总是以自己为尺度,以人为尺度去观察、衡量客观世界,并将世界和自然拟人化。这种原始的哲学及思维方式,正好反映出他们力图与自然亲近,寻求和解,希望达到天人合一的意愿和理想,因而有着明显的人文色彩。

---

① [法] 列维·布留尔:《原始思维》,丁由译,商务印书馆2010年版,第71页。
② 同上。

第一节　铜鼓
——刻进贵州民族文化里的生态基因

铜鼓是乐器，但是在中国南方各少数民族社会生活中，铜鼓不仅是乐器，更是重器和神器，在漫长的岁月中，在民族文化的传承中占有重要地位，它被铭刻在这些少数民族的文化基因里，对他们的生产、生活观念产生着重要的影响，对铜鼓的信仰和禁忌，客观上促成了人们对自然、对生命的敬畏和自觉的维护。

据考古学界对贵州、云南、广西、四川等省出土铜鼓的研究发现，早在春秋战国时代，西南少数民族已经开始生产和使用铜鼓。古代濮、越及苗瑶族系都是使用铜鼓的民族，所以苗、瑶及由濮、越人演化而来的仡佬、侗、水、布依、壮及土家等民族一直在使用铜鼓。以贵州而论，"解放后，我省麻江、赫章、遵义等地先后出土铜鼓六面，贵阳、都匀、长顺、贞丰、丹寨、望谟、兴仁、册亨、安龙、从江等县，也曾征集铜鼓七十余面，这批出土和征集的铜鼓，其时代早至战国，晚迄于明清。以上资料不仅反映了贵州境内居住的古代民族至迟于战国时期已经使用铜鼓；而且，它还有力地证明了贵州铜鼓分布范围甚广，其古代民族使用铜鼓的时代延续甚久"[①]。有关铜鼓文化，不仅在《旧唐书》《宋史》《岭表记蛮》《黔苗图说》《黔记》及各种志书中有记载，贵州境内还留存了以铜鼓命名的山、岩、坡、关、原、坳、河、水、溪、滩、塘、潭、井、乡、寨等近百处，蔚为壮观。而在贵州各少数民族的习俗及民间传说中也留存了不少铜鼓文化的内容。例如，苗族叙事歌《娥娇与金丹》里唱道："用牛来祭祖，分鼓再开亲。只要他俩赔了礼，也算服了老规矩。"所谓"分鼓"，就因为鼓是氏族或家支的象征。即同家共鼓，同支共鼓。分鼓即把氏族和家支分开，意味着不再是同宗共支，可以开亲。布依族中有《铜鼓的传说》，水族也有《关于铜鼓的传说》。

仡佬族使用铜鼓的记载最早见于《旧唐书》："宴聚则击铜鼓，

[①] 宋世坤编：《贵州考古论文集》，贵州人民出版社2000年版，第98页。

吹大角，歌舞为乐。"使用铜鼓的习俗，"如清末民国初，安顺县湾子寨的老人在弥留之际，家人要将老人扶坐在铜鼓上落气后方行沐浴。平坝大狗场老人咽气时，除扶其坐在铜鼓上，还要用两面铜鼓垫脚"①。而在镇宁县茅草寨的仡佬族中，流行着在吃新节时唱《泡筒歌》的习俗，唱时要以吹泡木筒和击铜鼓伴奏："……泡筒、铜鼓哪个先？仙女在前造泡筒，古老（仡佬）后把铜鼓造，泡筒铜鼓来相配，结成一对传人间。泡筒腰间两个孔，铜鼓周身古老钱。泡筒下端削偏口，铜鼓周身有盘龙。仙女低头吹泡筒，古老围着铜鼓播。吹起泡筒播铜鼓，吹吹打打乐融融。泡筒吹响庄稼好，铜鼓打响庆丰收。泡筒吹响万物生，铜鼓播响世太平。泡筒铜鼓配成对，忍勒（仡佬人自称）世代万年传。"②

彝族在很长一段时间内，被学术界一些论者认为是没有铜鼓的民族。但是随着20世纪70年代云南楚雄万家坝春秋战国时期古墓中5面铜鼓的出土，结束了这种观点。而近年在贵州赫章可乐汉墓中出土的铜鼓，"与云南晋宁石寨山和江川李家山古墓群所出'石寨山式'铜鼓相比较，不管其质地、铸造技术，或是形制、花纹均相雷同"③。即属于滇系铜鼓，在彝族传说里，铜鼓富有神灵，最能集中地反映彝族铜鼓文化的是流传在滇桂交界地区的彝族史诗《铜鼓王》。

《铜鼓王》分梦鼓、铸鼓、争鼓、迁鼓、赞鼓、传鼓、祭鼓、卜鼓、诈鼓、祈鼓、卫鼓、赠鼓、借鼓、追鼓、分鼓、哭鼓、换鼓及承鼓等部分，记载了彝族先民从事原始农业，由制石斧到学会制造铜斧，由泥锅联想到造铜釜的过程。而铜鼓创始人为波罗夫妇，波罗在梦中见到铜鼓形状，醒后受到启示，决心铸鼓。夫妇二人经过多次浇铸，多次改进，终于造成公鼓母鼓："公鼓鼓声小，敲起发清音；母鼓鼓声大，敲起发浊音。清浊相应和，听起更迷人。公鼓波罗铸，众人记得清。母鼓谁人铸？就是罗里芬。两个'铜鼓王'，都是彝家

---

① 翁家烈：《仡佬族》，民族出版社1992年版，第79页。
② 贵州省安顺地区民族事务委员会编：《仡佬族古歌》，贵州民族出版社1991年版，第47—48页。
③ 宋世坤编：《贵州考古论文集》，贵州人民出版社2000年版，第316页。

人。同铸夫妻鼓,从此出大名。"① 在彝族传说里,铜鼓富有神灵:"四川凉山彝族自治州布拖县彝族传说铜鼓是天上居住的神人铸造的,它有公鼓、母鼓之分。有时天上下雨,公鼓应母鼓的呼唤,会飞向母鼓,互助匹配。又传说铜鼓是掌握风雨的,雨水多了,要杀白鸡祭鼓;如雨水不止,要杀白羊祭献,就能将雨止住;如天旱不雨,杀牲祭礼后,用木棒打击铜还有天上就会下雨。"② 彝文文献里,有关于使用铜鼓的记载:"在这一幢以后,还有一幢屋子。里面放着德家的九个鼓,其中以雁形的樊子为首,丈量的尺为其次,开穴刀为末,都陈列在这幢房子里。""以下的一幢房子,也有德家的九个鼓。……他们把铜和铁化合在一起,造成天鼓,安置在宽广的城里,造成地鼓,放在辽阔的地上,另外还有实妁造的阔口鼓,以及仙鼓,也安置在地上。……后来有一天,仙界的五个鼓,被狂风从树梢上刮下来,飘飘荡荡的,吹到笃慕俄的跟前,笃慕俄用布帛把鼓包好,传给儿媳德来保存。是这样的呀,德家虽有九十个鼓,但名贵的只有这五个鼓。成千的人都轰轰议论,上万的人也热烈赞扬,都说这鼓出名,能放射出月亮般的光辉,就把它陈列在一幢房子里。"③ 从中不难看出,早在六祖之前的笃慕俄时代,彝族先民就已有了铜鼓。事实上在尼能和实妁时代,他们就已知道熔铸铜鼓,用以祭祀祖先,或各种用途的铜鼓:"铸锅所余的材料,又用来铸鼓。铸九个有节的鼓给青人,铸八道箍的鼓给红人,铸给实妁的鼓响声震天,铸给实妁的地响声震地,天鼓响震天,地鼓响声好,额索的鼓声响天宫,实妁的鼓声回地府。铸一种藤缠形的鼓,箐鼓响云霄,箐鼓响星宿,舍鼓响牛睡,姑鼓响熊奔逃。嫩鼓传达权令,师人鼓诵经,铸造天界鼓,传说是这样。"④

苗族的打击乐器有铜鼓,有木鼓,多用于盛大节日或丧葬场合,既是乐器,也是祭器,在演奏时往往还伴有奔放的舞蹈。苗族的铜鼓来得颇为不易,民间传说《铜鼓的来历》是这样说的:

---

① 余宏模:《中国彝族铜鼓礼俗与〈铜鼓王〉》,《贵州民族研究》1998年第4期。
② 同上。
③ 贵州省民族研究所编印:《西南彝志》第15卷,1982年复印本,第356页。
④ 同上。

苗族祖先开始只有木鼓，也叫皮鼓。铜鼓呢，是天上传下来的。一提到铜鼓，人们都知道只有老仙婆务侯乜才有。据说，她参加开天辟地立了功，天王特地赠给她这珍贵礼物，叫她带回人间，与大家共欢乐。这铜鼓，花纹细致，敲起来山谷震动，人听了，心激荡，鸟听了，要唱歌。谁知道务侯乜带到人间以后，却独自霸占。她还特地喂了两只恶狗，成年累月守着铜鼓。两只恶狗凶猛异常，无人敢挨边。

每当节日到来，大家欢乐地围着木鼓跳的时候，都自然想到务侯乜那铜鼓。要是得到铜鼓，那该多好啊！有一年，年节到了，清水江边的龙头寨，有一对青年男女趁节日结婚，他们约了许多客人，准备好好热闹一场，样样齐备，最好还能借来务侯乜的铜鼓来敲一敲，那才真正心满意足了。

大家想出了一个办法：凑钱去找务侯乜把铜鼓租来用一天。结果，派去的人被务侯乜挡了回来，大家很扫兴。这时，有个后生叫波松嘎的站了出来。他说："亲友们！这样隆重的节日，又举行这样热闹的婚礼，不能没有铜鼓啊，我愿意再走一趟，去找告厅拉、务厅赛（告厅拉，男性；务厅赛，女性，传说是一对夫妇，五谷之王）想办法。"大家都赞同，波松嘎便跑去找告厅拉、务厅赛，讲了大家的心愿。告厅拉、务厅赛就给了波松嘎三把菜籽、三把凌、三把水、三把岩石，并教他怎样使用这些东西。波松嘎立刻回家找了两个白萝卜，在火坑烤得半生半熟，热得滚烫滚烫，再用烂棉花包好，装在一个小木盒里。把告厅拉、务厅赛给的东西放进荷包。一切准备妥当，他马上去找务侯乜借铜鼓。

波松嘎到了务侯乜家，正好务侯乜上天做客还没有回来。守铜鼓的两只恶狗见了波松嘎，猛扑过来，波松嘎不慌不忙地丢出两个滚烫滚烫的白萝卜，两只恶狗扑过去就咬，烫得叫不成声，在地上打转转，牙齿全给烫落了。波松嘎三步并作两步跨进务侯乜的堂屋，背起铜鼓就走。由于走得急，忘记看路，跌了一跤，铜鼓碰在石头上，响声震动山谷，传到天上。务侯乜听到铜鼓声，立忙赶回家来。一进屋，见心爱的铜鼓不在了，两只狗没了牙齿汪汪乱叫，务侯乜气得直跺脚。她立忙把两只手圈脱下，安在两只狗的嘴里,两只狗顿时有了利牙。务侯乜立刻带狗追赶。

波松嘎背着铜鼓跑,忽然听到狗叫声,知道是务侯乜追来了。狗的叫声越来越近,他立忙掏出告厅拉、务厅赛送的三把菜籽往路边一撒,眼前出现了三片鲜嫩鲜嫩的菜苗。务侯乜被菜苗吸引住了,她吆住了狗,立忙就打。等她打完三块地的菜苗,波松嘎已经走得很远很远了。

务侯乜打完菜苗又来追。狗叫声越来越近,波松嘎回头洒出三把凌,路面顿时又光又滑。务侯乜赶来,摔倒了,狗也没办法追。务侯乜找来火坑灰边撒边追的时候,波松嘎已经走得很远很远了。

务侯乜过了又光又滑的凌冻路面,又拼命追赶。狗叫声越来越近,波松嘎回头洒了三把水,顿时后面出现三条大河,水浪滔滔,把务侯乜挡住了。她立忙撑两只狗回家扛木槽。两只狗去了大半天才扛来木槽,务侯乜坐上木槽,两只狗护着木槽,把务侯乜送过河。等务侯乜渡过三条河,波松嘎已经走得很远很远了。过完三条河,务侯乜又拼命追赶。狗的叫声越来越近,眼看就要被追上了。波松嘎不慌不忙地拿出三把岩石,回头一撒,眼前出现了三堵万丈高的悬崖绝壁,把务侯乜挡住了。务侯乜本来可以跃上悬崖绝壁追赶,但两只狗却毫无办法,没有狗帮忙,她就是上去了,也无力从波松嘎手里夺回铜鼓,只好垂头丧气地回去了。

波松嘎站在高高的悬崖绝壁上,看见务侯乜带着两只狗往回走了,他打了个"阿乎"(注:指苗族唱飞歌结束时,或心情愉快与人再见的呼语),高高兴兴地把铜鼓背回了龙头寨。铜鼓拿来了,邻近村寨的男女老少都围着铜鼓跳呀、唱呀,一直跳了三天三夜。从此,悠扬的铜鼓声便响彻苗岭。①

铜鼓在布依族、水族人民心目中占有崇高而神圣的地位。在布依族的文化起源神话《铜鼓的来历》中,讲述了铜鼓在布依族人民生

---

① 燕宝编:《苗族民间故事选》,上海文艺出版社 1981 年版,第 86—88 页。

活中的重要意义：

> 布依族的铜鼓，既神圣庄严，又很金贵。传说，从前，布依族的老人死了，总是上不到十二层天去成仙，只是下到十二层海的地府里去。天上的太白星是个慈善的老人，有一晚，他驾着一朵彩云下凡来，托梦给布依族祖先说："凡间的老人死了，要想上十二层天去成仙，这并不难，只要你们到天上去问天神讨一面铜鼓下凡来，若老人死了，就敲三声铜鼓，因为只有铜鼓的声音又大又昂①传得远，天神听到铜鼓声，才晓得凡间死了人，就会差仙人下凡来把死者引到十二层天去。"太白星捋了捋胡子又说："布杰啊，你是个能人，能上天下地。你就从青龙山顶上那棵长齐天的马桑树上爬到天上去，向天神讨一面铜鼓来吧。"说完，驾着彩云回天上去了。
>
> 第二天，布杰醒来，按照太白星的指点，爬上高高的青龙山顶，又顺着长齐天的马桑树，爬呀爬呀，爬了九天九夜，周身被树桠树杈戳了几多血眼，但他一心想得到铜鼓来超度死了的老人上天，就咬紧牙继续往上爬，又爬了三天三夜，终于爬到了南天门。守门的天兵见了，正想上前阻拦，一见是以前捉雷公的那个能人，就急忙闪开了一条路，让他进天庭去。
>
> 布杰进了天庭，向天神把来意一五一十地说了一遍。天神想试他一下，看他是有孝心，还是善于吹捧。就说道："你要一面铜鼓下凡去超度死了的老人上天是可以，但我要问你一件事，你若答得对，就送，若答不对，就不给。"布杰忙说："你问吧。"天神说："天上地下，哪个为大？"布杰听了，心想，这个天神要我奉承他，夸他为大吧？不，我不能为了得一面铜鼓就说与良心不合的话。想罢，就一本正经地说："天上地下，爹妈为大！"天神听了，心里高兴，但故意马起脸②说："你答得不对，应该数我为大！"布杰并不改口，认认真真地说："不！你再大也是你爹

---

① 注："昂"，方言，意为声音很响。
② 注："马起脸"，方言，板起脸来的意思。

妈所生呀，没有爹妈，你从哪里来呢？"天神听了，捋着白胡子哈哈大笑，笑得满脸皱纹都舒展了几多，说："看来是个真正有孝心的人，不说假话。好，就送你一面铜鼓吧！记住，今后只要凡间老人死了，就敲三声铜鼓，我会差仙人去把他接引上天来。"

布杰谢了天神，背着铜鼓，高高兴兴地走出南天门。因为过于高兴，他脚下绊着南天门门槛，一跟头摔到地下跌死了，铜鼓也被摔破了个洞。至今，铜鼓的那个洞还保留着哩。

从那以后，布依族老人死了，就敲三声铜鼓，天神就晓得凡间死了人。在"开路"超度死者上天时，再敲九声铜鼓，天神就差仙人下凡来接引死者到十二层天上去成仙。过了很久，每逢过大年，腊月三十除夕和新年正月初一，一些布依族就要敲三声铜鼓，在十二层天上成仙的祖宗听到了，就晓得是凡间的子孙后代请他们下凡过年，就邀邀约约地来了，还由布杰领头哩。

因为铜鼓是天神所送，又是布杰用性命换来的，所以既很金贵，又很神圣庄严，平时不轻易乱敲，都要恭恭敬敬地珍藏着，更是要禁止任何人从它上面跨过，只有死了老人超度和过大年供请祖宗时才能启用。

又过了很久，凡间有了穷人和富人。富人心狠，又铸了最大最大的铜鼓，他们把大铜鼓一敲，声音传出去老远老远，声音传到哪里，他们就说那里的田地山川树木统统都属于他们，就霸占了那些地方。所以，哪家的铜鼓大，就越显示他有钱财和权势。

又过了很久，铜鼓还成了一个寨子或一个部族中的信号物。凡是寨子上有急事，或是受到外敌侵犯，寨老就猛击铜鼓，众人听闻，就聚集拢来，共同议事对敌。在和敌人打仗时，寨老猛击铜鼓，寨人或族人听了，勇猛无比。①

另一则布依族传说《打铜鼓》也讲述了铜鼓的来历和意义：

布依族为什么在办斋时要打铜鼓呢？铜鼓从哪里来呢？

---

① 燕宝、张晓编：《贵州神话传说》，贵州人民出版社1997年版，第391—393页。

铜鼓原来是在河滩里，是活的，凡是出太阳天，它都要出来晒太阳，于是被人们发现了，就把它抓了起来，但是不把它打死，它仍然会偷跑转去，后来，布依族人们就敲一个小圆洞，它死了，永远都不能活不能跑了。

铜鼓打起来，声音很吭，打起来非常震动人心。布依族就拜它为神。

人为什么会死，他们认为是鬼来害人才死，但人已经死了，又怎样？他的灵魂活转来上天去，不要在人间来乱害人；用人的声音不能吓走，怎么办？于是就以打铜鼓来吓鬼走，打来惊醒死人的灵魂活转上天去。于是就永远用了下来。

为了打得好听，必须有节奏，有统一，于是巫师们就编成十二首来打，打起来也非常动听，因此这十二首调子就通用了下来。①

直到今日，许多布依族村寨依然保留了节日、丧葬使用铜鼓的传统习俗，据《贞丰县志》记载："取用铜鼓时，要用一吊谷穗去'请'，并用黑布包好不让其露面，传说以防途中蹚水过河时，铜鼓会跃入水中和龙王打斗。"在过去，布依族村寨是不能随意敲铜鼓的，一般情况下，铜鼓一响，就意味着有重大的事情发生，因为铜鼓只能在节庆、丧葬或者祭祀的时候才能敲响。如今随着农村经济的发展，布依族村寨在农闲之余或有贵客来访也可以敲响铜鼓，但使用铜鼓时，也要盛上两碗米酒，将铜鼓祭拜一番。过去只要铜鼓一响，全村的男女老少都会不约而同地聚集在一起，"击铜鼓，邻村闻鼓声毕至"。来者开始是围着铜鼓静静地观看听赏（现在的年轻人已经很少看到这样的场面），凡是上了年纪的人前来，每人送上一碗米酒，嘴里抽着叶子烟，更是细细地观赏、聆听。击鼓完毕，场面顿时热闹起来，你一言我一语，对铜鼓的今昔议论纷纷，人人都显得很激动，似乎感到铜鼓声在诉说民族的历史，人间的悲欢离合……铜鼓不仅作为

---

① 中国民间文艺研究会贵州分会：《民间文学资料》第十九集，1959 年编印，1985 年翻印，第 17 页。

乐器保存,而且蕴藏着深厚的民族文化内涵和民族荣誉、尊严,体现了民族的凝聚力和感召力。① 布依族在节日使用铜鼓,主要是在农历正月和七月间,使用时将铜鼓悬挂在堂屋中或村寨的大树上,多数情况由寨老、族长或布摩击鼓为乐。春节期间使用铜鼓一般是从腊月三十挂到正月三十,过完"了年节"(注:布依族将整个正月都视为春节,春节的最后一年,意味着大年了结,这一天称为"了年"),布依族敲铜鼓的意义,一是庆丰收,二是祝年节,三是思祖德,四是驱邪恶,五是畅胸怀。布依族的葬礼中也要用到铜鼓,隆重的"古谢王(布依族葬礼)"仪式,没有铜鼓是不能举行的。"古谢"是布依语,意为"做客"或"做鬼客",是布依族盛大的祭祀仪式,参加的亲友和参观者可达千人,主人家都视为客人予以款待。"古谢王"中的经文,都是在布依族民间丧葬时由本民族的经师即布摩口诵,经文在布依族人民中世代相传,所唱的内容十分广泛,叙述了布依族生老死葬的观念和礼仪,有的还讲述布依族祖先开天辟地的神话和历史故事。布依族在进行驱邪的巫术时也是要敲铜鼓的,铜鼓既是乐器、重器、也是祭器。"据一些布依族老人介绍:小孩在夜里惊哭,第二天小孩的父母上街买一些糖果、香纸、酒水等物品,来到珍藏铜鼓的寨老家里,寨老将铜鼓用黑布包好,请出铜鼓,放置在堂屋中央的神龛上,嘴里不时地念着咒词,于是小孩父母将糖果、酒水放在铜鼓周围,点上香烛、纸钱,跪拜在铜鼓面前,嘴里念着祈祷的词句。仪式完毕,由寨老把包着铜鼓的黑布打开,父母抱着小孩,叫小孩用手摸一下铜鼓,小孩就再也不会在夜里惊哭了。"② 一些布依族地区至今依然有拜铜鼓为"保爷(即干爹)"的习俗,祭拜时父母带着小孩来到保管铜鼓的人家,带上香烛、纸钱,放鞭炮送礼物,主人家将铜鼓"请"到"家神"前祭拜,小孩面对铜鼓叩头三次,希望"保爷"(铜鼓)保佑其健康成长,保管铜鼓的主人家要买一套新衣服和包一个红包给小孩,取名的时候要带一个"铜"字或"鼓"字,如"铜心""铜妹""铜音""鼓声""鼓铃"等。

---

① 蒋英:《布依族铜鼓文化》,贵州民族出版社2006年版,第21页。
② 同上书,第32页。

铜鼓在水族人民心目中同样具有十分神圣而尊贵的地位，据说敲铜鼓会惊动天庭，惊动祖先，所以只有在重大喜庆的端节卯节等节日及重大的祭典时才能拿出来敲，否则祖宗会降罪，平时要精心收藏，重大节日使用前要由老人把鼓请出来，用酒来祭祀。水族还将铜鼓划分了性别，把铜鼓视为和人类一样有生命和灵魂。水族关于铜鼓的传说也有很多，有的说铜鼓是从天上带下来的，有的说是水王模仿秦始皇的宝贝造的，后来还经过了诸葛亮的加工和改造，还有能降龙伏虎的神鼓，如水族传说《端节降龙》说的是：

> 端节快要到了，水友寨的老老小小为了迎接一年一度的佳节，都欢天喜地地忙着打鱼虾、推豆腐及酿制米酒。男人们穿上节日的新衣，姑娘们戴上耳环、手镯，穿起绣花的褶裙，把寨子里的大铜鼓挂在寨子边上的一棵大榕树上，只等着过节那天迎接客人们的到来。到了端节除夕的前一天，四方八寨的男人都来了，唯独不见女客来。问他们，都说她们在家忙着过端节的准备，除夕天准能赶到。谁知到了除夕这一天，寨前那条奈劳河突然来了一条孽龙，涌起大波大浪淹翻了河上的石桥，妇女们来到河边谁也过不来。寨里人想撑船去接她们也被大水打了回来，人们只好无精打采地回家。第二天天快亮的时候，忽然听见奈劳河里波浪喧嚣，人们出去一看，只见一个圆东西和孽龙从上游打到下游，又从桥上打到了桥下，打得河水翻腾，吼声吓人。不久，河水退了，吼声小了，孽龙不见了，那个圆圆的东西也不晓得到哪里去了。等到天已大亮，人们看见石桥露出水面，妇女们也都过桥来了。这时大家才兴高采烈地跑到那棵大榕树下，想敲铜鼓来迎接客人。可是到树下一看，大家都惊呆了，挂铜鼓的绳子断了，铜鼓躺在地上，周身都是湿淋淋的，还挂着不少青苔和水草。人们明白过来，那个和孽龙打架的圆圆的东西，正是那个铜鼓。①

---

① 黔南文学艺术研究室：《水族文学史》，贵州人民出版社1987年版，第140页。

铜鼓作为神器，来历是不同凡响的，或是来自天上，或是仙人所授，不但来历非凡，而且承担着人间与天上沟通的桥梁作用，如《九仙和铜鼓》中所述："月亮山下有一个叫石龙的青年，由于得到与他相依为命的黄牯牛的指点，与天王的九仙女成了亲，后来九仙女飞回天上，黄牯牛又帮助石龙上天见到了妻子和岳父天王。天王出三个难题难他，石龙在黄牯牛和九仙女的帮助下，在天宫挖了一口天池，又用天池水酿成酒，并把九仙李种满天池周围，完成了三个难题。天王为得到这样一个人间最有本事的女婿而高兴，并把天上的传令宝——铜鼓送给他们作为结婚礼物，告诉他们'到了人间，你们丰收或遇到灾难，就敲响这面铜鼓，是喜，我来跟你们喝喜酒，是忧，我来帮你们战胜困难'。"① 铜鼓作为神器、重器，除了沟通天界和神灵，在危难之际，更是水族先民的保护者，铜鼓伏虎的故事是这样的："甲仿寨侧边茅坡上有一只老虎经常害人，害得人们关门闭户，连庄稼也不敢种。寨老听说邻寨有虎铜鼓可以吃虎，就派人去借来。但是这铜鼓既没有嘴又没有牙，如何吃虎？人们将信将疑，就把虎铜鼓放在寨老家的粮仓里。奇怪的是，从此，就不见老虎来骚扰。这天，寨老带大家打开粮仓，看看铜鼓，才发现铜鼓下面有一堆老虎骨头，鼓身上粘有老虎毛，原来，铜鼓真的把老虎吃了！"②

当然，在长期与汉族的交流融合中，少数民族的文化与文学也必然受到汉文化的影响，体现出了文化多元的交融性，水族《铜鼓的传说》是这样说的：

> 相传，从前还没有铜鼓的时候，水王到咸阳朝拜秦始皇，看见皇宫门外，挂着个又圆又大的宝贝（那阵，他还不知道叫做铜鼓）。轻轻一敲，声音洪亮，呜呜嗡嗡，十分好听。水王越听越喜，越听越爱，他想，我要是也有这么一个宝贝，该多好呀，呃——等我回去，也造个把敲着玩玩。
>
> 可是，这个宝贝叫啥名堂？咋个构造？他水王不便向人请

---

① 祖岱年等编：《水族民间故事选》，上海文艺出版社1988年版，第102页。
② 何积全主编：《水族民俗探幽》，四川民族出版社1992年版，第275页。

教，也不好下细看望，只从正面瞅了一眼。嘿，话虽这么说，可他看到的那部分，还是牢牢记住了的。

水王回来以后，把所有手艺高超的铜匠都传了去，要大家照着他口述的样式，来造那个他呼不出名堂来的宝贝。不久，宝贝就造成了。水王乐得合不拢嘴，谁知他敲了一下，脸刷地沉了下来，失声道："咦，见鬼咯，咋个没得秦王的那个响得好呢？"

匠人们说："大王，我们可是照你讲的样式搞的呀，你看还有哪点不合，我们再改改吧！"

水王又仔细检查了一遍，说："嘿，就是这个样子嘛，面子一点也不差，可是咋个整的呢？就是不如秦王的响得好！"

一个老匠人听出水王的话有纰漏，笑道："大王，面子不差，那么，尾子呢？是不是也像这个样子？"

这一问，水王直抓脑壳，结结巴巴地说："这个……这个……咦！我可没得看呐！"

老匠人说："唉！可惜！这样好的宝贝，你大王要是全瞧过，就好了，手艺这个玩意儿，半点也不能马虎啊！"

水王喝道："嗨！这个，你们就不懂得了！想想看，我咋个好勾头勾脑去看嘛！人家不笑话我？说你个水王连这个都认不得，还不是个乡巴佬么？"

匠人们都说："大王高见！大王高见！"

水王说："高见归高见，宝贝整成这个样子了，现在咋个做呢？"

那个老匠人说："怪我们没得高见，造成两头一个样子，屁股封起来了！这东西，要后头空哨才会响啊！"

老匠人说了，大家就动手改，将一个改成了两个，然后高高挂起，轻轻一敲，呜呜嗡嗡地响起来啦。

水王高兴得要死，也学秦王的样子，在他家大门外一边挂一个，平时轻易不让敲，逢端过节的时候，或有要紧事的时候才让敲。

三国的时候，孔明进兵牂牁，来到水族的地方，人们见孔明军队造饭、做菜都用铜鼓，盛米、装水也用铜鼓，觉得怪可惜，便围拢去蹲下去摸。孔明晓得水族喜欢铜鼓，可只有水王才有，平民百姓不得去敲，孔明便送大家一个。从此，平民百姓也有了铜鼓，要敲大家敲，要乐大家乐。孔明送的那个铜鼓，刻有"孔明造"三个字，后来，水族造铜鼓的时候，就想到孔明的恩情，为了纪念他，也刻上"孔明造"三个字。①

贵州境内的壮族自称"布依"，主要分布在毗邻桂北的边沿山区，生产生活习俗与布依族颇有相似之处。壮族也是一个热爱和敬重铜鼓的民族，在壮族中就流传着不少关于铜鼓的传说故事：

> 后来，天下地上的人多了，布洛陀嫌天地小了，就把天加大加高，把地加宽加厚，把山岭削低削小。这样一来，天和地离得远了，山岭也跟着离天远了。白天，山岭上下的一些旮旯角落，太阳照不到了；夜晚，月亮照不到的旮旯角落就更多。在太阳和月亮睡觉的时候，给天上人间做守卫的星星，也难得看清那些黑旮旯角落了。久而久之，这些长年阴黑的旮旯角落，就生出了毒虫恶兽和妖魔鬼怪，这些毒虫恶兽和妖魔鬼怪白天不大敢动，一到夜晚就猖狂得不得了，四处乱窜，时常撞进村寨伤害人畜。人们一追，它们又溜进旮旯角落里躲起来。它们看得见人，人看不见它们，硬是无法收拾它们。人们不得安乐了，就托风大哥上天去求布洛陀，把星星摘下来安在地上，只要星星的眼光把指甲大点的旮旯角落都照亮，使毒虫恶兽和妖魔鬼怪无法躲藏，人们就得安然了。
>
> 布洛陀是个很好很好的人，他聪明，有本事，又最关心人们的酸甜苦辣，又最能听取别人的意见，他听了人们的话，就笑着说："我们自己动手造吧，造出一种地上的星星，比天上的星星更好用。"
>
> 布洛陀说做就做，马上带领人们挖来三彩泥，做成一个个两头圆大中间小的模子，又把最好看的孔雀石采来，再砍来火力最

---

① 燕宝、张晓编：《贵州神话传说》，贵州人民出版社1997年版，第394—395页。

猛的青钢柴烧炼孔雀石。烧炼孔雀石的火好大呵！把天都烤红了，把地都烤烫了。眨眼工夫，三天三夜过去了，孔雀石都变成了金光灿灿的熔浆。布洛陀带领人们把金光灿灿的熔浆倒进三彩泥模子里，又眨眼工夫，人们面前堆着一个个两头圆大中间小的，有四只耳朵的金光闪闪的东西。这些东西上有刀剪、斧凿、鱼叉、耕织、狩猎、航行、游戏和占卜等许多图案；它一头封顶一头空，封顶上边是一个又大又亮的星星。大星星周围还有许多小星星。人们眼鼓鼓地望着这对金光闪闪的东西，都不知道叫什么名堂。布洛陀笑眯眯地提起一个来，拳头照它封顶上的大星星一擂，它就"抛曼抛奔""抛曼抛奔"地大响起来。这响声就是我们壮话的"保村保寨"，响声像雷一样，震得四山打抖，那些躲在旮旯角落里的毒虫恶兽和妖魔鬼怪，挨震得头昏眼花，肝裂胆破，个个东奔西逃，跑得脚不沾地。人们看到毒虫恶兽和妖魔鬼怪东奔西逃，欢喜得围住布洛陀和金光闪闪的东西唱歌跳舞，布洛陀一边捶着金光闪闪的东西，一边大声说："这些东西叫阿冉（壮语铜鼓之意），它们就是天上的星星！它们是忠诚勇敢的卫士，可以帮你们杀死毒虫恶兽和妖魔鬼怪，保护村寨；它们是好歌手，可以领着你们唱歌跳舞；它们是聪明能干的后生，眼下你们的本事太差，它们可以领着你们耕种纺织和打猎算命；它们又是聚宝盆，身子能装金银、五谷和美酒……有了它们，你们就得安居乐业了。"

布洛陀回天上去了，人们就按照他的吩咐，从阿冉（铜鼓）身上的图案学会高妙一点的耕种纺织本事和打猎算命，学会用孔雀石来炼成刀斧剪叉。哪里发现毒虫恶兽和妖魔鬼怪，人们就擂响铜鼓；人们要唱歌跳舞了，也擂响铜鼓；人们要庆祝节日了，又用铜鼓盛糯米饭、肥牛肉和甜美酒……铜鼓的用处太多了，壮家人太爱铜鼓了。不久，千山万岭上的家家户户、村村寨寨，都照布洛陀造的铜鼓的样子，造出了千千万万铜鼓，铜鼓越造越多，就像天上的星星一样。①

---

① 谷德明：《中国少数民族神话选》，西北民族学院研究所十五丛刊资料1983年发行，第188页。

铜鼓文化与竹文化一样，作为西南少数民族的文化符号，蕴藏着深层的民族传统与民族智慧，这种古老智慧的核心是天人合德、天人合一，通过人的积极能动性促进天地人三才并进，使人和自然和谐发展，蕴含着一种既要积极改造自然，更要保护自然的生态精神。当前世界的全球性生态危机，从根本上来说是以无限进步论和欲望动力论所导致的人向自然的过度索取所造成的，当人的物质欲望变得无休无止时，人也就失去了对自然万物的敬畏之心，"经济的优势之所以获得了一种严肃的表象，是因为虚构的'经济人（homo economicus）'，他从定义上就是自私的，就理性而言工于计算，在兴趣方面漠视他人，唯一的激情就是追求财富。我曾经长期相信这只是一种理论的虚构，后来我才明白，经济人借助于教育、物质存在的制约、社会灌输的标准和模式，仍然主宰着我们的精神和身体。他无所不在，以至于当我们问'这值多少钱？'时，我们不问一个物品是无用还是必须，也不管一幅画我们是否喜欢，我们只听到经济人的声音。金钱成为衡量一切的尺度，我们熟悉这个原则"①。人类的欲望，或者说贪欲同时也是自文明史以来社会发展的强大推动力，而当人类无法把握贪欲的度之后，过度的贪欲毫无疑问也已经使得现代人类环境污染、资源枯竭等生态危机急剧恶化，以至于人类文明本身已经成了危及人类生存的严重的污染源。"在所谓发达国家的生活方式中，贪欲是作为美德而受到赞美的，但是我认为，在允许贪婪肆虐的社会里，前途是没有希望的。没有自制的贪婪将导致毁灭。"② 少数民族古老而又深邃的生态智慧更多地来源于一种对宇宙本体的直觉体悟，如果说竹文化是一种直接的植物崇拜思想体系转化为少数民族的生态意识，那么铜鼓文化代表的则是更深一层的认知体系，这种认知体系源于泛灵论世界观，并传承至今而形成一种生态自觉。少数民族的这种生态智慧不像科学认识那样，从外部客观事物入手，以实验设备为手段，以精密的机械精神去探索世界的本质，而是对世界内部进行感性的领悟，以

---

① [法] 塞尔日·莫斯科维奇：《还自然之魅：对生态运动的思考》，庄晨燕、丘寅晨译，生活·读书·新知三联书店2005年版，第130页。
② [日] 池田大作、[英] 汤因比：《展望二十一世纪》，荀春生等译，国际文化出版公司1985年版，第57页。

直觉去把握宇宙的奥秘。与现代科学的二元论世界观最大的不同是，这种直觉思维对世界的认识没有主体和客体的分别，没有对象与自我的分别，当然，这种直觉思维在理性分析方面，在对事物多样性分析方面，在对观念形式化的逻辑处理方面，在对语言的使用做精确限定等方面，确实是远远落后于西方的理性能力与机械精神的，但是这种古老的生态智慧与西方的、现代的分析理性进行互补与融合在当前世界性的生态危机面前也越发重要，尤其是在认清人类在地球生物圈和整个宇宙的地位方面，少数民族的传统生态智慧有着更为清楚的认识。

第二节　民间信仰与贵州少数民族的生态自觉

贵州少数民族先民及其后裔或者借助语言文字，或者通过口述史的传承，不仅记述和保存了他们所创造的历史、政治、经济、军事、法律与文化种种，也真切地记述并反映了他们大部分的精神生活，为我们留下了如《洪水泛滥史》《阿仰兄妹造人烟》《射太阳》等既折射着历史，又充满了少数民族先民想象力的神话传说，留下了如《夜郎史传》《益那悲歌》《祖王与安王》等宏伟而大气磅礴的英雄史诗，对他们周围那些直观可感的又与他们的生活有着密切关系的自然物进行思考与探索，并由此形成了具有鲜明的地域特征的原始的宗教信仰。贵州各少数民族几乎都有自己的信仰，在这些信仰中，有先民们对自然的崇拜；也有先民们在母系氏族社会中形成的图腾崇拜，以及在贵州少数民族中特别盛行的祖先崇拜。作为原始宗教信仰，当然还包括与之相适应的一整套巫术仪式，行傩、祭祀、驱鬼、占卜等。上述原始宗教信仰是贵州少数民族精神生活的重要部分，由此构成了直至今日仍给他们的后人以重大影响的精神文化。从生态保护的角度来说，这些源自泛灵论世界观的信仰经过千百年来的口耳相传，融入到少数民族生产生活的方方面面，尤其是在他们的精神领域，这些信仰通过崇拜仪式、祭典、禁忌影响和约束着后人，经过一代一代的传承，形成了一种民族性的生态意识，可以说，从他们的生老病死和婚恋节礼，在他们的生产生活中处处受到这种生态意识的熏陶，他们的观念、意识、行为方式最终因为世代相传的信仰巫傩文化而成为一种生态自觉。

一　自然崇拜

自然崇拜在贵州少数民族先民的原始宗教信仰中起源最早，流传最普遍，影响也最久远。在远古先民们的自然崇拜观念里，他们相信万物有灵，不仅祭祀山神、树神，但凡自然界里的一切，在先民眼里，都是有灵魂的生命的存在。而灵魂是不灭的，在他们看来，当肉体死亡后，人与万物的精神却还存活着。因为灵魂不死，在鬼魂的世界里，比照人类社会，便同样有了善恶之分。因而在物，则有天神地祇，有山魈鬼魅；而人在死之后，也有灵魂升天或者成为厉鬼的不同。特别是对父母、祖宗的亡灵，子孙们更希望一方面为祖宗灵魂超度，另一方面也是为了不致让鬼魂留在人间作祟，所以就有了各种各样的祭祀活动。

这首先体现在对于天地的崇敬与祭祀。比如仡佬族的创世神话《布比格制天，布比密制地》便说，泥土是大地的肌肉，山坡是大地的脑壳，树木与草是大地的头发汗毛，消水坑是眼睛，山洞是嘴，江河是肠子，石头是骨骼，大岩就是肋巴骨……此外，从《太阳和月亮》以及《公鸡喊太阳》《巨人由禄》里都可以看出这些人格神的存在。少数民族先民又将人类社会中的善恶观念附会到这些异己的对象与神秘力量上，神鬼之说即由此而生。在他们的意识里，天就是至高无上的神；而地则养育了万物。同许多民族一样，"敬天""祭地"也就成了少数民族社会生活中的头等大事。彝族古歌中说："商量祭天地，几朴杜杀牛，司那吐烧火，杀牛来祭天，杀牛来祭地，打牛来祭日，杀牛来祭月。"① 唱的正是此种习俗。而他们对天的祭拜还包括了日月星辰乃至风雨雷电等。濮越族系作为农耕稻作民族，与天体、太阳的关系更为密切。几乎在每一个民族中都有"射太阳""喊太阳"或"救太阳"的传说。贵州少数民族热爱铜鼓，在少数民族中流传的铜鼓鼓面上不论是夷系铜鼓还是濮越人的铜鼓上都绘有太

---

① 《物始纪略》第一集，贵州民族出版社1990年版，第25页。

阳，可以推想，在远古时代必有更为广泛而庄严的祭太阳的活动。此外，在贵州各地的岩画中，多处都绘有太阳图像。如贵州开阳画马岩岩画中就有10个太阳图像，为空心圆形物，周围有许多芒体。①

除太阳之外，少数民族最崇拜的是雷。考察铜鼓产生的原因，即可了解到雷在百越族系的神话传说中，居于老大地位，因而有"雷王"之称。雷不仅掌管雨水，让人间造成干旱，还能造成洪泛，导致人类几乎毁灭。而在洪水神话中，雷的一颗牙齿又使人类得以延续再生，所以雷在少数民族的心目中实际成了影响人类生殖、繁衍能力的神，雷拥有至高无上的力量。

同样，风雨也受到少数民族的赞美；百越族系如布依族、侗族、水族等对月则怀有特别的感情；星对于夷人则是性命攸关的自然物："天上一颗星，地上一个人；天上一碗星，地上一家人；天上一星座，地上一族人。星好人聪明，星蠢人亦蠢，人死星斗败，人们常说道。"② 在少数民族眼里，"天为乾为父，地为坤为母。天地相合后，百草也茂密"③。他们是将天地奉为神灵，侍之如父母的。发展到农业社会以后，对土地神的敬奉就更为普遍和隆重。祭祀土地神的庙宇解放前遍及贵州城镇、乡村。每至祭祀之日，即杀鸡宰牲，以血洒灌地，如同《周礼·大宗伯》所称："以血祭之社稷。"在布依族地区，还有在腊月初八祭土地神的习俗，祈求土地神保佑五谷丰登。

他们对自然的崇拜远不止于此。除天地日月之外，大凡山、水、石、树、风与火等都是少数民族崇拜的对象。贵州几乎所有的少数民族都有敬山神、树神的习俗，在前一章中各民族三月三敬山神的风俗已可见一斑。有的村寨前还将石头立于庙内，披红挂绿作为神灵供奉。又如水神崇拜：布依、水族都兴祭河神，而在"开秧门"的第一天还兴祭水神。"拜霞"是水族岩石崇拜的代表性活动，"霞"是人们从水中捞起来的略似人形的石头，水族把它看作是水神，相信它具有调节雨水、庇佑庄稼的神力。水族"拜霞"是为了避免"霞石"被其他地方的人偷走而去庇佑其他地方，从而将"霞石"埋藏保护

---

① 王良范、罗晓明：《贵州岩画》，贵州人民出版社1997年版，第81页。
② 《物始纪略》第二集，四川民族出版社1991年版，第56—57页。
③ 《物始纪略》第一集，贵州民族出版社1990年版，第17页。

起来而拜"霞石"的代替品的情况。可见"霞石"在水族人民心目中的地位。除了"拜霞"之外，水族祭拜岩石的仪式还有"拜缪"，"缪"即水语"岩菩萨"；"拜善"，"善"即水语的巨石，等等。又如祭虫神，民间称为"赶虫"或"扫田坝"，多在六月初六举行。布依族古歌《六月六》讲述的就是与此相关的故事；彝族的火把节即有焚烧蝗虫的用意。

又如树木崇拜，仡佬、布依、侗、水、苗族等村寨一般都有一棵古树作为保寨树，每逢节日即用酒肉进行祭拜等。贵州台江县交毕寨有一棵倒栽杉树，苗族同胞认为它有神力，对其倍加保护和崇拜，雷山县掌坳村有一巨石，形似乌龟，当地苗族群众誉为石父石母，逢年过节为之焚香化纸，献肉祭酒，求其保佑。黔西北地区的部分苗族，他们在村子附近选择一片山林，每年农历的三月初第一个龙日，在寨老的主持下，人们带着米饭、酒和一只公鸡去祭山神。在一棵大树——树王面前祭祀，请鬼师念咒语杀鸡献祭，祈求山神保佑全村人畜兴旺，贵阳高坡、孟关等地的苗族，每年春节都要举行跳洞活动，以示祭祀。① 布依族大部分村寨都有神树或神林，布依族村寨的神树还有"雄神树""雌神树""龙王神树"之分，人们对神树世代加以保护，并且有很多禁忌。侗族对居住地附近的山岗、巨石、古树、田园以及生活中的水火都怀有敬畏感激之心，每建新村寨，在未立寨门之前，须先在寨内选择一地安置地神，叫作"堆独"或者"堆丙""堆腾"，即祭祀土地神的"社地""冢地""坛地"，地神又称"萨"，即祖母的意思，所以侗族祭祀土地神又叫作"祭萨"，同时侗族也有保护风水树的习俗。洞神对土家族的生活影响较大，洞神属于凶神，因土家族聚集的地区多有喀斯特地貌，山中溶洞较多，人们认为溶洞会抢走人的灵魂，若经过洞口，一不小心，便会被洞神抢去灵魂，特别是妇女和儿童容易"落洞"，一旦落洞，若不及时治理必死无疑。落洞的人表现为神志不清，必须由"土老师"打锣鼓，供奉土家族信仰的傩神公公傩神娘娘，念咒做法事与洞神争夺灵魂，土老师吹奏歌舞，全副法装，经过较长时间的交锋，少则半天，多则几天

---

① 《贵州省志民族志》，贵州民族出版社2002年版，第143页。

几夜,直到夺回灵魂为止,若仍不能夺回灵魂,则落洞者就无法挽救而必死无疑。瑶族对于古树、巨树、风景树、形状奇特的奇树、雷火劈过的怪树都敬若神灵,从不轻易触摸,更不敢砍伐伤害,凡小孩体弱多病者,夜间啼哭不安者,就在老人的带领下到大树跟前跪拜,然后更名为"木生""木保""木养""木高"等吉名。壮族崇拜树神,有保护风水林、风水树的传统,壮族学者覃彩銮先生在其著作《壮族干栏文化》一书中指出:"壮族对'风水林'的保护,种植乃至对于破坏风水林的处罚等,都有严格而具体的规约。由于风水林被赋予了神秘和神圣的属性,故而保护风水林早已约定俗成,深入人心,成为人们一种自发和自觉的行动。其实,对于风水林的保护,具有合理性、实用性乃至科学性,对于保持特定地区的生态平衡,防止水土流失或山土滑坡及山石的崩塌,保护聚落建筑及人畜的生命安全,给聚落营造一个绿荫的小环境,改善聚落区的气候条件,都具有良好的作用,这时壮族及其先民在长期的居住生活中不断加深对自然的认识以及顺应自然规律的经验总结。人们对风水林的神化和崇拜,一方面企图借助神灵的力量,以加强对于各种灾害的防范及其精神力量,另一方面也强化了人们对于风水林的保护意识,使之免遭人为的破坏,(避免这种破坏)影响聚落良好的生态坏境。"[①]

贵州少数民族对火的崇拜也十分普遍。比较而言,布依族有敬火星神的祭拜。他们若是看见流星从天上殒落,或是某年出现"扫帚星"(彗星)就认为得罪了火星神,会降灾于寨子;甚至黄牛钻进屋里,狗爬灶头及屋顶,都认为是火灾降临的预兆。于是全寨子出动,敬火星神。祭祀的地点设在田坝中央,届时由布摩一边摇铃铛一边念祭词:"火星从天降,人人心中慌,备办薄酒礼,敬奉火神回天堂。"这当然更主要的是因为火改变了整个人类的生活,能够取火御寒与以火熟食使得人类同整个动物界彻底地划分开,从而使人类有可能步入文明社会。正如彝族《物始纪略》中说:"天下凡间人,用火石相撞,碰撞出火星。火星闪一下,朽木枯草,见火就燃烧,是这样的哟。尘世间的人,有火不怕冷,有火不怕饿。从

---

① 覃彩銮:《壮族干栏文化》,广西民族出版社1998年版,第277页。

此以后,天下凡间人,学会使用火。"① 了解这一点,我们就不难理解为什么彝族会有一个"火把节",火把节上为何要如此狂欢。彝族的习俗,"过年要祭家堂火,烧山耕种要祭山火,野炊支三个石头煮食要祭火神,猎人在山上夜宿烧火也祭火,发生火灾时要杀牛宰羊祭火神"。因为在他们看来,"火从石头里跳出,火在草丛里跳舞。人们围着火笑。人们围着火跳。火就是神,神就是火"②。仡佬族除敬灶神之外,也有敬"火星神"的习俗。贵州安顺、平坝一带的仡佬族,每年正月十四或十五两日,要举行一次"扫寨"活动,又叫作"扫火星"。③ 上述彝、仡佬、布依三个民族,作为古代夷、濮、越民族主要的后裔,都有相似的对"火星神"的崇拜,这种文化遗存的保留,绝非偶然。

在贵州少数民族的自然崇拜以及相关的信仰中,最能体现他们对给他们带来了五谷粮食和动植物环境的自然生态环境的敬畏与崇拜的当数山神崇拜、树崇拜和土地崇拜,而这几种崇拜也是对后世的生态精神影响最为深远的。例如,前一章讲到的竹崇拜与竹王传说以及植物崇拜衍生出的各种节日礼俗,在少数民族的精神世界以及他们的社会生活中,这些信仰和节日礼俗实际上对他们的行为方式是有所指引和约束的。例如,风水树、风水林能滋润土地、涵养水源、储藏财富、保护村寨和河流,也能丰富少数民族的精神世界。少数民族通常认为"石大有鬼,树大有神",凡是生长在村寨周围的大树、巨石等都不准乱砍乱动,而是对其倍加保护和崇拜,过去在现代社会的主流价值观中,往往将这样的行为视为愚昧、落后、迷信,及至今日,我们仍然可以说其中的种种思维方式和行为方式确实有不合理的成分,然而今天我们更为担心的不是这些思维方式和行为方式会把周围的人拖到所谓的愚昧、落后和迷信的世界,反而是现代化、商业化、城市化大潮将他们带入到主流的文明社会中而造成他们原有的信仰流失——而且这种流失还是不可逆转的。

---

① 《物始纪略》第一集,贵州民族出版社1990年版,第47页。
② 朱文旭:《彝族原始宗教与文化》,中央民族大学出版社2002年版,第161页。
③ 贵州仡佬族学会:《仡佬族文化百科全书》,贵州民族出版社2002年版,第35页。

二　图腾崇拜

图腾崇拜是一种最原始的宗教形式。"图腾"一词来源于印第安语"totem",意思为"它的亲属""它的标记"。在原始人信仰中,认为本氏族人都源于某种特定的物种,大多数情况下,被认为与某种动物具有亲缘关系,于是图腾信仰便与祖先崇拜发生了关系,在许多图腾神话中,认为自己的祖先就来源于某种动物或植物,或是与某种动物或植物发生过亲缘关系,于是某种动植物便成了这个民族最古老的祖先。"totem"的第二个意思是"标志"。就是说它还要起到某种标志作用。图腾标志在原始社会中起着重要的作用,它是最早的社会组织标志和象征。它具有团结群体、密切血缘关系、维系社会组织和互相区别的职能。同时通过图腾标志,得到图腾的认同,受到图腾的保护。图腾的标志作用几乎体现在各个方面,如旗帜、族徽——中国的龙旗,据考证,夏族的旗帜就是龙旗,一至沿用到清代。古突厥人、古回鹘人都是以狼为图腾的,史书上多次记载他们打着有狼图案的旗帜,哈萨克族部落有的还打着狼旗。又如服饰:瑶族的五色服、狗尾衫,用五色丝线或五色布装饰,以象征五彩毛狗,前襟至腰,后襟至膝下以象征狗尾。类似的还有畲族的狗头帽。图腾崇拜首先要敬重图腾,禁杀、禁捕,甚至禁止触摸、注视,不准提图腾的名字。尼泊尔崇拜牛,以之为国兽,禁杀、禁捕,禁止穿用牛皮制品。因国兽泛滥,不得不定时将其"礼送"出国。其次要定时祭祀图腾。清刘锡诚《岭表纪蛮》:"每值正朔家人负狗环炉灶三匝,然后举家男女向狗膜拜,是日就食,必扣槽蹲地而食,以为尽礼。"一般来说对图腾要敬重,禁止伤害,但有时却有极其相反的情况。有的部落猎取图腾兽吃,甚至以图腾为牺牲。之所以猎吃图腾兽,是因为图腾太完美了,吃了它,它的智慧、它的力量、它的勇气就会转移到自己身上来。但吃图腾兽与吃别的东西不同,要举行隆重的仪式,请求祖先不要怪罪自己。杀图腾,是以图腾的灵魂为信使,捎信给祖先灵魂,让其在冥冥中保佑自己。让图腾灵魂转达自己的愿望。如印第安乌龟族人杀龟祭祖。所谓图腾文化,就是由图腾观念衍生的种种文化现象,也就是原始时代的人们把图腾当作亲属、祖先或保护神之后,为了表示自己对图腾的崇敬而创造的各种文化现象，这些文化现象，英语统称为 totemism。图腾文化是人类历史上最古老、最奇特的文化现象之一，图腾文化的核心是图腾观念，图腾观念激发了原始人的想象力和创造力，逐步滋生了图腾名称、图腾标志、图腾禁忌、图腾外婚、图腾仪式、图腾生育信仰、图腾化身信仰、图腾圣物、图腾圣地、图腾神话、图腾艺术等，从而形成了独具一格、绚丽多彩的图腾文化。

贵州少数民族从一开始就存在着族系多元、家支纷纭、部落繁杂的现象，少数民族历来有自觉保护野生动植物的习惯，这和他们的图腾崇拜有着必然的联系。贵州地处亚热带岩溶地区，前面章节提到过的神话、史诗、传说已经阐述了贵州少数民族先民视人类与万物整体共生的生态世界观，他们将自然中的动植物视为他们的祖先、同胞兄弟。苗族古歌《十二个蛋》讲："来看妹榜留，古时老妈妈，怀十二个蛋，来赞十二宝：白的什么蛋？黄的什么宝？白的雷公蛋，黄的姜央宝。花的什么蛋？长的什么宝？花的老虎蛋，长的水龙宝。黑的什么蛋？灰的什么宝？黑的水牛蛋，灰的大象宝。红的什么蛋？蓝的什么宝？红的蜈蚣蛋，蓝的老蛇宝。"① 苗族古歌中提到苗族的先民在人与万物同源的观念支配下产生了对动植物的崇拜，今天贵州有猫场、狗场、猴场、鸡场等地名，也是古时动植物崇拜留下的痕迹。贵州少数民族经历了历史上多次民族融合，有东来西迁的南蛮族群、西来东进扩张的氐羌族群、由南北上的百越族群，还有贵州本土形成发展的百濮族群，这些少数民族经过一次次的融合、冲撞，形成了一种区域性明显的民族文化。他们的信仰和观念互相影响，既有许多相近，也有许多相通之处，特别是夷人在与濮、越两大族系接触、融合的过程中，其图腾崇拜的遗存更呈现出杂多的格局。彝族的先民即古代的夷人，其杂多的图腾崇拜仅据丁文江先生《爨文丛刻》中《人类历史》的记载，前武支系的部落就有如下十一种，即"岩穴里面居"的"妖"；"树枝菜上居"的"绿"；"与飞鸟同居"的"鸣"；"深山老林居"的"虎"；"玄岩顶上居"的"猴"；"与野兽同居"的"熊"；"土穴洞里居"的"蛇"；"水池里面居"的"蛙"；"禾稼

---

① 田兵编选：《苗族古歌》，贵州人民出版社1979年版，第192页。

久同居"的"蚱";"与家禽同居"的"鸡";"与家畜同居"的"犬"等。① 而《西南彝志》中记"恒氏源流""创业兴家"也有云:"靠松树创天,靠柏树创地,靠鸿来兴土,靠雁来兴地。"此中的松、柏、鸿、雁等,显然都是以之为图腾物的部落名称。而彝族祖先武僰支系在竹图腾之外,还以虎、龙为图腾。彝族祖先的虎图腾已为赫章可乐出土文物所证实,在套头葬所用铜釜上铸有一昂首奋尾的立虎,立虎或变形虎的造型还见于南夷墓中的铜秘冒、铜带钩等饰物上。夷人甚至自称虎族,曾以"倮倮"为族称,倮音罗,而罗音彝语即为"虎",可见他们一向以虎族为自豪。其以虎、龙为图腾,在彝文典籍中也有清楚的记载:"地上虎势大,一只虎主管。虎有口福,生命握在手中。在高山,见它牧人喊;在平地,见它耕者吼;见它喜鹊噪,见它乌鸦叫。在深山,威势任其施。形美有人绘,绘在白锦上,挂在斋场上,镇压司和署(凶残的魔王),知道的人说,大地形如虎,是这样说的。""哎哺天地里,织锦绘龙形。四龙镇地界。大地的四面,龙盘时宁静,龙起时动荡,龙主管生灵。水由龙来喷,江河由龙布。……二十四种龙,形美有人绘,绘在白锦上,挂在灵棚边,压司与署。"② 彝族祖先的龙图腾,分为黄、青、赤、白、黑、灰等各色二十四种,又各有职司,黄龙主管天,青龙主管地,赤龙主西方,黑龙主南方等。

彝族祖先的龙图腾来源于对水的崇拜。在彝文献《勒俄特衣》中说"混沌演出水是一",认为天、地、人和万物都源出于水。在古夷人看来,龙就是主宰水旱的神灵,所以每当祈雨之时,必祀龙神。龙在布依人心中地位的崇高,是与造物联系在一起的。布依族始祖神布杰造太阳时,就曾得到龙的帮助。《淮南子·傣族篇》许慎的注中则说:"越人以箴刺皮为龙文,所以为尊荣之也。"可见百越族系以龙文身的习俗,正是以龙为图腾因而"尊荣"的原始信仰演变而来的。龙图腾与蛇,特别是与水蛇有密切关系,一般人认为蛇会变蛟,蛟又会变龙,所以蛇常成为龙图腾的替代物。以蛇为图腾的故事在濮越族

---

① 《物始纪略》第一集,贵州民族出版社1990年版,第202—205页。
② 同上。

系中都很多，如仡佬族的《蛇郎》《蛇大哥》《蛇与七妹》以及布依族故事《七女与蛇郎》等。布依族有一个《为什么祭龙》的传说：

> 古时候，天帝造了人，叫人住山洞。住了好多代，人住怨了，派鲍达去找天帝，对天帝说："天帝呀天帝，你叫我们住山洞，又黑又闷，能不能换个地方？"天帝说："在河边去搭房子住。"鲍达说："那猛兽虫蛇来了怎么办？"天帝说："叫龙保护你们。"鲍达回到地上后，见一群群牛踩平了一个地方，就去那里搭房子建寨筑城。可是搬到寨子后，养牲口养鸡鸭不发，种庄稼也不长。人们又叫鲍达去问天帝，天帝说："我叫龙跟你去，你们挖地基也不先讲一声，把龙都挖痛了，龙就往江河跑了。我教给你一套经书，你回去把龙请回来。"鲍达回到地上，照着天帝教的，念经请龙，从此寨子里的一切才好起来。所以，以后每当立新房都要请布摩来请龙，大年正月逢龙日家家户户都要请龙。①

布依族的摩经《请龙经》全长三百多行，用布依语唱诵，虽然是经文，但也具有很深的文学价值。壮族有青蛙图腾，壮族的"蚂拐节"即青蛙节，壮族以青蛙为图腾。"蚂拐节"分三个阶段：找蚂拐、孝蚂拐、葬蚂拐。正月初一，全体出动找蚂拐，先捉到者，放七声地炮，敬告天地，被尊为蚂拐郎，成为节日首领，迎回蚂拐，密封于宝棺之中，再端入花楼，在震天动地的铜鼓声和鞭炮声中送往蚂拐亭。从初一到月底，是给蚂拐守孝，晚上还要为蚂拐守灵。守灵满25夜后，葬蛙，杀鸡宰鸭，蒸五色饭，早饭后送到坟场安葬，还要打开上一年的宝棺，视蚂拐颜色以卜吉凶。少数民族的龙图腾、蛇图腾以及青蛙图腾和对水的崇拜也有内在的联系，因为贵州有不少山区属于缺水严重、靠天吃饭的亚热带岩溶地貌，象征雨水的龙、蛇、青蛙得到人们的崇拜也是一种自然而然的事，如水族农谚"看见大蛇

---

① 韦兴儒编：《贵州布依族民间故事选》，中国民间文艺出版社1989年版，第37页。

跑，大雨定来到"①。此外还有鱼图腾。布依族神话《安王与祖王》写安王之母为鱼女，后因安王捕食鱼又不听劝阻便愤然离去，这正是鱼部落以鱼为图腾的证据。《招魂经》是布依族的宗教经典之一，里面以古歌的形式讲述了一个动人的故事：古时候，布依族祖先翁（民族首领）与鱼女相恋成婚，生有一子。母亲对孩子说，她一生有一忌，要他千万不能捞鱼吃鱼。幼子好奇，有一次捉了一条鱼吃，母亲生气跳回江中，其子成为孤儿，后来被翁的后妻害死，成为游魂。后妻之子长大成人后，深知骨肉相亲，与父亲经过千辛万苦，把哥哥的游魂请回家来。这个故事告诉布依族的后人，布依族祖先和鱼有血缘关系，所以必须禁食鱼肉。布依族古时有禁食鱼肉的习俗，直到今天，布依族聚居的一些地区还有把鱼当作祖先祭祀的，每逢过年，都要用面捏成花鱼，放在神龛上祭奠。龙崇拜来源于蛇崇拜的流传变异，布依族是"百越"族的一支，古越人就有以蛇为图腾的。而龙（蛇）崇拜和鱼崇拜都是以自然物为崇拜。而在水族地区还有过端节时煮鱼虾以祭奠远祖的习俗，水族古歌《鲤鱼歌》反映的正是水族以鱼为祖先的意识。关于鱼图腾，布依族神话《安王与祖王》和摩经《请魂经》所讲的故事告诉人们，布依族祖先与鱼有血缘关系，所以禁食鱼。而水族的《鲤鱼歌》更直接地表达出水族以鱼为祖先的意识："咱鲤鱼/本住长江/地面广/四处游逛/鱼摆尾/波浪翻滚/鱼点头/红鳞闪光/庚午年/水府打仗/两条龙/你争我抢/……咱鲤鱼/心头害怕/一家人/逃往四方/……一家人/死去大半/只剩下/鱼爹鱼娘/夫妻俩/抹干眼泪/都柳江/安下家乡/春产仔/生儿育女/夏戏水/跳跃滩上/秋找食/江河漫游/冬怕冷/潜伏深塘/田地转/春去秋来/咱鲤鱼/才又兴旺。"② 这首歌谣，正是水族的鱼图腾的意识反映。龙图腾是鱼图腾在民族融合过程中的一种衍生，而在水族先民的心目中，常常会把"龙"和鱼混为一谈。在水族民间故事《水族为什么住木楼》里的龙女，时而变成红蛇（民间习惯称蛇为小龙），时而又变成大金鱼。而在《鱼姑娘》的故事里，鱼姑娘又被称为鱼龙姑娘。在水族

---

① 何积全主编：《水族民俗探幽》，四川人民出版社1992年版，第31页。
② 陈天俊、龙平久：《水族文化研究》，贵州人民出版社1999年版，第199页。

独特的悼丧仪式"开控"舞龙的时候，龙总是被扎成分节少短而肥似鱼似龙的形象。水族的"鱼龙混杂"的情况，更多地体现了一种民族之间互相影响、相互渗透的文化内涵。

土家族主要的图腾崇拜是白虎，也有部分地区同时崇拜鸡。土家族崇拜白虎图腾由来已久，至今民间仍很明显。土家族的白虎图腾可以追溯到古代巴人对白虎的崇拜，在今天沿河、德江一带土家族普遍还有敬祭白虎的习惯，而且白虎还分为"天门白虎"和"五方白虎"两种。土家族的白虎崇拜既敬且畏，在各种祭白虎的仪式中，最后都要驱赶或"送"白虎离开，确保人畜平安。

仡佬族、瑶、苗、彝等好几个民族都以狗为图腾，这在布依族中也有相关的反映。其由来正如《谷种的传说》中所说，谷种是"神狗"从天上带来人间的，布依族为了感恩"一直到如今，布依有风规，每年谷熟吃新时，先要把狗喂"①。畲族传说，其祖先为犬，名盘瓠其毛五彩。高辛帝时，犬戎犯边，国家危机。高辛帝出榜招贤，谓有能斩番王首来献者，妻以三公主。龙犬揭榜，前往敌国，乘番王不备，咬下番王首级，衔奔会国，献于高辛帝。高辛帝因其是狗，不欲将公主嫁他，正在为难之际龙犬乎作人语："你将我放入金钟之内，七天七夜，就可以变成人形。"到了第六天，公主怕他饿死，打开金钟一看身已变成人形，尚留一头未变。于是盘瓠穿上大衣，公主戴上狗头冠，他们就结婚了。

贵州少数民族的图腾崇拜在历史上对各个少数民族的生产生活具有重大的影响，尤其是对崇拜物的敬畏、亲近使他们对自然抱有感恩的心理，他们在利用自然、改造自然的同时，也始终把自己视为自然的一分子，这毫无疑问是一种朴素的生态理念，在很大程度上，这种发自内心的对自然物的信仰，对他们合理开发自然、循环利用自然物、与自然万物和谐相处起到了很大的作用。当然除了自发、自觉地爱护自然外，这些信仰崇拜也从乡规民约的制度上对人们进行约束，客观上加强了少数民族对自然生态的保护。如前面提到过的风水树、

---

① 李兴儒、周国茂、伍文义编：《布依族摩经文学〈造万物·造稻造麦〉》，贵州人民出版社1997年版，第5—8页。

风水林，人们不但在观念上对其抱有敬畏和热爱的态度，同时也受到习俗的制约，违背传统则会受到相应的惩罚。布依族、水族、侗族等民族有鱼图腾崇拜的信仰，鱼是他们生活中重要的食物资源，他们食用鱼（有的族群甚至禁止吃鱼）而又对鱼抱有感激之情，尽管鱼类资源丰富，少数民族却不会涸泽而渔，许多民族也都有爱护鱼类、不过度捕捞的意识和规约。侗族古歌唱道："鲤鱼要找池塘中间来做窝，人们也会找好的地方来落脚，我们祖先开拓了路团寨，建起鼓楼就像大鱼窝。"① 苗族古歌《铭记老人歌》唱道："让好鱼安居好池水，贵重木材长贵地。"② 贵州省德江土家族谚语："三天不撒网，鱼在滩上长。"③ 许多少数民族村寨划分河界，彼此不得越界捕鱼，同时对捕鱼的季节、方法都有规定，尤其不许用药毒鱼，这都是不向自然过度索取的生态观念。

第三节 巫傩、禁忌文化与贵州少数民族的生态观

一 巫傩文化

在贵州世居少数民族的民间信仰中，对自然、生殖、图腾乃至对祖宗的崇拜是一种比较常见的信仰形态。这源于万物有灵的原始观念，比万物有灵的观念产生更早，从春夏秋冬周而复始地运行，白天夜晚循环不断地交替等自然现象中，他们的先民已经意识到自然界有它自身的某种法则存在。在他们看来，支配这种法则的力量就来自于超自然的神力。他们以人类社会的道德观念加以比附，将其分为神、鬼两类：神行善事，可令风调雨顺，人寿年丰；鬼留恶迹，则让人畜不安，灾祸频起。他们甚至会发现，就在他们的群体之中，也有一种与众不同的人，能做常人做不到的事：如与神灵交通，祈祷人间幸福；同魔鬼打交道，能够驱逐并镇压邪恶。他们相信人间的"超人"

---

① 杨权、郑国乔、龙耀宏：《侗族》，民族出版社2003年版，第69页。
② 毕节地区民族研究所：《中国西部苗族口碑文化资料集成》（下卷），云南民族出版社2007年版，第1466页。
③ 德江县民族志编撰办公室编：《德江县民族志》，贵州民族出版社1991年版，第88页。

可以帮助他们去对付自然力或者超自然力的神鬼，巫术及其行巫的巫师便由此产生。巫师在女为巫，在男为觋。由于巫觋在氏族社会中大都由酋长担任，所以母权社会中巫的产生应在觋之前。

贵州多数世居少数民族"俗好巫鬼"。"有病则祭鬼乞福"，或"击铜鼓、沙锣以祀神"一类的记载，史不绝书，足见巫风之盛。一方面，固然是因为这里较之外界，生产力的发展相对滞后，社会进化缓慢，产生于原始社会的巫傩文化延续的时间特别长；另一方面，就不能不归因于这里喀斯特山地的地理及气候条件十分复杂，为以奇特、神秘为主要特征的巫傩文化准备了一个极相适应的外在环境及心理条件。少数民族相信万物有灵，不但祭祀山神、树神、石神、水神等，大凡自然界里的一切，在先民眼里，都是生命与灵魂的存在，他们崇敬天地祖宗和对人类有益的自然物，而对人有害的或者令人感到恐惧的自然物则被视为鬼怪，如发生灾害疾病等往往认为是鬼怪作祟。水族的魂崇拜是一种比较独特的现象。水族的"鬼"多，按照水族人自己的话说，"足不足，三百六"，水族可以数出名字的鬼魂就有三百三十多个，"三百六"之说并非夸大其词。鬼神崇拜是万物有灵观念的深化，水族认为万事万物都是有鬼魂的，万物之所以变化、运动、生长、枯荣，都是因为有灵魂的关系。直到今天，水族仍然根据鬼魂给人们带来的祸福把鬼魂归类为恶鬼和善贵。值得注意的是，在水族的鬼魂观念里，是有鬼而没有神的。一般民族之所谓"神"，水族称之为"善鬼"。"善鬼"主要有开天辟地造日月的牙巫、造人的牙线以及造山川平坝的拱恩，给人间造福的鬼灵，掌管小孩生死病痛的尼杭以及带来民族文明的陆铎公和家庭中故去的先人等。除了陆铎公被视为全民族最大的善鬼之外，在水族心目中，最重要的善鬼就是自己家庭先人的亡灵。而且，水族的善鬼并非永远都是一种赐福庇护的力量，相反，善鬼随时有转化为恶鬼的可能。比如，一旦供奉不周，香火不济，祖灵就可能发怒，作祟害人，于是，善鬼就变成了恶鬼。水族崇信的鬼魂很多，似乎整个世界都被看不见的鬼魂包围着，因此，敬鬼、请鬼（善鬼）、驱鬼（恶鬼）就成了水族鬼魂崇拜活动的主要内容。而这些祭祀祈福等活动只是在特定的节日才举行，具有一定的功利色彩，同时水族的善鬼并没有上升到上神的地位，充分说明了水族的鬼魂崇拜还处于泛神崇拜的万物有灵阶段而没有继续向前发展。

巫术之预卜吉凶、驱鬼通神的功能,是通过占卜、诅咒以及同敬神、驱鬼相关的一套形体动作、特殊语言实现的。当然巫术对于作为夜郎后裔的贵州世居少数民族来说,巫术几乎渗透在生产及生活的方方面面。传承至今,仍有很多表现,大凡祭祀、生产、驱鬼、招魂、求子、治病、建房、问卜等,往往都有巫术的影子。而巫师的活动,则涉及天象、物候、历法、农事、行医、卜卦、风水、丧葬、婚礼,各种习俗及禁忌,乃至历史、语言、文字、歌舞、信息传播等方面;这些在民间备受尊重的巫师,在彝族为"毕摩",在仡佬族称"老摩",在布依族、壮族称"布摩"或"魔公",在土家族则称为"土老师",在侗、水族称"鬼师",苗族称"鬼师""巫师",瑶族则称为"楼缅翁"……巫、觋之不同,据布依族学者韦兴儒的考察,布依族女巫设神坛后,能为人测卜家境、命运,为人禳解凶邪、疾病等,因为行巫时能进入迷幻状态,能代替死者讲述死后情状,又谓之"过阴"。布摩"专事丧葬和各种祭祀仪式"。他们不仅精通各种布依族祖传经典,"大都通汉文占卜、地理风水典籍"。虽同为神职人员,"但各司其职,各行其事"①。布摩的职责与功能近乎彝族的毕摩,布依女巫则与彝族"苏业"近似。不过毕摩在夜郎时代处于统治阶层,但二者所承担的主要是"师"的职务,即传授经文祭祀解惑等。由于他们精通本民族的巫文化,也是夜郎文化最主要的承传者及传播者,因此他们在夜郎文化的创造及其发展过程中,具有不可忽视的历史作用。

祭祀中最频繁也最惊心动魄的要算驱鬼逐疫的傩祭。傩字的本意,按《说文》上的解释,是"行有节度",后来转化为驱疫之意后,本意消失,按曲六乙先生的说法,是"人民在驱恶鬼时要发出'傩、傩'的呼喊声,所以叫傩祭"。贵州德江县傩技艺人的解释很直白:傩从"人"从"难",就是为了帮助人解决疑难。从傩祭驱鬼逐疫、占卜预测的目的性来看,这种解释有一定道理。傩祭一般在岁

---

① 韦兴儒:《女巫》,贵州人民出版社2001年版,第41—42页。

终进行，但因傩祭有国傩、大傩、民间傩的区别，在民间便带有随机性质，大概凡有病家需要，巫师即往行傩。民间有人认为患病是鬼魅作祟，所以虽也用药，相信神药两解，事实上多半只延巫驱鬼，对医药并不看重。那么巫师行傩驱鬼治病，是怎样的一种情形呢？如傩堂戏首先是开坛请神，然后是开洞，最后为闭坛。开坛、闭坛为傩仪，包括请神、酬神、送神的内容。而开洞则是驱鬼逐疫的主要部分，种种惊险的傩技即在此时展现；与傩技相随的是挥刀舞剑、画符念咒、怒声喝斥、敲竹拍板之类，调动各种手段同鬼魅搏斗，最终将其驱出。鬼是多种多样的，有凶死鬼、吊死鬼、过路鬼、老虎鬼、落水鬼、扯脚鬼、迷魂鬼、撒沙鬼、拦路鬼、伏墙鬼、矮脚鬼、闭气鬼、替死鬼……不一而足；傩技则有开红山、上刀梯、踩铧口、下油锅、口含红铁等。傩技在长时期发展的过程中，附加有迷信成分，但其特技部分，恐不是人们习惯上指斥的"迷信"，也不是无中生有的幻术。我们所看到的是事实，是傩技师的硬功夫。这些年来人们用"特异功能"来加以界定，其实并没有说明这类功夫产生的原因。其所显示的生命潜能，至今仍然是生物学、心理学、生命科学等学科尚待研究证明的课题。

而在巫师眼里，傩技本身还能收驱鬼治病之功。比如开红山，由巫师以尖刀从头顶敲入寸许，并取血献祭，是为了给那些遇上重大外伤、生命垂危的病家救急消难；上刀梯是给12岁左右的小孩子许过关愿后举行的法事；脚溜红铧是为了表现巫师超人的技艺而令鬼魅远遁；口含红铁则是为了给孕妇保胎……而画符颂咒也根据病家所遇之鬼相应禳解。土家族土老师画的符中有健身符、退病符、隔摆子符、隔鬼符、桃符、催生符、镇宅符、小儿夜哭符、破血封血符各种名目，咒也有藏身咒、雷山凝咒、收邪咒、灵官咒、安土地咒等各种咒语；而在布依族布摩的咒语中，还有茅草堵鬼路咒、小儿夜哭咒、手脚痛咒、褒奶咒、毒疮咒、疙痨咒、收血伤刀口咒，甚至有女人胎不能下咒等。而傩祭仪式在念、诵之外，还有唱有舞。正如王国维在《宋元戏曲考》中所说："巫之事神，必有歌舞。"据说仅德江一地土老师行傩时驱鬼退病用的"手诀"——由指上勾、按、屈、伸、拧、扭、旋、翻等动作所构成的手诀即有72种，加上它的踏罡步斗的舞步，锣鼓喧天的声势，形容狰狞、造型丰富的面具，原始古朴的唱腔等，使得傩仪在娱神之中又有了娱人的作用，此后在漫长的岁月里，傩仪更发展成为傩戏，以至成为"中国戏剧史上的活化石"。

撮泰吉是彝族的古傩。撮泰吉，彝语之意为"变人戏"，亦即演述人类如何变化而来。最初发现的地点在威宁县板底乡裸戛村，一般在每年正月初三至十五"扫火星"时演出。扫火星即彝族的"扫寨"活动，属于傩祭中驱鬼逐疫的一个重要内容。此时上演撮泰吉，正是为了扫除祸祟，使人畜得安，风调雨顺。撮泰吉演出时分祭祀、正戏、喜庆及扫寨四部分。出场的六个角色分别为：惹戛阿布（山林老人，不戴面具，着黑衣，贴白须）；阿布摩（1700岁，戴白须面具）；阿达姆（1500岁，女性，背一婴儿，戴无须面具）；麻洪摩（1200岁，戴黑须面具）；嘿布（1000岁，戴免唇面具，缺唇）；阿安（戴无须面具）。此外，另二人扮牛，三人扮狮子，敲锣、钹伴奏者二人。计有演员13人。演出前六演员均以白布裹身，象征裸体，戴木制面具，以人类刚直立行走时的步态上场。祭祀时由山林老人率领，拜天地、祖先、山神、谷神，跳铃铛舞，模拟祖先迁徙时攀登悬崖或互相背驮之状。正戏部分则表现夜郎人创业、生产、繁衍、迁徙的历史。有种种关于驯牛、耕地、撒种、薅土、收割、翻晒、贮藏的动作，也有嘿布于阿达姆身后与之性交的示意性动作，阿布摩发现后即追打嘿布，接着也与阿达姆性交，显然是群婚制时代婚俗的反映。此外尚有阿达姆搂着阿安哺乳，以及阿安与众人亲密无间的场景，表现了初民的群居生活。正戏结束，锣鼓声中有一段逗弄狮子的舞蹈。最后是扫寨：由山林老人率众角色挨户走寨，为各家扫火星祈福。惹戛布念诵着祝辞，向主家要来鸡蛋，从草房四角取一根茅草，然后到寨边建有灵房的山上，将三只鸡蛋埋于土中，其余则以茅草煮食并高呼："火星走了！火星走了！"次年由扮演山林老人的演员将鸡蛋掘出察看：倘鸡蛋未坏，则预示来年丰收，六畜兴旺；反之则预兆不祥。

以扫寨而论，其在贵州各世居民族的傩祭中都有此俗。仡佬族定在吃新节后第一年正月或二月举行。扫寨时祭师一手持长刀，一手执巴茅杆，仍然串寨挨户行走，所颂经文与"撮泰吉"不全相同："火星灾难扫出去，金银财宝扫进来；妖魔鬼怪扫出去，人丁平安扫进来，凶气邪气扫出去，六畜兴旺扫进来；要是哪样扫不到，神灵带去九霄云。自从今天扫过后，寨邻老幼得安宁。"① 布依族扫寨时巫师不用面具，但需戴纸制的法帽，上绘凤凰、牛头马面之类，应是面具的变异。其与彝、仡佬族扫寨不同之处，是串寨时要由两青年抬着一只竹编的"龙船"，这大概与其先民越人生活在水边的习俗有关。扫寨结束后要将龙船烧掉，在寨口上还要将茅草反扭成绳牵于一两丈高处，以示将恶鬼已隔绝寨外。

过去，我们将少数民族的巫傩文化全盘归类为"封建迷信"，客观地说，巫傩文化因其自身所带有的强烈的神秘主义色彩以及原始、闭塞的认识论，其中确有一部分蒙昧成分和反科学性。但是作为少数民族多元文化的一个组成部分，巫傩文化在一定程度上维系着少数民族敬畏自然、善待自然、回归自然的生命哲学，而相应的习俗观念和认知体系，也有别于城市文化，逐渐演变成了少数民族生活中的禁忌系统，当巫傩文化和禁忌系统渗透在人们的衣食住行中，就对人们的思维和行为产生着重要的、持续的影响，约束人们的行为，使人们在一种自我克制的传统中延续着与自然和谐相处的生态精神。

二 禁忌

与傩祭相关的巫术有占卜术、招魂术等。占卜除蛋卜之外，又有鸡卜、草卜、竹卜、龟卜、米卜、钱卜等，以卦具论，则有竹卦、木卦和角卦。巫术既然以祈福禳灾为目的，而巫师又以能预测吉凶祸福为能事，那么在积极主动地酬神驱鬼之外，势必要告知主家种种防范性的措施，于是就有了各种各样的禁忌。

禁忌又分为生产禁忌与生活禁忌两大类，生产禁忌中如仡佬族戊日不动土；彝族马日不修房；布依族大年初一不动土，阳雀叫和听春雷三次都不能出工，四月八不耕种，每月逢四不挖土，戊日、甲子日忌生产；侗族每年第一声春雷响后，每隔十二日为忌雷日，都不能下田劳动，立春后五个戊日忌下田，同仡佬族相似，此所谓"戊日不动

---

① 贵州省安顺地区民族事务委员会：《仡佬族古歌》，贵州民族出版社1991年版，第59页。

土"，秧苗出水前及栽秧未结束忌吹芦笙、扇扇子；水族最普遍的是忌雷，从闻新雷起，忌动土，第一轮甲子忌七天，第二轮忌五天，第三轮忌三天，第四轮以后忌一天，直忌到栽秧时止，种水稻、棉花时，忌说庄稼长得不好，种水稻时还禁在田边烧竹子；苗族也有忌雷的禁忌，春雷响后，头雷忌三日，二雷忌二日，三雷忌一日，忌日内都不能出工，从撒秧至收获时，禁吹芦笙，敲铜鼓，击木鼓、斗牛；荔波瑶族猎手出猎前忌房事，禁女子参加狩猎，忌在猎场内吐口水，见蛇入洞，忌跨越猎枪，忌与女子下塘捞鱼等。生活禁忌又有语言禁忌、饮食禁忌、婚丧禁忌、生育禁忌及行为禁忌种种的不同，如仡佬族首次从粮仓中取出的粮食，只能由家人吃，忌与他人分享，包括已出嫁的女儿、分家的兄弟，已出嫁之女除夕忌回娘家过年；彝族忌从火塘上跨过，禁吃狗肉，忌以石板作菜板，用竹饰子装肉，姑娘理羊肠子，用镰刀剖羊肚；布依族禁婚外、婚前性关系，在祭供祖灵及各种神灵之处禁大小便及口出秽语，扫寨时禁外村人入寨；侗族忌鸡早啼，半夜牛叫，以为是火灾之兆，忌同姓结婚，接亲时忌碰上孕妇、丧事，死于外者忌尸、棺入寨，忌带孝进入人户，妻子怀孕，忌丈夫为人抬棺，孕妇忌在娘家分娩；水族接亲时最忌途中打雷，已嫁女子忌死在娘家，族中有人亡故，全族人都忌吃荤；苗族逢年过节，贺人结婚生子，忌送白鸡，禁用刀、斧砍门槛，早起忌说蛇、虎、豹、神鬼等，凡鹰、鸦栖于屋顶为不吉，不发生火灾，即可能死人等。

贵州各世居少数民族中的各种禁忌可以说不胜枚举，这些禁忌尽管在时间、方法、对象上有这样那样的不同，但也不难看出，有许多相似之处，甚至不少禁忌为各民族所共有，其产生的根源，正如弗洛伊德所说："塔布（禁忌），就我们看来，它代表了两种不同方面的意义。首先，是崇高的、神圣的，另一方面，则是神秘的、危险的、禁止的、不洁的。所以，塔布即意指某种含有被限制或禁止而不准触摸等性质的东西之存在。"[①] 上述禁忌也正表明了这一点。弗洛伊德还谈到禁忌在人类社会早期所发挥的历史作用："在早期，破坏禁忌

---

① ［奥地利］弗洛伊德：《图腾与禁忌》，杨庸一译，中国民间文艺出版社1986年版，第31—33页。

所遭受的惩罚，无疑是由一种精神上的或自发的力量来控制：即由破坏的禁忌本身来执行报复。稍后，当神或鬼的观念产生以后，禁忌才开始和它们结合起来，而惩罚本身也就自动地附随在这种神秘的力量上了。在其他的某些情况下，可能是这种观念的延伸，团体负起了惩罚破坏者的责任，因为，这些破坏者的行为已严重地危害到同伴们的安全了。也因此，对于人类最早的刑罚体制我们可以远溯到禁忌时期。"①

贵州少数民族的禁忌制度成了他们在生产及生活中必须遵守奉行的戒律，习以为常之后，甚至成了他们的习惯法及内心的命令，它有助于抑制人无止境的欲望，并且有助于其道德伦理的养成，从而有助于社会秩序稳定，包括私有财产的保护，婚姻的神圣性，对人的生命的尊重，生态环境的保护都有着不可否定的作用。而少数民族社会正是在这些禁忌的维系下发展起来的，作为一种文化现象，应该充分肯定其在历史上曾经发挥的作用："大多数人类学家都认为，在人类社会早期，如果没有巫师和巫术存在，便不可能获得发展。重大的民族祭祀，村社事物的裁决，消除疾病祈望康宁，以及对自然、外界的抗争，对集体和个人行动之确定等，如果没有巫师的参与和提供决策，都不可能有秩序、有组织、有意识地进行，也不可能求得有效的解决。巫术对媒介并无特殊的要求，要做X就要遵循Y，其原因和结果的直接性使马林诺斯基把巫术称为初民的科学。"②

少数民族的巫傩和禁忌文化从客观上来说，在很多地方都起到了约束人们行为和观念、保护自然界的动植物的作用。当他们对某种动植物怀有敬畏或鄙视时，尤其是涉及信仰、巫术活动时，他们会少吃或者不吃某种动植物，这毫无疑问也是一种对自然资源的保护。还有一些禁忌虽然不是直接保护动植物，但由于这些禁忌为自然中的动植物，尤其是动物提供了足够的生存空间，实际上也具有生态保护的价值。

---

① ［奥地利］弗洛伊德：《图腾与禁忌》，杨庸一译，中国民间文艺出版社1986年版，第31—33页。

② 庄孔韶主编：《人类学通论》，山西教育出版社2003年版，第392页。

第六章

民间娱乐中的生态驱动力

一 来自深层生态学的启示

20世纪中期以来,兴起于西方,波及整个人类社会的生态环境运动,不仅产生了众多的环境保护组织,也产生了众多的生态思想流派,面对着人类社会的经济、科技空前发达,一场全球性的生态危机的形势也空前严峻的局面,许多人都忍不住在问,我们人类究竟是在哪里走错了路?没有人能够准确地回答这个问题,但是有许多人满怀忧虑地对此进行了思考并给出了建议,英国环境哲学家罗宾·阿特菲尔德将众多纷繁的问题、思想和理论进行了归纳总结,大致概括为五类,即人口理论、富裕理论、技术理论、资本主义理论、增长理论。

早在18世纪,著名的人口学家马尔萨斯就指出了人口过度增长的危险性,在他的名著《人口原理》中提出:"人口的增值力无限大于土地为人类生产生活资料的能力。人口若不受到抑制,便会以几何比率增加,而生活资料却仅仅以算术比例增加。懂得一点算术的人都知道,和后者相比,前者的力量是多么巨大。"① 马尔萨斯具有预见性的观点在两个世纪以后得到了应验,到了21世纪初期,地球人口的总数量已经达到了70亿,过快过度增长的人口使人类与生存环境的关系空前紧张,除了粮食的供给问题,人类活动也前所未有地扩展在地球上几乎每一个角落,吞噬着包括人类自身在内的所有物种的生存空间。美国生物学家保罗·埃利希早在1968年出版的《人口炸弹》

---

① [英]马尔萨斯:《人口原理》,朱泱等译,商务印书馆1992年版,第7页。

一书中就曾经发出警告，指出人口的增长在 20 世纪就已经趋近高峰，一旦人类自身的繁殖能力超越了自然的负荷，就会给自然带来恶果，而这一恶果也必然殃及人类自身。埃利希的观点得到了很多人的赞同，罗马俱乐部总裁奥利雷奥·佩切伊直接就把人口爆炸看作为导致人类衰退的第一大因素，联合国教科文组织总干事费德里克·马约尔也把人口问题列为当前最突出的七大问题之首，巴里·康芒纳在其著作《封闭的循环》中强调："污染问题是人口带来的结果……人口密度增加了，天然的化学和生物的再造过程变得超负荷了……无限制的生育将会给所有人带来灾难。"① 然而，人类与曾经统治地球的其他物种（如恐龙）最大的不同在于，恐龙时代的终结并非来源于恐龙自身的无限繁殖，恐龙的繁殖受制于自然并保持了自然的平衡，而人类的生育则正在和已经突破了自然的规则，人类赖以打破恐龙无法打破的自然法则的武器则是经济和科技，或者说这二者本来就是合二为一的。

工业革命拉开了人类历史上经济最繁荣时代的序幕，工业化为人类积累了前所未有的财富，使人类社会的经济保持长期快速的增长，看起来工业化的脚步足以解决人口与生存的问题，然而到了 20 世纪中后期，人们却发现实际的情况并非如此。1972 年，随着罗马俱乐部的第一份全球问题研究报告《增长的极限》问世，持续了两个多世纪的经济增长方式开始受到广泛的质疑。《增长的极限》的作者 D. 梅都斯等人对决定和限制经济增长的五个基本因素进行了长期的调查和演算之后，得出结论说："如果在世界人口、工业化、污染、粮食生产和资源消耗方面按照现在的趋势继续下去，这个行星上增长的极限有朝一日将在今后 100 年中发生。最可能的结果将是人口和工业生产力双方有相当突然的和不可控制的衰退。"② 然而深受工业化鼓舞的人类社会在很长时间和很大程度上对于类似的观点一直不以为然，并把眼前的危机视为生态主义者的危言耸听，因为不管是人口问题还

---

① ［美］巴里·康芒纳：《封闭的循环》，侯文惠译，吉林人民出版社 1997 年版，第 3 页。
② ［美］D. 梅都斯等：《增长的极限》，李宝恒译，吉林人民出版社 1997 年版，第 17—18 页。

是经济增长的问题，人类社会通过科学技术的不断发展进步，似乎都可以完美地解决，如新能源开发、转基因技术以及各种有机合成技术，人们相信技术可以解决一切。

自从人类进入现代工业社会以来，人们就对科学技术所带来的巨大物质财富感到欢欣鼓舞，并对于技术给人类自身所带来的精神幸福的力量一度深信不疑。当然这种满足感和幸福感正在不断地下降，不管是核技术所带来的危机，还是基因工程造成的伦理颠覆，又或者是杀虫剂、除草剂以及医疗废物所造成的致命影响，都让人们越来越清楚地认识到科学技术本身就是一把双刃剑——人类在运用科技搜刮自然的同时，也在给自己挖掘坟墓。科学技术在带来地球表面繁荣的同时，也一直在严重地破坏地球生态系统的稳定性和原有的秩序，例如：城市对荒野的吞噬；伐木、采矿对森林、草场、山谷的毁坏；人工建筑对海洋、湖泊的影响；等等。科学技术创造了前所未有的现代物质文明，更为毁灭人类文明乃至人类赖以生存的地球提供了高效的毁灭性的手段，例如，核武器的存在，"当时的一个重要事实是，欧洲国家质检的平衡，所谓的和平共处，竟要由可能会向我们的小小地球释放宇宙能量的核武库来保证。随着苏联和美国在核武库的压力下进行谈判，人们越发意识到这些宇宙能量就是最理性、最成熟的灭绝地球上一切生命的手段。这一切都来源于这种死亡文化：面对彻底毁灭的威胁，是人们精心盘算的冷漠；面对人类和自然绝无仅有的杰作——民族和物种的纷纷灭绝，使人们听之任之的态度"①。然而技术本身是无罪的，问题在于"如果现代社会在生态上的失败是因为它在完成它的既定目标上的成功的话，那么它的错误就在于其既定的目标上"②。"但如果我们的道德没有给予支持，那么伤害自然的行径就不可能发生。"③

在对待自然的态度和思考生态问题的根源上，生态运动自身逐渐

---

① ［法］塞尔日·莫斯科维奇：《还自然之魅——对生态运动的思考》，庄晨燕等译，生活·读书·新知三联书店 2005 年版，第 2 页。
② ［美］巴里·康芒纳：《封闭的循环》，侯文惠译，吉林人民出版社 1997 年版，第 148 页。
③ ［法］塞尔日·莫斯科维奇：《还自然之魅——对生态运动的思考》，庄晨燕等译，生活·读书·新知三联书店 2005 年版，译者序第 12 页。

分成了两个阵营,其中一个阵营还是以人类的利益作为出发点,主张通过技术和经济政策来解决当前的生态问题,另一个阵营则强调生态危机的根源在于当今人类社会的主流价值观,从整体的视野来评估人类在自然中的地位而不是把人类置于世界的中心。挪威哲学家阿伦·奈斯将生态运动中分化的两个阵营区分为浅层生态学与深层生态学,按照奈斯的观点,"浅层生态学只关心发达国家公民的健康和富裕,因而它只针对污染和资源耗竭问题制定对策,深层生态学在反对污染和资源耗竭的同时将问题引向它的根源,如反对把人与环境区分开来,相反,赞同联系的、整体的形象,认为生物有机体都是生物圈范围内的平等主义;倡导多样性原则和共生原则,认为多样性提高了生存潜力,新生命类型产生的机会和生命形式的丰富。因而鼓励人类生活方式、文化、职业、经济等方面的多样性,反对经济、文化侵略与统治。它主张用多样性、共生和生态平等原则来处理人与人、人与自然的关系,因而在政治上,主张地方自治与非中心化等等"[1]。浅层生态学与深层生态学在思想观念上有着本质的区别,浅层生态学延续了现代工具理性的主流价值观,将科技视为解决一切问题的唯一途径,认为污染问题只能通过技术来解决,如用技术净化空气和水,缓和污染程度,或者用法律把污染限制在许可范围内,甚至把污染工业输入到发展中国家,1984年的印度博帕尔毒气泄漏事件就是污染输入导致的重大工业灾难,这场灾难导致了2万人死亡,12万人严重受伤,灾难的原因则是美国联碳公司在印度博帕尔的杀虫剂工厂发生泄漏。深层生态学对污染问题更多的是给予长远的关注,要求发达国家对第三世界国家无力支付治理污染的费用给予援助,"它的口号是:输出污染不仅是对人类的犯罪,也是对所有生命的犯罪"[2]。浅层生态学的核心价值观还是人类中心主义的,相信技术开发能够妥善处理资源消耗的问题,尤其是可以用市场的高价格来保护稀缺的资源,然而事实证明偷猎分子铤而走险并导致大量珍稀动物灭绝的原因,也正是市场的高价格。浅层生态学不但依旧处于人类中心主义的,而且还

---

[1] 雷毅:《深层生态学:阐释与整合》,上海交通大学出版社2012年版,第9页。
[2] 同上书,第10页。

是西方中心主义的,浅层生态学把人口过剩主要看作是发展中国家的问题,并把西方的工业化作为发展中国家追求的目标,主张以西方国家作为范本,在现有的社会经济和科技框架下来治理和解决环境问题。在对待文化的态度上,浅层生态学的主张同样是以西方现代社会的文化为中心的,这种工业社会流行的骄傲自大依然在当今社会中占据着主导地位。

本书在对少数民族民间文学与文化进行发掘和整理时,始终面临这样一个问题,即本课题所研究的对象属于"落后地区"(在全国范围内,贵州省属于经济排名靠后的省份,在贵州省内,少数民族地区属于经济欠发达地区)的"落后文化",而这样的研究既不能为研究对象带来直接的经济利益,如工商农业的开发、城乡建设,也不能带来隐性的经济价值,如宣传和打造新的旅游景点,或是通过对某种文化现象的论证扩大它的影响力,甚至也无意对研究对象进行开发和利用,提升其商业价值。那么,这样的研究究竟有何价值?这一问题的答案,从深层生态学的哲学思想中或许能得到一些启示。国内较早介绍和研究深层生态学的学者雷毅认为:"在文化多样性与适宜技术问题上,浅层生态学把西方的工业化作为发展中国家追求的目标,认为西方的技术与文化的多样性是一致的。深层生态学则认为低估了非工业社会深层文化的差异,这种差异与当代西方标准是完全背离的。深层生态学致力于保护非工业社会的文化,使它尽可能地免遭西方工业文化侵蚀。理由是文化的多样性与生物学上生命形式的丰富性与多样性是完全一致的……深层生态学把生态危机归结为现代社会的生存危机和文化危机,认为生态危机的根源恰恰在于我们现有的社会机制、人的行为模式和价值观念。因而必须对人的价值观念和现行的社会体制进行根本的改造,把人和社会融于自然,使之成为一个整体,才可能解决生态危机和生存危机。"① 深层生态学对待非工业社会文化的态度和生态整体论的思想,给本书打开了更为广阔的视野,也为其提供了更多的动力,我们必须深刻地认识到少数民族的文化和文学,在

---

① 雷毅:《深层生态学:阐释与整合》,上海交通大学出版社2012年版,第11—13页。

很长的时间里被轻视和忽视了，就在今天，即使我们不可能回到他们的生活方式和思维方式中去，但至少我们应当承认，在我们审视现代社会的主流文化和少数民族文化时那种居高临下的姿态是错误的，不是我们要给予他们怎样的帮助和拯救，恰恰相反，我们应该更多地学习少数民族文化是怎样保持人与自然的和谐的。人们在自然界建立自然保护区固然是一种有效可行的保护自然生态环境的办法，但是自然保护区阻止不了人类的偷猎活动，阻止不了当城市发展、经济需求时对保护区的蚕食，对自然最好的保护就是人类活动适当地退出。对少数民族文化、文学的保护与此相类似，有专家学者提议，自上而下的保护以及进行产业开发、旅游推广等方式是目前相对具有较大可行性的保护措施和方式，然而这样的保护并未从根本上扭转主流价值观高高在上的态度，只有真正保护保持文化的多样性，才是保护我们现有的文化。

二 诗意的栖居，贵州少数民族民间娱乐背后的生态审美

尼尔·波兹曼曾经痛心疾首地预言，当今世界有两种方法可以让文化精神枯萎，一种是奥威尔式的，让文化成为监狱，另一种是赫胥黎式的，让文化成为一场滑稽戏……西方社会曾经担心他们所谓的专制会毁灭人类文化，时过境迁，他们的假想敌都已经成为历史上的过眼云烟，然而文化毁灭的危机并没有消除，甚至愈演愈烈，如果有一天人类生存的这个世界因为自然生态环境恶化而导致人类社会终结，这个罪魁祸首不是别的，正是文化生态的毁灭。"奥威尔害怕的是那些强行禁书的人，赫胥黎担心的是失去任何禁书的理由，因为再也没有人愿意读书；奥威尔害怕的是那些剥夺我们信息的人，赫胥黎担心的是人们在汪洋如海的信息中日益变得被动和自私；奥威尔害怕的是真理被隐瞒，赫胥黎担心的是真理被淹没在无聊烦琐的世事中；奥威尔害怕的是我们的文化成为受制文化，赫胥黎担心的是我们的文化成为充满感官刺激、欲望和无规则游戏的庸俗文化。正如赫胥黎在《重访美丽新世界》里提到的，那些随时准备反抗独裁的自由意志论者和唯理论者'完全忽视了人们对娱乐的无尽欲望'。在《一九八四》中，人们受制于痛苦，而在《美丽现世界》中，人们由于享乐而失

去了自由。简而言之，奥威尔担心我们憎恨的东西会毁掉我们，而赫胥黎担心的是，我们将毁于我们热爱的东西。"① 波兹曼的担忧在全球经济一体化的今天得到了越来越多的证明——这显然不是好事，但事实就是随着全球变成一个大市场，人类活动的一切都变成了商品，地方文化与民族文化概莫能免，而且全球化所对应的一元化文化愈演愈烈，其中一个最大的因素就是互联网。

作为信息时代的产物，互联网的积极意义自不必多说，可以说互联网所带来的信息社会是人类有史以来最大的进步，它的存在使"地球村"已经成为现实，并且从根本上颠覆了人类传统的生活方式——"因特网造就了一种新的生活方式，人们可以称它为电子游牧生活，同时它也是一种电子殖民主义"，"因特网的力量最终表现在它让整个世界都像北美人一样去思考，去写。"② 互联网是一个虚拟的世界，但人们越来越乐意沉浸在这个虚拟的世界中，最开始是游戏，随后扩散到生活的每一个角落，在互联网中人们不但可以买卖虚拟的数据，还可以买卖现实中的汽车、冰箱、服装、食物、饮料……生活中的一切，不止是物质，也包括精神产品，文学、音乐、绘画，甚至包括肉欲。如果说20世纪末21世纪初互联网还受到电脑终端的限制局限在以年轻人为主的人群，那么随着21世纪第二个十年中智能手机的不断普及，互联网所囊括的人群几乎遍及整个人类社会，不管是在地铁、公交车、候车室还是办公室、学校乃至卧室，低着头看手机已经成了当代社会最常见的场景，人们热爱，甚至迷恋这样的生活方式，原来在电脑上拥有的一切，现在一个随身携带的手机全部拥有，而且更多更方便。通过手机在互联网上购物只是手机的一个最简单的功能，实际上，手机（互联网）真的已经成了人们新的生活方式，随着人们对互联网的依赖性越来越大，波兹曼的预言也越来越得到证实——"我们将毁于我们所热爱的一切"。

人的精神是另外一个生态系统，它由意向、信仰、憧憬、想象、审美、爱情、预言、玄思、理想、价值、善恶、取舍等精神物种构

---

① ［美］尼尔·波兹曼：《娱乐至死》，章艳译，广西师范大学出版社2011年版，前言第2页。
② 王列、杨雪冬编译：《全球化与世界》，中央编译出版社1998年版，第11—12页。

成,当然也包括欲望和灵魂深处的各种诉求,人的精神世界和外部的自然生态一样丰富多彩。自古以来,不同的文明和文化引导和充实人的精神生态系统,从来没有任何一个统治者可以真正地控制人类的精神生态系统,焚书坑儒的秦始皇做不到,把异端送上火刑台上的宗教裁判也做不到,人的精神生态物种与自然生态的物种一样具有顽强的生命力,不同的思想、不同的文化、不同的社会意识构成了人类精神生态系统的动态稳定与和谐,这个世界并不完美,它有冲突,有的冲突甚至延续上千年,它有斗争,甚至会演变成流血的战争,它不完美,它也充满了生命的张力,就像自然界一样,即使某一时期某一种文化思想衰败了,甚至被更强大的文化思想消灭了,它也会像野草一样,在世界的某一个角落再度生根发芽。然而,古代的统治者和宗教裁判所不能控制的精神生态系统,正在渐渐地被一种无形的力量控制,这种控制有时也伴随着激烈的冲突,但更多的时候它呈现出来的是一种更能让人接受的面孔,如好莱坞的电影、数十万人在线的游戏、全民选秀的娱乐、世界流行的时装、时尚生活方式等看上去很美好的精神面具,它们不动声色地做着同一件事,就是取代传统社会的精神生态物种。尽管它们看上去多种多样,然而它们本质上却有着巨大的趋同性——电影可以批量生产,游戏设定来自于电脑数据,演唱会更注重的是商业包装,文学……是的,文学也已经批量生产了。国内在精神生态研究领域中走得比较远、比较深的鲁枢元教授将现代人的精神病症概括为"精神的真空化,现代人失去自然人的活力和自信,又失去了社会人的文化传统和价值,生活失去意义;行为的无能化,对技术、对物质的依赖前所未有,在高科技产品和高消费生活模式中画地为牢,物质越丰富,内心却越焦躁;生活风格的'齐一化',时装、快餐、网络、手机表面多种多样,内在却越来越接近,不同的语言说同样的话,不同的人群思考同样的问题,赚钱、消费、娱乐……灯红酒绿的夜生活后面是头脑空空;存在的疏离化,人与自然疏离、人与人疏离、人与自我的内心疏离,交通和通讯的高度发达缩短了空间的距离,却再也没有时间留意路边的野花,在互联网的虚拟世界里扮演着别人,却不愿承认自己的现实身份,和千里之外的陌生人聊天,却忘记隔壁邻居的样子,结果是越热闹的地方越没有存在感；心灵的拜物化，消费、消费，还是消费，消费能力决定一个人所获得的认可度，房子、车子、票子，决定一个人的形象高低"[1]。真空化、无能化、齐一化、疏离化、拜物化就是人们精神生态圈中的农药、除草剂、杀虫剂、洗涤剂和汽车尾气，所导致的结果就是荷尔蒙紊乱、抑郁症、狂躁症、歇斯底里和暴力冲动，人的精神生态和自然生态一样伤痕累累，并且也会直接影响到自然生态，反过来又因环境恶化而造成内心剧烈焦灼，形成一种恶性循环。

在海德格尔看来，重整破碎的自然与重建衰败的人类精神是一致的，拯救的一线希望在于让诗意重归大地。诗意的栖居是海德格尔生态哲学中的核心概念，对普通人来说，海德格尔的哲学艰涩难懂，然而诗意的栖居这个概念并不复杂，那就是让人类回到自然。城市让人们失去了土地，物质让人们与自己的内心疏离，人们住在装修时尚的公寓里，灵魂却居无定所。诗意的栖居并不是要人们都成为诗人，而是要人们重新记住诗人，而不是某个包装精美、内容空洞的歌星，甚至连包装都不屑于精美，以露丑博取眼球的网红；诗意的栖居也不是让人们都跑到荒郊野岭里修一所房子，喂马、劈柴，等待春暖花开，而是告诉人们除了虚拟的网络，天空中还有真正的飞鸟、白云、大山；诗意的栖居也不是让人们鄙弃现代科技所带来的成就，重新回到占卜是否出行、是否吃饭睡觉的神秘主义或迷信之中，而是发自内心地尊重自然、尊重人类本身的多元性。就本书而言，诗意的栖居，就是尊重丰富多彩的少数民族文化，尊重他们传统和民间的文学艺术和风情习俗，认识少数民族民间娱乐背后的生态审美。贵州少数民族的娱乐活动是一个整体和多元的精神生态体系，包括神话、传说、古歌（史诗）、民间故事、民族戏剧、民间歌谣、谚语，这些文学物种以一种活态的、动态的形式存在于少数民族的节日礼俗、宗教仪式以及生活娱乐之中，贵州少数民族文学的传承方式除了彝族已经为学界认定有文字记载以外，其他少数民族主要以口耳相传为主，文学普遍与仪式、歌舞、习俗，甚至与饮食、服饰、生产生活交融在一起，这也是文学的原始风貌。当前少数民族民间文学的传承受到了现代生活的

---

[1] 鲁枢元：《生态文艺学》，陕西人民教育出版社2000年版，第152—158页。

严峻挑战，面对富裕和时尚的现代都市生活，我们不能强求少数民族必须保持自己的传统，更不可能在少数民族地区以法规政策强硬地抵制网络、手机所带来的消费主义价值观，信息时代使封锁和禁锢变得不再可能，真正对少数民族民间文学、文化传统的保护就是尊重它的存在，让城市里生活的人和少数民族自身真正认识到保持他们的文化特色就是保护文化的多样性，这与保护生物多样性是一致的，地方的、民族的文化一旦消亡，就和大自然的物种灭绝一样可怕。要让少数民族内部和生活在城市中的外部都认识到他们的家园是美的，他们的精神生态也是自然而丰富的，要让双方都认识到少数民族的吊脚楼是美的，风雨桥是美的，风水林是美的，要让双方都认识到茫耶寻谷种的神话和普罗米修斯盗火一样伟大，《安王与祖王》和《俄狄浦斯王》一样悲壮，葫芦救人和诺亚方舟一样充满警醒，要让双方都认识到浪哨和游方和情人节送玫瑰花一样浪漫，要让双方都认识到侗族大歌和维也纳歌剧院的歌剧一样动人心魄，要让双方都认识到"行歌坐月"比什么《非诚勿扰》更接近爱情的真相，要让所有的人知道，少数民族文化中的神性依然值得我们去守护，当我们的双脚能够重新站在土地之上，我们的眼睛能重新发现森林中新长出来的蘑菇，我们的耳朵能够重新听到鸟儿的啾啾和知了的聒噪，当我们的内心又能重新找到值得守护的美好，我们才能真正诗意地栖居在大地之上。

第一节 芦笙歌舞文化的生态意象

贵州民族民间文化享誉国内外，被人们称为"神秘的土地""歌舞的海洋"，究其成因，是由于贵州处于荆楚文化、巴蜀文化、古滇文化和古越文化的交叉交汇之地，形成了一个多民族的精神生态场域，而且贵州境内的少数民族互相间杂而又互不统属，历史上长期处于松散的土司、部落、氏族社会形态，而且地形复杂，山高林密，各地区、各民族之间相对封闭，长期被视为"化外之地"。而受到地理、气候、物产、交通等条件的制约，贵州各地区各民族"大分散、小聚居、大杂居"的情况造成了各地各民族经济结构、文化结构和生产方式的相对封闭性，也就形成了文化上的独立性和文化心理的独立性，许多在外省外界经济发达地区业已消失和湮灭的文化物种也在这种相对封闭的环境中得到了十分难得的保留与传承。这种相对的封闭形成了贵州多民族、多地域文化交错间杂，相对独立和完整的多元化结构，也正是这种多元共生的形态，造就了贵州少数民族歌舞文化的丰富多彩。贵州的少数民族大都能歌善舞，歌舞不但是他们的艺术表演形式，更是他们的生活方式，现在比较流行用"原生态"一词来形容和宣传少数民族的歌舞艺术，虽然有炒作的嫌疑和商业化的气息，但也确实说出了少数民族歌舞艺术亲近自然、浑然天成的实质。

贵州少数民族的歌舞大都与习俗节日有关，也通过歌舞展示和传递他们的精神世界，一些出色的歌舞为世人所熟知，成为了贵州少数民族的文化符号，而为歌舞伴奏的乐器铜鼓和芦笙，更是贵州少数民族精神生态的象征。前面我们谈论过铜鼓作为乐器，同时也作为祭器和重器在少数民族生活中的神圣性，相比之下，芦笙就少了一些厚重和威严，却往往代表着欢乐和喜庆，更为贴近少数民族的生活，也更能代表贵州少数民族的歌舞娱乐文化，芦笙是贵州少数民族特别喜爱的一种乐器，尤其是在苗族、侗族、水族、瑶族等民族中，芦笙已经成了他们生产生活中不可缺少的伙伴，将贵州少数民族的歌舞娱乐文化称为"芦笙文化"也不为过。贵州少数民族的歌舞同别的民族一样，在古代往往因祭祀而起，通过歌舞在祭祀活动中连通人神两界，有着娱神的功能，也有少数歌舞同劳动相关。至近代以来，各世居民族歌舞的娱神功能逐步消失，娱人的功能日益突显。同时，由于贵州地区受大山阻隔、地理位置远离文化、经济发达地区，因而较为完整地保留了这些歌舞的古老风貌。

苗族不是贵州的土著民族，但很早就迁徙到了贵州，最早在秦汉时就有部分苗族迁入贵州，唐宋时又有部分迁入贵州。苗族同胞在贵州扎根，长期的民族融和与交流，苗族歌舞受贵州本地民族歌舞的影响也是很大的。比如苗族从前只有木鼓，现今歌舞时广泛使用铜鼓，而铜鼓早在贵州古夜郎时期就是本地各族的重要乐器，又如苗族《芦笙舞》享誉天下，但《芦笙舞》中加进了铜鼓伴奏即带有鲜明的地方文化特色。苗族的民歌有很多种，按照其内容可以分为古歌、情歌、飞歌、丧歌和祭祀歌等。古歌多为老年人所唱，在黔东南清水江流域一带是每唱完一小段古歌，要道白一段，很有特色。古歌的歌词一般都很长，短的有几十上百行，长的就有成千上万行，如《开天辟地歌》《祖先迁徙歌》等，不但在音乐上显得浑厚练达，刚劲有力，极富艺术感染力，更以歌作传，音乐和文学完美地融合在一起，把苗族先民的生存生活史通过世代传唱而记录下来，又具有了口头史书的价值。而情歌作为苗族青年男女谈情说爱、建立感情的工具，曲调丰富，有调子轻盈、谦虚谨慎的《见面歌》；幽默泼辣的《挑逗歌》；细腻婉转、含情脉脉的《深夜歌》；庄重真挚的《定情歌》等。飞歌是苗族最具特色的民歌，不但曲调明快，豪迈奔放，而且歌唱时声音嘹亮，即使相隔在两山之间也能听得十分清楚，飞歌也因此而得名。飞歌有独唱，也有数人合唱，一般是在青年男女交际时对唱。此外，在劳动之余也以飞歌表达愉快的心情，或在宴会时为增加热闹气氛而唱。丧歌则是在亲人亡故后亲属朋友为了表达哀思时所唱，曲调悲戚，特别是六盘水一带苗族的丧歌曲调独具一格。而祭祀时所唱的祭祀歌就显得庄严肃穆了。此外，酒在苗乡极为盛行，几乎家家酿造，人人饮酒，节日以酒助兴，交际以酒待客，因而各支系各方言的苗族又创造了大量的酒歌。酒歌的内容大多为互相褒奖、祝福。除了民歌之外，苗族的民间乐器演奏也丰富多样。苗族人民喜爱的乐器很多，有芦笙、夜箫、洞箫、筒箫、姊妹箫、笛子、唢呐、莽筒以及铜鼓、木鼓、古瓢琴等。其中，芦笙是流行于各苗族地区的著名乐器，由六支竹管组合而成，大的长至一二丈，小的只有八九寸，历史悠久，在苗族人民的社会生活中占有很重要的地位。芦笙曲调又可分为舞曲、代歌曲、问讯曲、祭祀曲几种，每种又有若干曲。芦笙曲调优美、洪亮，有强烈的感染力。

苗族的舞蹈以乐器命名，如芦笙舞、木鼓舞、铜鼓舞等，其中芦笙舞最负盛名。苗族的芦笙舞又分很多种类，有单人舞、双人舞、集体舞、甩手舞、锦鸡舞、花带舞等，按照技法又可以分为滚山珠、旋转舞、牵羊舞、大步舞、细步舞和芒筒芦笙舞等。锦鸡舞流行于雷山、丹寨的高寒地带，男子吹笙，女子舞蹈，舞者身着五彩衣裙，佩彩色飘带，头戴银饰，如锦鸡出山，锦鸡舞也因此出名。讨花带舞，流行于凯里、雷山、丹寨一带。男子吹芦笙向女子讨花带，而女子则会以自己亲手织的花带系在男子的芦笙管上表示中意，男子以戒指或者手镯回赠，则意味着两情相悦，可以定情成婚。滚山珠是芦笙舞中最具技法成分的，该舞蹈主要流行于黔西北，水城的芦笙独舞即属于滚山珠型，以矮桩技法著称，有吸腿平脚鸡、劈叉蹲跳舞和落地扫堂风等。纳雍的苗族芦笙滚山珠有吹笙走竹竿、滚水碗、吹笙爬花杆、踩鸡蛋、耍燕子、前后仰翻和青蛙晒肚等技法，将舞蹈和杂技融为一体，堪称苗家一绝。除了芦笙舞之外，苗族还有迁徙舞、板凳舞、粑棒舞和响蒿舞等特色鲜明的舞蹈。迁徙舞主要保留于赫章可乐、恒底一带，舞蹈的舞步凝重，伴奏的古歌苍凉悲壮，整个舞蹈场面广阔，反映了苗族先民迁徙的艰辛过程。板凳舞盛行于凯里、麻江、黄平、安顺、兴仁、贞丰等苗族中部方言地区，舞蹈者多为妇女，往往在酒席场合中即兴而起，持板凳而舞，气氛热烈，舞蹈显得粗犷而又热忱。粑棒舞又称为"粑槽舞"，流行于惠水、雷山、紫云、望谟一带，以粑棒敲击粑槽发声而舞，多在深夜祭祀或悼亡的场合中进行，气氛肃穆凝重。响蒿舞是流行于黔西南苗族的一种舞蹈，以破竹敲击地面发出清脆的响声而舞，气氛也十分热烈。

擅长芦笙舞的民族除了苗族外，还有侗族。侗族的芦笙舞情况要复杂一些，可分为娱乐性和表演性两大类。娱乐性芦笙舞侗语称谓有"伦依""伦周""伦堂""伦哈"等，"伦依"是芦笙头的独吹独跳。"伦周"是在芦笙头跳完一段或两段时突然加进两三个人合跳，从而成了既有独舞，又有双人舞、三人舞、四人舞的小型套舞。"伦堂"是围成大圆圈跳的舞蹈，参加的人很多，少则数十人，多则一两百人，往往是倾寨而动。"伦哈"则是芦笙舞中的大型男性集体舞，要有两个芦笙舞队对赛，侗语"哈"就是比赛的意思。表演性《芦笙舞》主要由"伦劳的"（祭祀组舞）、"伦披他"（翻身组舞）、"伦定"（以腿部动作为主的舞蹈）、"伦伯"（以上身动作为主的舞蹈）所组成。"伦劳的"是一种男性大型组舞，参加者有身着彩衣的少年，他们手执芦笙，边吹边舞；有披蓬毯、持长矛的青壮年汉子，他们的舞带有一些战斗动作；有披蓬毯、摇环铃的老人，舞步缓慢轻摇，显得老成持重。各部分相对独立但又是一个整体，十分讲究配合。这套组舞分"前导曲""进堂曲""踩堂曲""道贺曲"等，动作复杂，节奏明快，难度较高，场面变化大，没有经过专门训练是很难胜任的。

瑶族的民间舞蹈和苗族的民间舞蹈有许多近似的地方，比如芦笙舞、板凳舞都有苗族舞蹈的影响，但是又自成一体，相似之中带有自己的民族风格。在麻江河坝一带瑶族的板凳舞多在"过冬"节时跳（河坝瑶族以农历寅日为年节，连过三天，称之为"过冬"），也在婚礼、喜庆的场合跳。舞蹈时敲击板凳面和跺楼板形成混合声响作为节拍起舞，气氛十分热烈，舞蹈队形简单自由，基本步法有"单跺""双跺""单三跺""双三跺"等。瑶族芦笙舞《芒给》是教育后辈不忘祖先迁徙历史而表演的舞蹈，原是祭祖仪式的一部分。表演时分成邀集、候行、出行等内容。随着历史的发展，《芒给》的表演已不限于祭祖仪式，而扩大至庆丰收和各种社交节日活动之中。如每年农历冬月的第一个寅日到次年的清明节止，是《芒给》活动的高潮，尤其在农历正月初六至十五的夜晚，青年男女踏月行歌，跳起《芒给》，交朋结友，寻偶觅伴，又称"跳月"。跳到十五的夜晚又改称为"借月"，意为借用十五的明月进行最后一次跳月活动，寓有"天上月圆，人间情满"之意。《芒给》的风格深沉而且稳健有力，音乐浑厚凝重、质朴沉稳、节奏缓慢，队形始终按照逆时针方向鱼贯走圆圈，每跳三圈为一轮，跳完一轮，观者要向舞者敬酒致意。除了芦笙舞外，荔波瑶族的猴鼓舞也极具特色。荔波瑶族的猴鼓舞《玖格朗》常在丧葬敲铜鼓祭祖先的场合中表演，跳《玖格朗》是祭祀活动的主要部分，意在调节丧场悲哀的气氛，送老人归西和尽儿孙之孝。舞蹈由男子表演，鼓师（木鼓手）是该舞的主要舞者，也是全舞的指挥者，舞蹈分为"单人""双人""集体"三段式进行。《玖格朗》由木鼓手敲击木鼓发出节奏鲜明力度很强的鼓点统一舞步，舞蹈动作刚柔相济，粗犷质朴，轻重分明，节奏感很强。荔波瑶麓瑶族的打猎舞也别具一格。打猎舞《熟玖》是瑶麓瑶族在隆重的丧葬仪式中配合铜鼓、皮鼓跳的舞蹈，以狩猎为内容，男子群舞，舞蹈的人数不限，但须为偶数。后来就不单用于丧葬仪式，在节庆、丰收、集会等场合也有表演，而且女子也可以参加。《熟玖》全舞分为《打熊》《打羊》《打野猪》《打猴》和《生产》五段，近似组舞结构，每段独立，可长可短。《熟玖》气势磅礴，昂扬激越，扣人心弦，十分吸引人。

以上这些民族的歌舞都离不开芦笙这种乐器，不仅在歌舞中，在传说故事这些文学作品中也随处可见，芦笙的文化精神蕴含着少数民族的审美传统，用芦笙文化指代贵州少数民族的民间歌舞娱乐文化大抵是可行的，或者说，芦笙就是贵州少数民族民间娱乐的意象，它来源于自然，充满自然的气息，也传承着人与自然和谐交融的生态审美。

关于芦笙的传说在苗族中最多，此外瑶族、侗族、水族也都有，如果说在贵州少数民族传说中竹王传说具有了家国故土的厚重，那么芦笙的传说则充满了少数民族内心世界对美和自由的向往。芦笙的传说多半与爱情有关，苗族民间故事《芦笙的传说》把芦笙的产生描绘得十分的浪漫美好，一个叫佑梭的少年七岁就死了双亲，日子过得很清苦，但佑梭像春天苦竹林里的嫩笋一样，盯着地面上的石块倔强地生长，终于长成了一个英俊的后生。佑梭能干、重情，寨上的小伙都很钦佩他，寨子里有一位美丽的姑娘彩娥茹和佑梭从小一起长大，在劳动中产生了美丽的爱情，寨上的青年男女都夸他们是天生的一对。然而彩娥茹的父亲猛舟却是个势利眼，他嫌弃从小没有父母的佑梭穷苦，不允许女儿和佑梭接近，更不允许他们对歌。这对两个相爱的年轻人来说是个巨大的苦恼，佑梭为了想办法向彩娥茹传递内心的情感，在苦竹林中受到金蝉的叫声点悟，用竹子做成了一件类似口弦的乐器，开始只有一根竹管，但声音太小，后来又改成六根竹管，按照不同的音调装进葫芦里，佑梭称之为"葫芦六音"。此后，佑梭和彩娥茹通过"葫芦六音"来传情，"六音"引来了百鸟，引来了全寨的青年男女，后来，一再反对女儿和佑梭爱情的猛舟在梦中受到象征祖先的白发老人的斥责，老人告诉猛舟佑梭发明的"葫芦六音"在天上叫作"芦笙"，并警告猛舟不得再干涉女儿和佑梭的爱情，醒来后的猛舟惊出一身冷汗，选定良辰吉日，为女儿举行了婚礼。婚礼上，苗家儿女从四面八方涌来，彩娥茹带领穿着盛装的苗家女儿，伴随着佑梭带领的苗家后生吹奏的芦笙翩翩起舞，佑梭还在婚礼上表演了惊险刺激的芦笙舞，人们为他们祝福，婚礼热热闹闹地办了三天三夜。以后，寨老族长们为了纪念佑梭发明芦笙，决定以后苗家儿女结婚都要吹芦笙跳芦笙舞，每年正月初三都要举行纪念活动，定名为"踩山节"，踩山节也延续至今。① 另一则民间故事《芦笙是怎样吹起来的》则具有神话色彩，故事中一位名叫榜蒿的美丽姑娘被一只白野鸡精抓走，流浪的猎人茂沙在森林中除掉了害人的白野鸡精，他在猎杀白野鸡精的时候听到年轻姑娘的哭泣声，那是被白野鸡精抓走的榜蒿，然而茂沙并不知道，他从被箭射死的白野鸡精身上拔下一根羽毛插在头上作为纪念，离开了森林。白野鸡精被茂沙杀死之后，榜蒿重新获得了自由，榜蒿知道救她的人就是此前到过他们寨子的英俊猎人茂沙，深深地爱上了茂沙，然而茂沙是个流浪的猎手，不知道什么时候还会来到榜蒿的寨子，于是榜蒿的父亲蒿确想出了一个办法，采来竹子，做了一种后来叫作"芦笙"的乐器，并且教会寨子里的青年，在过年的时候，大家办起了芦笙会，一起唱歌、跳舞、吹芦笙，本寨子、外寨子的人都来了很多，欢乐地跳了九天九夜，到了第九天，榜蒿发现了一个头上插着白野鸡毛的青年，仔细一看，就是茂沙。就这样，茂沙和榜蒿认识了，结成了幸福的夫妻。从那时候起，苗族青年男女跳芦笙会的时候，都喜欢在头上插一根白野鸡毛，一来表示不怕魔鬼，二来插上白野鸡毛能找到如意的丈夫或者妻子，后来没有那么多白野鸡毛，姑娘们就用银子打成鸡尾形的银片来代替。② 侗族、瑶族也有芦笙的传说，同样和爱情有关，都是非常生动感人的传奇故事。

仡佬族的歌舞有在传统基础上丰富起来的淘盆打挂子舞、踩堂舞、打闹歌，伴奏的乐器则在铜鼓、泡筒之外，增加了笛子和唢呐等。泡筒又称"泡木筒"，以手指般粗细的泡桐树制成，筒身二孔，吹奏时发出"呜哇"之声。此乐器来源于贵州少数民族先民的洪水传说：洪水消退以后，世界上只剩下兄妹二人，停落在一个高高的悬崖上。看到四野荒凉，妹妹害怕得痛哭起来。哥哥为了安慰妹妹，取下泡木做成了泡筒，掏了两个小孔，一个代表妹妹，一个代表自己，

---

① 陈涛、何积全等编：《贵州少数民族民间故事选》，贵州人民出版社1985年版，第108—113页。
② 燕宝编：《苗族民间故事选》，上海文艺出版社1981年版，第80—85页。

吹奏起仡佬人熟悉的古歌《妈嘎傲》。妹妹不哭了，天神受到感动，派老鹰将二人驮下平地，又让二人成亲，仡佬族于是得以延续下来。①在《泡筒歌》里，还定了吹泡筒的规矩："一年能吹七个月"，即从七月吃新节吹到正月十五，"泡筒不按季节吹，一年庄稼无收成"②，可见在仡佬先民的心中，泡筒不只是一般的乐器，还是一种灵物。

彝族尤其能歌善舞。流传至今的舞蹈有酒礼舞、铃铛舞、"阿买戚托"、撒麻舞和撒荞舞等，著名的彝族民歌《阿西里西》即产生于黔西北威宁、赫章一带。酒礼舞在一些彝族地区由妇女作舞，在另一些彝区则由男子唱跳。舞者手执白帕，人数少则单行，多则数行，舞姿轻柔飘逸，唱跳结合。铃铛舞是彝族祭祖或老人去世时集体跳的一种舞蹈。"阿买戚托"是黔西南彝族在嫁女时跳的一种舞蹈，舞时大家用脚踏出清脆的节拍，靠脚上的动作来表达舞者的情感，其舞蹈动作优美，节奏感强。撒麻舞、撒荞舞和仡佬族的打闹歌、淘盆打挂子舞类似，也是反映生产劳动场面的舞蹈。彝族先民有一种被称为"曲谷"的情歌，如"磨盘和锥窝之间，堆和春的连根断了。簸箕和饰子之间，簸和饰的连根断了。阿妹和阿哥之间，唱和笑的连根断了"③。表达出贵州少数民族先民生活中青年男女因恋情不遂的惋叹，至今仍在彝族中传唱。

布依族民间音乐有着悠久的历史，代代相传的民间音乐记载着祖先生存的艰辛和功绩，也传承着布依族人民的生活习俗，彰显着布依族人民的民族性格。布依族摩经《造万物·造歌造木鼓》讲述了歌舞在布依族先民生活中的重要意义："白天做活路，手累腰杆酸，晚上唱排歌，力气又增添。"④

布依族的民间音乐，由于各聚居区的经济发展、地理环境、土语乡音以及与其他民族文化交流的差异，各土语区的民族音乐形式也五

---

① 中国民间文艺研究会贵州分会：《民间文学资料》第49集，1984年编印，第181—182页。
② 贵州省安顺地区民族事务委员会：《仡佬族古歌》，贵州民族出版社1991年版，第47页。
③ 林新乃编：《中华风俗大观》，上海文艺出版社1991年版，第664页。
④ 周国茂、韦兴儒、伍文义编：《布依族摩经文学》，贵州人民出版社1997年版，第69页。

彩斑斓，有大调、小调、大歌、小歌、山歌、叙事歌、古歌、酒礼歌和儿歌等。古歌中有名的曲目有《开天辟地》《十二个太阳》等，讲述着布依族的远古神话传说。而在布依族群众使用的十多种乐器中，以铜鼓、姊妹箫、笔管、"勒尤"、四弦胡和口弦最具民族特色。布依族的民间音乐不论山歌小调或是乐器演奏，旋律都很优美。荔波、三都一带布依族民歌为多声部重唱，分为大歌、小歌。大歌须有歌头、歌尾，每首四句或六句，一般用于庄重场合，如迎宾、婚礼时演唱历史叙事歌和传统古歌，酒歌也使用这种曲调，但一般是独唱。小歌则有尾无头，用来演唱情歌，通常用姊妹箫伴奏。

　　布依族的民间舞蹈多是集体舞，有铜鼓刷把舞、织布舞、糠包舞、转场舞等。铜鼓刷把舞流行于独山、荔波等地。在四月八、七月半、过年等节日到来时，布依族青年男女就聚在一起，愉快地表演这一舞蹈，舞蹈时，男女一二十人每人手执刷把，和着铜鼓的节奏舞蹈。铜鼓具有指挥作用，随着鼓点的变化，表演者们表演出不同的内容及形式的舞蹈动作。织布舞是布依族人民在劳动中创造出来的传统民间舞蹈。它以轻快、活泼的舞蹈动作描绘了布依族姑娘们从播种、收棉到织布的每一个劳动环节。表演时，两人面对面横握着两根木棒，一个妇女站在上面，两腿随着木棒此上彼下的动作而屈伸，并弯着腰用手在木棒中间左右来回穿梭，一边表演一边唱歌。转场舞流行于盘县一带，它的来源与祭祀有关。传说是在从前老人死后请道士来举行"转场"仪式，超度故去的老人，后来这种仪式就转变成了一种舞蹈。表演时，演员身穿红色或者黄色的道袍，头戴花冠，乐器使用的是大钹和铜鼓，分别敲击，钹声和鼓声交织出强烈的节奏，表演者随之起舞。糠包舞流行于黔西南布依族苗族自治州境内。这种舞蹈起源于一个古老的传说。相传很久以前有一个布依族姑娘长得十分美丽而又勤劳能干，有很多出色的小伙子都想娶她为妻，姑娘就想出了抛糠包选丈夫的办法，哪位青年接住了她抛出的糠包她就嫁给谁。后来，青年男女就在节日里通过抛打糠包的活动彼此认识，建立感情，渐渐地这一习俗就逐渐演变成了一个别具一格的舞蹈节目而被保留下来。

　　"饭养生，歌养心"是一句侗族地区流传甚广的俚语，侗族人民能歌善舞，酷爱音乐，在侗乡，除了鼓楼和歌坪是人们进行歌舞活动的特定场所外，在山上可以听到清凉高亢的山歌，在吊脚楼可以听到舒缓深沉的古歌，在山林树丛间可以听到优美动人的情歌……在侗乡，无论是社会生活还是生产活动等各个方面都离不开歌声。青年男女要用歌声传情，寨子之间要用歌声交流沟通，喜庆时要用歌声助兴，悲悼时要用歌声泣诉，甚至传授知识，教育后人也离不开歌咏形式。侗歌可以说是侗族文化最不能忽视的一个重要环节。侗歌的分类从演唱形式来看可以分为大歌、踩堂歌、琵琶歌、牛腿琴歌、河歌、山歌、拉山长号和祭祀歌八种；按照歌唱内容来划分，也可以分为八种，即古歌、情歌、知识歌、劝世歌、悲歌、颂歌、礼貌歌和说理歌。

　　侗歌中最有特色的莫过于大歌。侗族大歌具有其他民族所不具备的多声部合唱的艺术特色。大歌主要流行于贵州黎平、榕江、从江和广西三江交界处，其中又以六洞（现在黎平的肇兴、皮林和从江的龙图、贯洞一带）和九洞（现在黎平的岩洞、口洞和榕江的增冲、信地一带）为中心。大歌产生的时间很早，经过数百年的演化和丰富，其艺术形式如曲调、音律、演唱方法等日臻完备。侗族大歌的演唱技艺和音律与一般的合唱不同，是一种一领众和，分高低声部谐唱的合唱种类，属于民间支声复调歌曲范畴，主要特色在于和声，其中有和声的成分，也有对位的成分。除了大歌之外，侗歌中极具特色的还有踩堂歌和琵琶歌。踩堂歌侗语又叫"多耶"，"耶"是一种边唱边舞的合唱形式，"多"也含有"唱""舞"等多层意思，在大年初一到十五举行，可分为"白话"耶、"根源"耶和"侗书"耶。"白话"耶是以人们口头说白为耶词的主要内容，着重反映侗族人民生活遭遇、思想感情和人生感受。"根源"耶着重表现侗族对世界万物起源的认识。"侗书"耶，是指传唱侗族通书《南籍通书》知识的耶，承担着文化传承的使命。琵琶歌是一种以琵琶伴奏、自弹自唱的艺术形式，唱词有传统唱段，也有歌师自编的，内容丰富，反映面甚为广泛。

　　水族的民族民间音乐包括民歌和乐器演奏，民歌主要有单歌、双歌、苑歌、调词和诘歌等种类，乐器演奏主要有铜鼓、皮鼓、唢呐和胡琴的演奏。

　　水族双歌水语称为"旭早"（"旭"即歌，"早"即双、对之意），有的也叫"旭凡"（"凡"即故事、故事歌之意），水族的双歌可分为两类，一类是敬酒、祝贺、叙事的双歌，另一类是寓言性的双歌。敬酒、祝贺、叙事的双歌演唱时通常是唱一首和一首，同时歌首有两句固定的起歌和声，歌尾也有基本固定的两句颂扬性的衬和。女性的起歌和声是"腊者业喂，腊乃育喂"（你那边的姐妹啊，我这边的姐妹啊），男性的起歌和声是"流海业喂，流海育喂"（所有你那边的亲戚朋友，所有我这边的亲戚朋友）；歌尾的衬和帮腔不分男女，往往用"金银般的客人""天仙般的客人"等作结。这类双歌的歌头和歌尾旋律很强，非常具有音乐特色。它一方面用较高的音区，较长的节拍，较为舒缓的节奏与主体部分形成鲜明的对比，另一方面又用"打和声"的形式造成一种非常热烈的气氛。寓言性双歌一般分为说白和吟唱两个部分。说白部分只是一个引言，它往往通过一个具有寓意的短小故事，把吟唱部分的人物或拟人化的动植物角色介绍出来，吟唱是双歌的主体部分，是故事中主要角色之间对唱的一组歌，而不管对唱的双方所唱的每一组歌有多少首，最终都必须构成偶数。这类双歌的歌尾衬和往往因在场的人都极有兴致地参加演唱而显出音乐的特色，但是歌的主体部分为吟唱，韵律性并不强。

水族单歌则称为"旭挤"（"挤"即单、奇数之意），和双歌相对。单歌演唱时有单唱、双唱和集体唱三种情况，单唱即一男一女对唱，双唱即两人一方对唱，集体唱则是三人以上为一方的对唱。单歌演唱的形式有独唱、重唱和齐唱三种。单歌的演唱在声腔上分为平腔，即用本声演唱的唱法和以假声演唱的高腔两个种类。平腔是主要唱法，高腔则声音洪亮，应山应水，在山顶高歌可传到数里之外，很有特色。单歌有着和双歌完全一样的曲式结构，即也有歌头歌尾，但歌头歌尾的差别较大。单歌的歌头是一个衬词"前喊"性的"序引"（与双歌用称谓词完全不同），音乐上是一个自由节拍的长节奏的抒咏，在全曲的最高两个音上起唱，高亢而明亮。歌尾也是一种抒情式的唱和，独具风格。

水族民间最具特色的传统舞蹈有铜鼓舞、斗角舞和芦笙舞等。铜鼓舞水语称"丢压"，意即跳铜鼓，多在祭祀、节庆和丧葬时演出。铜鼓舞为男子集体群舞，表演形式仍保持着原始的广场圆舞形式，表演者人数不限但需偶数。铜鼓舞表现的内容十分广泛，既有执戈保卫家乡，又有撒秧、栽秧、薅秧、打谷等劳动的场景，还有庆祝胜利和丰收的舞姿。表演者随着铜鼓、皮鼓的节拍蹲跳、旋转、穿插，壮观热烈而又典雅古朴，舞蹈最后在密集如雨的鼓声中戛然而止，表现出水族人民的豪迈气概。斗角舞又称"斗牛舞"，常在祭典、节庆和丧葬时演出。斗角舞一般由五把芦笙、五支莽筒伴奏，吹芦笙者边吹边舞，芦笙中最小的一把声音最高最响，称为公芦笙，整个舞蹈由他领舞。斗角舞的唯一道具是竹篾做的"牛头"，表演时，小芦笙前导领舞，大中型芦笙、莽筒跟着，同时由二人各戴"牛头"道具作半蹲式边斗边舞，五位头插雉尾、腰拴白鸡毛花裙子的姑娘做舞伴配舞。舞蹈应笙调的缓急展现各种舞姿。斗角舞是一种模拟式的舞蹈艺术，这种舞蹈在开春时停止活动，在秧苗拔节抽穗之后才开始起舞，表示芦笙将吹胀谷粒，让大家用欢乐去迎接一个丰收年。

土家族的舞蹈多体现在生活习俗中，其中最具特色的要数带有浓烈的神秘气息的傩舞踹神舞了。在祈求风调雨顺、来年丰收的"祭风神"活动中，由土老师设"案"作法，请来风神、雨神后，必须进行"踹神"，即跳一种原始的傩舞。踹神队由24人组成，头戴棕粑叶帽，身穿灰色法衣。先由土老师主坛跳一场法事，然后踹神队在锣鼓师的指挥下即兴起舞，步伐十分原始，跳法古朴，表情严肃，动作有力，节奏清晰，双手握拳，鼓声响则跳右边，锣声响则跳左边，分别为两长一短，交替进行，不能错跳，并且要跳12场。

贵州少数民族先民创造的文化，在其形成和发展过程中，融合了多种民族的文化，侗族的叙事歌中有《孟姜女哭崩万里长城》《梁山伯与祝英台》，这很明显的是受到汉族文化的影响，而侗族的民间故事《找歌的传说》则很好地说明了贵州少数民族先民互相影响的情况：从前，侗家没有踩堂歌，过节的时候没有歌唱，也没有舞跳，日子过得很没有意思。后来，人们凑了钱，推选热心替众人办事的金必到天上去讨歌。金必不分昼夜，走了很久才来到天上向雷母娘娘讨歌。雷母娘娘叫金必自己到歌堂里去看，金必到了歌堂后看了七天，看得入了迷。天上一天，地上一月。人们在地上等了金必七个月不见金必回来，又派相金、相银和古赛上天去寻找金必。他们在天上找到金必后，四个人一起去向天上的老人买歌，买了歌用扁担挑回人间。但是在回去的路上歌被风吹跑了，他们靠着水獭的帮助，好不容易才把歌找了回来。四个人后来到处去传歌。金必、相金、相银是侗族人，古赛是苗族人，从此侗家有了歌，苗家也有了歌。歌是他们一起去天上找来的，所以侗家、苗家的歌有些相近，但是因为各人分的歌不同，侗歌和苗歌也不同，连各地的侗歌也不完全一样。后来，侗家人人学会了唱歌。侗家逢年过节都要唱歌跳舞，这就是有名的踩堂歌。

歌舞的来源，往往是出于对动物、对生产生活场景的模仿。而歌舞的作用，最初的时候大多是在祭祀时娱神，以歌舞的形式向祖先、神灵表示后人的敬仰和崇拜，祭祀时要有歌舞，节日里要有歌舞，劳动中要有歌舞，迎娶丧葬也离不开歌舞，庆祝丰收离不开歌舞，祈求灾害远离也需要歌舞，倾吐苦闷还是需要歌舞，甚至遇到战争鼓舞士气也需要歌舞。歌舞早已成为贵州少数民族生活中不可或缺的内容。歌舞的本质是一种狂欢，贵州少数民族文艺中并没有"狂欢节"这个概念，但是我们的民族艺术本就是诗、舞、乐三位一体的狂欢仪式，所缺乏的只是抽象的理论。古希腊古罗马的狂欢节庆典在每年丰收季节来临之际，人们用猪羊牺牲敬献给酒神迪昂尼索斯，献祭活动之后，人们戴上面具，狂欢游行，尽情地放纵自己的原始本能，与同伴一起纵情欢乐，开怀畅饮，载歌载舞，广义的狂欢节还包括不同国度、不同时代、不同民族的民间节庆，甚至包括集市、婚丧、丰收庆典……贵州少数民族歌舞与古希腊古罗马的狂欢节不尽相同，但也有异曲同工的地方，狂欢节最重要的一个特点就是参与性，狂欢节中所有人都是参加者，"人们不是在观看狂欢节，而是生活在其中，而且是所有的人都生活在其中，因为按其观念它是全民的。在狂欢节进行期间，对于所有的人来说，除了狂欢节的生活没有其他生活。人们无从离开狂欢节，因为它没有空间界限。狂欢节期间只能按照它的规律，即狂欢自由的规律生活。狂欢节具有世界性，这是整个世界的特殊状态，是与所有人息息相关的世界的复兴和革新"[①]。巴赫金将狂

[①] ［苏联］巴赫金：《拉伯雷的创作与中世纪和文艺复兴时期的民间文化》，载《巴赫金全集》第六卷，河北教育出版社1990年版，第12页。

欢节理论引入文学批评，借助的是狂欢节的讽刺性，对权贵、教会和宗教仪式的嘲笑，同时将在现实中负重累累的人们从现实关系中暂时解脱出来，打破社会等级体制中人与人的距离感，打乱森严的秩序。然而在现代社会中，对财富的追逐（不管是主动的还是被动的）使人们很难获得这种古老的狂欢仪式的心灵放松，倒是很容易走入另一个极端，借助酒吧、KTV等娱乐场所的迷狂来消解现实中的压力，但是，在光影明灭之间，放松往往变成了放纵，亲昵变成了暧昧，插科打诨变成了无底线，荒诞无稽变成了荒唐颓靡，更致命的是，现代社会的纸醉金迷本身还是一种消费，需要金钱来支撑，用金钱来购买欢愉，当然可以买到的除了欢愉还有肉体，只要有钱。然而现代都市的娱乐场所却往往很难让人们的心灵获得放松与愉悦，在幽闭的环境里，借助明灭不定的灯光和浓厚的化妆隐藏自己本来的面目，依靠高分贝的电子音乐麻痹自己的听觉，人们在这里已经不需要正常的交流，只需要歇斯底里地叫喊，为了寻求刺激，人们不但需要酒精的麻醉，甚至需要毒品。天亮以后，彻夜狂欢的人收获的是苍白的面孔和虚浮的脚步，以及精神上的疲惫。而少数民族歌舞却是一种真正意义上的狂欢节，他们进行娱乐的场域和城市的娱乐场所不同，不是人造的水泥建筑，不是奢华的装潢和金碧辉煌的走廊，不是刺眼的闪烁不定的或者暧昧的灯光，不是刺破鼓膜的高分贝的电子音乐，他们将歌舞放在空旷的坝子、鼓楼旁边的广场、山坡上、树林间，在夜晚，最重要的装饰是篝火和月光，没有幽闭的环境里无处宣泄的噪声和情绪，芦笙、芒筒、勒尤也不需要麦克风。他们载歌载舞，穿着节日的盛装，尽情地展示真实的自己，享受心灵的自由和生命的快乐，这种时候当然也少不了酒，但饮酒并不是为了忘记自己，逃避现实的迷醉，酒在这里是欢乐的象征，当认识的不认识的人手拉手围绕着篝火尽情歌唱尽情舞蹈的时候，他们也最大限度地接近了一种酒神的精神。贵州少数民族文艺没有狂欢节理论，同样也没有酒神精神的理论，然而他们的歌舞娱乐从一开始就具备了酒神精神的审美状态，"在酒神的魔力下，不仅人与人的联盟重新建立，甚至疏远、敌对、被奴役的自然与它的浪子——人，重新握手言和"。"此刻，在世界大同的福音中，每个人感到自己同邻人团结、和解、融合，甚至融为一体了。"①

第二节 婚恋文化的生命哲学

爱情是文学永恒的主题，古今中外的文学作品都把爱情描绘成人世间最美好的情感，为了追求美好的爱情，人们愿意付出所有可以付出的代价，诚如裴多菲所说的："生命诚可贵，爱情价更高。"爱情的事物就是生活的事物，文学的事物离不开生活，在生活中离不开爱情的形式，文学的任何形式进行，没有爱与情的进行都是乏味的、空洞的。爱情是生命本身的遗传真理。生命物都有生的向往，这种向往在意识的作用里是纯粹的本能的自然的。处于自然两性关系的存在，就是生命为了生命本身的进行，是生命为延续生命进行的传承，处于生命本身的两性在印象的意识里都有着向往的相同的作用意识，这种意识的作用是一种生命本身对自然的回应。生命物有自然的遗传科学性，这种科学性在于生命物各个具体物的存在具备的素质各不相同，生存的适应力也不尽相同，这种情况在两性共同的自然的回应作用里，使得两性之间产生于生命结合的特别选择，特别的选择就是爱情的选择，这种选择等同于生命物生存的选择，意识情感的这种形式就是爱情本身，爱情本身就是生命本身，生命本身在爱情的作用里进行着生命的延续与传递。爱情的进行就是生命的进行，爱情诠释了生命。是人的思想对于生命思维的形式表达，这种表达在哲学的形式里，可以进行存在的、有无的、意义的、形式的、精神的、物质的全部概括解释。近代西方哲学不少人把爱情和婚姻联系起来进行思考，并提出了爱情是婚姻的基础的思想。当然爱情和婚姻并不等于画上绝对的等号，在人类社会的历史上，婚姻的出现远远早于爱情，但是随着人类文明的不断发展，爱情与婚姻的关系也进一步紧密，近代的哲学家，首先是梅叶在批判基督教禁欲主义时指出基督教所提倡的没有爱情的婚姻是不道德的，到了费尔巴哈，他明确地提出男女的互爱是婚姻的基础，爱情的存在意义因此得到了最终的归宿。爱情对于人类

---

① ［德］尼采：《偶像的黄昏》，周国平译，光明日报出版社1996年版，第6页。

来说有着极其重要的意义,费尔巴哈所谓"生命的生命便是爱"告诉我们的是,爱情是一种生命本能,也是人的自然需求。现代社会的发展和进步使人类建立了前所未有的物质文明,人们也摆脱了在传统社会中制约爱情的经济、政治、门第等物质因素,获得获取爱情的更大的自由,但是爱情并不必然与社会的进步和物质的丰裕有关,在现代社会中表面上人们获得了追求爱情的更大的自由,人们不会再受到外部世界对爱情的肆意干涉,却比以往更容易在自我内心的迷茫中错失真正的爱情。现代人常常会因为爱情上的迷茫而怀念过去,而在物质、经济高度发达的当下感到压抑,爱情也深受其害,究其原因,是因为"进步的加速似乎与不自由的加剧联系在一起。整个工业文明世界,人对人的统治,无论是在规模上还是在效率上,都日益加强。这种倾向不仅是进步道路上偶然的、暂时的倒退。集中营、大屠杀、世界大战和原子弹这些东西都不是向'野蛮状态的倒退',而是现代科学技术和统治成就的自然结果。况且,人对人最有效的征服和摧残恰恰发生在文明之巅,恰恰发生在人类的物质和精神成就仿佛可以使人建立一个真正自由的世界的时刻"[①]。当现代人的爱情变成一场电视真人秀,变成供人消费的商品时,爱情已经失去了原有的自然的美。"在现有制度范围内,这些期望被转变成了由政府和大企业资助的,受人操纵的文化活动,成了它们的向群众延伸的执政之臂。在这样的期望中,不能发现任何爱欲的期望,不能发现爱欲对压抑性环境和压抑性生存的任何改造。要满足这些目标而又不与市场经济的要求发生不可调和的冲突,就必须遵循商业和利润的指导。但这样来满足目标等于否定这些目标,因为生命本能的爱欲能量在唯利是图的富裕社会的非人条件下是不可能获得自由的。"[②] 在现代社会越来越富裕的生活环境中,人们对爱情的理解变得十分模糊,而婚姻也变得越来越功利,旧的政治、门第和阶级对婚姻的束缚消失了,但经济消费能力对婚姻的要求却越来越高,在城市人因为婚姻变成"房奴""卡奴"的时候,农村中因为婚姻陷入贫困的新闻时常见诸媒体,富裕的现代社

[①] [德]赫伯特·马尔库塞:《爱欲与文明》,黄勇、薛民译,上海译文出版社1987年版,第18页。
[②] 同上书,第9页。

会给予爱情和婚姻绝对的自由，爱情和婚姻却在这样的自由中迷失了。不得不说，爱情的迷失，与现代人的精神生态失衡有着一种必然的联系，正是现代人与自然的疏离，造成了对爱情这一生命本能的误读。相对地，自然健康、简单纯洁的爱情和婚姻，在少数民族的传统婚恋习俗中却得到了很好的保存。

贵州世居少数民族青年男女的婚恋，在传统上就是比较自由的，有些民族受到姑舅表婚的封建观念影响而存在着一定的弊端，但以对歌作为自由谈婚习俗少数民族婚恋文化，大体上说来，比同时期汉族地区受礼教制约的婚姻，自由度仍然很大。而随着旧时代的结束，姑舅表婚不近人情的地方大多已经消失，少数民族的传统婚恋文化充满自然活力和诗性的美学价值也让困扰在现代都市中的人们看到了爱情与婚恋的本来面目。

贵州少数民族的婚恋文化从内到外都具备了生态审美的特质，犹如自然荒野，不尽然都是美丽的风景，并且也难免有陋习，却始终是鲜活而生动的，充满了生命的张力，而他们对爱情和婚恋的理解，透过少数民族民间文学，尤其是民间故事、民间歌谣展现出来。如仡佬族传说故事中的《爹妈逼我嫁》《山森和水仙花》《王二和诺依苏》以及《相思杉》等都可以看出一些信息，在一些地区，仡佬族与彝族青年男女仍保留着婚前可自由交往、恋爱的古风，有的甚至在婚后也仍可交际往来，贵州各世居民族在婚恋中产生了大量丰富而动人的情歌。比如仡佬族情歌中写寻找爱侣："妹家门前有条沟，打对金钩把鱼钓，一对鲤鱼在里头，紧等紧等不上钩。"写双方热恋："月亮出来两头钩，两颗星星挂两头。星星挂在月亮上，郎心挂在妹心头。"写对爱情的坚贞："麦子越打叶越香，爹娘越打越跟郎。爹娘打妹手脚断，宁可丢命不丢郎。"如果说这些情歌带有汉文化的影响，彝族情歌的民族文化和地域文化特点就更充分一些，当一对热恋的情人不得不分手时，姑娘唱道："到后月十三，妹要出阁了，妹要出嫁了。阿哥哟，若阿妹先死，变做花一棵，生在原野上，等待着阿哥，变做蜜蜂来，回家把饭吃，吃了晚饭返歌场，自古到而今，天地不能分，阴阳要相合，四季要分清，花儿迎春开，十五的月亮团圆，十五的天地团圆，十六的阴阳团圆，十六的歌场团圆，笃米兴建的歌场，还留到今天，十六的月下，有情人团圆，阿哥和阿妹，分身不分心。"[①]明清时代的一些地方志记载仡佬族青年男女在节日聚会或者喜庆场合"相会于野"，自定终身。清代，遵义地区的某些仡佬族聚居村寨在节日期间仍有让青年男女到"耍房"或山林中通过对歌互相认识、相爱的习俗；贵州西部一些地区的仡佬族也在"石硐"中互表衷情，他们通过各种形式自由选择对象，再告知父母按规矩结成良缘。而布依族男女成年之后社交很自由。年轻人如果不参加社交活动，不受异性青睐，就会被视为没出息，错过青年时期的社交活动，则是一生的憾事。这些传统直至今日也有部分保留，相比现代都市中的青年男女将爱情变成一种消费或者表演，少数民族的传统社交活动是健康的，而对比当今社会曾经流行的"网恋"和正在流行的微信交友软件，村寨、山林、石洞这些恋爱社交场所更多地保留了人与自然的亲密关系。试想当爱情这一生命本能的美竟然需要电脑或手机软件来完成，人们很难不把爱情等价于消费，而且是"一夜情"那样的一次性消费。

　　回过头来再看少数民族的婚恋活动——布依族青年男女经常进行的社交活动称为"赶表"，又称"浪哨"。"赶表"对已婚青年男女来说是一种显示自己聪明才智的活动，对未订婚或未结婚者，则是一种恋爱活动。"赶表"一般逢场期进行，或于农闲时探亲访友，特别是在办喜事的时候。此外，节日也是"赶表"的好机会。如扁担山地区布依族在农历正月初二、三、四、十三至十五，六月六及七月半等节日"赶表"；北盘江流域的布依族则在"三月三""六月六"和"九月九"三个节日"赶表"，其中尤以"六月六"最为热闹。"赶表"时，青年男女成群结队前往场坝。少女们到达后，多以一个村寨或一方去的熟人为一伙聚在一起，男青年们则三五成群地从姑娘们身边走过，从中选择对象。如果看到了原来相识的姑娘就邀到场外去谈情或对歌，如果看中了不认识的对象则请本村姐妹或自己熟悉的一位姑娘来介绍。这时，姑娘会把小伙子端详一番，如中意，就答应去赴约；不中意，就会婉言谢绝。"丢花包"

[①] 龙玉成、王继英编：《贵州民间歌谣》，贵州人民出版社1997年版，第192页。

也是布依族青年男女的一项社交活动，这一传统据《贵州通志·蛮僚》记载，每年春节，布依族姑娘"用彩巾编为小圆球如瓜，谓之花球，视所欢者掷之"。参加者是可以开亲的青年男女。在丢花包活动中如果互相有意，则相约进行"赶表"。男女相会要选择在人们都能看到的地方，两方相距四五尺左右，谈话时必须语言文明，不许有意或无意说下流话或脏话，更不许有越轨行为。相会必须在当天太阳落山前结束。总的来说，布依族青年男女之间的社会交往极富诗情画意，他们或在山间地头，或在林荫小道，均可信手摘取一片木叶含在嘴唇间悠闲吹奏，木叶吹奏的曲调甚多，旋律也十分优美，如吹奏的曲调热情、奔放，便是正处于热恋的年轻人爱意深深、情意切切，若吹奏的曲调哀怨凄婉，则难免于失恋的凄楚伤怀，布依族青年男女把吹奏木叶作为传递情感、表达心绪的手段，在布依族山乡十分盛行。

水族青年男女相识的主要媒介是对歌。青年男女到了十五六岁就可以参加社交活动，主要利用节日及赶场时间。水族端节的跑马坡（端坡）、卯节的对歌场（卯坡）就是青年男女互相接触的好机会。端坡赛马，小伙子英姿飒爽，姑娘花枝招展，很容易在节日的欢乐气氛中暗生情愫，物色到钟情的对象。卯坡歌场更是年轻人们相识的好机会。卯节实际上就是歌节，男女社交全靠歌来传情达意，歌声就是媒娘，所以有"不会歌别上卯坡，不会水就别下河"的说法。青年男女在节日对歌中暗自物色对象，并用歌声盘问对方的家世与心意，如果证实不是同宗同姓，双方又都有意，就可以通过歌声来表达进一步结识的愿望。除了节日和走亲访友的机会外，青年男女更多的认识机会是在赶场天。水族地区赶场做买卖，多是有家有室的中老年人的事，青年人则借此机会物色对象，寻找意中人。"平常场集的交际中，二人情投便可当场请人从中说和，介绍认识，男则购以丝料绸缎之物赠送女子以作纪念，从此二人变成情人。二人约定时间，以作'玩山'之游，'玩山'地点多在山林，而时间多为夜晚。约定后，情郎便得悄然独身或约友至指定地点等候，口吹哨子，女郎候至夜半更深，家人熟睡后，亦欣然赴约。二人相遇行至离村寨较远的地方，或谈情话或唱情歌。次晨拂晓，便各自分散归家。此后有约必至，双方都得严格遵守。"①

　　侗族青年男女通过路遇、赶场、走亲戚、赶歌场等认识后，双方约定日子、地点，届时各约一伙男伴和女伴对唱歌谣，谈情说爱，称为"玩山"。玩山中小伙子会向中意的对象索要"把凭"作为信物，若双方爱情发展到高峰，"把凭"即成为私订终身的信物，并且双方各自通报家中，以求良缘。苗族的姊妹节是青年男女相识恋爱的重要节日。"姊妹节"又称作"姊妹吃饭节"，是贵州清水江中游两岸苗族特有的节日。在过节这天，男青年要来向姑娘们祝贺，姑娘们则带上准备好的"五彩糯米饭"聚在一起会餐。晚饭后，姑娘们带着酒肉饭菜到"游方"坪上招待来访的男青年表示感谢。夜晚，姑娘小伙们对歌传情，加深友谊，合意者即可自定终身。第二天，村寨还要举办盛大的群众性集会，同时展开斗牛、踩鼓、吹芦笙、赛马等活动。集会结束，姑娘们还邀请来访的小伙到家里吃饭谈心。第三天活动接近尾声，姑娘们会提着盛满"五彩糯米饭"的竹篮或新帕饭袋，在路边送别男友。姑娘的竹篮里往往装着暗示，若装的是椿芽菜，表示可以结亲；若藏有竹钩，表示愿意交朋友；若装有蒜薹或树杈，则表示断交。小伙子们不论得到藏有什么的饭，都会表示感谢，不能成亲的仍是朋友。贵州少数民族青年男女恋爱社交的自由，催生出无数美丽动人的故事、感人动听的情歌。而这些风俗大多传承至今，直到时代发展，社会进步，许多现代观念传入，才使这些习俗渐渐改变。不过，在一些较为偏远的地方，我们仍能见到这些独具特色的婚恋文化现象。

　　当然，恋爱与婚姻之间并不能简单地画上等号，不管是过去，还是现在，人们由爱情步入婚姻都要面对很多考验。相对于自由浪漫的恋爱而言，婚姻本身具有一种仪式性，贵州少数民族的婚姻仪式是相当丰富的，虽然许多传统现在也已经消失，但在民间文学资料中，我们仍然能看到这些仪式的面貌。当少数民族的青年男女进入谈婚论嫁阶段时，便开始了提亲、订亲、接亲等程序。仡佬族古歌的"说根由"里就叙述了"提亲""订亲""接亲""发亲""送亲"等过程。

---

① 刘之侠、石国义：《水族文化研究》，贵州人民出版社1999年版，第80—81页。

提亲是媒人代表男家向女方父母表达联姻的意愿。有的民族如布依族则是由双方老人对唱《开亲歌》。在女方父母接受了这门婚事后，约下订亲的吉日，便进入订亲的程序。彝族《订亲歌》反映了这个仪式进行的情形，订亲时爷爷奶奶爹妈哥嫂坐在一起，姑娘的姊妹坐在下方，寨子里的客人也请来坐桌，在讲了一番两家联姻的慎重与结为亲家的意义后，女方家长提出所需的聘礼：茶叶要一驮，还要一秤好盐巴（旧时贵州境内物资缺乏，尤其缺乏食盐，因而食盐也是非常重要的聘礼）。接下来履行定亲仪式并喝酒送行。而到了接亲之时，按当时仡佬族的古俗，在出嫁之前还要打掉两颗上门牙，不过现在这种习俗已经消失，在一些地区姑娘出嫁前只用帕子捂一下门牙作象征性的表示。接亲是最后一道程序，男方要组成迎亲队伍，其中必须有能歌善饮的歌手，到达新娘家后，要经过若干的对歌盘问诘难，送上聘礼，最后才能将新娘娶走。

贵州各世居民族的婚恋文化中，提亲、订婚、结亲等仪式都是非常重要的，缺一不可。提亲是至关重要的第一步，无论青年男女在自由恋爱的过程中多么情投意合，但是如果提亲不获允许的话，最终结合的可能性就会大大降低，这也促成了"逃婚"或者"抢亲"的情况出现。逃婚就是相爱而又不能结婚的青年男女双双出走，远离故乡，自行结婚；"抢亲"则是一对情人事先商量好，在适当的时机由男方邀约几个伙伴把女方"抢走"，造成既成事实，迫使父母承认。在布依族地区，对因自由恋爱而父母阻扰然后进行抢亲的，人们并不十分反对，在解放前很多布依族地区都有通过"抢亲"习俗而结为眷属的，这在有的布依族地区甚至还不在少数。少数民族中大多没有专职的媒人，提亲一般都是请三家六房内能言善语、有点威望的中老年人担任。提亲成功后，订婚也很重要，尤其是布依族对此极为重视。布依族一桩亲事一经谈定，男家即择日邀请二三人携带礼物去女家举行订婚仪式，称为"吃定亲酒"。订婚时男女双方都要宴请亲朋好友，表示儿女已订了终身大事，在订婚前或者订婚仪式中，需要商讨的问题是彩礼，议定彩礼时双方还要故意讨价还价，谓之"不吵不亲"。侗族在订婚时彩礼并不是订婚的必要条件，多数情况下是互赠少量礼物，如酒、鸡、鸭、肉、糯米之类，也有的地方须给女方聘金或银饰作为"记物",女方回赠以布匹、袜底等物,表示"押记",订下终身。而有的苗族地区订婚还有杀鸡占卜的古俗。

当然,最重要的仪式还是结婚,是迎娶。仡佬族称结婚叫"配刀",婚礼一般是1天"正酒",实际从客到离开起散3天,经济条件好的人家办3天正酒,起散5天。仡佬族的婚礼迎娶时很隆重,在婚礼的过程中以男方家为主体,而迎娶的人到达女方家时有"打湿亲"的习俗,即女方寨子的男女亲友们往迎亲人身上泼清水,有的地方还用细竹或者荨麻打迎亲人,意为打掉晦气得到福气。结婚的时候男女双方家庭无论距离多远,结亲的人都要在女方家住一晚上,第二天才能把新娘接走,新娘要唱"哭嫁歌",最后由新娘的弟、妹、姑、舅、舅妈等6人送亲。而新娘被接到夫家时,送亲客也要过"打湿亲",最后举办盛大热闹的喜筵。结婚仪式的第二天新娘回门,天不亮就动身,没有人送,也不让人知道,独自返回娘家,在新娘回娘家后的第三天,新郎本人和几个本寨亲戚中的年轻姑娘一起去将新娘接回,新娘从此就在夫家终生居住。布依族的婚礼也很有特色。在发亲的时候,女方家要主持祭供仪式,新郎和新娘要跪拜天地及女方家的祖先、父母以及堂亲伯叔,有的地方新娘要由哥哥背出门,还有的地方要哭嫁。新娘被接进家后,新房里只准伴娘、男方的妹妹及同辈女青年出入,新郎及寨上的男子都不能进入新房内,也不闹新房。布依族在举行婚礼后新郎新娘不同房,新娘在夫家住三天,并在姑子的陪同下给新郎的家族挑"新娘水",然后由人护送回娘家。新娘回到娘家后,即开始"不落夫家"的生活。妻子在"不落夫家"期间,男家在农忙时节或者遇红白喜事时,由丈夫的妹妹或母亲去把妻子接回家帮忙料理家事。这期间夫妻可以同居,每次居住三五天或七八天不等,如此往返,至妻子怀孕才开始长居夫家。"不落夫家"是贵州世居少数民族特有的一种婚俗,布依族如是、水族如是、侗族如是、苗族亦有同样的习俗,这是明显的母权制留下的痕迹,同时也是当地生产状态的一种客观需求。因为妇女也是主要的劳动力,在"不落夫家"期间,有利于帮助娘家从事生产,而在农忙时则回夫家劳动。这一习俗与贵州长久以来落后的生产力发展水平是相适应的。

在过去很长的时间里,贵州各世居民族在历史发展的过程中也能对婚俗作自行调整。早些时候少数民族大多有"同族不婚"的习俗，这是父系氏族社会实施的严格的氏族外婚制。这在布依、侗、水、壮等百越族系中都曾严格遵守。如水族的古单歌《分宗开亲》讲述的就是这种同宗不婚、分宗才能开亲的习俗："初造人，就要拔限（水语，即分宗开亲）。岭拔蒙薅，刁拔耶；迪拔美梅，韦和龚，互相开亲。乃和京，同个外公；海与哈，共个舅爷。多兄弟，不敢结婚。分宗后，到这辈，才同你玩。（注：蒙薅、刁、耶、迪、美梅、韦、龚、奶、京都是地名）。"① 但是随着时代的发展，这一婚姻禁忌却带来许多不便与麻烦，如姑娘不能在本地出嫁，要嫁到很远的地方去；小伙子要娶媳妇也不能找本地人，要到几十、上百里以外的地方才能开亲。在过去这对于山大林密、野兽出没的贵州来说，实在是有很多危险与不便。侗族传说《美道之歌》就反映了这种困境以及人们要求破姓开亲的愿望。水族传说故事《倒栽杉》则是这种习俗被破除的记录。故事说后生韦高与姑娘韦容相恋，但就因为他俩同姓违反族规因而将被投河处死。行刑之际，殷公来了，他请求放人，寨老以老祖先留下的族规拒绝。殷公说："从前，韦家人口少了，老祖先才订了这种规矩，现在人口变多了，老规矩应该修改。"② 他并且提出要栽活一棵头朝下、根朝上的杉树秧，以测试天意，后来这棵倒栽杉终于成活了，韦高与韦容终于成亲。而此后同姓也可以开亲了。"破姓开亲"，显然是少数民族婚制中的一大改革。如黔东南榕江一带的侗族青年从前要解决婚姻问题，一般都要翻越雷公山，与凯里、台江等地的异姓开亲，正如侗族古歌《祖公上河破姓开亲》中所述："说到当初嫁娶，同姓不通婚，异姓才联姻。三十天路还说近，四十天路不嫌远。姑娘新裙成碎布，腌鱼生蛆丢路边。糯饭已经成酒糟，常到嘴边难下咽。索彦姑娘半路死，索益姑娘半路亡。尸骨找不到，坟墓无法安。嫁出远门去，遇难第一桩。……"正因为如此，侗族先人"起款"议事，就近破姓开亲："南松破乡规，认情不让辈；南由破同姓，远房变亲戚。跨过沟到亲家，翻过坳到戚家。称男家父母做'公

---

① 贵州省民族事务委员会、中国民间文艺研究会贵州分会编印：《民间文学资料》第四十六集，《水族双歌单歌集》，1981年印刷，第371页。
② 祖岱年等编：《水族民间故事选》，上海文艺出版社1988年版，第392页。

撒'（外公），称女家父母做'得大'（外婆）。眨眼成亲戚，破姓成亲家。从今以后，……破姓成新规，大家都称赞。"① 此种变革在水族、苗族中都有，不过苗族称之为分支开亲，如苗族古歌《娥娇与金丹》所述，就是在同一母题之下打破同姓不婚的故事。值得注意的是，破姓开亲中的那个"姓"，虽是同姓，但如古歌中所唱，"远房变亲戚"，其血缘关系因为氏族分裂相隔已久，所以破姓开亲实际上已变成氏族外婚姻，不但解决了原来两个婚姻氏族通婚因路途遥远带来的种种危害，同时也避免了近亲婚姻对健康及智力的影响，因而有利于社会的发展。此外又如姑舅表婚从天经地义到逐步革除也反映了这种进步。姑舅表婚是贵州少数民族一种常见的婚俗，即舅父家的女儿要优先嫁给姑妈家的儿子，另一种是舅父家有娶外甥女做儿媳的优先权利，外甥女长大后必须嫁给母舅家的儿子。此种婚俗不仅因血缘太近不利于优生因而使民族体质大受影响，更因为青年男女不能自由结婚造成许多人生悲剧，因此实属一陋习。历来遭到各世居民族青年男女不间断的反抗，这在民歌及民间故事中屡有反映；不过这一陋俗的最后革除则是新中国成立以后的事。

当然贵州少数民族婚恋文化中最具有生态意义的莫过于种竹种树的特殊礼俗了，苗族将对竹的崇拜融入婚丧嫁娶的礼俗仪式之中，形成以竹文化为核心的生态文化精神，有的苗族姑娘出嫁时，娘家必须送给新郎家连根带叶完整无损的一对小竹，管亲郎接过竹子，小心翼翼地抬到新郎家，亲手交给新郎，再由新郎亲手将这一对小竹种在自家的房前屋后的空隙地里。苗族同胞在孩子降生时往往都有种树的习惯，虽然种的未必都是竹，却继承了竹文化敬畏自然、自觉守护家园自然环境的生态精神，和敬竹爱竹的生态文化如出一辙的是少数民族在新生儿降临后种树的习俗。贵州黔东南天柱、锦屏等地苗族侗族都有种"十八杉"的习俗，即孩子出生时，家人在山上为之栽种100棵杉树，并加以细心养护，十八年后，孩子长大成人，杉树也长大成材，是女儿则将杉树作为嫁妆，是男儿则将这些杉树用来建造吊脚楼以备成家。这种杉树侗族又称为"女儿杉"，因为杉树苗要十八年成

---

① 阮居平编：《贵州民间长诗》，贵州人民出版社1997年版，第19—22页。

材，所以也叫"十八杉。"

第三节 贵州少数民族戏剧的生态阐发研究

贵州少数民族戏剧是一种综合的、多元的、极具包容性的艺术形式，糅合了少数民族民间文学、民族音乐、舞蹈、美术、服饰、节日礼俗等因素，集中展现了贵州少数民族文化的丰富性和成熟度。贵州少数民族戏剧中比较具有代表性的是分布在黔东南黎平、从江、榕江一带侗族地区的侗戏和分布在黔西南册亨、安龙、兴义、贞丰一带的布依戏，同时苗族的苗傩戏、嘎百福，土家族的傩堂戏也很有自己的特色。

侗族是一个以农业、林业为主的稻作民族，在侗族的传统观念中，包含了崇尚自然、爱护自然、保护环境、人与万物同源、互为兄弟、人与万物互相依存、相互和谐等内容，一直是侗族文化中十分核心的部分。对自然生态极为爱护的文化传统造就了侗族地区特有的秀丽风光，侗族村寨通常依山傍水，村头寨后多有"风水树""风水山"。而侗寨一个族姓建一个鼓楼，鼓楼是用杉木建造的塔形建筑，底部为四方形，上为多边形，有四檐四角、六檐六角、八檐八角三种，高七八层至一二十层不等，鼓楼是族姓的象征，也是该族姓群众集体议事和进行文娱活动的场所，寨旁的溪河上往往还建有长廊式的风雨桥，供人们休憩和躲避风雨，同样也是村寨群众唱歌娱乐休闲的场所。在侗戏的发展中，通常以村寨为单位建立民间戏班，大的村寨也以鼓楼（族姓）建立多个戏班，一个戏班成员二三十人不等，戏台与鼓楼、风雨桥、祖母坛共同成为侗族的公共文化场所。侗戏在侗族群众中十分普及，极受欢迎，其剧目多为侗族民间传说和历史故事，同时引进了侗族琵琶歌、笛子歌、牛腿琴歌、叙事歌、大歌等民间音乐和大琵琶、小琵琶、牛腿琴、侗笛、芦笙等民族乐器，还吸收了汉族的戏曲乃至歌剧等表演形式，兼容并包地形成了有自己特色的民族戏剧。侗戏在演员中没有严格的行当区分。唯独小丑独特，脸上画些黑点，以插科打诨、旁白等来衬托剧中正面人物和加强剧情气氛。其他角色，只用一般化妆，略施脂粉，不画脸谱。侗戏曲调可分为"平板"（又名普通腔）、"哀调"和"仙调"，"仙调"通常在表现神灵幻境时出现。此外还有一种"戏曲大歌"，多出现在雄壮的群众场面上，或作为剧中的尾声，表示全剧结束，兼有感谢观众捧场之意。侗戏剧目中的主题和题材，大多是歌颂劳动人民的智慧，赞唱英雄人物的业绩，也是传承侗族文化传统价值观的重要载体，其中以侗族民间故事为题材的剧目有《珠郎娘美》《郎夜》《莽岁》《美道》《补桃》《雪妹》《容东》《女鸾》《三郎五妹》《吴勉》等。

贵州少数民族戏剧的另一品种——布依戏，和侗戏有许多相近相通之处，同时也有自己鲜明的特色。布依戏旧称"土戏"，布依语称为"谷艺"，后统称布依戏，主要分布在黔西南南盘江沿岸的布依族聚居区册亨、安龙、贞丰、兴义等，尤其以册亨较为集中。布依族人口约300万，历史上有语言无文字，布依戏作为少数民族戏剧文学形态，集音乐、文学、舞蹈、说唱等诸多艺术门类，是一门综合性的艺术表现形式。布依戏蕴含的民族民间文化、文学内容十分丰富，布依戏演出的剧本源于布依族布摩演唱的摩经、古歌，民间传说、故事，音乐则由布依族的民歌、民间说唱曲调等演变而来，可以说，布依戏就是布依族民间文学、民间说唱、民间音乐、民间工艺、民间节日习俗等民族精神生态物种的集中体现。布依戏以自然村寨为基础，寨老为寨主，戏师为班头，每个戏班由32—36人组成，每班均有固定的地方存放服装道具并供奉戏班历代戏师，戏班除每年春节期间必须为本寨群众演出外，其他节日则多在群众要求下演出，或被没有戏班的村寨邀请演出，演出多为去灾解厄、驱鬼逐疫、祈福纳祥。布依戏用布依语演唱，也有用汉语演唱的，传统剧目有布依族民间传说故事，也有流传过来的汉族剧目。根据布依族民间故事改编的戏剧主要有《三月三》《八月十五闹花灯》《李海芳》《四接亲》《金猫和宝瓢》《打草鞋》《弄假成真》《王三打鸟》《安安送亲》等，无论其内容还是形式都富有鲜明的民族特色，集中反映了布依族人民的爱好、愿望和心理。布依戏多为独幕剧，也有一些分场结构，有戏剧冲突和悬念，靠对话和表情来刻画人物，表现主题，在演出反映布依族生活内容的剧目时对话和唱词都用布依语，受汉族戏剧的影响，也有一些角色分工，以二小（小丑、小旦）和三小（加小生）为主，后来也有差官、大三、大将、生、旦、净、丑之类的角色；布依戏脸谱根据角色不同，略以粉墨勾画，不像京剧那样脸谱分明，在演出本民族传统剧目时演员一般都穿民族服装，道具则比较简单。安龙地区的布依戏《六月六》以布依族历史题材写成，演出时戴面具，但面具不是戴在脸上而是戴在额头上，向前上方倾斜，脸部用黑布遮住，戏中刀枪道具一般只有二尺左右长，武打动作激烈，具有鲜明的民族特色。而在布依戏形成之前，布依族民间就有"唱八音"的传统，又称为"八音坐弹""布依弹唱""板凳戏"，可以视为布依戏的雏形，是一种民族民间的说唱艺术，早期为一人自弹、自唱、自白，后来由多人分角色演唱一些有故事情节的唱本，如叙述民族起源的《开天辟地》《十二个太阳》等，八音坐唱除无站立表演外，又分饰角色并以第一人称的代言体进行演唱和讲述，而由八音坐弹派生出的另一种形式则是由小生、小旦装扮为"金童玉女"演唱，寨子里遇到立楼盖房、新婚嫁娶之事，受主人邀请，"金童玉女"及八音乐队前去祝贺。布依戏正是从这些有着浓郁的乡村俚曲和朴实无华的唱、舞表演中诞生出来的，而布依戏自诞生起，就深深地蕴含了布依族人民的民族审美意识，包括勤劳、善良、不屈等简单质朴的价值观和世界观。根据册亨县弼佑布依族村寨民间故事改编的《罗细杏》，描写的就是一对布依族青年男女为了爱情被当地头人卜苏迫害，最终冲出牢笼，逃往他乡，剧中间杂着布依族传统的情歌，浪漫优美，面对头人压迫的反抗则勇敢而激烈。而《胡喜和南祥》则更强调布依族女性勤劳、善良、礼貌、贤惠、孝顺的美德。《胡喜与南祥》中凝聚了布依族女性质朴的美德，它是民族心理、民族习俗具象化的延伸和审美递进。

苗族以歌舞著称，对于戏曲和戏剧发育有所欠缺，但也有集中诸如苗傩戏、嘎百福和新编的剧。苗傩戏，又称傩堂戏、傩仪舞，主要传承于务川、道真等县的土家族苗族地区，铜仁苗族也广泛传承，其种类有：开坛发锣、牛角师力、三角盘号、立楼、卦子、造席、踩山、发五昌、吹五方、传花红、土地、开路先锋、彩童、樵夫、勾愿山官、傩公傩婆、采药等。此外，黔南的惠水、长顺、荔波、贵定和黔东南的岑巩、天柱、镇远、丹寨也流行。

《嘎百福》又叫《嘎百福歌》《嘎吾洼歌》，主要流传于剑河、台江、雷山、凯里和丹寨等县,是苗族韵、散相间,说唱结合的曲艺,歌名即"山磅山洼"的音译,因产生于剑河县的山磅山洼而得名,内容多以伸张正义、鞭挞邪恶为目的。如歌颂纯真爱情婚姻的《蒙蚩彩谷翠》讲述的是一个老虎抢亲的故事,美丽善良的蒙蚩彩谷翠被老虎抢去成亲,英武勇敢的苗族后生看到后,经历艰难险阻,最终用计智杀老虎,和蒙蚩彩谷翠永结同心;《榜藏农》里美丽的苗家姑娘榜藏农为了追求美好的爱情,与自己的恋人冲破苗家千百年来舅权的束缚,逃往他乡,建立美好的家庭;而最有意味的是《娥南约》,这个曲艺故事里的姑娘娥南约并不是传统故事中那种美丽的姑娘,但能干、善良,可她的三个哥哥却嫌她留在家里现丑,便商量把她骗去卖掉,在半路上,娥南约遇到了一只老虎,因为被哥哥出卖而心如死灰的娥南约要求老虎把她吃掉,然而老虎有感于娥南约平日的善良和被哥哥出卖的悲惨遭遇,尽管饿得馋涎欲滴,却流着泪放过了她。尽管老虎没有吃掉娥南约,但三个哥哥还是把娥南约卖了,后来娥南约逃出买主家,自己找到称心夫婿,成了家,致了富,不久,三个哥哥把卖妹妹得的钱挥霍得一干二净,心肠毒辣、好吃懒做的他们日子过得穷苦不堪,娥南约就送了三条狗给三个哥哥以示讽刺,三个哥哥羞愧得无地自容。

苗族《噶百福》的演唱者一人多角,又说又唱,以说叙述,以唱作证,也有一男一女,一反一正说唱的,类似"评词"。说唱者为主角,闻者帮腔,助兴,外加几句评说,并且常印证于《贾理词》或名言警句,借以鞭挞丑恶,弘扬正气。苗族的弹唱曲艺还有流行于都柳江中、上游沿岸从江、榕江、丹寨等地的《鼓瓢琴演唱》和《中腿琴演唱》等。

土家族的传统戏剧为傩戏,又称傩坛戏、傩堂戏。土家族傩戏是原始先民酬神祭祖活动中,在民间歌舞的基础上发展起来的,早期受中原文化和巴楚文化的影响较多,后期则受民间其他地方戏剧的影响而逐渐趋于完善。傩的发展过程大体可分为傩祭、傩舞、傩戏三个阶段,傩戏是傩文化发展的较高层次,演出时有固定的场地,甚至还要搭戏台子,每个戏目都有场次,有固定的唱词。傩坛戏以"坛"为单位进行活动,少则三五人,多则由十五六人组成,每坛有"掌坛师"1人,是本坛的主持者和负责人,又是演出的"导演",每坛的成员大都是掌坛师的徒弟,他们既是民间宗教的传承者,又是傩戏的演员,以这种双重身份推动着土家族傩戏的发展。傩坛戏遍布广大的土家族农村,在解放前傩坛戏的人员、组织十分普遍,各县土家族村寨几乎都有傩坛,后来几经反复,现在仍可见土家族的傩坛组织,据德江县统计,现有傩戏103坛,土老师541人,思南县有傩戏百余坛,土老师数百人①。

傩坛戏有面具傩和开面傩之分,演员头戴面具表演称为"面具傩",不戴面具、开面化妆则称为"开面傩",傩坛戏演出时间少则1天,多则十天半月。傩坛戏的演出可以分为酬神和娱人两部分,表演前首先由土老师布设"案子",即有关供奉的祖神挂像和摆设傩神公公、傩神娘娘。有关于《傩神公公和傩神娘娘》的传说故事和贵州多个少数民族的洪水神话相似:相传很久以前,兄妹俩住在一起,妹妹得到鸟儿送来的葫芦种子,种在后院,天发大水,洪水齐天,兄妹俩躲进葫芦里得救,待洪水退后,世上人烟都被淹死了,唯独剩下兄妹二人。在土地神的指引下,经过多次证明,兄妹结为夫妻,繁衍了人类,这对兄妹既是土家人的祖先,也是傩戏中供奉的两个"头子"傩神公公和傩神娘娘,在傩神供奉中,傩神头像是最重要的供神。傩戏请神驱鬼法事较多,其中以"冲傩还愿"规模最大,"威力"最强,土家族群众中有"一傩冲百鬼,一愿了千神"之说。傩戏的祭祀仪式包括"四大坛"(开坛、发文、立楼、搭桥)与"八小坛",根据"冲傩"或"还愿"的需要而增减,一般有领牲、上熟、参灶、招魂、祭船、判卦、和坛、投表、清册、送神、游傩等,开坛时,掌坛师口吹牛角,唱《上坛歌》《下坛歌》,这时土老师们要互相盘歌,以天地山岳、洪水、甲子、祖师名号、傩爷傩娘的来历为内容,表现为祭中有戏,戏中有祭。

土家族傩戏分为正戏和外戏两大类。正戏是"还愿"仪式中戴面具表演的24场戏(民间称前12戏和后12戏),唱时由"地盘"土

---

① 贵州省地方志编撰委员会编撰:《贵州省志·民族志》,贵州民族出版社2002年版,第412页。

地到桃园三洞去求唐氏太婆开洞,放出24戏之神,土老师唱时分"上洞、中洞、下洞"三个部分,上洞包括《扫地和尚》《开洞》《开路将军》《点兵仙官》《引兵土地》《押兵仙师》《水路神祇》等;中洞的主要剧目是《干生赶考》,剧中角色已经由上洞的一人发展到数人,《干生赶考》是由几个片段组成的,剧中有一个特色角色秦童,属于丑角,秃头、歪嘴、驼背,通过丑怪的形象和怪腔怪调引观众发笑;下洞是斩妖除魔、追鬼打鬼的神仙道化戏,包括《开山猛将》《二郎镇宅》《钟馗戏判》等,这些戏全由装扮之鬼神在锣鼓中作哑戏式的表演,除声名表姓与冥冥祭语外,大多没有道白和对话。傩戏的外戏要求在堂屋或搭成的舞台上表演,是正戏的发展,后逐渐脱离傩坛而独立进行演出,演出的剧目有天旱之年求雨防虫、祈祷丰年的《王玉林求雨》等。傩戏剧目大都取材于神话传说,民间故事和历史演义演出中有所发挥和创意,剧目民间多有手抄本。

彝族的《撮衬姐》是一种具有戏剧因素的表演形式,主要流传于威宁板底乡裸嘎彝族,其内容有祭祀、耕作、扫寨三个部分,并在三部分中表演彝族的民族舞蹈铃铛舞和狮子舞,在每年的正月初三到正月十四之间表演前两部分,十五那天表演第三部分,接着扫寨,当年演出即告结束,演出的目的是喜庆丰收、祈求人畜平安兴旺、风调雨顺,演出地点一般是在野外,表演者头帕缠成尖锥形,身上和四肢都用布缠紧,手持木棍,有的头戴假面,有的装扮成耕牛、狮子等进行表演。

仡佬族的戏剧有傩戏和地戏两种,仡佬族傩戏也称为"傩堂戏",跳傩的目的主要是为还愿,于是又有"还傩愿"之称,最早是汉族由中原传入,在糅合当地民族的文化基因后,形成了本民族特色的戏剧,仡佬族的傩戏和土家族的傩戏多有相似之处,用于还愿的傩,民间称为"阴戏",用于正月初一、十一迎新春和祝寿的傩则别称为"阳戏"。流行于黔中地区仡佬族民间的地戏则是由明朝卫所屯军自江南移植而来的军傩,表演说唱均用汉语。

贵州少数民族的民间娱乐是一种传统的娱乐方式,不管是民族歌舞还是民间戏剧,与大众传媒包装和运营下的现代娱乐本质的区别不在于表演的形式、内容、舞台效果、传播媒介等外在形式,而是精神内涵。在现代都市中，娱乐是一种重要的生活方式，无论是电影院里华丽的电影特效、震耳欲聋的音响效果，还是不管内容如何也让人趋之若鹜的明星效应，又或者是全民狂欢的真人秀、植入广告、喧哗热闹而又大多内容空洞的综艺节目，以及电脑、手机各种终端里铺天盖地的网络游戏，人们的生活中娱乐无处不在……同时受众与产品的关系也在不断地变化，受众在消费娱乐产品的同时，也在消费着自己，有的人为靠近某个明星而倾尽所有，更多的人在虚拟的游戏世界中迷失时间，迷失未来，迷失自己。随着传播渠道更加丰富和多元，娱乐已经成为一种交互性的生活方式，当一个富豪为一个韩国女主播很随意地打赏20万时，感到激动的不仅仅是坐在摄像头前搔首弄姿的女主播，更激动的还有更多无法计数的观众，而那个打赏的富豪也俨然变成了一个受万人追捧的明星。尼尔·波兹曼曾预言"我们将毁于我们热爱的一切"，而现在，娱乐正以一种即使是波兹曼也无法预测的速度渗透到生活中的每一个角落，每一个人在娱乐的同时也被娱乐着，一种虚拟的快感使人类在背离自然的道路上越走越远且越走越快，波兹曼的预言就如同一个魔咒，而不幸的是，被魔咒笼罩的人们却绝不愿意从中醒来。与此相对应的是，少数民族的民间娱乐因为长期以来的封闭落后，被隔绝在现代娱乐之外而处于一种相对停滞的状态：他们的舞台依然简陋，却往往置于山水之间林荫之下，他们的服装依然陈旧，却带有神秘的祭祀气息；他们的表演依然落后，却时常要负责沟通神明；他们的观众并不会太多，且多是邻近村寨的乡亲，他们会为观看表演而提前准备，会为表演者付出酬劳或捐助，却不会以一掷千金来娱乐自己……更重要的是这些民间娱乐的内容保持着自己本民族的文化基因，包括价值观和审美追求，这使得这些民间娱乐保育着自然的维度。而随着现代经济的发展，城市生活方式的介入，尤其是主流文化的强势影响，这些民间娱乐还能坚守多久尚不得而知，但保留这片精神生态物种，获救的将不仅是这些游离在主流之外的族群。

2015年12月31日，贵州省有9条高速公路在这一天同时开通，从此，贵州实现了"县县通高速"的发展目标。笔者的家乡贵州省望谟县也在这一次高速公路开通之列，笔者于春节回乡参加祖母葬礼的最后仪式之际沿着这条新建成的高速公路回到家乡，从州府兴义市出发，驾车约 90 分钟后顺利到达。笔者 15 岁时离开家乡求学，而后工作、成家，至今已 20 年有余。望谟县是一个少数民族自治县，笔者幼时生活的县城，居民以布依族为主，记忆中同龄人已经少有穿民族服装的，语言交流则是汉语和民族语言共用，每逢节日，则是少年人们的乐事，如三月三上坟，实则于山水之间野炊，其乐也融融，有少女同伴，能满饮一碗"便当酒"，实令笔者敬服；又有春节结伴出游，至离城数里之外的布依街道，则有布依族少年男女立于街道两旁，以沙包投掷道中行人，此为喜乐之俗，即使被扔中疼痛，也断不可生气；还有远离道路的村寨，过河爬山，寨子周围皆大榕树，树上挂满红绸，寨中器乐鸣响，当时不知何故，后来才知那是"打老摩"，乃摩师在主持仪式……望谟县位于偏僻之处，资源缺乏，至今在黔西南州各市县财政收入仍居倒数，经济欠发达的一个重要原因就是交通不便，过去从望谟县到州府兴义，或到省城贵阳，坐汽车大抵都要走上一天，那里道路崎岖蜿蜒，从望谟到册亨或从望谟到紫云，几十千米的路几乎没有直行的，不但弯道多，而且上下起伏，颇多险要之处，更兼过去为砂石泥土路面，雨天泥泞难行，晴天则飞沙走石。两车相近则后车不见前路。而如今随着高速公路的开通，过去的旅途艰辛就此一去不复返，桥梁和隧道沟通了望谟和外界，大大缩短了进出的时间，笔者是一个纯粹的文科生，很难想象百米高的桥梁、数千米长的隧道是怎样在这崇山峻岭之中铺设开来的，不得不说的是，现在的路桥科技确实已经发达到了可以无视高山险阻的程度了。

人类社会总是在往前发展的，实际上这也是一种自然规律，绝不会以人的意志而改变，而发展的速度也只会越来越快，过去修一条出山的小道需要几代人的努力，而今修通一条穿州过县的高速公路，也不过区区数年而已。自从地球上出现人类这个物种，人类社会的发展和进步就从未停下过脚步，正如莫斯科维奇所说的，人类的进步和发展是只升不降的电梯，这也正如同生命本身，不管是人类还是其他生物，从来到这个世界开始，就一直向前生长，直至死亡，生命是无法回头的，甚至死亡也不是停留，因为即使某个个体的生命结束，自然依然循环不息。人类社会当前所面临的问题，就是走得太快了，就像高速公路，快速抵达，却很难再去留意路边的风景。笔者回到家乡，看到幼时游泳捉鱼，无限欢乐的那条穿城而过的河，已经不见当年的丰腴，而各种新建的房屋道路也令笔者感到陌生，从发展的角度来看，这是可喜的，谁也没有权利阻止生活在这里的人获得便利的交通、丰富的物质资料，谁也不能阻止现在的青年男女在酒吧和 KTV 里谈情说爱，尽管过去的游方、浪哨和赶表都很美，但那是外面的人以为的，我们会吐槽现在到县里面都买不到熟饲料喂养的猪肉，但谁也没有权利阻止农民快速地通过养殖致富。

一个小小的县城，只是大千世界中的一滴水，但是从这滴水里面我们看到了整个世界的缩影。人类是不可能再回到过去的，这本身也违反自然规律，但现实中越来越严峻的生态危机也实实在在地告诉我们，人类社会的发展真的已经到了一个非常危险的分岔路口，如果往前一步就是悬崖，那么即使我们不能后退，至少我们应该想办法避开这个悬崖，寻找一条另外的道路，即使我们不能停下脚步，至少我们应该把脚步放慢，一边欣赏路边的风景，一边思考我们还能为我们的后来者留下什么，是堆积如山的垃圾，是城市的废墟、枯竭的水源，还是城市外边重新恢复生机的一片荒野？个体的生命固然是不可重复的，然而自然的整体却是不断循环的，我们不能只顾着自己往前走，就让后面的人无路可走。在当今这个科技与财富都以爆炸般的力量裹挟着整个人类社会向前奔涌的时候，再谈文学的拯救就显得明显力不从心，然而毕竟还是要努力的，让诗人重临，让那些已经被科学证明了只是"虚幻"的传说故事在孩子的梦中再度延续，这是文学的使命，也是从事文学研究、从事人文教学高校教师的使命，即使这些努力有多么的微不足道，却依然是我们必须要做的事情。从 20 世纪中期美国女作家蕾切尔·卡森发表《寂静的春天》在人类社会飞速进步的河流中投下一粒石子到现在，世界各国的学者、教育者们做出了不断的努力和反思，轰轰烈烈的生态运动也扩展到人文学科的每一个角落，文学研究不再是一个独立而封闭的领域，而是整个人文生态圈的一环，也不再有什么"中心"，生态批评的视野需要探寻到人们精神世界的每一个角落，研究大师的巨著和研究民间艺人的说唱是等价的。

这本书是笔者所进行的教育部社科规划青年课题的一个结果，也许还不能算成果，因为笔者在为这个课题进行努力的过程中，一再地感觉到我所要研究的对象——贵州的少数民族文学是多么的丰富，多么的神秘，而其中又蕴含着多少今天的人所不具备的智慧，不管花多少时间去研究，都不可能做到全部了解，更不要说给它一个学理意义上的定论。课题是要结束的，然而研究还要继续，在蹇先艾笔下"老远的贵州"如今也正在发生着天翻地覆的变化，身处其中，又保持一定的距离旁观并思考，这是一种责任。

参考书目

国外部分

［白俄罗斯］阿列克谢耶维奇：《切尔诺贝利的回忆：核灾难口述史》，王甜甜译，凤凰出版社 2012 年版。

［德］恩格斯：《自然辩证法》，人民出版社 1960 年版。

［德］恩斯特·卡西尔：《人论》，甘阳译，上海译文出版社 2004 年版。

［德］恩斯特·卡西尔：《神话思维》，黄龙保、周振选译，中国社会科学出版社 1992 年版。

［德］汉斯-彼得·马丁、哈拉尔特·舒曼：《全球化陷阱》，张世鹏等译，中央编译出版社 2001 年版。

［德］汉斯·萨克塞：《生态哲学》，文韬、佩云译，东方出版社 1990 年版。

［德］荷尔德林：《荷尔德林诗新编》，顾正祥译，商务印书馆 2012 年版。

［德］马丁·海德格尔：《荷尔德林诗的阐释》，孙周兴译，商务印书馆 2000 年版。

［德］马丁·海德格尔：《林中路》，孙周兴译，上海译文出版社 2004 年版。

［德］马丁·海德格尔：《海德格尔谈诗意地栖居》，丹明子主编，中国工人出版社 2011 年版。

［德］马克斯·舍勒：《资本主义的未来》，罗悌伦等译，生活·读书·新知三联书店 1997 年版。

［德］莫尔特曼：《创造中的上帝：生态的创造论》，苏贤贵等译，生活·读书·新知三联书店 2002 年版。

［德］尼采：《偶像的黄昏》，周国平译，光明日报出版社 1996 年版。

［德］尼采：《悲剧的诞生》，刘琦译，作家出版社 1986 年版。

［德］西美尔：《金钱、性别、现代生活风格》，刘小枫编，顾明仁译，学林出版社 2000 年版。

［德］尤尔根·哈贝马斯：《合法化危机》，刘北成、曹卫东译，上海世纪出版集团 2009 年版。

［德］约阿希姆·拉德卡：《自然与权力》，王国豫、付天海译，河北大学出版社 2004 年版。

［法］阿尔贝特·史怀泽：《敬畏生命》，陈泽环译，上海社会科学院出版社 1996 年版。

［法］克洛德·列维-斯特劳斯：《种族与历史·种族与文化》，于秀英译，中国人民大学出版社 2006 年版。

［法］列维-布留尔：《原始思维》，丁由译，商务印书馆 1981 年版。

［法］让·鲍德里亚：《消费社会》，刘成富、全志刚译，南京大学出版社 2008 年版。

［法］塞尔日·莫斯科维奇：《还自然之魅：对生态运动的思考》，庄晨燕、邱寅晨译，生活·读书·新知三联书店 2005 年版。

［荷］米尼克·希珀：《中国少数民族文化中的史诗与英雄》，尹虎彬主编，广西师范大学出版社 2004 年版。

［美］R.W. 爱默生：《自然沉思录》，博凡译，上海社会科学院出版社 1993 年版。

［美］阿尔·戈尔：《濒临失衡的地球——生态与人类精神》，陈嘉映等译，中央编译出版社 1997 年版。

［美］阿兰·邓迪斯编：《洪水神话》，陈建宪等译，陕西师范大学出版社 2013 年版。

［美］阿兰·邓迪斯编：《西方神话学读本》，朝戈金等译，广西师范大学出版社 2006 年版。

［美］艾恺：《世界范围内的反现代化思潮——论文化守成主义》，贵州人民出版社 1991 年版。

［美］奥尔多·利奥波德：《沙乡年鉴》，郭丹妮译，北方妇女儿童出版社2011年版。

［美］巴里·康芒纳：《封闭的循环》，侯文惠译，吉林人民出版社2000年版。

［美］芭芭拉·沃德、勒内·杜博斯：《只有一个地球——对一个小小行星的关怀和维护》，《国外公害丛书》编委会译校，吉林人民出版社2000年版。

［美］比尔·麦克基本：《自然的终结》，孙晓春、马树林译，吉林人民出版社2000年版。

［美］彼得·S.温茨：《环境正义论》，朱丹琼、宋玉波译，上海人民出版社2007年版。

［美］大卫·雷·格里芬：《后现代科学》，马季方译，中央编译出版社1998年版。

［美］大卫·雷·格里芬编：《后现代精神》，王成兵译，中央编译出版社2011年版。

［美］戴斯·贾丁斯：《环境伦理学》，林官明、杨爱民译，北京大学出版社2002年版。

［美］丹尼斯·米都斯等：《增长的极限——罗马俱乐部关于人类困境的报告》，李宝恒译，吉林人民出版社2000年版。

［美］格雷塔·戈德、帕特里克·D.墨菲主编：《生态女性主义批评：理论、阐释和教学法》，蒋林译，中国社会科学出版社2013年版。

［美］格伦·A.洛夫：《实用生态批评：文学、生物学及环境》，胡志红、王敬民、徐常勇译，北京大学出版社2010年版。

［美］赫伯特·马尔库塞：《爱欲与文明》，黄勇、薛民译，上海译文出版社1987年版。

［美］亨利·戴维·梭罗：《瓦尔登湖》，李暮译，上海三联书店2012年版。

［美］霍尔姆斯·罗尔斯顿：《哲学走向荒野》，刘耳、叶平译，吉林人民出版社2000年版。

［美］卡洛琳·麦茜特：《自然之死——妇女、生态和科学革命》，吴

国盛等译，吉林人民出版社 1999 年版。

［美］凯文·凯利：《失控》，东西文库译，新星出版社 2010 年版。

［美］劳伦斯·布伊尔：《环境批评的未来：环境危机与文学想象》，刘蓓译，北京大学出版社 2010 年版。

［美］蕾切尔·卡森：《海洋传》，方淑惠、余佳玲译，译林出版社 2010 年版。

［美］蕾切尔·卡森：《寂静的春天》，吕瑞兰、李长生译，吉林人民出版社 2000 年版。

［美］利奥·马克斯：《花园里的机器：美国的技术与田园理想》，马海良、雷月梅译，北京大学出版社 2011 年版。

［美］纳什：《大自然的权利》，杨通进译，青岛出版社 1999 年版。

［美］尼尔·波兹曼：《娱乐至死》，章艳译，广西师范大学出版社 2011 年版。

［美］欧内斯特·卡伦巴赫：《生态乌托邦》，杜澍译，北京大学出版社 2010 年版。

［美］斯科特·斯洛维克：《走出去思考：入世、出世及生态批评的职责》，韦清琦译，北京大学出版社 2010 年版。

［美］唐纳德·沃斯特：《自然的经济体系——生态思想史》，侯文惠译，商务印书馆 1999 年版。

［美］约翰·贝拉米·福斯特：《马克思的生态学——唯物主义与自然》，刘仁胜、肖峰译，高等教育出版社 2006 年版。

［苏联］Д. Е. 海通：《图腾崇拜》，何星亮译，广西师范大学出版社 2004 年版。

［瑞士］卡尔·古斯塔夫·荣格：《原型与集体无意识》，徐德林译，国际文化出版公司 2011 年版。

［斯洛文尼亚］斯拉沃热·齐泽克：《意识形态的崇高客体》，季广茂译，中央编译出版社 2002 年版。

［英］E. E. 埃文斯–普理查德：《原始宗教理论》，孙尚扬译，商务印书馆 2001 年版。

［英］安德鲁·多布森：《绿色政治思想》，郇庆治译，山东大学出版社 2005 年版。

［英］戴维·佩珀：《生态社会主义：从深生态学到社会正义》，刘颖译，山东大学出版社 2012 年版。

［英］戴维·佩珀：《现代环境主义导论》，宋玉波、朱丹琼译，上海人民出版社 2011 年版。

［英］菲奥纳·鲍依：《宗教人类学导论》，金泽、何其敏译，中国人民大学出版社 2004 年版。

国内部分

《布依族文学史》编写组：《布依族文学史》，贵州民族出版社 1992 年版。

曹静：《一种生态时代的世界观：莫尔特曼与科布生态神学比较研究》，中国社会科学出版社 2007 年版。

陈建宪：《神祇与英雄：中国古代神话的母题》，生活·读书·新知三联书店 1994 年版。

陈涛、何积全等编：《贵州少数民族民间故事选》，贵州人民出版社 1985 年版。

陈天俊等：《仡佬族文化研究》，贵州人民出版社 1999 年版。

大方县民族宗教事务局编：《六寨苗族》，贵州民族出版社 2003 年版。

党圣元、刘瑞弘选编：《生态批评与生态美学》，中国社会科学出版社 2011 年版。

樊敏：《贵州毛南族传统文化及其发展研究》，贵州民族出版社 2010 年版。

范颖：《文化批评视野中的文学生态和文学话语》，中山大学出版社 2011 年版。

范禹主编：《水族文学史》，贵州人民出版社 1987 年版。

盖光：《文艺生态审美论》，人民出版社 2007 年版。

谷德明编：《中国少数民族神话》（上、下），中国民间文艺出版社 1987 年版。

谷德明编：《中国少数民族神话选》，西北民族学院研究所十五丛刊资料。

贵州民族学院民研所编:《贵州少数民族民间文学作品选讲》,贵州民族出版社1987年版。

贵州省地方志编撰委员会编:《贵州省志民族志》,贵州民族出版社2002年版。

贵州省社科院文学研究所编:《布依族古歌叙事歌选》,贵州人民出版社1982年版。

过竹:《苗族神话研究》,广西人民出版社1988年版。

韩德信、盖光主编:《中国文艺学的历史回顾与向生态文艺学的转向》,人民出版社2007年版。

何光渝、何昕:《原初智慧的年轮》,贵州人民出版社2010年版。

何积全主编:《水族民俗探幽》,四川民族出版社1992年版。

何积全主编:《苗族文化研究》,贵州人民出版社1999年版。

贺学君、蔡大成、[日]樱井龙彦编:《中日学者中国神话研究论著目录总汇》,中国社会科学出版社2012年版。

胡志红:《西方生态批评研究》,中国社会科学出版社2006年版。

蒋英:《布依族铜鼓文化》,贵州民族出版社2006年版。

金岳霖:《道、自然与人》,生活·读书·新知三联书店2005年版。

雷毅:《深层生态学:阐释与整合》,上海交通大学出版社2012年版。

雷毅:《深层生态学思想研究》,清华大学出版社2001年版。

李长中主编:《生态批评与民族文学研究》,中国社会科学出版社2012年版。

李力主编:《彝族文学史》,四川民族出版社1994年版。

李黔滨、杨庭硕、唐文元:《贵州民族民俗概览》,贵州人民出版社2006年版。

李文波:《大地诗学:生态文学研究绪论》,陕西人民出版社2000年版。

李子贤:《探寻一个尚未崩溃的神话王国》,云南人民出版社1991年版。

廖国强、何明、袁国友:《中国少数民族生态文化研究》,云南人民出版社2006年版。

刘方喜选编:《消费社会》,中国社会科学出版社2011年版。

刘之侠、石国文：《水族文化研究》，贵州人民出版社1999年版。

鲁枢元：《生态批评的空间》，华东师范大学出版社2006年版。

鲁枢元：《生态文艺学》，陕西人民教育出版社2000年版。

鲁枢元：《文学的跨界研究：文学与生态学》，学林出版社2011年版。

鲁枢元主编：《自然与人文：生态批评学术资源库》，学林出版社2006年版。

毛星主编：《中国少数民族文学》，湖南人民出版社1983年版。

孟慧英：《活态神话——中国少数民族神话研究》，南开大学出版社1990年版。

纳雍县民族宗教事务局编：《纳雍苗族丧祭词》，民族出版社2003年版。

宁梅：《生态批评与文化重建——加里·施耐德的"地方"思想研究》，南京大学出版社2011年版。

潘定智、杨培德、张寒梅编：《苗族古歌》，贵州人民出版社1997年版。

潘年英：《保卫传统》，贵州民族出版社2005年版。

彭继宽、姚纪彭主编：《土家族文学史》，湖南文艺出版社1989年版。

潜明兹：《史诗探幽》，中国民间文艺出版社1986年版。

潜明兹：《中国神话学》，宁夏人民出版社1994年版。

《生态文明建设读本》编撰委员会：《生态文明建设读本》，浙江人民出版社2010年版。

苏胜兴等编：《瑶族民间故事选》，上海文艺出版社1980年版。

苏晓星：《苗族文学史》，四川民族出版社2003年版。

隋丽：《现代性与生态审美》，学林出版社2009年版。

覃东平、吴一文：《蝴蝶妈妈的祭仪——苗族鼓社文化研究》，贵州人民出版社2006年版。

陶立璠、李耀宗：《中国少数民族神话传说选》，四川民族出版社1985年版。

陶立璠、赵桂芳、吴素民、朱桂元编：《中国少数民族神话汇编·洪水篇》，中央民族学院少数民族古籍整理出版规划领导小组办公室，内部资料。

陶立璠、赵桂芳、吴素民、朱桂元编：《中国少数民族神话汇编·开天辟地篇》，中央民族学院少数民族古籍整理出版规划领导小组办公室，内部资料。

陶立璠、赵桂芳、吴素民、朱桂元编：《中国少数民族神话汇编·人类起源篇》，中央民族学院少数民族古籍整理出版规划领导小组办公室，内部资料。

田兵主编：《苗族布依族侗族水族仡佬族民间文学概况》，贵州人民出版社1987年版。

王继英：《民进信仰文化探踪》，民族出版社2007年版。

王静：《人与自然：中国当代少数民族作家生态文学创作研究》，中国社会科学出版社2011年版。

王立、沈传河、岳庆云：《生态美学视野中的中外文学作品》，人民出版社2007年版。

王诺：《欧美生态批评》，学林出版社2008年版。

王诺：《欧美生态文学》，北京大学出版社2003年版。

王诺：《生态思想与生态批评》，人民出版社2013年版。

王箐：《中国神话研究》，中华书局2010年版。

王宪昭：《中国民族神话母题研究》，民族出版社2006年版。

王晓朝、杨熙楠主编：《生态与民族》，广西师范大学出版社2006年版。

韦清琦：《绿袖子舞起来：对生态批评的阐发研究》，南京师范大学出版社2010年版。

韦兴儒编：《贵州布依族民间故事选》，中国民间文艺出版社1989年版。

韦兴儒、周国茂、伍文义编：《布依族摩经文学》，贵州人民出版社1997年版。

文日焕、王宪昭：《中国少数民族神话概论》，民族出版社2011年版。

吴大华、杨昌儒主编：《生态环境与民族文化专论》，贵州民族出版社 2009 年版。

吴秋林：《众神之域：贵州当代民族民间信仰文化调查与研究》，民族出版社 2007 年版。

吴秋林、靖晓莉：《居都》，贵州人民出版社 1997 年版。

吴天明：《中国神话研究》，中央编译出版社 2003 年版。

吴秀：《新世纪文学现象与文化生态环境研究》，浙江工商大学出版社 2010 年版。

谢彬如等：《文化艺术生态保护与民族地区社会发展——关于贵州民族文化保护与发展的研究》，贵州民族出版社 2004 年版。

徐刚：《伐木者，醒来》，中外文化出版公司 1988 年版。

徐嵩龄：《环境伦理学进展：评论与阐释》，社会科学文献出版社 1999 年版。

燕宝编：《苗族民间故事选》，上海文艺出版社 1981 年版。

燕宝、张晓编：《贵州民间故事》，贵州人民出版社 1997 年版。

燕宝、张晓编：《贵州神话传说》，贵州人民出版社 1997 年版。

杨通山等编：《侗族民间故事选》，上海文艺出版社 1982 年版。

余晓明：《文学研究的生态学隐喻》，广西师范大学出版社 2011 年版。

余正荣：《生态智慧轮》，中国社会科学出版社 1996 年版。

袁鼎生、龚丽娟：《生态批评的中国风范》，广西师范大学出版社 2009 年版。

袁珂：《中国神话史》，重庆出版社 2007 年版。

袁玲红：《生态女性主义伦理形态研究》，上海人民出版社 2011 年版。

袁翔珠：《石缝中的生态法文明》，中国法制出版社 2010 年版。

岳友熙：《生态环境美学》，人民出版社 2007 年版。

曾繁仁：《生态美学导论》，商务印书馆 2010 年版。

张嘉如：《全球环境想象：中西生态批评实践》，江苏大学出版社 2013 年版。

张艳梅、蒋学杰、吴景明：《生态批评》，人民出版社 2007 年版。

中国少数民族文学学会编：《中国少数民族民间故事选》（上、下），中国民间文艺出版社1981年版。

中国作家协会贵阳分会筹委会1959年印，中国民间文艺研究会贵州分会1981年、1985年翻印：《民间文学资料》第一集至第七十二集（有部分遗失）。

周国茂：《一种特殊的文化典籍——布依族摩经研究》，贵州人民出版社2006年版。

祖岱年、周隆渊编：《水族民间故事选》，上海文艺出版社1988年版。

后记　在发展中保护并在保护中发展
——"人类命运共同体"理论视野下生态批评与民族文学共同的未来

2012年，笔者申报教育部社科规划青年课题"贵州少数民族文学精神生态与生态精神研究"获得立项，也由此迈出了一场由青年跨向中年的学术跋涉，7年间，围绕着这个课题以及支撑这个课题的生态批评理论，前后发表了约20篇学术论文，其中有一部分与本书的少数民族文学精神生态和生态精神研究直接相关，还有一部分则与中国当代文学，包括网络文学的研究直接相关。一边是传统的、地域的、民族的，一边则是现代的、新潮的、流行的，互相之间，似乎毫无关联，就像最初把生态批评与贵州的少数民族民间文学组合在一起，怎么看都像是各自互不相干的领域，但它们确实又有着非常重要的内在联系。这也是本书的核心思路——在生态批评的跨界理论架构下，既有纵向的时间轴上的贵州少数民族文学的发掘和梳理，也有横向的不同民族、不同地域的民间文学作品、文化现象的对比和归类，将整个研究糅合成一种跨越时间空间、跨越民族的多向度扩展的立体式综合型成果，这对于民族文学研究，对于生态批评的实践运用，都是一种比较有价值的尝试。

生态批评本身是一种跨界的文学批评范式，诚如国内生态批评研究的重镇级人物王诺教授所言："它（生态批评）研究和评论的对象是整个文学，绝不仅仅是生态文学，绝不仅仅是直接描写自然景观的作品，更不仅仅是'自然书写'。是否描写了自然，不是生态批评能否展开的必要条件。只要有关于生态危机的思想文化根源，只要对人与自然的关系产生了影响,文学作品哪怕完全不涉及自然景物,哪怕只表现一个破坏生态环境的政策的出台过程、一种消费注意生活方式、一次严重的污染事件,也是生态批评应当探讨,甚至重点探讨的对象。"[1] 最初,笔者尝试用生态批评的理论视野来解读贵州少数民族文学活态传承的生态价值,但随着研究的不断深入,笔者渐渐发现,生态批评与民间文学之间的关系绝不仅仅是单向的,解读与被解读,剖析与被剖析的关系,也不仅仅是研究方法、研究视角和研究对象的关系,它们之间同时还是一种互动的,双向诠释的关系,正如生态批评的核心理念:这个世界并不是简单的由主体和客体而二元论组成,而是一种整体而和谐的有机统一。

笔者最初在贵州省社会科学院民族研究所从事科研工作,后来才调职于遵义师范学院,做了一名高校教师。在贵州省社科院工作的七年,笔者在那里收集了大量的民族民间文学的资料,也得到了已故的王鸿儒研究员和社科院多位专家特别是亦师亦友的贵州民族大学教授龙潜先生的悉心指导,后来又在武汉大学读研求学于李建中教授门下,这些经历和积累都为这本著作奠定了坚实的学术基础。实际上,在 2012 年教育部课题立项之前,笔者就已经尝试用生态批评这种跨界的文学批评范式在民族民间文学的研究中寻找一条新的出路,在当时,这样的尝试在学术界也都并不多见。究其原因,缘起于西方,在 21 世纪初国内还方兴未艾的生态批评是比较前沿的学术热点,贵州的民族民间文学则是传统意义上比较边缘,不受关注的角落,虽然社会中流传着诸如"民族的才是世界的"之类口号,但那更多是一种商业开发式的宣传理念,真正透视到其内部的文化根源层次的视线极少,而传统的民族民间文学的研究方式,尽管也成果累累,却毕竟也有些僵化了。就在社科院的王鸿儒研究员去世前,笔者曾与他谈及用生态批评打开民族民间文学研究新视野的思考,记得当时尚在病中的王老师十分高兴,觉得这是一个比较有新意,也比较有益的尝试,王老师生前研究夜郎文化,就颇有打破传统,不拘于某一民族和文献史料的综合研究视野,可惜笔者未能更多地与王老师进行探讨,王老师

---

[1] 王诺:《生态批评:界定与任务》,《文学评论》2009 年第 1 期。

就已经离世了。

　　笔者还在贵州社科院工作的时候，也曾参加过少数民族非物质文化遗产保护的课题，对于少数民族文化在现代社会尤其是消费型的现代社会中迅速的消失、变异、商业化也有较为直观的了解，也可以清楚地看到，在甚嚣尘上的消费主义浪潮中，传统的少数民族文化要独善其身几乎是不可能的事情，它们被裹挟，被同化，被消费，正在以越来越快的速度消失在传统的视野中，其中就包括了本书涉及的活态的、口耳相传的各类神话传说、古歌长诗以及故事和戏剧。彼时，笔者就曾思考，究竟怎样，才算是对民族文化真正的保护？像自然保护区那样划出一块地来，令其保持原生态的生活方式，那显然是一个笑话，将其产业化，使其获得经济收入物质财富，则很容易将其商业化而发生变异，最终被同化成现代消费主义浪潮的一部分，那么，保护的结局实际上是加快了它的消失。本书延续了这一思考并将其系统化和学理化，提出了以下几个观点并透过对贵州少数民族民间文学的解析加以阐述：一是引入生态整体主义的去中心化价值观，改变主流文化的"先进－落后"二元对立的世界观，从而改变外部环境对民族文化的居高临下的审视眼光；二是倡导保持文化的多元化和多样性，在主流社会自省的前提下增强民族文化的内部自信，从而增强民族文学自身的生命活力；三是倡导后现代精神对于"自然的返魅"的呼吁，改变人为自然立法的工具理性世界观，重拾对自然的敬意，从而使少数民族文化中所蕴藏的生态智慧得到广泛的认可和吸纳，在更为广阔的范围内得到继承和发扬。

　　这样的愿望无疑是美好的，但实际的可操作性看起来却非常的微茫，就连赖以支撑的生态批评理论，也在最初的声势浩大之后，受到了不少来自各方面尤其是来自内部的质疑，以至于一些悲观的言论认为生态批评已经走进一个近乎误解的困局，拯救的希望，更多的来自于部分学者和有识之士的深情呼吁，正如为大地守夜的游吟诗人，他的背影凄凉而悲壮，却越来越不被人们所理解。生态批评的先驱者之一，美国女教授格罗特费尔蒂则痛心疾首的指出，我们（文学批评家、文学研究者、文学教师）如果不是出路的一部分，就是问题的一部分！早期生态批评带有强烈的生态警示录的意味，一经出现，就把文学批评推到了要么拯救,要么毁灭的风尖浪口,生态批评作为当下解构中心、消解权威语境下产生的一种后现代批评话语策略对于严峻的生态现实而言毫无疑问的体现了文学及文学批评的良知,但生态批评自诞生之日起便充满争议,其在思想上的自身矛盾和在学理内部的先天缺陷也使得生态批评在轰轰烈烈的背后也潜藏着巨大的危机。而至少到目前为止,文学对生态的拯救之路愈加艰难了。生态批评的困境有很大一部分来源于自身,包括学理上的边界困扰,当提倡跨界的生态批评迷失在这种多学科多向度的理论边界时,它的独特性和独立性就会被掩埋在各种生态语境的学术和社会热点中;最大的问题是,带有理想主义色彩的生态主义在实践上,与现有的政治、社会制度和国际秩序有着太多不可调和的矛盾,要达到理想中的生态价值观,是全人类共同的任务,但现有的国际社会秩序和格局几乎没有可能完成这个全球性的任务,同时,尽管生态批评强调去中心化的整体和多元价值观,但是西方依然是这场学术风暴的核心,中国传统的生态智慧仍难与西方理论平等对话,而在国内,民间的传统生态智慧同样也未能与学术界的精英层面的话语体系平等交流,这种"去中心"而又占据着中心的价值悖论,也使得生态批评不管是从外部还是从内部看来都疑点重重;而最重要的一点,是生态批评理论和批评实践的脱节,同样是西方生态运动的倡导者,斯科特·斯洛维克认为世界生态批评已经进入了第三波,他指出现阶段的生态批评已经从学术界的理论探索转移到注重批评实践在日常生活以及社会政治经济变革中的实际问题的运用,开始用实际行动影响和干预社会生活中违背生态规律、破坏环境的具体实践,并向民间普及生态的世界观和价值观,而这一点,不管是国内还是国外,都还有太长的路需要走。

　　生态批评倡导的生态整体主义价值观,对于身处后现代社会并面临着重重危机的人类社会而言无疑是具有十分重要的意义的,生态批评倡导人类超越自身的局限,但人类的生存权作为生态整体的一环同样不可能漠视,至少在人类社会的现阶段,生态整体主义价值观的实践,还需要一个更为可行的渠道。如果从马克思主义文学批评角度来看,我们是否可以不把生态批评看做孤立的学术理论和抽象的价值观,而是把它融合进人类历史、社会制度及文化根源进行一个整体的考虑？马克思主义文学批评与西方生态批评尽管方向不同，但马克思主义文学批评的生态观与生态批评对西方中心论、无限进步论、唯科技论、消费主义至上以及各种"现代病"的批判立场是高度一致的，马克思主义文学批评的生态馆将"人与自然的伦理判断，延伸到阶级与资本的伦理判断中。从阶级与社会的角度负起重建和守护伦理共同体免遭瓦解的政治使命，从而具有拯救现代危机的意义。同时，有机生态伦理观从自然伦理到伦理共同体，从人作为一个整体的角度看待福祉，将自然与人的福祉价值判断到整体伦理价值估衡高度，更有宏观建构性。"[①] 本书从生态批评出发，充分论证了生态批评理论范式在民族民间文学研究路径上的新向度和这二者融合的新机制，但是在二者同时面临的实践困局之前，势必要引入一种新的理论视野来探索解困的道路，这就是人类命运共同体理论。

人类命运共同体的理论内涵包含了国际权力观、共同利益观、可持续发展观和全球治理观四大方面，涵盖了当前人类社会所面临的大部分问题，尤其是在迫在眉睫的生态危机面前，由国家之间推向人类整体的共同利益观和由人类推向生态整体的可持续发展观，人类命运共同体理论都给出了生态批评所不能给出的实践可行性方案，其中，对于本书而言，影响更为深远的，是人类命运共同体理论所强调的文化自信论。人类命运共同体理论所倡导的增强文化自信理念，强调对传统文化的巩固并赋予新时代的新内涵，正视外来文化，化解和调和中华文化与西方文化的冲突，为本书多次提到的保持少数民族文化生态多样性提供了政策和制度上的可能，也只有在这样一个具有充分的可行性的理论框架下，笔者所希望的"引入生态整体主义的去中心化价值观，改变主流文化的"先进—落后"二元对立的世界观，从而改变外部环境对民族文化的居高临下的审视眼光；倡导保持文化的多元化和多样性，在主流社会自省的前提下增强民族文化的内部自信，从而增强民族文学自身的生命活力；倡导后现代精神对于"自然的返魅"的呼吁，改变人为自然立法的工具理性世界观，重拾对自然的敬

---

① 纪秀明、柴文娇：《论马克思理论对西方生态批评观之伦理修正》，《东北大学学报》（社会科学版）2018年第20卷第4期。

意，从而使少数民族文化中所蕴藏的生态智慧得到广泛的认可和吸纳，在更为广阔的范围内得到继承和发扬"才有实现的可能。

生态批评批判的唯进步论、唯发展论探讨的是一个尺度问题，正如同自然界的进化本身就是一种发展，只是由于人类带进入现代社会以后对于"发展"的过度和盲目追求，才导致了地球资源消耗的远远超出了正常的速度，但人类社会毕竟还是要正常发展，正如对少数民族民间文学的保护，也不能画地为牢，以保护的名义来限制发展，只能在发展中增强少数民族的文化自信，才能在保护中进一步保持和发展少数民族文学的多样性，最终维护贵州少数民族文学精神生态的持续性和完整性。而生态批评理论困局的解决之道在于要清醒的认识到，生态整体主义的终极评判标准同样也不能局限于理论本身，因为自然生态的发展进程，也从来都不是"要么全部都幸存，要么全部都消亡"式的绝对整体发展，在生态价值的前提下，保持正当的人类立场和可持续的发展观，是当前必然经历的阶段。

此为后记。